Ernest M. Hemingway.

ERNEST HEMINGWAY

海明威文集

死在午后

〔美〕海明威 著 金绍禹 译

Death in the Afternoon

上海译文出版社

当公牛受到骚扰时它的颈部隆肉会高高耸起。这也是公牛使力的肌肉，而在公牛的脑袋抬得像图中这头公牛那样高的时候，人不能将剑伸过它的牛角。人要用正确方法刺杀公牛，就必须使这个部位的肌肉疲劳，因此，所谓斗牛，其含义即在于使这块肌肉疲劳，以便人在正面从公牛两块肩胛骨之间的顶端把剑刺入。

科尔多瓦的苏里托，世上最出色的长矛手之一。他让公牛把牛角捅进马腹，以便用长矛狠刺公牛，此时他的长矛刺在了规定位置稍后一点的地方。刺得很好，手段狠毒，而那匹马虽然很快就要倒毙（如果你仔细看一看便对此不会有丝毫怀疑），但它并不恐慌，因为骑手两腿紧紧地夹着，它知道背上的人并没有摔下来。附带说一下，马匹大都是来自美国，花五美元一匹或更便宜，在圣路易斯和芝加哥市场上买下，然后在纽波特纽斯装船，一次船，运往西班牙。公牛有点胆怯，否则苏里托不会扔下帽子（见地上）挑动公牛出击。他知道公牛出击次数不会多，也许是这个缘故，长矛刺的位置比一般情况所要求的靠后了一点。

马艾拉投放短标枪。注意他双臂高举，挺身而立。身体挺得越直，双臂举得越高，公牛牛角就会与人靠得越近。

一九二四年在潘普洛纳，马艾拉挑逗公牛，投放四对短标枪的第二对；他每投放一对短标枪都是处于这样一个越来越危险，似乎是不可思议的位置，以致在投放了第二对短标枪之后，观众们都一齐高声喊道“不要！不要！不要！”请他不要这样冒险。他用自己选择的方式与位置投放了全部四对短标枪，出色地表演了漂亮的穆莱塔系列动作，并以极娴熟的手法杀死公牛。

何塞利托斗牛生涯之初表演纳图拉尔式。注意看他身体无丝毫扭曲，非常自然，既无扭动，更无作假，让公牛牛角从肚子前掠过，然后又用他目光注视着的红布飘动着的那一端控制住公牛，叫它调转身来。

维森特·巴雷拉完成擦胸式穆莱塔招式。从这幅照片可看出斗牛之激动人心的主要因素。剑杀手运用穆莱塔将公牛从面前引开，离公牛是那样地近，于是才激动人心，而斗牛士完成这一招式时又能做到那样地缓慢，遂使观众的激动情绪久久难以平静。

希塔尼利奥·德·特里亚纳双手提红披风右侧过牛动作。这是运用这一手法的第二个动作。

维森特·帕斯托在布尔戈斯的斗牛场刺杀公牛。他刺剑时牛角挑着了他，因为风把穆莱塔吹了起来飘到他身上。

目 录

译本序

这是一部关于西班牙斗牛的专著，出版于一九三二年。虽然海明威在他的一九二六年出版的第一部小说《太阳照常升起》里已经描绘了斗牛及以西班牙著名斗牛士罗梅罗命名的年轻斗牛士的风采，但是要真正了解什么是西班牙斗牛以及斗牛士的生活，一定要读一读《死在午后》这部引人入胜的书。

在海明威看来，斗牛是雕塑艺术，虽然它不是永久性的。他在书中写道："我觉得除了勃朗库西的雕塑作品之外，现代的雕塑艺术无论如何都不能与现代斗牛这门雕塑艺术同日而语。"斗牛士在场上的系列动作表演具有强烈的感染力，"能使人陶醉，能让人有不朽之感，能使他入迷，换言之，这入迷虽则短暂，却如同灵魂离开躯体似的深刻。"杰出的斗牛士的表演会给人以"不朽之感"，"可是你若注视着他，这种感觉便成了你自己的了。""待到斗牛终场，死留给了这场表演的主角即公牛，那种陶醉与入迷如同任何激烈的情绪一样，又使你感到空虚，感到失落，感到悲伤。"海明威还在书后附录了不同年龄、不同性别的人第一次观看斗牛的感想：有不喜欢的，有喜欢的，有从讨厌到喜欢的，有情绪振奋的，有哭泣不止的，等等，什么样的情绪都有；但是人们还是去看斗牛，斗牛仍继续着。即使在极大政治动乱的年代，西班牙仍有斗牛，而且场场爆满。关于这一点，海明威写道：

> 根据我的观察，从人们在共和国体制下对于斗牛所表现出的热情来看，尽管共和国目前的具有欧洲思想方法的政治家们极希望将斗牛废除，因为废除了斗牛，他们在欧洲联盟，在外国使馆与宫廷，与他们的欧洲同事们见面时也不会

觉得与众有别而在理智上感到窘迫，但是斗牛仍将在马德里继续流行。目前，有几家政府资助的报纸都在开展一场激烈反对斗牛的运动，但是，鉴于有这么多的人全靠与斗牛有关的各个行业谋生，如公牛的饲养、装运、斗牛赛、放牧、屠宰，因此我认为，即使那些报纸觉得自己很强大，政府也废除不了斗牛。①

历史已证明，斗牛仍在西班牙继续流行，而且在海明威上述论断六十几年之后的今天的西班牙，还出现了女斗牛士。其实，斗牛的兴衰历来都与西班牙的文化与经济生活息息相关。海明威写道："一个国家要热爱斗牛，必须具备两个条件。一个是那里必须饲养公牛，二是那里的人必须对死感兴趣。"关于这条件之一，不言自明；至于条件之二，那是海明威的独到见解，不管你同意与否，海明威的论述是言之成理的。其实海明威的一生及他的文学创作，都对死这个题目极感兴趣，所以本书书名直接点明（当然它也点明了斗牛历来是在午后举行的）。他在书中写道：

战争②结束了，现在你能看到生与死——即是说暴力造成的死——的唯一地方，就是斗牛场了，所以当时我非常想到西班牙去，到了那里我就可以对暴力造成的死加以研究。那时我在尝试学习写作，从最简单的问题着手写，而最简单的问题之一和最根本的问题即是暴力造成的死。与疾病造成的死，或所谓自然的死，或朋友的死或你所爱过、你所恨过的人的死相比较，暴力造成的死虽然情况决没有那么复杂，但是它毕竟是死，是可以用来作为写作的主题之一。③

---

① 本书第 233 页。
② 指第一次世界大战。
③ 本书第 2 页。

很遗憾的是，海明威是自杀死的。一九六一年七月二日，因高血压、糖尿病等多种疾病造成的精神抑郁症久治不愈，他用猎枪结束了自己的生命。

斗牛就是以公牛的死为目标的，这是在沙土覆盖的圆形斗牛场内上演的三幕悲剧。第一幕是审讯，第二幕是判决，第三幕是执行。第一幕是公牛朝长矛手进攻。在这一幕，剑杀手须作配合，用红斗篷保护落马的长矛手。时间一到，经看台包厢里的斗牛表演总裁判示意，吹起号角，长矛手退场，第二幕开始。这时斗牛场内除了用帆布覆盖的死马之外，场内看不到马了。第一幕是长矛、红斗篷与马的表演（这是一般人所不了解的）。这一幕是充分表现公牛的勇敢或胆怯的一幕。这一幕的目的是要使公牛颈部隆肉疲劳，表面上看公牛威风凛凛，不可一世，但它只是表面上的胜者。第二幕是短标枪手投掷三对、最多是四对短标枪。短标枪手的使命不光是要把短标枪插入公牛颈部肌肉，逼使公牛肌肉乏力，而且还要使短标枪钩住在公牛颈部某一侧，纠正它老向这一侧进攻斗牛士。这时候的公牛速度减慢，进攻更集中于一个目标。第三幕即为真相大白的时刻——公牛的死。剑杀手表演完穆莱塔动作，使公牛放低脑袋，以便他从牛角上俯身，把利剑从公牛两块肩胛骨之间插入，杀死公牛。

这便是斗牛，但是并非如此简单，否则观众情绪不会那样振奋，那样激动；斗牛士的生活也并非如《太阳照常升起》里的那样浪漫，生活毕竟是无情的。要真正深入了解，那就读一读海明威的这部书，他毕竟在西班牙观看了三百多场斗牛，目睹过几千头公牛的刺杀。

自从当年旅居巴黎的美国女作家葛特鲁德·斯泰因说海明威等三名文学青年都是“迷惘的一代”以来，他们三人都成了这样的作家了，虽然他们各自经历并不相同。海明威的人生哲学与文学创作则是与战争分不开的，他本人还有两次世界大战的经历。战争使他认识到，诚实、庄重、爱心、尊严、人性等虽则有个别的例外，但是在他所经历的社会生活中并无根本的地位；对这些人生价值标准的理解，他也是从战争中加深认识的。无论是在和平年代还是在战争时期，人们只有成功地抵制了社会环境的虚伪表现，抛弃了所谓的神圣、光荣、文明之后，才能建立自己的价值准则。人们只有直接经历之事才是可信的。这人生的价值标准，对海明威来说，不妨包括三个内容：感官经验，勇气与团结①；他在书中写道：

> 那个时候我正试着写作，但我发现很难写，除了很难真正体会你自己实际的感受而不是别人认为你会有的感受，也不是别人教你应该有的感受这一点之外，最大的困难是要将实际真正发生的一切写下来；写出激起你体验到的那种感情的实际情形是怎么一回事。……事情的真谛……。②

从这段话可以看出海明威哲学观点的一个方面，以及他的创作原则。他是自马克·吐温以来对美国文学语言起极大影响的作家，明白晓畅已是众所周知的他的语言特色。但是写得明白晓畅也并不容易做到，因为这并非纯属语言运用的问题，正如海明威在书中指出的：

> 如果一个人写得清楚明白，要是他作假的话，谁都会发现。如果一个作者故弄玄虚，避免直截了当的写法（这一点跟打破所谓句法或语法规则来取得不这么做就无法取得的效果是非常不同的），人们要认出他是个骗子就要花较长的时间，而且其他作家会因为有同样的需要之苦，为了自己的利益替他捧场。……写作的无能是没有神秘可言而试图加以神秘化，而真

---

① 参看A·T·鲁宾斯坦：《美国文学源流》（外语教学与研究出版社，1988年3月，北京）。

② 本书第1页至第2页。

> 正需要的只是作假以掩盖知识的缺乏或没有能力明白晓畅地表达。……矫揉造作的报刊文章也并不因为掺入了假的史诗特性而变成了文学。还要记住这一点：一切拙劣的作家都爱史诗。①

在海明威这部斗牛专著里，每一章都有这样的语句隽永的文学短论，读者在读了关于斗牛的技术性文字之后，又不至于感到两眼疲劳而丢下这本书，同时也可读到作者关于文学的深刻见解，冰山的比喻便是其中一则，不妨摘录如下：

> ……作家在创作一部小说时应塑造活生生的人；是**人**而不是**人物**。**人物**是笨拙的模仿。……如果作家塑造的人谈论十八世纪前的名画家，谈论音乐，谈论现代绘画，谈论文学，谈论科学，那么，他们就应该在小说中谈论这些题目。如果他们不谈论这些题目，是作家要他们谈论这些题目，那他就是一个骗子；如果他自己去谈论这些题目，借以显示一下自己懂得多么多，那是在卖弄。不管他会有一个多么漂亮的词语或比喻，如果他把它放在并非完全必要和不可替代的地方，那他就会为达到自我吹嘘的目的而破坏了他的作品。散文是建筑，不是内部装饰，绮靡的风格已经过时。……一座冰山的仪态之所以庄严，是因为它只有八分之一露出水面。②

在一篇短短的译者前言里本不该如此长段引述作者的论述，只是海明威的见解极深刻，而且对于当代的文学评论也仍有其批评意义，因此译者拿出来以期引起读者们的重视。这样的精辟论述书中还有不少，值得细细阅读，在斗牛之余，慢慢品味。

---

① 本书第 45 页。

② 本书第 164 页至第 166 页。

海明威文字简洁，擅长用简短对话刻画人物性格；在本书这样一部斗牛专著里，虽然论述斗牛艺术，也只有少数精心安排的对话，但有些章节却可当作游记来读，文字简洁明快，极上口（译者也努力这样做，但愿没有冲淡了原文的味），兹引述两段，如第四章中记道：

> 从马德里出发，经由一条台球桌一样平坦的路，前往阿兰胡埃斯，只有四十七公里。这座城是红棕色平地与山丘上的一片绿洲，只见绿树参天，土地肥沃，溪流湍急。城中有一排排的树木，宛如委拉斯凯兹油画的背景。……你从荒芜的不毛之地炎热的太阳光里，蓦地进入绿树浓荫之下，看见胳臂晒得黝黑的姑娘，面前光滑、裸露、冰凉的泥地上，摆着一篮篮新鲜的草莓……。①

又如第五章开篇所见的马德里风光：

> 马德里是一座山城，有山区气候。马德里天高气爽，万里无云，是典型的西班牙的天空，相比之下，意大利的天空就多愁善感了。这里空气清新，沁人心脾。在马德里，热也好，冷也好，都是来得快，去得也快。在一个七月的夜晚，我因为睡不着觉，起来看着街上的乞丐点燃报纸，围着火取暖。又过了两个夜晚，天气太热，我到了清晨开始凉快的时候才睡着。②

这是一部值得一读的书，它不光给读者提供信息，也能使读者增长知识，提供关于文学艺术方面的思考的材料。至少译者是这么想的，如果读者也有类似的体会，那将是对译者的莫大的鼓舞。

---

① 本书第 32 页至第 33 页。
② 本书第 39 页。

关于书后的“术语释义汇编”，读者也莫疏忽，浏览一遍也有所补益，尤其是斗牛关键环节的术语，作者解释详尽。至于斗牛日的编排，是为了保持译本的完整，不看也无妨，因为即使到了西班牙，由于时光已过去了六十几年，也许今天情形已大不相同了。

金绍禹

一九九八年五月廿一日

献给波琳*

* 海明威与第一个妻子于 1927 年 1 月离婚，同年 5 月即与一个年轻、富有的女子波琳 · 菲佛（Pauline Pfeiffer）结婚，后于 1940 年又离婚。

第一章

我第一次去看斗牛，当时预计会感到恐怖，也许还会难受的，因为我已经听说过马在斗牛中的遭遇。我读到的关于斗牛场的所有资料都强调地谈及这一点；大多数写斗牛的人都直截了当地谴责斗牛是既愚蠢又野蛮的事，而即使那些赞美斗牛是技艺的展示、是一场表演的人，也对使用马加以谴责，也承认总的来说斗牛确有不妥之处。马在斗牛场中毙命被认为是无可辩解的。我认为，从现代的道德观点即从基督教观点来看，斗牛总的来说是无可辩解的；斗牛毫无疑问非常残酷，自始至终都存在危险，既有自我的危险，也有意外发生的危险，斗牛还总是有死亡，我现在也不应该试图为之辩解，我只想老老实实讲述我所了解的与斗牛有关的真情实况。要这样做，我就必须完完全全做到诚实坦率，或者说努力这么做，如果有人看了这些真情以后感到憎恶，认为这是某个缺乏他们即读者的敏锐感觉的人写出来的，那么我也只能申辩说，这些可能是真情。但是，不管谁读了这本书，只要他，或者她，见过书中所写到的事，并且确切地知道自己有什么样的反应的时候，就不能不真诚地作出这样的断语。

我记得有一次葛特鲁德·斯泰因[①]谈到斗牛时说她很佩服何塞利托。她拿出几张照片给我看，有何塞利托在斗牛场上的照片，还有她本人与艾丽丝·托克拉斯[②]的合影，那是巴伦西亚的斗牛场，她们坐在斗牛场木围栏后面的第一排，下面是何塞利托和他的弟弟加利奥。当时我刚从近东过来，在那边，希腊人在撤离士麦那城[③]的时候，把驮运辎重的牲口的腿打断，将它们统统赶到码头边的浅水里。记得当时我说，我不喜欢看斗牛，因为那些马太惨了。那个时候我正试着写作，但我发现很难写，除了很难真正体会你自己实际的感受而不是别人认为你会有的感受，也不是别人教你应该有的感受这一点之外，最大的困难是要将实际真正发生的一切写下来；写出激起你体验到的那种感情的实际情形是怎么一回事。为报纸写新闻稿你写的是发生的事，采用某一种手法，你借助及时性这个要素，就能传达感情，因为及时这个要素本身就使当天发生的事的任何报道带上感情色彩；可是，事情的真谛，即激发感情并能在一年、十年，如果运气好，如果你写得完美无缺则永远站得住脚的连续的行为与动作，我并不掌握，因而当时我就非常努力，要找到这真谛。战争结束了，现在你能看到生与死——即是说暴力造成的死——的唯一地方，就是斗牛场了，所以当时我非常想到西班牙去，到了那里我就可以对暴力造成的死加以研究。那时我在尝试学习写作，从最简单的问题着手写，而最简单的问题之一和最根本的问题即是暴力造成的死。与疾病造成的死，或所谓自然的死，或朋友的死或你所爱过、你所恨过的人的死相比较，暴力造成的死虽然情况决没有那么复杂，但是它毕竟是死，是可以用来作为写作的主题之一。在我读过的许多本书里，当作者试图传达死的时候，他写出的只是一团模糊，我认为这是因为作者从来没有清清楚楚地看到过死，要么是因为正好在死到来的那一瞬间，他真的紧紧闭起了双眼或者心里已经闭起了双眼，就好像看到一个小孩转眼间就要被火车碾死，而他不可能伸手拉得到他或用别的办法救他，只好把两只眼睛闭得紧紧的。在这样的情况下，我认为他闭起两只眼睛很可能是情有可原的，因为他能传达的全部内容只不过是小孩转眼间就要

① 葛特鲁德·斯泰因（Gertrude Stein，1874—1946），美国女作家，1903年移居巴黎，20年代她巴黎的家仿佛是画家与海外作家的中心。海明威曾经有一段时间也是这个中心的常来常往的年轻人。“迷惘的一代”当时就是斯泰因用来指海明威这样的年轻人的。

② 艾丽丝·托克拉斯（Alice Toklas，1877—1967），葛特鲁德·斯泰因的女友、生活伴侣和秘书，侨居法国，著有《往事回忆》和《托克拉斯食谱》等，《艾丽丝·托克拉斯自传》是斯泰因假托其名义所写。

③ 士麦那（Smyrna）是土耳其西部港市伊兹密尔的旧称。

被火车碾死这一事实，而火车将人撞倒那一瞬间的景象会使精彩描写一下子变得苍白无力，因此孩子被撞倒之前那一刻是他能够描述的极限。但是，如果是行刑队执行死刑，或者把人绞死，情形就不是这样了。如果要把这些很简单的事情记载下来，永远保留下去，举个例子来说，就像戈雅[①]在《战争的灾难》中试图做到的那样，那么，把眼睛闭起来是不行的。我记得，我曾见过一些事情，一些我所记得的这一类简单的事情，但是，因为我是事情参与者，或者虽非参与者，但由于我事后马上要写报道，因此只注意我要当即记下来的事，所以，我从来没有能够像别人那样仔细观察过这种事情；比如说，像有人会去仔细观察他父亲的死，或者仔细观察人怎样被绞死，而这个被绞死的人，我们假设说，他并不认识，也用不着事后立即写成报道送给晚报抢时间发表。

于是，我到西班牙去看斗牛，并试着自己动手写一写斗牛。我以为斗牛会是简单的、野蛮的、残酷的，我不会喜欢斗牛的，但是我想我会看到某种确切的动作，这样我就会有我正在寻找的关于生与死的感觉。我看到了这种确切的动作；可是斗牛远非那么简单，而且我非常喜欢，因此，对于我当时的写作能力来说，斗牛是太复杂了，我根本无法处理，所以除了四篇很短的速写之外，关于斗牛，我在五年时间里面——我但愿实际上等待了十年——没有能写出一点儿东西。不过，要是我果真等待足够长的时间，那就很可能什么东西也写不出来，因为有那么一种倾向，当你真正开始去了解某一件事情但并不想去写它而是想要永远处于不断地了解它的状态时，那么，除非你是个非常自负的人（当然，就因为自负，许多书就这样写出来了），你绝对不会说：现在我全都懂了，我要写了。毫无疑问，我现在当然不这样说；我明白每年都有更多的东西要了解，但有些东西我确实懂，现在写出来会让人感兴趣的，而且我也

① 戈雅（Goya，1746—1828），西班牙画家。《战争的灾难》是他创作的版画集。

许今后很长时间里会不再接触斗牛，所以，我所了解的还是现在就写出来吧。此外，有一本用英语写的斗牛专著也许会有益处，一本论述这样一个非道德性的题目的严肃著作是会有一些价值的。

迄今为止，关于道德问题，我只知道所谓道德的就是你事后感觉好的，所谓不道德的就是你事后感觉坏的。我并不为这种道德标准作辩护，但如果拿它来评价斗牛，那么，对我来说，斗牛是很道德的，因为斗牛在进行的时候，我感觉很好，我感觉到了生与死，必死与永存。斗牛结束了，我很伤心，但感觉很好。此外，我并不关心马；不是说的原则上，而是实际上我并不关心它们。对此我觉得很奇怪，因为我在路上要是看见一匹马倒下就一定会觉得必须去帮助它，我有好多回替马铺过麻布袋，卸过马具，也有好多回逃开了险些儿让钉了铁掌的马蹄踩着；要是以后在下雨和结冰的天气在城市马路上有马倒下的时候我还会去关心的。可是在斗牛场里，看到马的遭遇我一点也不感到恐怖，一点也不感到愤慨。我曾经带好多人去观看斗牛，有男的也有女的，见过马在斗牛场里被牛角捅死、捅伤的时候他们作出的反应，他们的反应是很难预料的。有些女人，我觉得她们，肯定是很爱看斗牛的，只是不愿见到马被牛角捅死、捅伤的景象，但她们对于牛捅马无动于衷；我说的是真的无动于衷，就是说，有些事她们不赞成，她们料想这些事会使她们恐怖和愤慨，但她们一点儿也不感到恐怖或者愤慨。另外有些人，男人也好，女人也好，那情景对他们触动太大，以致身体也感到不舒服起来。这些人的表现，下文还要详细讨论，我现在只想说，用一种文明标准或根据经验，把这些人分成受触动的和不受触动的，这样的差异或者这样加以区分的界线，实际上是不存在的。

根据观察所得我倒要说，观看斗牛的人可以分成两大类；借用心理学的专门术语来说，一类人认同于动物，即把自己放在动物的位置上，另一类人则认同于人。根据我的经验和观察，那些认同于动物的人，也就是说，那些近乎职业性地喜爱狗以及其他动物的人，比起那些不轻易认同于动物的人，能对人类做出更加残酷的事情。在这一点上，我觉得好像人们之间有一个根本的区别，虽然，不认同于动物的人，在总的来说不喜欢动物的同时，对个别的动物如一只狗、一只猫，或一匹马，也会很宠爱的。但是，他们这种宠爱的基础，会是这个别的动物某一特性，或者是与这个别的动物相关联的某些因素，而并非因为这样一个事实：它是动物，所以值得喜爱。要说我本人嘛，我很深情地宠爱过三只不同的猫，四只狗，我记得，只有两匹马，那就是我拥有过、骑过或赶过的马。至于说我追赶过、看过它们比赛和在它们身上下过赌注的马，我曾非常欣赏，也差不多宠爱过好多，而我对其中几匹下过赌注以后，我几乎对它们怀有慈爱的感情；我记得最清楚的有“兵舰”、“歼灭者”（我认为对它我的确是很宠爱的）、“菠菜”、“沙皇”、“希洛斯十二世”、“鲍勃少爷”，还有一匹杂交马，同上述最后两匹一样是障碍赛马，它的名字叫“乌恩卡斯”。这几匹马我都非常非常欣赏，但是我的喜爱中多大部分是来自于所下赌注，那我可说不出。乌恩卡斯在奥特伊尔举行的一场古典障碍赛中以大于十比一的赔率跑了头马，我的赌注就是押在它上面的，当时我拿着赢得的钱对它喜欢极了。这匹马我喜欢得不得了，在谈到这匹良驹的时候，我和伊文·希普曼差不多都激动得掉泪，但是，要是你问我关于这匹马的结局，那我只好说，我不知道[①]。我知道的是，我喜欢狗并非因为它们是狗，我喜欢马并非因为它们是马，我喜欢猫并非因为它们是猫。

对于斗牛场上马的毙命，为什么人们会无动于衷，就是说有一些人无动于衷，这个问题是复杂的；但是根本的原因可能是，马的死往往会是可笑的，而牛的死则是悲剧性的。在斗牛这场悲剧中，马是个可笑的角色。这样说让人听了也许会惊讶，但这是真的。因

---

① 希普曼先生读了我这段文字之后告诉我说，乌恩卡斯后来体力不支，现在已成为维克多·伊曼纽尔先生骑用的马。这个消息并没有使我有所触动。——作者原注

此，马越是糟糕，就越可笑。只要它们有相当的身高，也有相当的体力，这样长矛手得以用他的长矛或者叫 vara，去执行他的使命。对马的这种貌似悲壮以及它们的遭遇，你该会感到恐怖和愤慨，但你也不是绝对肯定会感到恐怖和愤慨，除非你不管有什么样的感情，硬要感到恐怖和愤慨。这些马太不像马；在某种程度上倒像鸟，那种动作笨拙的鸟，如秃鹳或阔嘴鹳。当牛的颈部和肩部肌肉向前一使劲，马被挑起，开膛破肚的躯体戳在牛角上，腿悬在空中，四蹄晃荡，脑袋耷拉着，这时候它们并不可笑；但我可以肯定它们不是悲剧性的。斗牛场上的悲剧都集中在牛身上，集中在人身上。马的功能的悲剧性的高潮出现在早些时候，在斗牛场外，就是在成交签约买下作为斗牛用马的时候。马在斗牛场上的结局，从某种角度来看对这动物的躯架似乎并没有什么不合适。等到帆布盖到了马身上，只看见马的长腿、脖子、变了形的脑袋，还有盖在它身上的帆布看上去好像翅膀，这个时候的马就更加像鸟了，看上去有一点像一只死的鹈鹕。活的鹈鹕是很有趣、好玩、讨人喜欢的鸟，尽管要是你去碰它就会有虱子爬到你手上；可是一只死鹈鹕的样子是很蠢的。

我写这些话并非要替斗牛辩护，而是试图把斗牛完整地表述出来。要做到这一点，就得承认几件事情；而如果一个辩护人在辩护的时候就会把它们忽略，或者避而不谈。因此，发生在马身上的可笑事情并不是它们的死；死并不可笑，死亡使极可笑的角色也会有一种短暂的庄严，虽然死一旦发生，这庄严也就随之消失。发生在马身上的可笑事情是马的内脏奇怪而滑稽地翻出体外。看到一头牲畜内脏被统统翻出体外，按照我们的标准，毫无疑问不是什么可笑的事情，可是，要是这头牲畜并不是在干什么悲剧性的即庄严的事，而是以惊慌的僵硬的步态绕着圈子奔跑，笼罩着它的不是光荣的彩云而是耻辱的乌云，那么，倘若它身后拖着的真的是自己的内脏，那样子就像弗拉特里尼马戏团的滑稽表演一样可笑，尽管他们用一卷卷的绷带、香肠等物充当马的内脏。如果一个场面是可笑的，那么另一个也是；其中的幽默来自同一个原则。我见过这场面。人在逃，马在跑，它的内脏翻出体外，在一场完全是对悲剧的滑稽模仿中，鲜血四溅，掏出来的内脏拖了一地，庄严的因素在这样的过程中被一一毁灭。这些我都亲眼见过，把它叫作开膛剖肚，因为发生在那种时刻，这场面显得非常可笑，这也就是一个最坏的词儿。这是你不会想确认的一种事情，但是，正因为这类事情从来没有被确认过，所以斗牛至今没有被解释好。

我上面所写的马内脏外翻的事故，现在西班牙斗牛中已不再出现了，因为普里 · 德里维拉政府[①]作出决定，要用一种内有衬料的垫子保护马腹部，这种垫子是根据法令的如下条款设计的："以避免出现让外国人和旅游者感到极反感的可怕情景"。这些保护用具避免了这些情景的出现，大大减少了斗牛场上马的死亡数目，但是，这样的保护装置一点也没有减轻马经受的痛苦，这样的保护措施使牛的锐气大大受挫，这一点会在本书的另一章里讨论；采用这些保护用具是朝抑制斗牛迈出了第一步。斗牛乃是西班牙的一大习俗。斗牛并非因外国人和旅游者而存在，不管外国人和旅游者怎么看，斗牛是一直都有的。采取任何改进措施以求确保外国人和旅游者的赞同那是永远办不到的事，这种修改斗牛习俗的任何步骤都是朝完全抑制斗牛迈出的一个步骤。

上面写的是一个人对于斗牛场上的马的看法，把这看法记在这里并不是因为笔者要写自己，要写自己的看法，以为这些是自己的看法就很重要，就觉得津津有味，笔者的意图是要确立一点，即这些看法是当场突然间产生的。一件事情见过多次就变得感觉麻木，我并不是因为这种情况对马的命运漠不关心，从而感情不再为之所动。这不是一个因见得多了而感情麻木的问题。不管我现在对马的

---

① 普里 · 德里维拉（Primo de Rivera，1870—1930），西班牙将军，独裁者，1923 年发动政变上台，因经济管理失败，引起人民普遍不满而于 1930 年下台。

感情如何，我在第一次看斗牛时就已经如此。也许有人会争辩说，我因为观察过战争，所以变得无动于衷，或者是因为我当过记者的缘故，但是这样说解释不通为什么其他人也有完全相同的反应却从未见过战争，或确确实实没有见过任何一类有型的恐怖景象，或者从来没有在报馆，如晨报，工作过。

我认为，斗牛这一悲剧按照程序安排得极有条理，规则制订得极为严格，一个感受到整个悲剧的人，要想把马的处于次要地位的滑稽悲剧从中分离出来从而情绪激动地去感受它，那是无法办到的。如果他们领会了整件事的意义和目的，即使他们对此事一点也不了解；如果他们感到这件他们不理解的事正在进行中，那么，发生在马身上的一切只不过是附带小事而已。如果他们感觉不到整个悲剧，那么，他们自然就会被最滑稽可笑的附带小事所打动。同样道理，如果他们是人道主义者或者兽道主义者（这个术语太妙了！），那么，他们自然感觉不到这场悲剧，只有在人道主义或兽道主义立场上的一种反应而已，显而易见，倒霉的还是马。如果他们心里头真把自己认同于动物，那他们就会很痛苦，也许他们比马还要痛苦。因为，一个受过伤的人知道，伤口的疼痛是在受伤大约半个钟头以后才会出现的，而且疼痛也并不与伤口的可怕外表成正比。腹部创伤也不是受伤的时候就感到疼痛的，而是到腹内胀痛、开始感染腹膜炎的时候才出现疼痛。不过，韧带拉伤或者骨折，那是马上就疼痛而且是剧痛的。但是，对认同于动物的人来说，这些情况他是不懂的，或者不注意的。他们如果只看到斗牛的这一方面，就真的会感到痛苦而且很厉害，但是他们如果是看见马在障碍赛中跑折了腿，那就一点也不会感到痛苦，只不过觉得可惜罢了。

因此，aficionado，即斗牛迷，一般可以说是这样的一类人，他们有上面所说的悲剧观和对斗牛的认识，从而那些细节对他们来说就显得无关紧要，除非这些细节是与整体相关联的。你要么有这样的认识，要么没有，这就跟你有还是没有音乐欣赏能力一样，在我们并没有比较两者优劣的意思。如果一名听众没有音乐欣赏能力，那么，他在交响音乐会上所得到的主要印象，可能就是低音提琴手的演奏动作，就好像一名观众在斗牛场上可能只记得长矛手的一眼就看得出的怪样子。低音提琴手的动作是怪异的，他拉出来的音，如果孤立地听，常常是毫无意义的。如果交响音乐会上的听众是个人道主义者，如同他在斗牛场内是个人道主义者一样，那么，他就很可能会觉得可以找到很多机会做出有益之举让交响乐团的低音提琴手增加薪金、改善生活条件，如同他觉得有很多机会可以为可怜的马做点好事一样。但是，鉴于——我们作一个假设——鉴于他是一个有文化教养的人，并且知道交响乐团的乐器全部都是有用的，应该把它们看作是一个整体，那么，他除了愉快和欣赏之外，可能一点也不会对低音提琴手的动作有什么反应。他不会把低音提琴从整个交响乐团割裂开来，也不会想到低音提琴是由人在演奏。

对艺术的欣赏是随着对艺术认识的加深而提高的，这在所有的艺术都是一样的，但是，如果人们去看斗牛并不带有先入之见，只感受他们实际上感受到的而不是他们认为应该感受到的东西，那么，他们第一次去观看就会知道自己是否喜欢斗牛。无论这场斗牛是精彩还是糟糕，他们可能会一点也不喜欢，任何解释都没有意义，因为他们认为斗牛在道德上来说显而易见是不正当的，这跟人们拒绝饮酒相似，尽管他们本来也许会觉得饮酒是一种享受，他们却拒绝了，因为他们认为饮酒是不正确的。

拿饮酒作比较听起来好像很牵强，但是实际上并不是这样的。酒是世界上最文明的东西之一，也是世上合乎人性的东西当中制作得最完美者之一；也许，比起能够买到的任何纯属感觉的东西来，酒提供了最大的享受和品尝的范围。你可以一辈子学习有关酒类的知识，怀着极大的乐趣下功夫培养自己的品酒能力，你的味觉更加灵敏，品尝能力更加提高，你具有了持续不断提高的享受和品尝酒的能力，即使肾脏功能会衰竭，大脚趾作痛，指关节不灵活，到最后，就在你最最喜欢喝酒的时候你却不得不戒酒。这跟眼睛的情况相似；眼睛起初只是有用而健康的工具，现在情况变了，即使视力不如从前，视力因用眼过度而减退，两眼已经疲劳，但是，因为懂得了可以看事物或者说有了观赏能力，所以眼睛能持续不断地将更大的乐趣传递给大脑。我们的身体都会以某种方式变得衰弱，最后我们死去；我宁愿拥有能让我尽情享受玛尔戈红葡萄酒或上勃里昂酒所带来的乐趣的那种能力，即使由于要练就这样的品酒能力会饮酒过量，使肝脏受损，不能再喝里希堡酒、科尔通酒或尚贝坦酒，我宁愿这样也不愿要少年时代那种像瓦楞铁板制成的内脏器官，那时候，所有的红葡萄酒，除了波尔图酒以外，都是苦的，而且喝酒仅仅是一个过程——灌下足够量的任何一种酒使我莽撞起来的一个过程罢了。当然，问题的关键是要避免非得完完全全把酒戒掉，这跟眼睛的情况一样，是要避免把眼睛弄瞎了。但这些事情上面好像许多是靠碰运气的，谁也没法靠规规矩矩就躲避得了死，要不去试一试也就说不上他身体哪一个部位可以承受到什么程度。

我们好像跟斗牛越说越远了，不过中心意思是，一个人随着知识的增多，随着味觉的训练，可以从饮酒获得极大的乐趣，就像一个人从斗牛获得的乐趣会不断增长，最后欣赏斗牛变成他最大的业余爱好之一，但是，一个人第一次去喝酒，仅仅是喝，不是去辨味道，不是品尝，他就会知道自己是喜欢还是不喜欢，就会知道喝酒对他是不是有益，虽然他也许并不在乎酒是什么味道，并不在乎能否辨别得出来。对于酒，大多数的人起初都喜欢甜佳酿酒，索泰尔纳酒、格拉夫酒、巴尔萨克酒，以及一些汽酒，如微甜的香槟和起泡的勃艮第，因为这些酒有别致的特质，而到了后来，这些酒他们都不喝了，而喜欢酒力不大、味儿倒醇厚的上乘梅多克大苑①酒，尽管装那种酒的是没有商标，没有灰尘或蜘蛛网的光瓶子，酒的品质并没有什么奇特，有的只是它在你舌头上的纯正、柔和以及微微的醇厚感、在嘴里的凉爽感以及喝完以后的温暖感。同样，观看斗

① 法国梅多克地区生产酿酒葡萄的85个优秀葡萄园按葡萄成熟先后分为5个“苑”，“大苑”是其中之一。

牛的人起初喜欢的也就是入场式的别致，喜欢的是斗牛场的五光十色，那个场面，喜欢看挥动红披风过头顶、然后藏于身后的动作和挥动穆莱塔让红布缠身的姿势，样子十分奇特，还喜欢看斗牛士伸手去摸牛鼻子、抚摩牛角，他们喜欢的都是这些中看不中用、奇奇怪怪的花样。要是他们见马受到了保护，没有出现尴尬情景就会很高兴；他们赞许这一类措施。最后，到了他们由于经验的积累学会欣赏其价值的时候，他们所寻求的是直率，是真正的而非假装的感情，是古典风格和所有斗牛技巧淋漓尽致的发挥。就像喝酒的口味变化那样，他们拒绝添加甜味，而是要看到不用保护垫的马，这样就看得见全部创伤直至马的死亡，不愿意观看预先计划好使马能经受得住而观众却觉察不到的痛苦。但是，这情形也与喝葡萄酒相似，你第一次尝试的时候就可以从它对你产生的影响得知你是喜欢还是不喜欢这么一件事情。斗牛有多种多样，迎合人们的各种口味，如果你不喜欢斗牛，一种也不喜欢，对它的细节不感兴趣，作为一个整体也不喜欢，那么斗牛对你就不适合。当然，如果不喜欢的人不觉得要发动斗争来抵制它或者因反感或讨厌而要花钱去禁止它，那么，对喜欢斗牛的人来说就是一件好事了，不过，那样期望太过分，任何会引起强烈爱好的东西，也必定会引起同样强烈的反对。

可能的情况是，一个人去看的第一场斗牛在技艺上不一定就是精彩的；要有精彩的斗牛，必须要有优秀的斗牛士和好的公牛。斗牛能手和差的公牛搭配，不会有引人入胜的斗牛赛，因为能跟公牛玩出不平常的招式、在观众心中激起极强烈情绪的斗牛士，不会试图与一头他不能指望会作冲击的公牛一起作这种表演；因此，如果是差的公牛，即只见它样子凶狠但其实并不勇猛，人不能指望它会向前冲击，这种牛进攻又不主动，无法预料它何时会攻击，这样的公牛最好让既懂行又诚实还有多年丰富经验的斗牛士而不是讲究招式的斗牛士去对付。这样的斗牛士碰上一头难对付的牲畜也能表演得好，而且，由于这样的公牛又多一重危险，而要克服这危险，做好准备将牛刺杀并且杀得有气派，斗牛士既要有技巧又要有勇气，因此，这就使斗牛变得十分有趣，即使过去从来也没有看过斗牛的人，也会觉得很有意思。但是，如果这样的一名斗牛士，他虽熟练、精明、勇敢、能干，但没有天分或非凡的灵感，在斗牛场上碰巧面对一头真正勇猛的牛，它朝前直线冲击，它响应斗牛士一次次的挑战，它遭了痛击反而更加勇猛，具有西班牙人称之为“崇高”的那种品质，而斗牛士只有胆量和诚实的能力，准备见了牛就是杀，并没有手腕上的魔法和美学的想象，不会与一头朝前直线冲击的牛一起创造出现代斗牛雕塑艺术，那么，这名斗牛士就会完全失败，他的表演就是没有特色的、平平常常的表演，他在商业性斗牛的名次方面便越来越落后了，这时候人群中那些也许年收入还不到一千比塞塔的人会说，而且说的是心里话：“我宁可花一百比塞塔来看卡冈乔跟这头牛斗呢。”卡冈乔是个吉卜赛人，常见他突然间胆怯起来，是个很不诚实的人，斗牛士行为规范不论是成文的还是不成文的他一概不遵守，但是就是这样一个人，一旦遇上一头他对它有信心的公牛（他是很难得对牛有信心的），他就有本事以从来没有人试过的方法去做每个斗牛士都做的动作。有时候，他直挺挺地站着，两脚一动不动，仿佛是生了根的一棵树，带着吉卜赛人特有的骄傲与风度，所有别的骄傲与风度相比之下就似乎成了假冒的一般，他把红披风像帆船上的艄三角帆般全部展开，在牛鼻子前极慢极慢地移动，以至只是因其短暂性而没有被列为主要艺术之一的斗牛这门艺术，在他的诱牛动作那种透出骄傲的缓慢之中，在人们感觉只有那么几分钟的时间里，变成了永恒。上面用的是一种最蹩脚的花样文体，但要给人以一种感觉的话，非这样写不可。对于一个从来没有观看过卡冈乔斗牛的人来说，用简单的语句描述他的方法不能传达这种感觉。已经观看过斗牛的人可以跳过这些花里胡哨的文字，光读那些真情实况，不过要将这些真情实况分别叙述就会困难得多。实际上，吉卜赛人卡冈乔有时候能够运用他那非凡的手腕，非常缓慢地施展通常的斗牛动作，会让人觉得这样的动作跟多年来看到的动作相比，就好像电影慢镜头对正常镜头一样。这就好像跳水的人能够在空中控制燕式跳水（虽然燕式跳水在照片上看来像是长距离的下滑，但在实际上只是一个急速的动作）的速度，延长在空中停留的时间，使燕式跳水变成了长距离的下滑，就像有时候我们在梦中的俯冲和跳跃一样。其他有这种手腕本领或者曾经有这种本领的斗牛士是胡安·贝尔蒙特、恩利克·托雷斯和弗里克斯·罗德里克斯，后两位有时候很会运用红披风。

第一次去看斗牛的观众不要指望能同时看到理想的公牛和与这头牛相配的理想的斗牛士，这种情况在西班牙全国一个赛季里最多可能不过出现二十次，而且第一次就看到这样的斗牛对他来说是没有好处的。面前的这许多东西会弄得他眼花缭乱，两只眼睛连看都看不过来，而且，这一生也许再也见不着的了不起的东西，对他来说反倒不过是平常的表演罢了。要是一个人有可能会喜欢上斗牛的话，最适合他第一次去观看的，是一场中等水平的斗牛，即六头公牛有两头比较勇猛，其余四头没有什么特色的公牛则使这两头的表演更见得出众，三名斗牛士应是报酬并不太高的那一类，这样他们所做出的任何不一般的表演都会显得很有难度而不是很容易；座位也不要太靠近场子，这样他就能看到整个场面，相反，如果离场子太近，他所看到的往往会是局部——牛和马，或人和牛，或牛和人；最后，还得是在一个炎热的大晴天。太阳是非常要紧的。斗牛的理论、实践和场面都是建立在天空上有太阳的基础上，要是没有了太阳，那么斗牛就等于缺少了三分之一。西班牙人有一句话说，“El sol es el mejor torero.” 这话的意思是说，太阳是最好的斗牛士，没有太阳就没有了最好的斗牛士。他就像一个没有影子的人了。

第二章

斗牛，按照盎格鲁-撒克逊语言中的词义解释，不是一项运动，换句话说，斗牛并不是公牛与人之间的平等竞赛，也没有要达到平等竞赛的企图。确切地说，斗牛是一场悲剧，是公牛的死；这场或演得好或演得差的悲剧，由公牛和相关的人共同表演，在这场悲剧中，人有危险，但是牲畜是必死无疑。人的这个危险可能会增大，因为斗牛士可以任意调整他接近牛角的远近程度。根据多年的经验制订出了在封闭的斗牛场内进行徒步斗牛的规则，这些规则如果让人了解并得到遵守，就允许人对公牛采取某些行动而不被牛角钩住。只要斗牛士遵守这些规则，他就可以在缩短他与牛角之间距离的情况下，越来越依靠自己的反应能力以及对这段距离的判断，避免牛角尖的伤害。被牛角顶伤这个危险，是人自己找的，如果人出于无知、动作缓慢、手脚迟钝、招式鲁莽或者一时踉跄为实施不同招式而没有遵守根本规则中的任何一条，那么，情况也会发生变化，牛会将人顶住，将他摔死，危险变成了必然。人在斗牛场内所完成的每一个动作都叫作一个“suerte①”。这个术语因为简短所以用起来最方便。它的意思即 act②，但 act 这个词在英语里又有戏剧的含义，因此用了它会产生混淆。

首次观看斗牛的人说，“公牛也太笨了。老是冲着红披风，不去顶人。”

公牛只会朝着密织棉布做的红披风或者猩红的哔叽做的穆莱塔冲击，如果人去逗引它，并且注意手中红布的挥动，使得公牛只看见红布而看不见人。因此，一个人真正开始看斗牛，应该是看 novilladas 即见习斗牛士与三岁公牛搏斗。在那种斗牛表演里，牛并不是老冲着红布的，因为那斗牛士是在观众注视下学习斗牛规则，他们不是总能记着或明白自己最合适的活动范围，以及如何叫公牛老跟着逗引的红布而把人撇下。了解一条条规则是一回事，面对着要把你捅死的牲畜需要这些规则的时候还能记得起来，那又是一回事。如果观众是要看人怎样被摔死、捅死，并不想评判控制公牛的方法之优劣，那他就该先去看见习斗牛士的表演然后再去看 corrida de toros，即完全意义上的斗牛。如果想了解一点技巧方面的知识，不管如何，先去看看新手表演应该是一件有益的事，因为，我们用那个怪词儿称呼的知识，在不熟练的情况下运用总是看得最清楚。在新手表演中，观众可以看到斗牛士犯的错，以及所犯错误带来的后果。观看的人还可以知道一点人员的训练情况，或者训练的不足之处以及因此而对胆量造成的影响。

记得有一次在马德里，我们去看新手表演，那是仲夏的一个很炎热的星期天，有条件的人都出城到北方的海边，或者到山里去了；到了晚上六点钟才说有斗牛，说可以去看到三名争取当剑杀手的新手，杀了六头托巴尔公牛；而这三人后来在这行当中都没有成名。我们就坐在木栅栏后面的第一排。第一头牛出场时可以看得很清楚，如果多明戈·埃尔南多雷纳——一个矮个子、粗脚踝、样子土里土气的巴斯克人，脸色苍白，穿着一套租来的廉价斗牛服，神情紧张，像没吃饱肚子似的——如果他要刺杀这头公牛，他就会不是出丑，就是让公牛捅死。埃尔南多雷纳控制不了两条腿的紧张。他是想静静地站着，双臂慢慢移动，用红披风去挑逗那头公牛，可是，那头公牛冲击的时候他无法站定，两只脚急速、紧张地跳开去。很显然，他自己已经管不住那两只脚了。两只脚很紧张，要逃脱危险，他自己又要装出个模样来，众人见了觉得很好笑。他们觉得很好笑是因为他们许多人心里明白，要是看见两只牛角直冲过来，自己的两只脚也会这个样子的。他们照例免不了对任何跟他们

---

① 西班牙文，意为“方式”、“斗牛技巧”、“招式”等。

② 英文，意为“动作”，在戏剧中也作“幕”解。

有同样缺点的人到斗牛场里赚钱感到不满，因为正是这一点使他们，即观众，与这种被认为收入很高的谋生方式无缘。轮到另外两个剑杀手上场，他们对红披风掌握得特棒，这么一来，跟他们的表演相比，埃尔南多雷纳两只脚的紧张样子就更糟了。他有一年多没到斗牛场来玩牛了，根本无法抑制紧张的情绪。等到短标枪投刺完毕，该由他带着红布和剑出场去跟公牛逗，为刺杀公牛做准备，并最后将它刺死，这时候，那些见他做出胆怯动作就喝倒彩的人们心里明白：要闹笑话了。在我们下面的场子里，他拿起穆莱塔和剑，漱了漱口，这时候我看见他脸上的肌肉在抽动。公牛紧靠栅栏站着，两眼注视着他。埃尔南多雷纳知道自己的两条腿靠不住，要慢慢地朝公牛走去是做不到的。他心里明白，只有一个法子能让自己待在这斗牛场内的一个地方。他朝公牛奔去，到了相距十码的地方，双膝跪在沙地上。那样的姿势使他不会被人笑话。他用剑挑开红布，两腿跪着朝牛移动。牛盯着人，盯着三角形红布，两只耳朵竖起来，两只眼睛一动也不动，埃尔南多雷纳又用双膝移近了一码，并且抖动手中的红布。公牛的尾巴竖起来了，脑袋低下，冲了过来，刚一碰着人，埃尔南多雷纳就沉沉地从地上弹到空中，像一只包裹一样翻转了一下，这时候的两条腿也在空中乱踢，接着跌落在地上。公牛还在找他，却看见另一个斗牛士手里拿着展开的红披风在挥动，就朝那人冲去。埃尔南多雷纳从地上站起来，发白的脸上沾着沙土，寻找他的剑和红布。就在他站起身来的时候，我看到他租的那条脏兮兮的灰色厚绸裤开了长长的一条口子，从屁股到膝盖几乎大腿骨都露出来了。他自己也看到了，现出十分吃惊的神色，伸手去捂住，这时人们翻过栅栏，跑过去要把他送医院。他犯下的技术性错误是，没有将穆莱塔举在自己与公牛之间直至公牛冲上前来；然后，到了所谓的判定时刻，即公牛低下的脑袋碰着了红布时，他又没有做到一面弓起身体后退，一面把棒和剑挑开的红布尽量朝前方举起来，好让朝红布冲过来的公牛顶不到人的身体。这是个简单的技术性错误。

那天晚上，在小餐馆里，我没有听到有人们说同情他的话。他无知、迟钝、好久没有训练了。他为什么硬要当斗牛士？为什么要下跪呢？因为他是个胆小鬼，他们说。膝盖是胆小鬼用的。如果是个胆小鬼，他为什么又硬要当斗牛士呢？人们对控制不住的紧张表现没有自然的同情，因为他是一个收了钱作公开表演的人。在公牛的面前逃跑，还不如被公牛捅死来得好一些。被捅死是光彩的；在他控制不住紧张的情绪跟跟跄跄往后退的时候被公牛捅死了，而没见他双膝跪在地上，那样人们是会同情的，虽然会让人嘲笑，但是人们知道那是因为缺乏训练之故。因为让公牛给吓破了胆的时候最难的事是稳住双脚让公牛过来，所以任何稳住双脚的尝试都是光彩的，即使人们见了那样子滑稽会取笑。可是，埃尔南多雷纳双膝跪在地上，并没有掌握在那个姿势上跟公牛斗的技巧。这个技巧是当今最讲究技术的斗牛士马西亚尔·拉兰达所掌握的，也正因为是这个缘故，跪姿才成为光彩的；而埃尔南多雷纳承认了自己的紧张情绪。流露出紧张的情绪不是一件可耻的事；只有承认心里紧张才是可耻的。斗牛士由于缺乏技巧并且因此而承认自己稳不住两只脚，一下子跪在牛的面前，这个时候，人们是不会同情他的，那跟人们不同情自杀的人是一样的道理。

至于我嘛，由于我不是个斗牛士，同时又对自杀很感兴趣，因此我的问题是如何描述的问题。夜里醒来我试图回想看来我会记不起来的是什么，对啦，是我确实看见过的情形，终于，我记起了有关的一切，想起来了。他从地上站起来，脸色苍白，沾了泥沙，绸马裤从腰到膝盖开了大口子，在那个时候，我看见的就是他肮脏的马裤，他开了口子的肮脏内衣，还有雪白、雪白、白得不忍再看的大腿骨，要紧的是这件事。

同时，在新手表演中，除了观察斗牛技巧和因缺乏技巧而造成的后果之外，你还有机会了解如何对付有缺陷的公牛的方式，因为，由于有某些明显的缺陷而不能用于正式斗牛的公牛总在见习斗牛中被杀死。几乎所有的公牛在任何一种方式的斗牛中都会表现出缺陷来，这些都须由斗牛士来纠正，可是在见习斗牛中，这些缺陷，譬如视觉缺陷，在一开始就非常非常明显，因此，纠正缺陷的方式，或者因没有得到纠正而造成的后果，是显而易见的。

正式的斗牛是一场悲剧，而不是一项运动，并且公牛是一定要被杀的。如果剑杀手杀不了公牛，在规定的准备刺杀和进行刺杀的十五分钟结束的时候，公牛就要由犍牛引领、被活着带出去，杀公牛的人名誉扫地；根据法律，公牛必须在斗牛场边上的牛栏里被杀死。剑杀手即正式认可的斗牛士被捅死的机会只有百分之一，除非他没有经验、无知、好久没有受过训练或者年纪太大、双脚不灵活。但是，如果剑杀手懂行的话，他可以任意增大自己所冒的死亡危险的程度。但是，他增大危险时必须遵守为保护他而定的规则。换句话说，做了一个如果他在极端危险但仍旧能保持身体平衡的情况下知道怎么做的动作，那就是他的荣耀。如果他因为无知、无视根本规则、因身体或头脑迟钝或者因鲁莽而冒险，那就是他的耻辱。

剑杀手必须以见识与技术来制服公牛。只有在以优美的动作去制服对方的限度里，斗牛看上去才是美的。力气对于斗牛士是没有多大用处的，除非是在刺杀那一瞬间。拉菲尔·戈梅斯别号“公鸡”，快五十岁了，吉卜赛人，是别号叫“小公鸡”的何塞·戈梅斯的哥哥，是戈梅斯这个姓氏的吉卜赛斗牛士世家活在世上的最后一个成员。一次，有人问他在做些什么体育锻炼来增强体力去斗牛。

“力气，”“公鸡”说，“我要力气干什么，老兄？牛有半吨重。我去锻炼身体增强力气跟牛比？让牛去有力气好了。”

如果允许公牛也像斗牛士一样增长见识，如果在斗牛场十五分钟规定的时间里没有刺死的公牛事后不在牛栏里被杀掉，而是允许再次出场，那么，这些公牛会捅死所有的斗牛士，如果斗牛士都遵守斗牛规则的话。斗牛是建立在野生动物与不骑马的人之间第一回相遇这个基础上的。公牛以前从未进过斗牛场，这是现代斗牛的根本前提。早期的斗牛，是允许以前进过斗牛场的公牛再次入场的，被牛捅死的人太多了，于是教皇庇护五世于一五六七年十一月二十日发布敕令，凡是允许在自己国家进行斗牛的天主教君主都要逐出教会，而且在斗牛场里捅死的人一律不得举行天主教式葬礼。鉴于西班牙在教皇敕令发表之后仍继续不断地举行斗牛，教会只在大家都同意公牛只能在斗牛场内出现一次的情况下容忍斗牛。

你也许因此会认为，如果允许公牛再次进入斗牛场，那么，斗牛就可以成为真正的一项运动，而不仅仅是一个悲惨的场面而已。我在外省城镇看到过这样的公牛，违反法律规定上场。那是临时围起来的场地，在城中的广场，把大车拉在一起，堵住通广场的出入口，那是非法的 capea，也就是用上过场的公牛的广场斗牛。有雄心大志、但没有后台老板资助的斗牛士，都是在广场斗牛中头一回体验斗牛的。那是一项运动，一项非常野蛮、原始的运动，而且大体上是真正的业余运动。然而，恐怕由于斗牛有死的危险，因此，在参加运动的美英业余运动员当中是绝对不会受到多大欢迎的。我们在运动中不会为死所吸引，无论是接近死，还是逃脱死。我们被胜利所吸引，我们以避免失败来取代避免死。这是一个很好的象征，但是，如果死与竞赛关系越是密切，那么，要做个运动员，就得有越多的睾丸[①]。在广场斗牛中，公牛难得被杀死。这样对爱好动物的运动员应该有很大的吸引力。外省城镇一般都很穷，负担不起杀牛的，而有志向的斗牛士谁都花不起钱买剑，否则他也不会看中广场斗牛来学艺了。这样就为有钱的运动员提供了机会，因为有钱他就付得起公牛的钱，自己也买得起剑。

然而，由于公牛智力发育的道理，再次进入斗牛场的公牛也没有什么看头。公牛冲击了一两回之后就会站住不动了，只有公牛觉得有把握捅倒拿红披风引诱它的大人或小孩的时候，它才会冲击。如果面前有一群人，公牛冲进人群，它就会看准一个人穷追，不管

① 参阅“术语释义汇编”cojones 条。

那人怎样左躲右闪、拼命奔跑、绕弯子，它都会穷追到底，把人捅倒。如果牛角尖头是磨平了的，那么公牛的追呀、捅呀，一时间是很有看头的。哪一个人也不必去惹公牛，要是他不想这么做的话，当然，想去斗一斗牛的人，也难得真的去显示一下自己的勇气。对于那些进入了广场里面的人来说这是非常令人激动的，它是对一项真正业余运动的一次考验，看看是否会让运动员比观众更加觉得有趣（一旦观众觉得有趣到了足够的程度，收取入场费也就有利可图，那么这项运动也就有了职业化的萌芽），而最细微的冷静或镇定的迹象，立即就会博得热烈欢呼。但是，如果牛角尖没有磨平，那就是个人心慌乱的场面了。这时候大人、小孩拿麻袋片、衬衫、旧披风当作斗牛红披风跟磨平牛角的情况下一样去引逗公牛；唯一的不同是，如果人让公牛捅着，掀倒在地，他们很可能就会落下当地医生无法治的创伤。曾经有一头公牛，是巴伦西亚省广场斗牛最最得意的，它在五年当中，捅死了十六个大人和小孩，六十多人被它严重捅伤。进入广场斗牛的人，有时候也像争取当职业斗牛士的人一样表演，以此免费获取斗牛的经验，但是大多数人还是像个业余斗牛士，纯粹是为了运动，为获取眼前的刺激，而且是极大的刺激；也是为了今后回想起来的乐趣，即在自己家乡的广场，一个炎热的午后，曾有过对死的藐视。许多人进入场内是出于虚荣心，他们希望自己是有勇气的。许多人发觉自己一点也没有勇气，但至少他们是进过场子的。他们除了自己内心的满足即与牛进过场子之外，其实没有什么可以得到的，这件事本身不过是一桩做的人日后会永远记在心里的事罢了。让一头牲畜冲你过来，朝着你睁大眼睛，有意要将你捅死，同时你还看着它那低下的脑袋上要刺死你的角一步步逼近，那样的感觉是一种奇怪的感觉。这种感觉引起了人所希望的激动，因此总有人愿意进入广场斗牛场内，为了满足曾经有过这样的经历的自豪感，为了满足曾经与一头真公牛斗过几下子的乐趣，尽管当时实际感受的乐趣不一定很大。有时公牛被杀了，如果这个城镇有钱杀得起牛，或者老百姓激情失控的话，大家朝公牛蜂拥上去，人人手里都拿着刀子、匕首、屠刀、石块。也许公牛的两只角之间会夹住一个人，被公牛上下掀动着，可能有人被摔到空中，但肯定有几个人扯住牛尾巴，一群人手拿刀子、匕首一拥而上，朝牛砍呀、杀呀，直到它趺趺撞撞，倒在地上。整个业余斗牛即群斗，虽则很刺激，但却是非常野蛮、混乱的举动，它跟正式斗牛的程式相差十万八千里。

那头捅死十六人、捅伤六十人的公牛，是被用非常古怪的方式杀死的。它捅死的人当中有一个是大约十四岁的男孩。事后那孩子的哥哥和姐姐一直跟着这头公牛，也许是想在广场斗牛结束后公牛关进木笼子找机会暗地里杀掉它。这么做很难成功，因为这头公牛身价非常高，看得也特别牢。他们两人就这么跟踪了两年，也不动手，只是这头公牛到了哪里，那里就有他们两个人。又到了政府颁布法令要废止广场斗牛（那是一回又一回地废止过了）的时候，公牛主人决定把公牛送到巴伦西亚屠宰场去，因为这头公牛年龄毕竟也大了。两个吉卜赛人就跟到屠宰场，那小伙子要求让他来杀牛，因为这头公牛捅死了他弟弟。他的要求被同意了，于是便着手杀牛，他先是把木笼子里的公牛挖去了两只眼睛，对准眼窝吐唾沫，接着，他用匕首割断公牛颈椎骨之间的骨髓（割起来也挺不容易）。这样杀死公牛之后他要求再割下公牛的睾丸，这个要求也得到了同意。他和他妹妹在屠宰场外面尘土飞扬的街路边生了一堆火，又用铁丝刺穿两个睾丸，放在火上烤，待睾丸烤熟，都吃了。就这样，他们不屑一顾地离开了屠宰场，顺着大路出了城。

第三章

现代正式斗牛，即 corrida de toros，通常是六头牛，由三个不同的人来刺杀。即每人要刺杀两头牛。按法律规定公牛必须是四至六岁，不可以有身体缺陷，长一副好牛角，而且锋利。斗牛开始之前，公牛都要由市级兽医作体检。不到年龄，牛角不健全或是眼睛、牛角有什么毛病，或者有明显的疾病，或有瘸腿等明显残疾的公牛，兽医应予以拒绝。

刺杀牛的人叫作剑杀手，他们要刺杀哪几头牛是抽签决定的。每一个剑杀手即刺杀牛的人，都有一个 cuadrilla 即一个小组，由五六个人组成，这几个人都由他出钱雇用，都听他的命令行事。其中三个人徒步，手拿红披风协助他，并按照剑杀手的命令，插入短标枪，这是三英尺长的木杆矛，有鱼叉似的头。这三个人就叫 peones 也叫 banderilleros。另外两个人进场的时候骑马，他们叫 picadors。

在西班牙没有叫 toreador 的斗牛士。这个字已过时不用了，是指过去还没有职业斗牛的时候的一些贵族，他们骑在马上刺牛作为运动。为挣钱斗牛的人，不管是剑杀手，还是短标枪手，还是长矛手，都叫 torero。骑一匹经过严格训练的马，在马背上拿长矛斗牛的人叫作 rejoneador，也叫 caballero en plaza。斗牛，西班牙语叫 corrida de toros，即赛牛。斗牛场叫 plaza de toros。

早上，斗牛还没有开始的时候，每位剑杀手的代理人（通常是年龄最长、最受信赖的短标枪手）在斗牛场牛栏旁碰头。下午要参加斗牛的公牛都关在那里。这些代理人察看牛栏里的公牛，看看个头大小，估量体重、身高及牛角长度、宽度、锋利程度，还有公牛的皮毛光泽。这最后一条，跟其他的一样，也都是很能反映公牛身体状况的象征，也许还是勇猛的象征。可以确定勇猛的靠得住的标志是没有的，虽然能表明胆小的可能性有许多的象征。那些心腹短标枪手从牧场押送公牛的牧人即 vaquero 那里打听情况，了解每头牛的特性、可能有的脾气。这位牧人从牧场跟到斗牛场，到了斗牛场负责照看这些公牛的时候他就被称为 mayoral。牛栏里的牛要分成三组，每组两头，分组要碰头协商的代理人一致同意，这样做是要在每组牛里都有一头好牛和一头差牛，好与差是从斗牛士的观点定的。好牛是不很大，不很壮，牛角不很大，肩部不很高，但尤其重要的是视力好，对颜色及动作反应快，冲击勇猛而且干脆。差的牛是牛个儿太大、年龄太大、力气太大、牛角太粗大；但尤其是，差的牛对颜色或动作无反应，或者胆子不很大，缺乏持久的凶狠，因为这些缺陷使斗牛士说不准公牛什么时候冲击、会不会冲击、怎么样冲击。代理人通常都是些矮个儿，头戴帽子，早上起来到现在还没有刮脸，说话带着各种各样的口音，但是眼光一律都很敏锐，他们不停地争论。他们说二十号角比四十二号粗大，不过四十二号比十六号重两个厄罗巴（五十英磅）。四十六号大得像座大教堂，有人朝它吆喝一声，它正吃草料，听见吆喝抬起头来。十八号红棕色，说不定像犍牛那么胆小。经过一番你争我吵才编好组，公牛大腿上烫了火印，两头一组编上号，同时将号码分写在三张香烟纸上，卷成小纸丸，扔到帽子里。红棕色、可能胆小的这头牛跟那头体重中等的搭配，那是一头黑牛，角不太长，毛色富有光泽。像座大教堂那头四十六号，跟十六号搭配。这头牛不大，兽医那一关差一点没通过，也没有什么突出的特点。是一头标准的没有完全发育的牛，看上去像个样，但是肌肉没完全发育，也不大懂如何使用它的角，那些代理人都想替自个儿的剑杀手要这头牛。牛角宽大但是尖得像针的二十号配上四十二号，除十六号之外它最小了。拿着帽子的那个人把托在手中的帽子晃了晃，代理人都伸出黝黑的手，摸了卷得紧紧的香烟纸小纸丸。他们展开纸丸，看上边写的号，也许抬头最后看了一眼那两头公牛，就回旅馆去找剑杀手，告诉他们要杀的是什么样的公牛。

剑杀手决定下来他要斗的牛的先后次序。他可能先拿最差的那头，希望第二次牛情况会好转，万一斗第一头牛结果很糟糕的话。要是他挨到第三个出场杀牛，那他就先斗最好的那头牛，因为他心里明白他要刺杀的是第六头牛，而且要是那时候天已暗下来，大家都想散场，那么大家都会原谅他想匆匆结束，也会原谅他尽可能草草收场，要是那头牛是头难侍候的牛。

剑杀手刺杀的先后次序的编排是按资历从高到低来定的；这要从他们在马德里斗牛场作为正式剑杀手出场算起。要是哪个剑杀手被牛捅伤、待在医院里回不来，在过去，他留下的牛全由斗牛场内资历最深的剑杀手包揽。现在不一样，是在留下的剑杀手当中分的。

斗牛通常是下午五点钟或五点半钟举行。当天中午十二点半，则举行 apartado，即把牛栏里的牛一头头实行隔离，这要犍牛帮忙，利用旋转门、通道和单向活动门，把牛都分隔开来，关到单间牛栏即 chiquero 里。牛在单间牛栏里关着休息，按照已经定下的出场次序，待轮到它时才放进场内。斗牛之前牛不会像你在各种西班牙导游手册里都可看到的那样不让吃料、喝水，也不会在暗洞洞的牛栏里关上好几天。在斗牛开始之前，公牛在光线暗淡的牛栏里关着不会超过四个钟头。公牛离开之前不会在单间牛栏里得到东西吃，这跟拳击手比赛前那一刻不吃东西是一样道理。不过把它们关在光线暗淡的单间小牛栏里的理由是为了让牛可以一下子冲进场内，也可以让牛在开斗之前休息一下、静一静。

在进行公牛分隔的时候，到场的人通常只有剑杀手、他们的朋友和代理人，斗牛场的老板，当局派来的人，还有很少几名观众。通常这时候是剑杀手头一回见到当天下午他要刺杀的牛。大多数地方把入场券价格定在五个比塞塔，以此来控制观众的人数。斗牛场老板希望把牛隔离的时候只有少数人在场，这样是为了不让牛的注意力被观众吸引，因为这些观众为了想看看动作会朝牛吆喝，把牛惹起来，它们就会去冲门、冲墙、互相顶撞。如果牛在牛栏里冲撞，它们就会有损坏牛角或相互捅伤的危险，那么斗牛场老板就得花几百美元一头去换牛上场。许多看斗牛的观众和那些跟从的人总认为，斗牛士会跟牛说话，他们也会的，或者比斗牛士还行。因为有牛栏高围栏或墙的防护，所以他们就设法吸引牛的注意，学着牧人和职业斗牛士吆喝的声音，“嗬！嗬！嗬！”粗声粗气地叫。如果底下牛圈里的牛抬起大脑袋，让人看到它的粗大牛角像木质一样坚硬，顶端光滑，还有脖子和肩胛上隆起的肌肉，放松的时候是厚实的一大堆，一抬起脑袋，就高高地耸起，裹着黑黝黝、毛茸茸、富有光泽的皮毛，两个鼻孔张得大大的，一面朝观众瞪着双眼，一面还要抬起牛角、不停晃动，那么，那个会说牛语的业余爱好者就取得了成功。如果牛真冲击，将牛角刺进木头，或者朝说话的人仰起脑袋，那就是一个巨大的成功。为了控制成功的次数，避免巨大的成功，斗牛场老板把入场券价格定为五比塞塔，他们的依据是，凡是能付得起五个比塞塔来看公牛隔离的人，个个都是非常有尊严的人，绝不会在斗牛之前跟牛去说话的。

不过，这事也不能说就一定有把握，乡下有些地方斗牛一年只有一回，在那种地方你看到一些人付了五个比塞塔观看牛的隔离，就是为了找个好机会施展自己跟牛说话的才能。但一般来说，五个比塞塔的票价的确减少了脑子清醒的人的牛语。公牛极少留意酒鬼的话。我曾好多次看见喝醉了酒的人朝牛大声嚷嚷，而从没见牛看上一眼的。潘普洛纳那个地方，一个人有了五个比塞塔就可以在马市场醉它两回还可以吃上一顿饱餐。在那样的一个城里，五个比塞塔的庄严气氛，给牛的隔离增添了几乎是宗教的静穆。谁也不会花五个比塞塔在那里看公牛的隔离，除非他是个大款，而且很有尊严。但是隔离的气氛在别的地方有可能非常不一样。我从来没有见过两个不同的城镇的气氛是完全相同的。隔离完毕人人都上小餐馆。

正式的斗牛是在一个铺沙土的场子里，场子周围是漆成红色的木板围栏，围栏高四英尺稍多一点。这个木板围栏叫作 barrera。木板围栏后面是一条环形通道，这条通道将木板围栏与圆形斗牛场的第一排座位隔开。这条狭窄通道叫作 callejon。通道上站着看管剑的人，他们旁边放着水罐、揩布、一叠叠折好的穆莱塔和沉重的皮剑套，还有斗牛场服务员，卖冰啤酒、汽水的，卖冰水果的把那些水果用网袋装了，还有卖腌杏仁、卖花生的。通道上还有警察、暂时不上场的斗牛士、几个随时准备抓那些可能跳进场内的业余斗牛爱好者的便衣，还有摄影师，坐在有挡板保护的固定座位上的有医生、修复损坏的木板围栏的木匠，以及政府派的人。有些斗牛场允许摄影师在通道上走动；有些斗牛场摄影师必须坐在座位上拍照。

除了包厢即 palco 和楼座即 grada 之外，斗牛场的座位都是露天的。从楼座到场子边座位由高到低，环形排列。这些一排排对号入座的座位叫作 tendido。靠近斗牛场的最前面两排座位，即所有座位的前排，叫作 barrera 和 contra - barrera。第三排叫作 delanteras de tendidos 即 tendido 前排座位。为编座次起见斗牛场分成几个区，就跟你切馅饼一样，这些区就编上号：一、二、三，可一直编到十一、十二，视场子大小而定。

如果你是第一次去看斗牛，你最合适的座位要根据你的性格来定。坐在包厢里或楼座第一排上，各种声响、混杂的气味以及让你领悟到危险的一个个情景，全都丧失或者大大减少了，但作为一个大场面，你把斗牛看得更清楚，而且，如果是一场精彩的斗牛的话，你也可能看得更有味。如果是一场蹩脚的斗牛，就是说不是一个富有技巧的场面，那么你坐得越靠前就越好，那样由于你看不到整个场面，因此可以了解到所有细节以及前因后果。包厢与楼座适合于不想坐得太近观看的人，因为坐得太近看了会觉得心里不好受；那个地方适合于看斗牛整个场面或盛典的人；也适合于那些内行人，因为那些懂门道的人即使坐得很远也能看到细小的动作，他们想坐得高一点，这样他们就能看到斗牛场各个角落发生的一切，以便对斗牛表演能从整体上作出评判。

如果你想看一看、听一听发生的一切，想离公牛近一点以便从斗牛士的角度观察，那么前排是最好的座位。坐在前排观看，斗牛动作离你很近，过程非常具体，就连本来坐在包厢或楼座上的人看得发困的斗牛，也总是很有趣的。坐在前排你才看得到危险并且学会察觉危险。也只有坐在那一排，你眼前的斗牛场才一览无余、毫无遮挡。除了楼座和包厢的第一排，坐着不会让人挡住你的视线的其他的地方就是 sobrepuerte 了。那是进入斗牛场各区的门廊上方的座位。这些座位大致处于斗牛场梯形观众席的中间，坐在那里可以清楚看到斗牛场，视野开阔，但又不像坐在楼座或包厢里离得那么远。这些座位票价是前排的一半，也是包厢或楼座的一半，是很好的座位。

斗牛场建筑西墙投下一个阴影，斗牛开始时处在阴影里的座位叫作 sombra 即阴凉儿。还有一些座位，斗牛开始时是在太阳底下，但是随着午后时间推移就到了阴影里，这些座位就叫作 sol y sombra（太阳和阴凉儿）座位。座位的票价就根据座位的好坏、看是否遮了阳光来定。最便宜的座位是顶端晒着太阳、贴近屋顶而且从头至尾都没有阴影的地方。这些座位叫作 andanadas del sol；如果是在大热天，由于贴近屋顶，因此，在树荫下都有华氏一百零四度的巴伦西亚那样的地方，这些座位气温之高，是难以置信的，但是这些所谓太阳下的座位，假如有合适一点的，那么在阴天或大冷天，倒是好位子。

你第一次去看斗牛如果是一个人去，也没有人给你指点，应该买楼座第一排或门廊上方座位。要是你买不到这些座位，包厢总是买得到的。这些座位票价最贵，离斗牛场也最远，但坐在那里整场斗牛就尽收眼底。如果与你同去的人真懂斗牛，同时你也想学着懂一些而且那些细节一个个看了也不会害怕，那么，前排是最好的座位，第二排次之，门廊上方座位再次之。

如果你是一个女人，觉得自己想去看斗牛，而且心里生怕看了会很难受，那你第一次去看就不能坐比楼座靠前的地方。坐在那个位子如果你看到的是一个精彩场面，就可以尽情欣赏；而如果你坐得靠前，看到的一个个细节破坏了整体的效果，你就不觉得有什么看头了。如果你很有钱，并不真想看斗牛，而只是事后想起来自己是观看过斗牛的，你不管爱不爱看，准备一头牛斗完了就走，那你应该买前排座位的票，这样，从来花不起钱在前排坐一坐的人，在你带着先入之见往外走的时候就从上面飞奔而下，坐到你票价昂贵的座位上。

这就是这种事情在圣塞瓦斯蒂安过去常常发生的情形。由于通过种种办法转手倒卖入场券从中非法牟利，由于斗牛场老板依赖比亚里兹和巴斯克海岸的富有的古董商人，前排座位的票子等你买到手，已经是一百比塞塔一张或者还要贵。一个人花一百比塞塔可以在马德里斗牛士寄宿舍住上一个星期，可以去四趟普拉多艺术馆，买两场斗牛场露天座位的好票子，看完斗牛再买报纸，到维多利亚大街的横马路阿尔巴雷斯巷去喝啤酒、吃虾，即使这样，口袋里还有几个钱可以拿去擦一下皮鞋。可是，你在圣塞瓦斯蒂安，买下任何一个离前排不远、跑几步就能到达的座位，肯定可以坐上一百比塞塔的好座位，因为那些知道自己在一头牛被斗完之后由于心理原因一定要离开斗牛场的人已经站起身来退场，这些人有肥胖的，有精瘦的，有白白的，有晒得红红的，有穿法兰绒衣裤的，有戴巴拿马大草帽的，有穿运动鞋的。我好多回看到他们退场，一起来的女人倒想坐着再看。他们可以去斗牛场，但是看到一头牛刺死之后他们必定去赌场碰头。要是他们不退场，喜欢看下去，那他们就出毛病了。也许他们很古怪。他们并没有出什么毛病。他们到时候总走。那是斗牛还没有让人尊重的年代。到了一九三一年，我没见周围有人退场，现在好像圣塞瓦斯蒂安不花钱坐前排座位的好日子已经一去不复返了。

第四章

第一次看斗牛最合适的是见习斗牛表演，看见习斗牛表演的最好去处是马德里。见习斗牛表演通常是在三月中旬前后，每个星期天有一次，每逢星期四一般也都有，一直到复活节，因为到了复活节，几大正式斗牛即 corridas de toros 就开始了。一过复活节，在马德里就开始了七大斗牛的第一个订票期。七大斗牛的一本本入场券都卖出去了，最好的座位总是一年一年地预订。最好的座位是在阴凉儿中间的前排，斗牛士把红披风就挂在那里的红色木板围栏上。这里是斗牛士不上场时站的地方；他们手拿穆莱塔准备出场的时候，牛就是从这里引过来的；他们刺杀之后也是到这里来休息的。这个地方的座位，相当于你所看到的和所听说的拳台上拳击手的角落，相当于坐在棒球赛或是足球赛替补运动员席上。

马德里第一、二个 abono 即订票期内，你是买不到这种票子的，但是在定期的正式斗牛之前、两次斗牛之间和斗牛之后的见习斗牛的票子，无论是星期天的还是一般都有表演的星期四，那都是可以买到的。你买前排座位的票子时要问一下红披风放在哪里，“Adonde se pone los capotes? ”问清之后你再要求买一个尽量靠近红披风的座位。在外地，卖票的人会骗你，把他手中最差的票子给你，但是，因为你是外国人，看得出真想要一张好票子、也知道什么票子好，所以他也可能真把手中最好的票子给你。我被卖票的人骗，大多数是在加利西亚，那个地方，要办一件正经事，很难摸清真实情况。在马德里，特别是巴伦西亚，他们态度最好。在西班牙的大多数地方，你找得到订票即 abono 的机构和 re-venta。这里说的 re-venta 是入场券经纪人，这些经纪人把斗牛场未被预订的全部或者大部分入场券拿过来，再把票面价提高百分之二十卖出去。斗牛场有时候也很赞成他们这么做，因为，虽说他们打折扣买去票子，但是他们能保证把这些票子都卖出去。如果票子卖不出去，蚀本的是经纪人，不是斗牛场——尽管斗牛场通常是再想办法，到头来多少还是蚀本。除非你就住在城里，否则你不会一场或几场斗牛开始订票即 abono 的时候正好就在城里；还有，座位的老订户在新订户还未订购座位的时候有权续订；此外，票子在斗牛之前的两三个星期就开始订了，订票就在一个也许你很难找的地方，而且又比如是下午四五点钟才开始订票。由于这些原因，你要买票子也还是要到 re-venta 那里去。

如果你已到了一个地方，心里也明白你要去看斗牛，那你主意一定马上就要去买票。因为有可能斗牛就要进行了而马德里的报纸一点斗牛消息也没登，只有在演出那一栏里马德里斗牛场一行字下有一个小小的分类广告。西班牙除了外省之外，报纸上事先是不登斗牛消息的。但是西班牙各地都有斗牛的大幅彩色海报，写明要刺杀的牛的头数，斗牛士的名字，送牛来的饲养人，斗牛小组以及斗牛的时间、地点。一般上面还写有各种座位的价目表。如果你从入场券经纪人那里买票，你还得准备在那个价格上加上百分之二十的酬劳金。

如果你想在西班牙看斗牛，那么，从三月中旬到十一月中旬，要是天气好，马德里每个星期天总有斗牛的。冬天里西班牙很少举行斗牛，只有巴塞罗那偶尔举行几次，有时候在马拉加或者巴伦西亚也有。每年第一场正式斗牛在卡斯特利翁，时间是二月底，或者三月初，那是玛格德林节；一年最后一场一般是在巴伦西亚、赫罗纳，或者翁达拉，时间是十一月上旬，不过，要是天公不作美，这些十一月的斗牛就不会举行的。在墨西哥城，从十月起一直至第二年四月（也可能是四月整月），每个星期天都有斗牛。春、夏两季有斗牛训练。墨西哥其他地方斗牛日各有不同。西班牙除了马德里，其他地方的斗牛日也各有不同，但是，除巴塞罗那之外（巴塞罗那跟马德里一样，差不多也是定期举行的），一般来说，斗牛日与全国宗教节日和当地集市即 feria 的时间是相合的，因为 feria 的时间一般都从当地圣徒纪念日那一天开幕的。笔者在书后一个附录里列出了那些固定的大集市日期，那就是西班牙、墨西哥以及中南美洲都要举行斗牛的集市日期。如果你在西班牙旅游两三个星期，那是很容易（比你想的容易多了）错过观看斗牛机会的，不过，有了这个附录，谁都可以看到斗牛，要是随便哪个地方都想去，也不管哪一天，也不管天晴天雨。你看过第一场斗牛之后，就知道还要不要再多看看了。

除了在马德里的见习斗牛和两个订票期的斗牛之外，在开春的日子里看几场斗牛的最好地方是塞维利亚集市日，届时连续几天至少有四场斗牛。这个集市在复活节过后开始。如果你在塞维利亚过复活节，你就随便问一个人什么时候集市日开始，要不你也可以从大张斗牛海报上找到日期。如果你是在马德里过的复活节，那就要找太阳门附近任何一家咖啡馆，或者顺着圣赫罗尼莫大街从太阳门往普拉多艺术馆走，到了卡纳雷哈斯广场靠右侧的第一家咖啡馆，那里你就可以看到墙上贴的塞维利亚集市的海报。也就是这同一家咖啡馆，在夏天里，你也常可以看到海报即 cartels，那是潘普洛纳、巴伦西亚、毕尔巴鄂、萨拉曼卡、巴利阿多里德、昆卡、马拉加、穆尔西业以及许多其他地方的集市，

复活节星期日，马德里、塞维利亚、巴塞罗那、穆尔西亚、萨拉戈萨，总是举行正式斗牛；在格拉纳达、毕尔巴鄂、巴利阿多里德以及许多其他地方总是举行新手表演的。复活节后的第一个星期一马德里还有一场斗牛。每年的四月廿九日，赫雷斯有一场斗牛和一个集市。不管有没有公牛，那个地方是一个很值得去看看的地方，它是雪利酒及各种葡萄酒的产地。酒香引你走过赫雷斯一个个酒窖，你可以遍尝各种等级的葡萄酒和白兰地，不过要尝葡萄酒、白兰地最好另择日子，可别在你打算要去看斗牛那天。五月一、二、三日在毕尔巴鄂有两场斗牛，是哪一天那要看哪一天是星期天了。要是你比如说是在比亚里兹或圣约翰城过的复活节，那会是应

该去看看的精彩斗牛。在巴斯克海岸沿线，条条大路都通毕尔巴鄂。毕尔巴鄂是座既富裕又丑陋的采矿城，那里的天气也热得像圣路易城，无论是密苏里州的圣路易斯，还是塞内加尔的圣路易，而那里的人们是热爱公牛，讨厌斗牛士。要是在毕尔巴鄂人们喜欢上了一个斗牛士，他们就买一头比一头大的公牛让他斗，斗得他最后闯祸为止，不是坏了名声就是送了命。这时候那些毕尔巴鄂的好事者就会说："瞧——一个个都是一样的货色——都是胆小鬼，都是冒牌货。给他们几头大一点的公牛，他们就原形毕露了。"要是你想看看大公牛到底有多大，脑袋上的牛角有多粗，牛怎么样将脑袋伸过围栏，让你觉得牛好像要扑到你怀里，看台上的观众有多野蛮，那些斗牛士怎样让牛吓得死过去，一句话，要看个究竟，那你就得到毕尔巴鄂去。五月里的牛没有八月的大，到了八月中旬，集市开始，会有七场斗牛，看得到大公牛。不过，毕尔巴鄂五月里的天气不像八月的热。要是你不怕热，不怕闷热、湿热、铅矿和锌矿那种真正的热，要去看一看让人目瞪口呆的大公牛，毕尔巴鄂八月的集市最合适。要举行两场以上斗牛的唯一另一个五月集市是在科尔多瓦，集市没有一定的日期；不过，十六日在塔拉韦腊总归有一场，二十日在龙达有一场，三十日在阿兰胡埃斯也有一场。

从马德里出发到塞维利亚去，乘汽车有两条路。一条路经阿兰胡埃斯，巴耳德佩尼亚斯和科尔多瓦，叫安达卢西亚公路；另一条路经塔拉韦腊，特鲁希利奥和梅里达，叫厄斯特列马杜拉路。如果你五月来马德里，驾车南行，要是走厄斯特列马杜拉路，十六日就可以在塔拉韦腊看到斗牛。这是一条很好的公路，路面光滑，绵延向前，要是天气晴朗，塔拉韦腊可是个好地方。那里的公牛几乎总是由当地饲养人寡妇奥尔特加提供，这些牛大小适中，凶猛，难对付，也有危险性。何塞·戈梅斯·依·奥尔特加，艺名叫加利托，一名何塞利托，可能是当时世上最了不起的斗牛士，他就是在这里，于一九二〇年五月十六日死在斗牛场上。寡妇奥尔特加饲养的牛因这起死亡事故而出名，同时，由于这些牛没有出色的表现，而且既大又有危险，因此，这些牛一般现在都交由被剥夺了对这一职业的应享权利的人屠宰了。

从马德里出发，经由一条台球桌一样平坦的路，前往阿兰胡埃斯，只有四十七公里。这座城是红棕色平地与山丘上的一片绿洲，只见绿树参天，土地肥沃，溪流湍急。城中有一排排的树木，宛如委拉斯凯兹[①]油画的背景。在五月三十日那天，如果你有钱，可以驱车前往那座城；如果你没有钱，可以买一张特价三等来回火车票或乘班车（在阿尔瓦雷斯巷对面的维多利亚大街，有专车发出）。你从荒芜的不毛之地炎热的太阳光里，蓦地进入绿树浓荫之下，看见胳臂晒得黝黑的姑娘，面前光滑、裸露、冰凉的泥地上，摆着一篮篮新鲜的草莓，那是你不可伸出两个指头去摘的，只见湿润、冰凉的草莓用绿叶垫着，堆放在柳条篮子里，那是姑娘和老妇人卖的草莓，还有一捆捆的芦笋，跟大拇指一般粗，是卖给一群群从马德里和托莱多乘加班列车来的人以及自己驾车或乘班车来的人的。你可以在路边货摊上吃点心，摊主在炭火上烤牛排和烤鸡，你还可以花五个比塞塔放开肚皮喝巴耳德佩尼亚斯葡萄酒。你可以躺在树荫下，你也可以走走看看，领略当地风光，等候斗牛开场。你可以在旅游指南小册子上找到这些景点。从城中凉爽的林荫伸展到太阳底下，是一条燥热、宽阔、尘土飞扬的街，街的尽头就是斗牛场。哪里有西班牙的集市，那里就有行乞的瘸子和见了叫人感到恐怖和同情的人。他们就在道旁列队，晃动瘸腿，裸露脓疮，摇摆伤残的双手，伸过手中拿着的帽子，要是帽子没法拿住就用嘴咬着。这么一来，你要到斗牛场去，就得在两排恐怖队伍夹击下，去走这条尘土飞扬的路。从城中到这座城的边缘，所见宛如委拉斯凯兹画中的景色，而朝着斗牛场走去，所见纯乎是戈雅版画中的恐怖了。其实，这座斗牛场早在戈雅时代之前就有了。这是一座美丽的建筑，仿照

① 委拉斯凯兹（Velázquez，1599—1660），西班牙画家，西班牙国王腓力五世的宫廷画师。

龙达老斗牛场的风格。你可以坐一个围栏后的头排座位，背朝斗牛场沙地，喝着葡萄酒，吃着草莓，望着包厢一个个坐满了，看到从托莱多和卡斯蒂利亚周围乡村来的姑娘们走进包厢，把披肩挂在包厢的栏杆上，然后坐下来，一面不停地扇扇，一面笑呀、说呀，表现出不经世面的美人儿在让人注视时既高兴又尴尬的样子。仔细地瞧一瞧一个个姑娘，这可是观众来观看斗牛的一个重要内容。如果你眼睛近视，你可以带一架剧场里用的双眼小望远镜或双筒望远镜。使用望远镜那也是对姑娘表示的又一种赞美。最好一个包厢也不要遗漏了。一架好的望远镜很有用处。你一旦举起望远镜瞭望，最最出名、最最惊人的美人当中有几个就没有了魅力。她们走进包厢，披着朦朦胧胧的连披肩白纱巾，头上是高高的梳子，脸色红润，还有奇妙的披肩，而在望远镜里，她们露出了金牙以及涂了粉的俏丽，那也许是你昨夜在别处看到的某个姑娘的模样，她现在来观看斗牛是为了宣扬她那个地方；但在某一个你不用望远镜或许就注意不到的包厢，你也可能看见一位美丽的姑娘。在西班牙旅行的人，看到健壮的舞女和妓院强壮的女人，脸上搽了粉，身体又肥胖，很容易得出结论，认为谈论什么漂亮的西班牙女人都是胡说八道。卖淫在西班牙并不是很赚钱的职业，而且，西班牙的娼妓干得太累，脸上漂亮不了。要找漂亮的女人可不能在舞台上、妓院里或歌舞厅去找的。找漂亮的女人要在晚上外出散步的时候，那时你可以在点心摊或在街边，拿一把椅子坐上一个钟头，看着满城的姑娘从你身边走过，不是经过身边一回，而是好多好多回，她们在街上走过去，拐了个弯，又走回来，而且是三四个人并肩地走；要不然的话，就要在斗牛场里，举起望远镜，在包厢里仔仔细细地去找漂亮的姑娘。把望远镜对准不在包厢里的任何女人，那是不礼貌的。虽然在有一些斗牛场，那些仰慕姑娘的人是允许在斗牛开始之前在场内绕着走，聚集在那些特别漂亮的女人面前，但是，在那些斗牛场要是在场内举起望远镜来看女人，也是不礼貌的。站在场内举起望远镜来，是窥淫狂的特点，是最下流的窥视者；那是指窥者，不是指淫者。但是，在头排座位上举起望远镜对准包厢却是正当的，这是赞美，是交际的方式，差不多也可以说是引见。能让人接受的真诚仰慕是最好的初次引见；而要在一定的距离之外传达赞美之意或领受回报，最好的办法莫过于有一架漂亮的赛马望远镜了。即使你从不去瞭望姑娘，望远镜也很有用，如果天黑了，刺杀又是在斗牛场的另一边，你就可以用它来观看最后一头牛的刺杀。

你第一次去看斗牛，阿兰胡埃斯是个好地方。如果你只看一场斗牛，那是个合适的地方，比马德里好多了，因为这里有五光十色、生动活泼的场面，而它们是你尚处在欣赏整个场面的阶段的时候所需要的。以后，在一场斗牛中，如果有了出色的公牛和出色的剑杀手，你想要的将是出色的观众，那可不是只举行一场斗牛的节日上的观众，那个时候只见他们人人都拼命喝酒、尽情玩乐，女人们穿着盛装来到斗牛场；也不是潘普洛纳喝醉了酒、手舞足蹈、被公牛追赶的人群，也不是巴伦西亚当地爱国的斗牛士崇拜者们。出色的观众是马德里所见的观众，我说的不是布置华丽、场面很大、票价很高的斗牛义演场上的观众，我说的是预订票子观看斗牛的严肃的观众，他们懂斗牛、懂公牛、懂斗牛士，他们分得清优劣，分得清真假，而斗牛士也必定为他们献上最高的技艺。生动活泼的斗牛是你还年轻的时候看的，或者你有一点喝醉了的时候，因为人喝醉了酒似乎什么东西看来都是真的。或者假如你永远长不大，或者你有一个从来没有看过斗牛的姑娘在身边，或者你一个赛季才看一次斗牛，或者让那些就是喜欢看生动活泼场面的人看的。但是，要是你真想了解一点斗牛知识，或者要是你对斗牛有了一个很明确的看法，那你迟早是会到马德里去的。

要是你只要去看一场斗牛，你第一次看斗牛比阿兰胡埃斯好的地方倒是有一个，这个地方就是龙达。那是你到西班牙去度蜜月，或者你跟人一起出走，该去的地方。整座城以及你目之所及的任何一个方向，都有一个富有浪漫色彩的背景。那里有一家酒店，非常舒适，管理非常有方，吃得又好，晚上是凉风习习，有这么好的条件，既有浪漫的色彩为背景，又有现代的设施，如果你到龙达度蜜月或者与人私奔来到龙达仍旧感到不称心，那么干脆还是回巴黎去，大家各自重新寻找自己的意中人去吧。你因上述目的来到龙达，那里有你想要的一切，浪漫的景色你想看的话足不出户就可看到，还有美丽的小径、醇香的葡萄酒、海鲜、一家好酒店，别的其实什么也不必操劳了，酒店里住的两名画家会向你出售水彩画，那就是漂亮的纪念品了。真的，即使没有这些，龙达也是个好地方。龙达城地处高原，四面环山，高原为一峡谷切断，把城一分为二，峡谷尽头是悬崖峭壁，底下是河流与平原，你可以看到平原的大道上一队队骡子经过，扬起了尘土。摩尔人赶走以后在这里定居的人来自科尔多瓦和安达卢西亚的北方，斗牛和五月二十日开始的集市就是庆祝费迪南德与伊莎贝拉[①]征服这座城的。龙达是现代斗牛发祥地之一。这里是最早、最著名的职业斗牛士之一佩德罗·罗梅罗和当今的帕尔马的诞生地。帕尔马当时开始走红，但第一次严重创伤之后他表现出胆怯，这种胆怯最终因他在斗牛场上有避免冒险的能力而抵消。龙达的斗牛场是十八世纪末建造的，是木结构建筑。斗牛场就在悬崖边上。斗牛结束以后，牛都剥了皮，掏出内脏，把牛肉用车拉出去卖了，死马则从悬崖上扔下去。整天在城中在斗牛场上空盘旋的兀鹰，这时候降下来，在城底下的岩石上饱餐。

另外还有一个集市，斗牛赛一个接一个，这个集市有时在五月，虽然日期不固定，也可能要等到六月份才有集市，那个地方就是科尔多瓦。科尔多瓦有个很好的乡村集市，五月是到该城参观访问的最好季节，因为到了夏季则很炎热。炎热真正到来时，西班牙最炎热的三个城市就是毕尔巴鄂、科尔多瓦和塞维利亚。所谓最炎热，这个说法不仅仅是指气温的度数而已；我是说夜间透不过气来

---

① 伊莎贝拉一世（Isabella Ⅰ of Castile，1451—1504）为卡斯蒂利亚王国女王（1474—1504）和阿拉贡王国女王（1479—1504），与阿拉贡国王费迪南德二世（Ferdinand Ⅱ）成亲，实行联合统治，于1479年合并，为西班牙的统一奠定了基础。

的闷热，你简直没法入睡，这种闷热比白天还甚，找不到一处凉爽的地方，这是塞内加尔热浪，它一来，你在咖啡馆里也坐不住，除非是在清晨，中午饭后热得什么也不想做，只有在房内床上躺着，把阳台上的一方窗帘放下来，室内阴暗，躺在床上等斗牛开场。

巴伦西亚有时候就气温来说还要热，非洲的风吹过来时的确还要热，但是，在巴伦西亚到了夜间你总是可以乘公共汽车或电车出去到格劳港去，在公共海滩游泳。或者，要是太热游不动，可以轻轻地浮动，躺在一点儿也不凉快的水上，望着小船的灯火和黑影，还有一排排的小吃亭和游泳棚。在巴伦西亚，到了最热的时候，你也可以到海边去吃点东西，花一个比塞塔或两个比塞塔到海边的一个小吃亭子里坐着，有啤酒、虾，还有肉菜饭、西红柿、甜胡椒、藏花、海鲜、蜗牛、蝲蛄、小鱼、小鳗鲡，这些东西放在桔黄色的沙石堆上一起煮。你可以花两个比塞塔吃到这些肉菜饭，外加一瓶当地产的葡萄酒，孩子们就光着双脚在沙滩上走过，亭子顶上盖的是茅草，所以脚下的沙是凉爽的，海面上只见渔民在黄昏的凉爽中坐在黑色小帆船里，如果你第二天早晨来游泳，就可以看到六对同轭牛在沙滩上拉这些船。三座这类海滩小吃亭是以巴伦西亚最杰出的斗牛士格拉内罗的名字来命名的。他于一九二二年死于马德里的斗牛场内。曼努埃尔·格拉内罗在死前的一年里表演了九十四场斗牛，死时除了债务，什么也没有留下来，他挣的五十万比塞塔全都花在广告宣传、资助报人以及被食客花去。他被一头贝拉瓜公牛捅死，当时才二十岁，那头公牛先是把他挑起来，然后把他摔到围栏脚下的木档子上，而且那头公牛站着不走，直到牛角把他的头颅像打碎一只花盆一样顶破为止。他是个英俊的少年，十四岁前学习小提琴，十七岁前学斗牛，然后从事斗牛表演直至二十岁死去。巴伦西亚人确实对他崇拜得五体投地，他们还没来得及说他的坏话，他已经被捅死了。现在有一种点心就是用他的名字叫的，海滩上不同地方有三座叫格拉内罗的小吃亭，相互竞争。巴伦西亚人崇拜的第二位斗牛士是查维斯。他头发梳得油光闪亮，一张大脸，双下巴，腆着个大肚子，那大肚子刚避开牛角又挺出来，给人一种极危险的感觉。巴伦西亚人倒不是看斗牛取乐，他们是崇拜斗牛士——巴伦西亚斗牛士——的民族。有一个时期，巴伦西亚人崇拜查维斯到了狂热的程度。除了他的大肚子和傲慢样子之外，他还有肥胖的屁股，他收起大肚子就要凸出胖屁股，他每做一个动作，都做得很有风度。集市日从头到尾我们都得注意他。要是我没记错的话，我们看了他五场斗牛，而如果对他谈不上什么关心的话，看他一回也就够了。可就在那最后一场斗牛中，他正要朝一头凶猛的大公牛颈部某一个部位，不管哪里，刺去的时候，那头大公牛伸长了脖子，牛角正好顶住了他的胳肢窝。他挂在牛角上晃了一阵，然后大肚子在牛角上像纸风车似的转一圈。那以后他的胳膊肌肉的创口与损伤，花了很长时间才治愈。现在他变得非常小心谨慎，不敢怠慢，甚至已经避开牛角，他连肚子也不敢朝公牛挺一挺。巴伦西亚人现在也开始说他的坏话了，他们现在已经有两个新的斗牛士偶像。一年前我见到他那个时候，他已不如往日，看上去好像营养不足的样子，站在荫影里一见公牛出来就开始冒汗。但他也有一个安慰。在他的故乡巴伦西亚港口格劳，虽然人们也已经说他的不是，但那里用他的名字命名了一座纪念性的公共建筑。那是一座铁铸的建筑，在街角，到海滨去的电车拐弯的地方。在美国这就叫作公共厕所，在弧形的铁墙上用白漆写着 El Urinario Chaves①。

① 西班牙语：查维斯小便池。

第五章

春天里到西班牙去看斗牛碰到的倒霉事就是下雨。你随便走到哪里都会下雨，尤其是在五、六月间，那也是我喜欢夏天那几个月的理由。有时候，夏天那几个月里也下雨，但是我至今还没有见过西班牙七、八月里天下雪的，虽然在一九二九年的八月，在阿拉贡一些山区避暑胜地下了雪，有一年的五月十五日马德里下了雪，天很冷，只得取消斗牛。我记得那一年去了西班牙，心想春天该早已来到，可是，我们整天乘坐火车，穿行在乡间，尽是光秃秃的，很冷，仿佛十一月的崎岖山地。我几乎认不出这片乡村便是我夏天来过的地方，到了晚上我在马德里跳下火车时，雪在车站外飞舞。我没带大衣，就待在房间里，坐在床上写作，要不就到附近咖啡馆里喝咖啡和多梅克白兰地。天太冷，我连续三天闭门不出，接着出现了和煦的春天天气。马德里是一座山城，有山区气候。马德里天高气爽，万里无云，是典型的西班牙的天空，相比之下，意大利的天空就多愁善感了。这里空气清新，沁人心脾。在马德里，热也好，冷也好，都是来得快，去得也快。在一个七月的夜晚，我因为睡不着觉，起来看着街上的乞丐点燃报纸，围着火取暖。又过了两个夜晚，天气太热，我到了清晨开始凉快的时候才睡着。

马德里人喜欢这样的气候，这种冷热变化他们引以为豪。别的大城市里你到哪里去找这样的变化？在咖啡馆里他们问你睡得怎么样，你回答说天热得要死，到天快亮才睡着，他们会对你说，那是睡觉的时候嘛。就在天亮之前人们要睡觉的时候，天就凉爽了。不管夜间有多么热，到时候天总是会凉快的。要是你不在乎这冷热的变化，这气候实在是好气候。在炎热的夜晚，你可以到“灯泡河”畔坐坐，喝苹果酒、跳跳舞，等到你跳够了舞停下来，天总是凉爽的，因为那里有一排排的树木，枝叶茂盛，笼罩着小河里升起的雾气。在寒冷的夜晚，你可以喝一点雪利白兰地，然后睡觉。晚上睡觉，这在马德里表明你有点儿古怪。你的朋友知道了好长时间会有些不安的。在马德里，人们不到夜尽是不会睡觉的。与朋友的约会习惯地都是半夜以后在咖啡馆里促成的。我生活过的城市里，除了协约国占领时的君士坦丁堡之外，再也没有一个城市像马德里那样，上床睡觉睡得这么少。它的理论依据也许是，你要等到拂晓前天气凉快时才去睡觉，但是这个理由在君士坦丁堡就不通了，因为在那里我们总是趁那个凉快的时候，乘车沿博斯普鲁斯海峡去观日出的。看日出是一桩赏心悦目的事。小时候你去钓鱼，去打猎，常常看到日出，战争年代也是这样。后来打完仗，我记得到了君士坦丁堡之后才看到日出。在那里，看日出是传统的习惯。如果你在做完任何一件事情之后到博斯普鲁斯海峡边去看到了日出，那似乎总可以验证一点什么。看了日出，什么事都带上了健康的户外色彩。但是，其实眼不见，心不烦嘛。一九二八年共和党大会期间我在堪萨斯城，开车到乡下我堂兄家去，当时我感觉是晚上很晚很晚的时候，就在那个时候，我发现大火的红光。那情景跟牲畜围栏着火那个晚上一模一样。当时我心里觉得救火我也无能为力，但一面还是觉得应该去。于是我就把车朝大火方向开去。等到把车开到前面一座山的山顶，我知道是怎么一回事了。那是日出。

来西班牙游览、看斗牛，最理想的天气，以及斗牛可以看到最多的时节，是在九月份。这个月里唯一美中不足是斗牛水平不怎么好。公牛在五、六月里状态最好，七月和八月初，也还是好的，但是到了九月份，牧场被酷暑烤得差不多了，公牛都很瘦，身体虚弱，要不就拿粮食来喂，牛都吃得肥胖，毛皮光滑、油亮，一上场几分钟非常地凶猛，但是不适合参加斗牛，就好像拳击手光靠吃土豆和喝麦芽酒训练出来的那样。此外，在九月份，斗牛士几乎是天天有斗牛表演，签的合同那么多，在短时期内要是不受伤，可望挣到那么多的钱，他们是极少去冒险的。情况也并不总是这样，如果有两名斗牛士要比个高下，那他们就会使出自己的拿手本领，但是许多时候往往是公牛不好，很瘦弱，或者斗牛士不是受了伤就是因为怕丢了合同，在身体还很糟的情况下就匆匆回到斗牛场，或者斗牛士一个时期来斗牛场数太多已经疲惫不堪，那样一来，斗牛也就没有什么好看的了。不过，如果有斗牛新手上场，九月也会是一个很好的月份，因为这些新手刚获准正式登场，他们在第一个赛季会全力以赴，为自己争名，并为明年争取合同。要是你想看，又有一辆跑得快的汽车，九月里你每天可以在西班牙换一个地方看一场斗牛表演。我担保，你即使不是一个地方一个地方赶去斗牛，而是一个地方一个地方赶去看斗牛，你也会累垮的，那个时候，对于斗牛士在全国各地从一个地方赶到另一个地方，到了斗牛旺季结束的时候，身体的劳累，你就会有一点了解了。

当然，也没有法律规定硬逼他们如此频繁地参加斗牛。他们是为了钱来的，如果他们斗得累了、垮了，并且由于签订这么多的合同因此无法使出最拿手的技艺，这时花了钱来看斗牛士表演的观众是不会体谅的。可是，如果你自己跟他们一样到处奔波，也住在同一家旅馆，是以斗牛士的眼光去看斗牛，而不是以花大价钱一年也许才看一回斗牛的观众的眼光，那么，对于斗牛士签的约是很难不持相同的观点的。说真的，随便以什么观点来看，斗牛士确实无权签订迫使他匆匆赶场子斗牛的合同，一场斗牛刚完他就得乘上汽车赶路，红披风和穆莱塔折起来，放在筐子里，用绳子捆在行李箱上，剑盒和手提箱堆放在前面，斗牛士整队人马全部挤在一辆大汽车里，车前亮一盏大灯，就这样上路了，也许要赶五百英里的路，开通宵车，第二天上午满身的尘土，冒着炎热，到了一个小城，下午还要上场，简直没有工夫掸去一身的灰，洗个澡，刮个脸，就穿上了斗牛服。在斗牛场上斗牛士可能会觉得疲劳，不在状态上，你也很了解，因为你知道他刚赶过的路，因为你自己也经历过，你知道，要是夜里睡个好觉他第二天就不一样了，可是花了钱在那一天里要看他表演的观众是不会原谅的，不管他理解也好，不理解也好。观众把这个叫做贪财，而要是一名斗牛士不能利用一头出色的牛，让它充分发挥潜力，观众就觉得自己受了骗——他确实受骗了。

在马德里看第一场和最后一场斗牛还有另外一个理由，因为那里春季举行的斗牛不在集市日季节里，而斗牛士处于最佳状态；他们需要取胜，那样就会有各次集市上的合同；在这个时候他们的状态应该是最佳的，除非他们冬天里去了墨西哥，回来后感觉到双季的疲乏，往往还觉得乏味，因为打交道的是不难对付的小种墨西哥公牛因而造成失误。不管怎样，马德里是个怪地方。我不相信第一次去马德里的人会很喜欢那个地方。马德里没有一点你期望的西班牙风光。马德里是现代的，而不是风格别致的，看不到民族服装，几乎看不到科尔多瓦礼帽，有也是假装内行的人戴的，看不到响板[①]，也没有像格拉纳达吉卜赛地下咖啡馆那种讨人厌的假货。城中没有一处有地方色彩的旅游点。但是，等你了解以后，你会发现马德里是西班牙最典型的城市，最好的居住地，人也是最好的人，每个月都是最好的气候，而且，虽然其他大城市很有各自省份的代表性，但它们都是安达卢西亚、加泰罗尼亚、巴斯克、阿拉贡，或其他地方性色彩的城市。只有在马德里你找得到本质的东西。本质，如果真是本质，可以体现在一只光玻璃瓶上，你不需要花花绿绿的商标，在马德里也不需要什么民族服装；不管他们造什么样的房屋，虽然看外表或许像布宜诺斯艾利斯，但是有那一片天空映衬，你一眼就可看出，那是马德里。如果马德里只有普拉多艺术馆，别的什么也谈不上，也值得每年春天里到马德里来待上一个月，要是你有钱在任何一个欧洲国家的首都花上一个月时日的话。可是，要是你一方面可以享有普拉多艺术馆同时又有斗牛旺季可让你快活，因为马德里北面有行程不到两个小时的埃斯科里亚尔，南

① 用硬木或象牙制成，套在拇指上，跳舞时合击发音。

有托莱多，一条平坦的路通阿维拉，另一条平坦的路通塞哥维亚，从“农场”酒店出发那也没有多少路程——要是在这样的环境中，别说什么永生不永生，你一想到自己总有一天非死不可，从此再也看不到这个地方了，心里就会非常不是滋味的。

普拉多艺术馆总的来说是马德里的典型。从外表来看，它跟美国中学校舍一样，一点也没有什么别致的地方。由于那些画的布置很简单，一目了然，光线很明亮，除了一幅画即委拉斯凯兹的那幅小女傧相是个例外，他们无意夸耀或突出绘画名作，因此，旅游者拿着红的或蓝的手册查找哪些是名画，会感到茫茫然有些失望。画的色彩在山区干燥的空气里保存得极好，布置极简单，看着一目了然，旅游者感到上了当。我曾经看到那些旅游者感到疑惑。这些不可能是名画，色彩太鲜艳，太简单明白了。这些画好像是挂在现代卖画人的店堂里，十分显眼，极引人注目，为的是让人买走。旅游者心里嘀咕，不可能是真东西。这里边定有蹊跷。他们在意大利美术馆里买到过货真价实的画，那里画廊里他们找不到哪一幅说得出名的画，即使找到了画，也看不清楚。只有这个样子他们觉得才是欣赏到了伟大的艺术。伟大的艺术就应该有巨大的画框，要有红色长毛绒作陪衬，要不就得用暗淡的光线烘托。这情形仿佛是一名旅游者原先只是通过阅读色情文学才知道了有些事情，现在竟让他看一个一丝不挂的漂亮女人，没有帘幕，没有遮掩，没有交谈，只有最最简单的一张床。他可能需要一本书来给他指导，或者至少要有几样道具、一些提示。也正因为这个缘故，才有许多写西班牙的书。有一个喜欢西班牙的人，就有十二个爱读写西班牙的书的人。法国则比写法国的书更让人喜欢。

写得最长的关于西班牙的书往往都是去西班牙做了一次精细的考察、从此一去不回的德国人写的。我倒要说，谁要是非得写关于西班牙的书，第一次参观之后就尽快写出来，那可能是个好办法，因为经过几次访问之后最初的印象反而会被搅乱了，要下个结论什么的就不那么容易了。而且，一次访问之后写的书，叙事更加确实，一定会更加通俗。理查·福特[①]所写的那一类书决没有如供睡前阅读的《初到西班牙》这样的书所具有的神秘色彩所产生的通俗性。这本书的作者曾经在一本现在已经停刊的小杂志《S4N》上发表过一篇文章，谈他自己是如何写作的。任何一个想解释我们写作中的某些现象的文学史家，都可以在那个杂志的合订本里去找那篇文章。我自己有的那一本杂志留在巴黎，否则我可以全文引述，但文章的主旨是说，作者晚上赤条条躺在床上，上帝给了他写作的内容，还说他“心醉神迷，与冲动的和静止的事物同时有着联系。”还说他因上帝的恩赐而“无处不在，无时不在”。仿宋体是他标出的，也可能是上帝的。这一点文章中没有解释。上帝给了他材料，他就写下来。结果，一个语言运用太差，甚至连意思都表达不清楚，又用了当时流行的伪科学时髦话，使意思更加难懂的人的那种神秘主义，也就不可避免了。在他为论述西班牙之灵魂所作的短暂的西班牙之行期间，上帝给了他有关这个国家的一些奇妙的东西，可是这些东西往往是毫无价值的。如果我做一回伪科学领域的一名姗姗来迟的人，这一篇东西只不过是我称之为用勃起文体写的东西罢了。众所周知，或者没有人知道，随便你怎么认为都可以，由于某种程度的密集，树木，举个例子来说，对处于那种自命不凡状态的人和不处于自命不凡状态的人，看上去是不一样的。所有的物体看上去都是不同的。它们稍微大一些，比较神秘一些，并且模糊不清。你自己不妨试一试。于是，在美国，出现了，或者曾经出现过一派作家，他们——这是著名精神病科医生老海明斯坦因医生的推断——似乎要用保存这种密集现象的手法，对单调的浮华风格造成的幻像略加歪曲，从而使所有物体变得神秘化。这个派别现在似乎正在消失，或者说已经消失，而在这个派别存在的时期内，它是一个有意思的机械论的实验，充满了美丽的阳物形象，那是仿照充满

① 理查·福特（1796—1858），英国旅游者和作家，著有《西班牙旅游者手册》（1845）。

柔情的情人节礼物描绘的。但是，只要这些作家的幻像倘若在不很密集的时候稍微再有趣一点，也比较显露，那么，这个派别的意义会更大一些。

如果像《初到西班牙》这样一本书是在出了几篇关于那个国家的好文章之后，为了让人有一个清楚的看法才写下来，不知道这本书会是个什么样子。也许就是这个样子。咱们这些伪科学家们也许大错特错了。但是，在推理大师、老海明斯坦因医生毛茸茸大眉下那双深邃的维也纳人的眼睛看来，如果有几篇好文章已经将脑子来过一番大清理，似乎什么书也都没有了。

下面这一点也不能忘记。如果一个人写得清楚明白，要是他作假的话，谁都会发现。如果一个作者故弄玄虚，避免直截了当的写法（这一点跟打破所谓句法或语法规则来取得不这么做就无法取得的效果是非常不同的），人们要认出他是个骗子就要花较长的时间，而且其他作家会因为有同样的需要之苦，为了自己的利益替他捧场。真正的神秘主义不应与写作的无能相混淆；写作的无能是没有神秘可言而试图加以神秘化，而真正需要的只是作假以掩盖知识的缺乏或没有能力明白晓畅地表达。神秘主义暗含奥秘，而奥秘则有许多许多；但是无能并非奥秘之一。同样，矫揉造作的报刊文章也并不因为掺入了假的史诗特性而变成了文学。还要记住这一点：一切拙劣的作家都爱史诗。

第六章

如果你第一次在马德里看斗牛，你可以在斗牛开始之前走下看台到斗牛场内去[①]。到牛栏和马厩去的门是开着的，在那里你可以在院子里看到靠墙拴着的一排马，看到长矛手骑着马从城中赶来了，这些马是由穿红色外套的mono，即斗牛场仆役从斗牛场骑到城中长矛手住地去的。这样，穿白衬衫，系一个黑色活结窄领带，穿织锦缎短上衣，扎宽腰带，戴碗状帽，帽边上别着绒球，穿厚鹿皮马裤，右裤腿内扎着金属片护腿的长矛手就可以骑上马，穿过大街小巷，夹在阿拉贡大道上的车马人流中，出城到斗牛场去。斗牛场仆役有时候骑在他身后的马鞍上，有时候骑着牵来的另外一匹马。马车、货车、出租车、汽车的车流中出现的这几个骑马的人是为斗牛作广告宣传，要让骑着的马疲劳，也免去了剑杀手的麻烦，不必在马车车厢或汽车里挤出空位子来给长矛手坐。你要坐车到斗牛场去，最好的办法是乘从阳光门出发的马拉大客车。你可以坐在车顶上，看看也去看斗牛的所有其他的人，同时，如果你注意这许许多多的车辆，你会发现一辆汽车经过，里面挤着穿好服装的斗牛士。你能看到的是他们的脑袋，戴着黑顶的扁帽子，金丝或银丝的织锦缎披在肩上、盖在脸上。如果在一辆汽车里有几个人穿银色或黑色短上衣，只有一个穿金色短上衣，其他的人可能抽着烟、谈天说笑，只有他脸色平静，他就是剑杀手，别的都是听他指挥的斗牛队成员。对剑杀手来说，到斗牛场去的途中是一天中最难熬的时刻。早上的时候离斗牛还远着呢。吃过中饭时间也还早着。然后，在准备汽车或马车到达之前还要忙于穿衣戴帽。但是，一坐上汽车或马车，斗牛就很近了，坐在拥挤的车内朝斗牛场开去的一路上，他已经无能为力了。车内是拥挤的，因为斗牛士的短上衣的肩部是很沉、很厚的，剑杀手和他的短标枪手，到了汽车里面，人人都穿了斗牛服，相互都挤得紧紧的了。也有几个在途中见了朋友笑一笑、打个招呼，但几乎所有的人都是毫无表情和冷漠的样子。由于剑杀手每天都与死神生活在一起，因此他变得非常地冷漠，他的冷漠的程度当然就是他想象的程度；往往，在斗牛的当天，而且，最后，在斗牛赛季尾声的整个过程中，他们心里总有一种冷漠的东西，那是你几乎可以看得出来的。那东西就是死，你天天跟死神打交道，并且知道天天都有接受死神来临的可能，就不可能不叫死神留下明显的印记。死神在每一个人身上留下这种印记。短标枪手和长矛手则不一样。他们的危险是相对的。他们是遵照命令行事的；他们的责任是有限的；他们不必去刺杀。在一场斗牛之前他们没有感到极度的紧张。不过一般地说，如果你想观察忧虑时的沉思是什么样的，那就去观察通常都是心情乐观、无忧无虑的长矛手到斗牛场牛栏去过——去看过挑选公牛，看到这些公牛是又大又壮之后——是如何表现的。如果我会画画，我就画集市期间的小餐馆，一张桌子围坐了短标枪手；那是午饭前，他们看着报。一个擦皮鞋的正在干活，一个跑堂的在忙着。还有两个从斗牛场回来的长矛手，一个是黑黝黝的一张大脸，浓眉，平时很乐观，爱说笑话，另一个头发花白，鹰钩鼻，是灵巧、利索的矮个子。两个人活脱儿是阴郁、沮丧的象征。

“Qué tal？”其中一个短标枪手问。

“Son grandes，”长矛手说。

“Grandes？”

“Muy grandes②！”

用不着再说别的话。长矛手心里想些什么，短标枪手知道得

---

① 根据政府规定，你现在已经不能在斗牛场内走动了。你可以参观马厩和其他附属建筑。——作者原注

② 四句对话系西班牙语：“怎么样？”“都是大的。”“大的吗？”“很大！”

清清楚楚。如果剑杀手顾不得自尊心，忘掉自己的名誉，要刺杀一头大公牛，也许会跟杀一头小公牛一样容易。牛脖子上的血管在同样的位置上，剑头是一样容易够得到的。即使牛很大，短标枪手被牛顶着的可能性也不会因此而增加。可是，长矛手要救自己就无能为力了。公牛超过一定的年龄和体重之后，要是它们顶了马，那就意味着马就被顶到空中，跌下来的时候说不定人就压在下面了，也许长矛手被摔到木围栏上，压在马的下面，或者在与牛遭遇的时候，要是长矛手大胆地俯身朝前，把身体压住长枪，要痛击公牛，那就意味着马脚步一移，他们就会跌在牛和马的中间，动弹不得，公牛的角就会伸过来找跌在地上的长矛手，除非剑杀手能把牛引开。如果真是一头大公牛，它顶一下马，长矛手就会跌下马来，这一点他心里是明白的，要是“牛很大”那他的恐惧就比剑杀手感觉到的要大了，除非那个剑杀手是个胆小鬼。剑杀手要是鼓起勇气，总是有办法可想的。他也许会心里惧怕，但是不管有多么难对付的公牛，总是有办法的。长矛手就没有求救对象了。长矛手唯一的出路是在送马的人用惯常的收买手法要他收下一匹个头小的马的时候不上当，并且坚持要一匹很强壮的马，让他一开始就能面对公牛，居高临下，用长枪狠狠顶它一下，希望不会有最糟的情况出现。

等到你看到剑杀手站在马厩的入口处的时候，他们被恐惧折磨的最难熬的时刻已经过去了。斗牛士在途中与最了解他们的人一起时感到的孤独感，现在被身边的人群驱走了，人群又恢复了斗牛士的个性。几乎所有的斗牛士都胆大。有一些胆不大。这听起来好像不可能，因为没有一个胆子不大的人会到斗牛场内跟公牛玩，但在某些特别的情况下，天生的能耐与早期的训练（开始时是跟没有危险的小牛犊训练），把没有天生胆量的人训练成了斗牛士。这样的人大约只有三个。我下面再说说他们的情况。他们可以说是斗牛场最有意思的人了；不过，通常的斗牛士都是很有胆量的人，而胆量所达到的最普通的程度就是一时间可以不顾可能产生的后果的能力。表现得更加明显的胆量是产生在情绪振奋的时候，那是完全不在乎可能产生的后果的能力；不但是无视可能产生的后果，而且是藐视。几乎所有的斗牛士都是胆大的，但是几乎所有的斗牛士在斗牛开始之前的某一时刻都觉得害怕。

本来挤在马厩门口的人现在渐渐散去，斗牛士们排好了队，剑杀手三个一排，短标枪手和长矛手在后。人群离开场子，场内空出来了。你坐到自己座位上。如果你的座位是在前排，你就从下面的贩子那里买一个垫子坐在上面，两个膝盖顶着木板，望着斗牛场那边你走后只留下三个剑杀手站着的马厩门口。剑杀手站在门口，太阳照着他们金闪闪的斗牛服，而别的斗牛士们则簇拥在他们的身后，有的徒步，有的骑马。然后你看到身边的人抬头朝上面的一个包厢望去。那是总裁判进场。他坐下来，挥动手帕。如果他准时入座人群中就会爆发出掌声；如果他迟到就会有一阵口哨声和嗤笑声。号角吹响了，两个骑着马的人穿着腓力二世[①]时代的服装，从马厩出来，穿过铺沙土的斗牛场。

这两个人就叫 alguacil，即骑马执行官。代表合法管理机构的总裁判所发布的所有命令就是通过骑马执行官传达的。他们飞奔着穿过斗牛场，脱帽俯身向总裁判致意，大概在接受总裁判的授权之后，又飞奔着回到原地。此时响起了音乐，从拴马的院子入口处走出一队斗牛士，这就是 paseo，即列队接受检阅。剑杀手并排走出来，六头牛就有三个剑杀手，八头牛就是四个剑杀手。他们的礼服披风向上翻起，裹住左臂，右臂平衡，跨着大步，晃动手臂，抬起下巴，两眼注视着总裁判坐的包厢。每一位剑杀手背后，是排成一列纵队的由他指挥的短标枪手和长矛手，各以资历深浅为序。因此，他们进入斗牛场的沙地是三四人一组的纵队。剑杀手们走到总裁判包厢前面的时候，他们深深鞠躬，摘下他们的黑色帽子即 montera——他们的鞠躬是认真还是敷衍那是由他们从事斗牛年限

---

① 腓力二世（Philip Ⅱ，1578—1621），西班牙国王（1556—1598）。

的长短或对人生有多少冷漠来决定的。在他们斗牛生涯的开端，他们都是非常虔诚、守规矩的，就像圣坛前张罗大弥撒事务的勤杂人员那样，而且有些人永不变心。别的人则跟夜总会老板一样玩世不恭。虔诚的人比较频繁地死去。玩世不恭的人是最好的同伴。不过，最最好的是虽然玩世不恭但仍然还是虔诚的人；或者是曾经虔诚过的。如果他们曾经虔诚过，后来变得玩世不恭，那么他们就会因玩世不恭而又变得虔诚。胡安·贝尔蒙特就是这后一种人的典范。

向总裁判鞠躬完毕，他们重又仔细戴好帽子，退回到木板围栏里去。接受检阅的队伍解散了，这时大家都已经敬过了礼，剑杀手也已经卸下了沉重的金丝织锦和挂着宝石的检阅时穿的披风，让人或自己直接交给朋友或者钦佩自己的人，披挂在挡板上，保护最前面的几排座位，或者，有时候由看管剑的人去送人，一般是歌唱家、舞蹈家、江湖郎中、飞行员、电影演员、政客或者正巧坐在包厢里的当日新闻人物。年纪很轻很轻的剑杀手或者非常蔑视人生的剑杀手，把他们的披风送给可能就在马德里的外地来的斗牛主办人，或者就送给斗牛评论家。最好的斗牛士把披风送给朋友。最好别让人把披风交给你。要是斗牛士平安无事、一切顺利，那就是最愉快的敬贺，可是，要是他出了事，那个责任就太重大了。一个斗牛士，由于运气不好，碰上一头很糟的公牛，出了一桩叫他失去信心的事，或者受过伤之后身体还未复元就回到斗牛场，心里紧张，因此自己没有了面子，最后还激起了公愤，人们向他扔皮坐垫，他耷拉着脑袋退场的时候，也许只好让警察护送了。如果你对这样的一个斗牛士明显地表示忠心，那么在看管剑的人一边躲避扔过来的皮坐垫，一边跑过来向你讨回披风，你自己就太引人注目了。也可能是看管剑的人见势不妙，要出乱子，在最后一头牛还没斗的时候就跑过来讨回披风。你只见那块怀着自豪感收下的披风，紧紧裹在丢尽了脸的人的肩上，在飞过来的皮坐垫攻击下，奔过场子。还有几个更加凶狠的观众去追你的剑杀手的时候挨了警察的打。短标枪手也把他们的披风交给朋友去炫耀，可是，由于这些披风不过是远远看去才显得奢华，实际上质地往往很薄，尽是汗渍，衬里似乎也不过是到处都用来做背心衬里的一样的条纹布料而已，而且短标枪手送披风给观众也不是很看重的样子，因此，即使有这种荣誉也只是名义上罢了。人们接住扔过来的披风摊开来，斗牛用的红披风也从围栏上取下来了，这时候斗牛场勤杂人员开始平整场内的沙土，因为长矛手的队伍、套了马具的拖死牛、死马的骡子，还有骑马执行官的马蹄，把沙土踩乱了。也就在这个时候，两名不参加比赛的剑杀手（由此可见这是一场六头公牛的斗牛表演）与他们的斗牛小组成员一起退到 callejon 里，即木板围栏的红色挡板与头排座位之间的狭窄通道内。要参加斗牛表演的公牛马上就要放进场内，剑杀手就挑了一块沉重的细布斗牛用红披风。这种斗牛红披风通常是玫瑰红的面子，黄色衬里，有一个很大的硬领，红披风又大又长，要是剑杀手披在身上，披风下沿可够到膝盖或正好长过膝盖，他可以把自己整个身体裹住。马上就要参赛的剑杀手就站在小而浅的木板掩体里面，这掩体就在木板围栏的外档。说它窄，掩体能容两个人；说它宽，也只能在掩体里躲一躲而已。执行官骑着马到了总裁判包厢下面，向总裁判索取打开公牛正在里面等候的牛栏的红色大门的钥匙。总裁判扔下钥匙，执行官要用插了羽毛的帽子去接钥匙。要是把钥匙接住了，观众就鼓掌。要是钥匙没接住，人们就会吹起口哨。不过，钥匙接住还是接不住，观众都不怎么当一回事。要是钥匙没有接住，斗牛场勤杂工过去拾起来，交给飞奔过来的执行官，再由他交给站在牛栏大门口准备开锁的人。执行官又飞奔回来，向总裁判敬礼，然后奔出场外。这时候勤杂工再把沙土上的马蹄印整平。场地平整完毕，这时，场内只有站在掩体即 burladero 后面的剑杀手和分站在场子的两边的两名短标枪手，他们紧紧贴着围栏。场内非常地静，每一个人眼睛都盯着红色的木板门。总裁判拿起手帕打了个信号，喇叭吹响了，那个非常严肃、一头白发、机警的老头，名字就叫加百列[①]，穿一套样子很滑稽的斗牛服（是众人捐款买给他的），他把牛栏的大门锁打开，使劲地拉着门，朝后退，大门打开后就可看见低矮的通道。

① 加百列（Gabriel）在基督教《圣经》中则是传达上帝佳音的七大天使之一。

第七章

在这以后，你去看一场斗牛就有必要了。如果由我来描述，这场斗牛就不会是你会看到的那一场斗牛，因为斗牛士也好，公牛也好，都是不一样的，而且，我要是把各种不同的情况都写出来，那么这一章就没个完了。指南性质的书有两类：一类是事前阅读的，一类是事后阅读的。本来是供事后阅读的书放到事前去阅读，在一定程度上必定是难以理解的，如果书所涉及的问题本身是相当重要的话。因此，山地滑雪、性交、飞鸟射击或者任何一种在纸上不可能说得真切的事，或者至少在纸上要想一次介绍不止一种说法是不可能的事，因为这些事始终是一种个人的经历；在指南书籍里的某个地方，作者就必须说，你要继续阅读就先得去滑雪、先有性交、先去打鹌鹑、打松鸡或者先去看斗牛，这样你就能理解我们讨论的是什么了。因此，从现在起，我们假定你已经去看过斗牛了。

你去看斗牛了？怎么样？

真难受。我实在受不了。

行，我们会让你体体面面地退场，不过不能退票。

你喜欢吗？真可怕。真可怕是什么意思？可怕就是可怕。真可怕，真吓人，真可怕。好吧。你也可以体体面面地出去。

你觉得怎么样？简直无聊死了。那好，你就走吧。

有没有谁喜欢斗牛？就没有哪一个人喜欢斗牛吗？没有人回答。你喜欢吗，先生？不喜欢。你喜欢吗，太太？绝对不喜欢。

坐在最里面的一位老太太：他在说什么？那个小伙子在问什么事？

坐在她旁边的人：他问有谁喜欢斗牛。

老太太：噢，我还以为他在问我们这里有谁想当斗牛士呢。

你喜欢斗牛吗，太太？

老太太：非常喜欢。

你喜欢的是什么呢？

老太太：我喜欢看公牛去捅那些马。

怎么会呢？

老太太：总觉得有点亲切感。

太太，你是一个神秘的人。你在这里没有意气相投的人。我们到福尔诺斯咖啡馆去，到那边我们可以从从容容地谈这些问题。

老太太：只要是清洁、卫生的地方，先生，你要到哪里去都可以。

太太，在这个半岛上，再也找不出更加卫生的地方了。

老太太：那边碰得到斗牛士吗？

太太，那里坐满了斗牛士。

老太太：那咱们就去吧。

福尔诺斯是一家只有跟斗牛有关系的人以及妓女常去的咖啡馆。那里烟雾弥漫，侍者匆匆来去，哗啦啦杯碟声响，有大咖啡馆的嘈杂而又不受妨碍的气氛。我们可以谈论斗牛，那老太太可以坐在那里看她的斗牛士。每一张桌子上都有斗牛士，而且适合各种人的趣味，咖啡馆里坐的所有其他的人都是这样那样地靠斗牛士过日子的。一条鲨鱼很少见到有四条以上 romora 即鲫鱼吸在身上或者跟着游的，但是，一名斗牛士一旦发财了，跟着转的人会有十几个。那个老太太不喜欢谈论斗牛。她就是喜欢看斗牛；她此刻望着斗牛士，然而甚至跟这些她最知心的朋友也不谈论她欣赏过的斗牛。我们会谈论斗牛是因为有许多问题你说你不明白。

公牛跑出来的时候，你有没有注意到，其中有一名短标枪手按照自己的路线跑动，身后拖着一块红披风，那头公牛就跟在后面，用一只角去捅那块红披风？他们在斗牛开始的时候，总要用这个方法逗引公牛，看看它喜欢用哪一只角出击。那剑杀手站在挡板的后面，注视公牛追那块拖着的红披风，留心那头牛是否从左右两边都跟着那块弯弯绕绕移动的红披风，这样就看得出公牛是否使用两只眼睛，以及它喜欢用哪一只牛角去挑刺。他还可以注意到公牛是否直冲过来或者是否在进攻的时候有向人冲击的习惯。这样叫公牛跑动一阵之后，那个人双手提着红披风出场，从公牛的正前方引逗，公牛冲过来他却站住不动，用双臂将红披风在紧靠牛角的前方慢慢移动，借助红披风的缓慢移动，身体贴近牛角躲开了，仿佛将公牛控制在红披风里，每一次公牛转身再冲击的时候都从他身边引走。这样重复五次，然后转身将红披风一卷，背对公牛煞住，突然遏止了公牛的冲击，公牛也就原地站定。这个人就是剑杀手。他慢慢移动红披风的动作叫作 veronica，结束时红披风半开那个动作即 media-veronica。这些动作的设计是要表现剑杀手运用红披风的技艺，控制公牛的能力，同时也是为了要在马进场之前让公牛在某一个位置站定。这些动作叫作 veronica，那是取下头巾让我主耶稣擦脸的圣女维罗妮卡[①]的名字，这些动作之所以这么叫，是因为描绘圣女维罗妮卡的形象时总是让她两手提着头巾的两个角，头巾的位置正是斗牛士准备做这一动作时两手提着红披风的位置。在一系列动作收尾时遏止公牛的红披风半开的动作即为 recorte（剪除）。一个 recorte 是运用红披风时的一个动作，这个动作是使公牛设法转过半个身体，叫它突然站住，或者截住公牛的路线，让它转过半个身体，以此遏止它的冲击。

短标枪手在公牛刚进场的时候是决不可以两手提红披风的。如果他们只用一只手拿，那么红披风就拎在手里拖着。这样，在跑完一段路转身的时候，公牛转身也容易，并不是突然间急剧转身。公牛能做到这一点是因为长长的红披风的转弯给了它要作转弯的暗示，招呼它跟上来。如果是两手提着红披风，短标枪手可以把披风突然从公牛面前拿走，啪的一挥把红披风藏起来，叫公牛站住不动，也可以叫公牛猛地转身，扭伤脊椎骨，扭伤四肢，煞住它跑动

① 参见“术语释义汇编”。

的速度。这样公牛不是被逗得精疲力竭，而是弄得别折了腿，接下来的斗牛就斗不成了。斗牛刚开始的时候，只有剑杀手才可以双手提着红披风。短标枪手也叫作帮手，严格地说起来，只有在公牛站定一个位置、一动也不肯动，要引逗它过来的时候，才可以拿两只手去提着红披风。但是，随着斗牛的发展，或者衰落，人们越来越看重各种动作的方式而不是它的效果，在这种情况下，引逗公牛使它疲劳以便刺杀，这些任务现在好多是由短标枪手来完成的，但在过去，那都是剑杀手的事。而没有智谋或技巧、唯一的能力即是造型或艺术上的才能的剑杀手，假如碰上公牛有一点儿不配合的地方，就还要借助经验丰富的短标枪手手中娴熟而毁灭性的红披风来引逗公牛，让它疲劳，要它听从指挥，作好杀死它之前的一切准备。

用一件红披风几乎就把参赛的公牛那样的牲畜杀死，说这话也许听起来有点荒唐。当然，死是死不了的，但你会把公牛的脊椎骨扭伤，把它的四肢扭伤，把它的腿折断。同时，利用公牛的凶猛，迫使它一次又一次作毫无结果的冲击，每一次又都叫它突然停住，这样，你会叫它疲劳、瘸腿，使它失去全部冲力和大部分体力。我们常说一根钓竿结果了鳟鱼的命。是鳟鱼自己送了自己的命。一条鲇鱼是自己费尽全部力气游到船边来的。只要你耐心地抓住鱼竿、钓线，鲢鱼、鳟鱼还是鲑鱼，任它拼命挣扎，最后往往也还是自己送命。

正是因为这个缘故，短标枪手是不许用两只手提着红披风去逗引公牛的。在以前，刺杀公牛的准备工作及刺杀都应由剑杀手自己来做的。长矛手的责任是拖住公牛，放慢它的步伐，杀它的锐气。短标枪手的责任是斗牛开始时引公牛跑动，迅速插上短标枪，插的位置要便于纠正公牛牛角挑刺的缺点，如果有这方面的缺点的话，而绝不可出现有损公牛力量的失误。这样规定的目的是要把公牛完好无损地交到剑杀手的手中，因为斗牛士的责任是借助穆莱塔纠正公牛牛角老朝某一边挑刺的倾向，使公牛处于便于刺杀的位置，并从正前方刺杀，用穆莱塔的红布叫公牛低下头去，然后用剑刺，把剑从公牛两块肩胛骨耸起的夹角顶上插入。

随着斗牛的发展与衰落，刺杀的形式已经不很看重了，而在过去刺杀的形式曾经就是斗牛的全部经过。现在比较强调运用红披风的动作、短标枪的插入，以及穆莱塔的运用技巧。红披风、短标枪以及穆莱塔这三件本身已成为目的，不再是达到目的的手段，斗牛因此也是既有所失，也有所得。

在过去，公牛通常也比现在的大。那个时候的公牛比现在的凶猛，更加难以把握，身体也重，年龄也大。公牛没有培育得小一点来满足斗牛士的要求，参加比赛的公牛年龄在四岁半到五岁之间，不是三岁到四岁半。那时，剑杀手在成为正式的剑杀手之前，往往都有六年到十二年当短标枪手和非正式斗牛士的学艺经历。他们都是成熟的人，对公牛有透彻的了解，与那些在体力、力量、如何发挥牛角的作用和对于一般困难与危险的认识等方面都已经达到了最高点的公牛打过交道。斗牛的全部目的即是最后剑的刺杀，人与畜的实际冲突，即西班牙人说的真相大白时刻，斗牛过程中的每一着都是为剑的刺杀作准备。面对这样的公牛，就没有必要去鼓动人提着红披风不慌不忙尽量接近牲畜，作出逗引的动作。红披风是用来逗引公牛奔跑的，是用来保护长矛手的，用我们现代的标准来看，运用红披风的挥动做出的各种动作之所以激动人心，那是因为那牲畜的庞大、力量、重量和凶猛，以及剑杀手在做这些动作时的危险性，而并不是做这些动作时的形式和慢条斯理的样子。人竟然会逗引这样的一头公牛，人竟然会到斗牛场里面去与这样一头使人情绪激奋的公牛打交道、将它制服，这才是激动人心的，并不是因为人竟然会像现在这样不慌不忙的，两条腿站在那里一动也不动，身体尽可能非常靠近公牛，拿红披风从牛角尖端徐徐拂过。正是因为现代公牛一代不如一代了，才有了现代的斗牛。斗牛横看竖看都是一种衰落的技艺，它与大多数衰落的事物一样，在它最腐朽的时候，进入了它的最盛行的时期，那就是现在。

不可能每天都在斗牛场上采用从胡安·贝尔蒙特开始发展起来的现代斗牛技巧与真正名符其实的公牛遭遇。名符其实的公牛体型大，力气大，又凶猛又敏捷，很会使用牛角，又到了充分发育的年龄。那样太危险了。贝尔蒙特发明了这种技巧。他是一个天才，可以不遵守斗牛规则，可以 torear①，这是表示人与公牛表演的所有动作的一个词，因为众所周知，要 torear 是不可能的。一旦他这么办了，所有的斗牛士也只能照办了，或者试图照此办理，因为在已经引起轰动的问题上，那是不可能后退的。何塞利托是强壮的（贝尔蒙特是虚弱的），健康的（贝尔蒙特是病态的），他有一个运动员的体魄，吉卜赛人那样的魅力，对于公牛他有直觉的和通过学习而获得的知识，那是任何一名斗牛士未能超越的；虽然对何塞利托来说一切都是易事，他为斗牛而活着，他似乎差不多是按照一个杰出的斗牛士应有的标准造就、培育而成的，可是，他却不得不学习贝尔蒙特的斗牛方式。作为所有杰出的斗牛士的继承人，可能还作为迄今最杰出的斗牛士，何塞利托学习像贝尔蒙特那样斗牛。贝尔蒙特之所以采用那个方式，是因为他没有强壮的身躯，没有强大的力量，而且他两腿无力。不检验一下制订的规则可否破除，他是不会接受这些规则的，而且他是一个天才，是一名杰出的行家里手。贝尔蒙特运用的方式不是继承，也不是发展；那是变革。何塞利托学习这种方式，在他们两人相互竞争的岁月里，各自一年都有大约一百场斗牛，他曾说，“人们都说他，贝尔蒙特，和公牛比别人靠得近。看起来好像是这样。但是这不是真的。我其实与公牛靠得更加近。可是我的更加自然，所以看上去不怎么样靠近。”

不管怎么说，衰弱、荒唐、几乎颓败的贝尔蒙特风格，被移植过来，在何塞利托健康、直觉的伟大天才之中成长了，尽管斗牛当时正处于毁灭的过程，但是由于他与胡安·贝尔蒙特的竞争，却有过七年的黄金时代。

---

① 西班牙语：斗牛；敷衍。

他们把公牛的个头培育得小一点；他们把牛角的长度培育得短一些；他们把公牛培育成冲击时既凶猛又温和，因为何塞利托和贝尔蒙特与这些小种、温顺的公牛配合，可以做出更加优美的动作。他们跟斗牛场牛栏里放出来的任何公牛都可以做出称得上优美的动作；随便是什么公牛，他们都不会束手无策的，但是，要是公牛个头小一点，脾性温顺一点，他们是肯定可以做出观众都想观看的精彩动作的。个头大的公牛对何塞利托是好办一点，但是对贝尔蒙特就困难了。所有的公牛对何塞利托来说都是好办的，所以他得自己制造一点困难。一九二〇年五月十六日何塞利托死在了斗牛场，这场竞争也从此结束了。贝尔蒙特又风光了一年，然后退出了斗牛场。斗牛从此也用上了新的堕落方法，几乎是不可能做到的技巧，牛是个头小的牛，斗牛士嘛，也只有糟的了，粗暴、鲁莽，他们也没学会新方法，因此也不高兴；同时，也出现了一批新斗牛士，可以说是颓败、阴郁、病态的了，他们虽有方法，但是不了解公牛，没有受过训练，既没有何塞利托的男子气概、能力或天才，也没有贝尔蒙特漂亮而带有病容的技艺。

老太太：我们今天看的那场表演，可没看到什么衰弱或者颓败的手法。

我今天也没看到，太太，因为上场的剑杀手是尼卡诺尔·比利亚尔塔，他是阿拉贡勇敢的“电线杆”；是路易斯·富恩特斯·贝哈拉诺，勇敢而可靠的工友、工会的骄傲；还有迭戈·玛斯基阿兰，幸运之神，毕尔巴鄂英勇的屠夫。

老太太：我觉得他们都是很勇敢、很有大丈夫气概的人。你说，凭什么说一代不如一代的话呢？

太太，他们是非常有大丈夫气概的人，虽然比利亚尔塔说话的声音有时候大了一点。我说的一代不如一代不是说的他们，我说的是整个技艺由于夸大了某些方面因此而造成的一代不如一代。

老太太：先生，你这人可真摸不透。

我以后会解释的，太太，一代不如一代的确是很难使用的词语，因为这个词语已不过是批评家笔下的贬义词，用来指他们不理解的东西，或者用来指与他们自己的道德观念不同的东西。

老太太：我一直觉得这个词语的意思就是说东西腐败了，就跟法庭上所见的一样。

太太，我们常用的词语由于使用不确切，已经失去了原有的生气，不过你的固有观念是很正确的。

老太太：对不起，先生，我可不喜欢咬文嚼字。我们到这儿不是来听人侃公牛和斗公牛的人的吗？

你想听当然可以，不过，一旦你的作家咬文嚼字开了头，他就会没完没了，到你厌倦为止，并且希望他使用词语熟练一些，而不要没完没了地解释它们的意思。

老太太：先生，你不能住嘴吗？

你听说过已故的莱蒙·腊迪盖吗？

老太太：说不上来。

当时他是个年轻的法国作家，不但懂得如何用钢笔，而且还知道如何用铅笔去开辟自己的职业生涯，不知道你懂不懂这个意思，太太。

老太太：你是说？

不完全是，但也差不多。

老太太：你是说他——？

正是。已故的腊迪盖在世的时候，老讨厌跟他的又瘦小、又常发狂、又爱发牢骚的文学保护人让·科克托[①]在一块，常到卢森堡公园附近一家旅馆跟女人过夜，就是在那里当模特的姐妹俩当中的一个。他的文学保护人心里很不自在，骂他这是一代不如一代，话里既有怨恨，又很得意，说："Bebé est vicieuse — il aime les femmes[②]。"明白了吧，

① 让·科克托（Jean Cocteau，1889—1963），法国作家，又善画，作品有小说、诗歌、戏剧、舞剧。

② 法语，意即：小子心术不正——他爱上那两个女人了。

太太，用一代不如一代这个词语可得仔细，这个词语并非对每个人都是一个意思哟。

老太太：这个词语打一开头就让人反感。

那好，咱们再言归正传，说公牛吧。

老太太：那好啊，先生。可是，那已故的腊迪盖最后怎么了？

他在塞纳河里游泳，得了伤寒病死的。

老太太：真可怜。

是呀，真可怜。

第八章

何塞利托去世了，贝尔蒙特退出了斗牛场，那以后的年月是斗牛最糟糕的年月。斗牛场，以前是这两个知名人士的一统天下。他们当然记着斗牛不过是非永久性的、因此是小小的技艺，但是，在他们自己的这项技艺范围里，可比作绘画领域的贝拉斯克斯和戈雅，或者比作文学领域的塞万提斯[①]和洛普·德·维加[②]，虽然我从来都不喜欢洛普，不过作这种比较所需的名气洛普还是有的。他们两人的消逝，就好像英国文坛莎士比亚突然去世，好像马洛[③]退出文坛，继承的是罗纳尔德·弗班，他自己那一套东西是写得很不错，但是，他，我们不妨说，只不过是一个专门家罢了。巴伦西亚的曼努埃尔·格拉尼罗是斗牛迷非常信任的一个斗牛士。当时有三个男孩子，他是其中一个，有人给他们提供保护、提供经费，采用最好的机械手段和最好的指导，培养成斗牛士，还在萨拉曼卡附近的公牛牧场上用小牛犊练习斗牛。格拉尼罗血管里并没有斗牛的血液，直系亲属希望他能成为一名小提琴手，可是他有一个雄心勃勃的舅舅，他自己也有天生的斗牛才能，胆子又大，因此他是三个男孩子中最有出息的。另外两个是曼努埃尔·希米尼斯即奇奎洛，和胡安·路易斯。他们还是孩子的时候就是训练有素的小斗牛士，三个人都表现出正宗贝尔蒙特风格，做的每一个动作都非常漂亮，因此，三个人都被称为神童斗牛士。格拉尼罗最结实、最健康、最勇敢，在何塞利托死后那年五月，他死于马德里。

奇奎洛是一个同名剑杀手的儿子，父亲患肺结核已去世好几年了。他由叔叔抚养，培育成长，成了剑杀手，并由叔叔经纪。他叔叔叫索卡托，曾经当过老派斗牛的短标枪手，后来成了一个体面的商人，很会喝酒。奇奎洛矮个子，肥胖臃肿，胖得看不见下巴，面色很不好，手很小，睫毛很长，像个姑娘。他学斗牛先在塞维利亚，然后在萨拉曼卡附近的公牛牧场，因此他是一个精心培养的优秀的小个子斗牛士，的确也可以把他比作小瓷塑像真品，是一个真正的斗牛士。随着何塞利托·格拉尼罗的去世，以及贝尔蒙特退出斗牛场，说起斗牛就是他了。还有胡安·路易斯，他没有像奇奎洛那样有一个关心他的舅舅，也没有奇奎洛那样的身体条件，但是除了这些条件之外，他与奇奎洛一样出色。有一个人，但不是他的亲属，为他提供经费，让他读书上学，成了又一名精心培育的优秀斗牛士。还有马西亚尔·拉兰达。他是在公牛群中长大成人的，因此非常了解公牛——他是贝拉瓜公爵公牛饲养场监工的儿子，广告宣传说他是何塞利托的接班人。作为一名接班人，当时他所具备的条件就是他熟悉公牛，以及他为短标枪手引逗公牛时的一种走路样子。那些日子里我常见到他，他始终是一个讲究技艺的斗牛士，但是他身体不壮实，没精打采的样子。他似乎对斗牛并不感兴趣，斗牛引不起他的兴奋，提不起他的精神，似乎有很大的恐惧，虽然是抑制的但也很扫人兴致的恐惧。他是个愁眉苦脸、毫无激情的斗牛士，虽然他技巧娴熟、非常机智，如果说他在斗牛场上有一回出色的表演，他就有十二回表现平平，让人感到乏味。他，奇奎洛，还有胡安·路易斯，来到斗牛场上好像是判罚他们斗牛，而不是他们情愿要斗牛的。我认为，他们谁也不会把何塞利托和格拉尼罗的死忘得一干二净的。格拉尼罗被牛抵死的时候马西亚尔在斗牛场上；他遭到很不公正的指责，说他没有及时设法把公牛从格拉尼罗身边引开。他对这件事耿耿于怀，心里很痛苦。

当时斗牛圈内还有两个兄弟，即阿拉贡的安利奥兄弟。哥哥叫

---

① 塞万提斯（Miguel de Cervantes，1547—1616），西班牙小说家、诗人，著有代表作《堂吉诃德》。

② 洛普·德·维加（Lope de Vega，1562—1635），西班牙剧作家、诗人、小说家。

③ 马洛（Christopher Marlowe，1564—1593），英国戏剧家、诗人，发展了无韵诗体，为莎士比亚等剧作家开辟了道路。

里卡多，但兄弟俩都叫“国民”，中等个子，身体结实，正直、有胆量、平凡而古典派的风格以及倒霉都在他身上得到体现。弟弟叫胡安，是“国民第二”，高个子，薄嘴唇，两眼斜视。他长得丑，样子难看，很勇敢，斗牛的风格要多难看就有多难看。

还有维多里亚诺·罗杰，即巴伦西亚第二，一个短标枪手的儿子。他出生在马德里，是父亲自己培养的，他也有一个哥哥，当剑杀手没成功。他跟奇奎洛那几个人都是同一个年代的人，还是个孩子时，他就能把红披风舞动得优美自如。他态度傲慢，好斗，在马德里就像公牛那样英勇，但到了别的任何一个地方，他就变得冷静，觉得即使在外地遇上灾难，只要能在马德里获胜的话也能保住名誉。把他们的个人名誉押在马德里，这是那些靠斗牛谋生但从来没有掌握斗牛这门技艺的斗牛士的标志。

此外，还有胡利安·赛斯，即“风雅第二”，一个十足的斗牛士，一个出色的短标枪手，他曾与何塞利托竞争过一个赛季，但后来成了小心谨慎、安全第一的化身；迭戈·马斯基阿兰，幸运之神，他既勇敢又蠢笨，是个大杀手，但是个老派斗牛士。还有就是路易斯·弗雷格，墨西哥人，矮个子，褐肤色，印第安人那样的头发，快近四十岁了，双脚迟钝，两条腿的肌肉像老栎树干上的木瘤，腿上的伤疤是让公牛抵伤后留下的，因为他动作迟钝、笨拙以及用剑刺的时候有勇气而毫无变化。再加上几位老手，以及许多个没有取得成功的人，大致上那就是两位杰出的斗牛士从斗牛场消失之后头几年里的全部斗牛士了。

弗雷格，幸运之神，以及里卡多已不再讨人喜欢了，因为与新的斗牛法相比，他们的风格已经变得过时，个头大的、只要在斗牛场上跟一个英勇、能干的人表演就会完全符合斗牛要求的公牛也没有了。奇奎洛在第一次被公牛碰了一下之前表现非常出色。在那以后，要是碰上稍有些难对付的公牛他就显得极为胆小了，因此，一年大概有两次他表现还可以。没有坏心眼，从他身边冲击也不会偏了方向，好像在铁轨上跑的一样——只有在发现面前是这样一头牛的时候，他才会使出全副本领。整个赛季都在等待，终于碰上一头极刻板的公牛，他的表演就非常优美；要是遇到一头不好伺候的公牛，他偶尔也会做出富有力度和技巧的好动作。但是，介乎两者之间的表现有时候也会看到，即人们最不想看到的胆小和无耻。胡安·路易斯曾经被牛角挑伤过，从此就吓破了胆，很快就销声匿迹了。他是很有才能的斗牛士，但他在另外一个方面更加富有才能，他现在仍然在南美干斗牛这一行，两方面的才能结合在一块，生活得非常地好。

巴伦西亚第二每个赛季一开始就像一只好斗的公鸡那样勇敢，每一次在马德里露面，他都比以前更加靠近公牛。结果是，公牛把牛角略微一伸就钩住了他，把他挑起来，捅伤了他，他也就被送进了医院；出院之后勇气也全没有了，要到下一个赛季才能复元。

此外还有几位。有一个名叫希塔尼利奥，名字是这么叫，但是他不是吉卜赛人，只不过在年轻的时候替一家吉卜赛人看过马。他是个矮个子，态度傲慢，而且真的很勇敢；至少在马德里是如此。到了外地，他像所有平庸的斗牛士一样，全依仗在马德里的声誉。他是这么一个人：他什么事都干就是不生吃公牛。什么事他都干得不熟练，专门在公牛跑得累了或一时间站住不动的时候，在距牛角一英尺左右的前方转身背对公牛，然后跪在地上，向观众笑笑，老依靠这种手法。差不多在每一个赛季他都被捅得很严重，有一次牛角刺入胸口造成严重创伤，捅坏了很大一部分肺和胸膜，最后伤愈后造成了终身残疾。

索里亚的一位医生，在观看一场斗牛时跟胡安·安利奥即“国民第二”发生争吵，医生拿起一个酒瓶击中了胡安的脑袋。当时“国民第二”也是一个观众，他为场内斗牛士遇上一头难对付的公牛时所作的举动辩护。警察没抓肇事者，反而把这位斗牛士抓起来了，“国民第二”衣服、头发沾满了索里亚的红土，整晚躺在牢房里，奄奄一息，头颅打开了裂口，脑袋积了淤血，可是牢里的人还拿他当酒鬼，想方设法要让他醒酒。他一直没有醒过来。这样一来斗牛这门技艺又少了一名真正勇敢的人，即在这一代不如一代形势下的剑杀手。

一年前另外一名斗牛士死了，看当时的情形他似乎也要成为最杰出的斗牛士了。他就是曼努埃尔·加西亚，即马艾拉。胡安·贝尔蒙特住在塞维利亚特里亚那区的时候，马艾拉还是一个孩子。因为贝尔蒙特是做散工的，没有人做他的保护人，没有人送他到斗牛学校去、资助他找小牛犊练习斗牛，所以他想练习红披风的时候，就和马艾拉还有当地另一个孩子叫巴雷利托的，游到河的对岸，红披风和一盏风灯搁在一根木头上带过去。到了对岸，湿淋淋的，光着身子，爬过围栏，到了牛栏里。塔勃拉达的参赛公牛都关在这里。他们到了牛栏里就唤醒里面一头大公牛。马艾拉提着风灯，贝尔蒙特就挥动红披风引逗公牛。贝尔蒙特当上了剑杀手之后，马艾拉已经是高高的个子，黑黝黝的，瘦弱的身材，没精打采的双眼，胡子刮得光光的，脸色还那样青黑，态度傲慢，从不看人，话不多说。他当了贝尔蒙特的短标枪手。他是个出色的短标枪手，跟贝尔蒙特的那几年里，一个赛季要斗上九十至一百场，跟各种各样的公牛打过交道，他对公牛因此非常熟悉，甚至不亚于何塞利托。贝尔蒙特从来不投短标枪，因为他不能跑。何塞利托几乎总是在自己刺杀的公牛身上投短标枪，所以在竞赛中，贝尔蒙特就利用马艾拉来与何塞利托对抗。马艾拉使用短标枪的功夫可与何塞利托媲美。贝尔蒙特就让他穿一套很不合身、很难看的斗牛士服装，这样他就更像一个帮手，以此压低他的身份，让人觉得，他，贝尔蒙特，有一个短标枪手，一个帮手也能以短标枪手的身份来与大名鼎鼎的剑杀手何塞利托比个高下。在贝尔蒙特斗牛生涯的最后一个年头，马艾拉提出要求增加工资。他每场斗牛报酬二百五十比塞塔，他要求增加到三百比塞塔。贝尔蒙特虽然当时的报酬是一万比塞塔一场，但拒绝了马艾拉的要求。“那好，我当了剑杀手就要你的好看，”马艾拉说。“你会出洋相的，”贝尔蒙特答道。“不可能，”马艾拉说，“我成功了你会出洋相。”

作为剑杀手，起初，马艾拉有当帮手时的许多毛病和举止要克服，如跑得太多（一名剑杀手不可以跑）的毛病，而且他运用红披风也缺少气派。他有能力，有技巧，但运用穆莱塔动作不娴熟；他刺杀的时候耍花招，不过刺得很好。但是，他非常熟悉公牛，又有毋庸置疑的勇气，他那样的勇气是他身上看得见摸得着的一部分，因此，凡是他理解的事，因为有了这勇气，办起来就得心应手了；而这一切他都明白。他还很有自尊心。我从来没有见过这么有自尊心的人。

两年以后他纠正了使用红披风时的所有毛病，穆莱塔也操作得很优美；若论投两把短标枪，在最优美、最富有感情和最娴熟的短标枪手当中，他也排得上队的。他成了最好、最令人满意的剑杀手当中的一个。他非常地勇敢，相比之下，那些只讲花哨的动作但算不上勇敢的人，就无地自容了。斗牛对于他太重要、太美妙了，到了他最后的年头，他在斗牛场的出现，使堕落到了出力最少、致富很快、只等待着机械呆板的牲畜的斗牛这个行当，会脱离这庸俗的境地；他在斗牛场内，斗牛便又有了尊严和感情。如果马艾拉在斗牛场内，至少有两头牛会斗得很精彩，另外四头牛的刺杀他也往往会参与。碰上公牛不朝他跑来，他也不会向观众挑明，请求大家宽恕和同情，他反倒会朝公牛走去，样子傲慢、盛气凌人、置危险于不顾。他总是情绪高昂。最终，随着他斗牛风格的不断改进，他成了一名精于斗牛艺术的人。但是在他斗牛生涯的最后一年，整整一年里你都可以看出来，他将要死去。他得的肺结核迅速恶化，他自己也知道是捱不到新年了。可是在这期间他却非常地忙。他受过两次重伤，但他一点儿也不当一回事。我看过他在一个星期天的一场斗牛，当时胳肢窝还留着一条星期四捅的五英寸的伤。我看到那个伤的，在上场之前，在那场斗牛结束之后，我看他包扎伤口的，而他却不当一回事。两天前被破裂的牛角捅的伤口那么疼痛，可他却一点儿也不把伤痛当一回事。他在场上那个样子好像根本就没那一回事。他也不捂着伤口，也没把胳膊夹着不抬起来；他根本不把伤痛放在心上。他早把伤痛远远丢在脑后了。我从来没遇上过一个像他在那个赛季里那样时间显得那样短促的人。

后来我见到他的时候，他的脖子已在巴塞罗那被牛角刺伤了。他的伤口缝了八针，脖子包扎以后，第二天又上场斗牛。脖子不听使唤，他非常恼火。他恼火的是脖子不听使唤可又拿它没办法，而且还得包扎起来，纱布露出在领子上面。

一个年纪轻轻的剑杀手，由于他得遵守种种的规矩，要别人来尊重他可又不是时时都能办得到，因此，他是从不与手下的队员一起吃饭的。他总是独自一个人吃饭，主仆之间留着一道鸿沟，如果他跟手下的人打成一片，那就无法维持。马艾拉则不同，他是跟手下的队员一块儿吃的。大家都坐一张桌子，出门也是一齐儿去，有时候在拥挤的集市期间，住也是一起住，一个个挤在一间屋子里，而大家也都敬重他，我从没见过剑杀手这样受手下队员敬重的。

他的手腕不听使唤。而手腕是身体的一部分，对于一个优秀的斗牛士来说，那是至关重要的。这好比是一名步兵，扣扳机的那个手指头感觉是灵敏的，经过训练，手指头只要稍一用力，就可以射出子弹，同样，斗牛士的手腕也有类似的作用，他是靠手腕来控制红披风和穆莱塔的运用的，也是通过手腕来完成细腻的技巧动作的。他运用穆莱塔的所有细腻动作，都是通过手腕来完成的，是用手腕的力量插入短标枪的，又是依靠手腕（这次不听使唤了），用掌心握着的一把手柄包着铅块、扎着麂皮的利剑，将公牛刺死的。在一次斗牛中，公牛向马艾拉冲过来，他举剑向公牛刺去，随着利剑，他一肩前倾，剑从公牛肩胛骨之间刺入，剑头碰在一块脊椎骨上。他在用力，公牛也在用力，剑弯曲了，几乎对折，然后弹飞了。剑弯曲的时候他手腕脱臼了。他用左手拾起落在地上的剑，送到围栏边，又用左手从看管剑的人递过来的皮剑套里抽出一把新剑。

“你的手腕？”管剑人问。

“我操他妈的手腕，”他回答。

他又朝公牛走过去，用穆莱塔做了两个动作，调整了公牛头部及四蹄的位置，然后停住在公牛湿漉漉的鼻子前方，等到公牛举起前蹄追赶红布时，他迅速将红布抽走。这时，他左手拿着剑和红布，进入刺杀位置。他把剑移到右手，举起来，刺进公牛肩胛。这一回又刺到椎骨上，双方都顶着剑，剑又弯了，弹到空中，落在地上。这一回他没有换新剑，他右手拾起地上的剑。就在他俯身拾剑的时候，我看到他痛得脸上直冒汗珠。他移动红布调整好公牛的位置，举起剑，瞄准公牛肩胛，直刺进去。剑好像刺在一堵石砌的墙上，凭着他的体重、身高，整个身体的力都用在这把剑。剑碰到了脊椎骨，弯曲了，不过这一回弯得不很厉害，因为他手腕很快放松了。剑又弹飞了，落在地上。他用右手拾起地上的剑，手腕用不上力，剑又落下了。他举起右手，把手腕使劲往紧握着的左拳上敲，然后他用左手拾起地上的剑，放在右手上。他右手握剑的时候，脸上直淌汗。第二位剑杀手要拉他到医院去看看，他挣脱了，还不停地骂人。

“别管我，”他说，“你们都他妈的。”

他又试了两回，两回又都碰着了椎骨。但话又得说回来，任何时候他都可以在既无危险、又无痛苦的情况下，把剑刺进牛脖子，捅到它的肺里面，或割断公牛的颈静脉，轻轻松松把它刺死。可是，名誉迫使他把剑刺在顶部肩胛骨之间，剑要从牛角上方，刺得像个男子汉，而且身体要随剑前倾。他刺第六次的时候就用这样的姿势，剑也刺入了。这场遭遇结束了，他从公牛身边闪过，然后站定，露出藐视的目光，此时牛角正好未碰着他的肚皮。他高高的个子，凹陷的双眼，汗水流了一脸，头发披到了额角。他注视着公牛，只见它转过身来，跌倒在地，不动弹了。他用右手拔出利剑，我想那是表示惩罚，但接着他把剑交到左手，剑头向下拿在手中，走向木板围栏。怒气全消了。右手手腕肿得比原先粗了一倍。他心里在想别的事。他不肯到医院去包扎。

有人问起他的手腕。他举起手来，不屑一顾的样子。

"喂，到医院去看看，"其中一位短标枪手说。"住院查查。"马艾拉朝那人看了看。他心里根本就没在想手腕怎么了。他是在想那头公牛。

"那是一头水泥浇的牛，"他说。"操他妈的水泥公牛。"

不过，他那年冬天死于塞维利亚，两个肺都染上了病，得了支气管肺炎，那是肺结核病的后期了。他发高烧说胡话的时候，滚到床下，在床下跟死神搏斗，痛苦挣扎。我想那一年他希望死在斗牛场内，可他不愿意故意找死去欺骗观众。太太，你要是见了他一定会喜欢的。Era muy hombre.[①]

老太太：人家要求多给钱，贝尔蒙特为什么不肯给？

太太，那是西班牙的怪事。我接触的跟花钱有关的所有事情当中，在钱的方面最最肮脏的要算斗牛了。参加斗牛的人地位的高低是跟他斗牛所得的报酬多少有关的。可是在西班牙，人们觉得他们付给下属的工钱越少，他就越是个大丈夫；同样，越是把下属弄得像个奴隶，自己就越觉得是个大丈夫。这个话特别适合于出身最卑微的剑杀手。对于地位比自己高的人，他们和气、大方、殷勤、讨人喜欢，而对于那些必须为自己干活的人，他们就是吝啬、刻薄的老板。

老太太：都是这样的吗？

也不都是这样。当然，身边围满了好吃懒做的马屁精，斗牛士的刻薄或者吝啬也是情有可原的。但一般地说，我认为要说在钞票方面对地位低的人小气，那就是剑杀手了。

老太太：那么你的朋友马艾拉小气吗？

他可不小气。他很大方，幽默，有自尊心，严厉，满口粗话，爱喝酒。他既不假装斯文，也不看重钱财。他爱斗牛，生活过得很富有感情和乐趣，虽然他在生命的最后六个月里非常痛苦。他知道

---

① 西班牙语：是个男子汉。

自己得了肺结核，并且对自己一点也不爱护；因为他不怕死，所以宁愿斗死在场内，这一举动不是虚张的勇气，这是心愿。他还训练自己的弟弟，认为可以成为一名出色的剑杀手。他的弟弟也得了肺病，但他竟是一个胆小鬼。这让我们大家都感到非常失望。

第九章

当然，如果你正巧去看斗牛而又没有发现过一个一代不如一代的剑杀手，那么关于斗牛的一代不如一代这许多讲解也就毫无必要了。但是，你第一次去看斗牛的时候，不管你心目中的剑杀手该是个什么模样的人，如果你实际上看见的剑杀手是胖乎乎的身体、苍白的脸、长长的睫毛、矮矮的个子，手腕动作极细腻，对付公牛技巧娴熟但又极厌恶公牛，那就有必要作些解释了。那正是奇奎洛作为神童斗牛士第一次出场十年之后今天的模样。他今天仍然签有合同，因为人们总是抱有希望，他的公牛，即他等待的十全十美的公牛，会跑出牛栏，他会展示优美、娴熟，甚至比贝尔蒙特还高明的全部连贯性动作。你也许会在一个赛季里见到他二十次，但他的完整的表演一次也看不到，不过，如果他心情好，表演是很出色的。

说到别的剑杀手，他们是以名气制胜，借人们的期望制胜，但他们从来没有技术稳定的胜利，也就是说紧接何塞利托和贝尔蒙特之后的那些斗牛士当中，马尔西亚尔·拉兰达已经成为老练、可靠、娴熟、能干和真诚的斗牛士。他能对付任何一种公牛，在所有公牛面前都可以做出熟练、真诚的动作。他有信心，有把握。九年的斗牛生涯使他成熟了，也使他有了信心，得到了乐趣，而并没有把他吓退。作为一名地地道道讲究技巧的职业斗牛士，他是西班牙最优秀的。

巴伦西亚第二无论是技能还是不足之处，现在仍然与当初一样，只是现在他胖了，也谨慎了，还有一个眼角伤疤，因当初缝针缝得很糟，脸歪了，使他失却了昔日的神气。他红披风运用得优美自如，拿着穆莱塔也能耍几个花招，不过只是几个花招而已，主要还是仅仅用来保护自己的。在马德里，要是能够鼓起勇气、振作精神，他还是全力以赴，使出拿手本领的。到了外地，他是敷衍敷衍罢了。作为一名剑杀手，他的生涯也差不多到头了。

有两名剑杀手我到现在还没有说起过，因为他们是不能算在一代不如一代的斗牛士之内，而应该个别对待的。无论放在哪一个年代里，他们也都会是一个样的。这两名剑杀手就是尼卡诺尔·比利亚尔塔和尼诺。不过，首先我得解释一下，为什么对个别斗牛士要说这么多话。太太，个别的情况是很有趣的，但是个别不是全体。至于现在要谈这两个人，那是因为随着斗牛的衰落，它已经完完全全变成了个人的事情了。某个人去看了斗牛。你就问剑杀手是谁。如果他说得出斗牛士的名字，那么，他们看到的是什么样的斗牛你心里就知道得确确实实了。那是因为，现在，某些斗牛士只会某些本领。他们也成了像医生一样的专门家。在过去你去看医生，你有什么病，医生就给你治什么病，或者说想办法治好你的病。同样，在过去你去看斗牛，剑杀手就是剑杀手。他们是真正受过训练的，懂斗牛，他们运用红披风，挥动穆莱塔，投放短标枪，那真是英勇善战，技艺精湛，公牛都是剑杀手刺杀的。把医生现在所达到的专门化的水平加以叙述是没有什么价值的，我们也不去讨论那些非常令人反感、非常荒唐的具体例子，因为我们大家迟早与医生总有一些接触，但是一个去看斗牛的人却不了解，这种专门化的毛病已经蔓延到斗牛场里，结果是出现了只会操作红披风，别的什么都不在行的剑杀手。观众也可能不会仔细注意红披风的运用，因为这些动作在他们眼里都是新奇的，他们会觉得那一位斗牛士的其他表演都是具有代表性的斗牛表演，从而根据这些表演来评判斗牛的优劣，而殊不知事实上这是最拙劣的表演，斗牛是绝不能这么个斗法的。

今天的斗牛所需要的是一名名符其实的斗牛士，他同时还应该是一位有别于专门家的艺术家；所谓专门家，那是说只能做一件事，完成得也很出色，但是要把他们的技艺提升到最高点，或者（有时候）要能有什么技艺的话，他则需要一头特殊的、几乎是根据自己需要选定的公牛。斗牛所需要的是神，将那些半神半人赶走。但是盼望一个救世主的出现需要很长的时间，而且你会遇上许许多多冒牌的救世主。《圣经》里并没有记载我主耶稣之前出现过多少个假的救世主，但是过去十年的斗牛史记载的却只有假救世主。

正是因为你有可能看到一些假救世主登场，所以对他们有所了解是至关重要的。只有在你懂得了公牛是真正的公牛，斗牛士是真正的斗牛士的时候，你才能懂得你是否见识了斗牛。

举例来说，你可能看到了尼卡诺尔·比利亚尔塔。要是在马德里看到他，你会觉得他出色，看到非常精彩的东西，因为，在马德里，他运用红披风和穆莱塔的时候双脚合拢，从而避免出现奇怪的样子，而且在马德里他刺杀非常英勇。比利亚尔塔是一个特例。他的脖子是正常人脖子的三倍。要说身高，他有六英尺，而这六英尺中主要是腿和脖子的长度。

他的脖子虽长，但也不能拿它与长颈鹿的脖子比较，因为长颈鹿的脖子看上去显得自然。比利亚尔塔的脖子看上去好像就在你眼前拉长似的。似乎他的脖子就像橡皮一样拉长，但是它永远不会收回去。要是真能收回去那才妙呢。一个人要是有这么一个脖子，两腿并拢倒也相当正常；要是他两腿合并，上身后仰，脖子朝公牛前伸，这时就产生一种效果，虽算不上美，但也不俗，可是，一旦他伸开两腿，张开双臂，再大的勇气也帮不了他的忙，样子总归是十分地可笑。有一天夜里，在圣塞瓦斯蒂安，当时我们在教堂后殿散步，比利亚尔塔说起了他自己的脖子，说的是一口阿拉贡方言，听起来像小孩子说话，还骂起娘来。他对我们说，为了不显得土气，他不得不老是在心里想着这长脖子，记住，老是想着。他发明了一种回旋式穆莱塔操作法，即表现他那种不自然的纳图拉尔招式，而两条腿紧紧合拢，右手提着那块用剑挑起的宽大的穆莱塔（红布展开时大小跟上档次的酒店的床单差不多），他就这样随着公牛徐徐转动。谁都不如他这位老把式那样靠近公牛使招式，那样接近公牛做动作，谁都做不像他这位老把式那样徐徐转动。但运用红披风他却不在行，他的动作太快，太不连贯。用剑刺杀的时候他径直插入，同时身体随剑前倾，可是，他常常不是放下左手让公牛跟过来，从而暴露出公牛两肩之间的致命点，而是将宽大的穆莱塔遮住公牛的脑袋，依靠自己的身体高度，能使自己从牛角之上俯身，伸过剑去刺杀。不过，有时候他的刺杀绝对正确，完全符合规则。近来他的斗牛几乎是古典式的，非常和谐。每做一个动作都做得很勇敢，每做一个动作都是照自己独特的方式去做，因此，如果你看了尼卡纳尔·比利亚尔塔，那也算不上斗牛。但是你应该在马德里去看一次，因为在马德里他是全力以赴的。如果他遇上一头允许他双腿合拢的公牛，而且六头牛中只有一头办得到，那么你就将看到非常奇怪、非常动人——感谢上帝，除了表现出极大的勇气之外——非常与众不同的情景。

要是你看尼诺的表演，可能你会看到样子最难看的胆怯、臃肿的屁股、因使用头发固定剂而过早秃顶，以及过早衰老的样子。在贝尔蒙特首次退出斗牛场之后十年当中出现的年轻斗牛士里面，他激起了人们极大的空头希望，而最后则让人们感到非常地遗憾。他是在马拉加开始他的斗牛生涯的，他在斗牛场内只斗了二十一回便成了一名正式的剑杀手，不像过去的斗牛士，要成为一个正式剑杀手得苦练八年到十年的时间。有两名出色的斗牛士早在十六岁的时候就成了正式的剑杀手，他们是科斯蒂利亚雷斯和何塞利托，而因为他们两人似乎跳过了整个学艺过程，找到了一条通向学习斗牛的平坦大道，所以许多孩子受到过早、从而是有害的提拔。尼诺便是一个极好的例子。唯一能说明这些早年的成才之路是有理的，那是另一种情况，即那些孩子已经做了几年儿童斗牛士，他们出身斗牛士世家，这样一来，他们自小就在父辈或兄长的训练指导下弥补欠缺，讨教经验上的不足之处。即使是在这种情况之下，也只有那些超级天才方能成功。我说是超级天才，那是因为剑杀手一个个都是天才。要当一名正式的斗牛士，光学是学不好的，这跟当一名一流的棒球手、歌剧演员、优秀的职业拳击手一样。你可以学会打棒球，学会拳击，学会歌唱，但是，如果你没有某种程度的天才，那你就没法依靠棒球、拳击、唱歌剧来生活。说到斗牛，首先也必须要有天才，而这种天才又会进一步复杂化，因为在斗牛中还必须有实际的勇气去正视创伤，以及在创伤第一次变成了事实之后还可能要面临死的威胁。卡耶塔诺·奥尔多内斯即尼诺，在塞维利亚和马拉加曾以斗牛新手的身份作了几次优美的表演，在马德里又有过几次不完全是以新手身份作的表演，那以后他在春季得到了提升，成了剑杀手，他作为剑杀手出场的第一个赛季，那神气仿佛是来拯救斗牛的救星，要是有人来拯救过斗牛的话。

我曾经在一本书里试图描绘他的模样，叙述他的几场斗牛。他在马德里作为剑杀手第一次出场亮相的那一天我也在，那年在巴伦西亚我也看了他与重返斗牛场的胡安·贝尔蒙特的竞赛，他做了两个动作，实在漂亮，实在出色，我至今还记得他的一招一式。在运用红披风时他即是纯真风格的体现，他的刺杀并不坏，尽管他并非一个出色的杀手，当然碰上好运则是个例外。有几次他真的是等公牛进攻时才刺杀，照老式斗牛让公牛冲向剑头，而且他的穆莱塔运用潇洒自如。马德里一家有影响的报纸《A. B. C.》的斗牛士评论家葛利戈利奥·科罗查诺说他“Es de Ronda y se llama Cayetano①”。那是说他来自斗牛发祥地龙达（Ronda），大家都叫他卡耶塔诺，那是一名杰出的斗牛士的名字，是最杰出的老把式、花样斗牛士卡耶塔诺·桑斯的教名。这句话传遍了西班牙。如果不拘泥字面意思，把字里行间的含义也翻译出来，仿佛就是说从现在开始的许多年之后，亚特兰大又会出一名出色的年轻高尔夫球手，他的名字应当叫勃贝·琼斯。卡耶塔诺·奥尔多内斯样子像斗牛士，举动像斗牛士，他做了一个赛季的正式的斗牛士。我观看过他的大多数斗牛表演，看过他的全部最出色的表演。那个赛季临结束时，他被公牛在大腿上狠狠地捅伤了，险些儿割破股动脉。

---

① 西班牙语，意即：来自龙达，名叫卡耶塔诺。

这么一来，他也就完了。第二年，在这一行的斗牛士当中，拿所签的合同来说，数他最多，那是因为他第一年表现出色才签的，可是现在他在斗牛场中的表现变成了一连串的祸患。他简直连看都不敢朝公牛看。他伸手要向公牛刺杀时表现出来的恐惧，让人见了难受。在整个赛季里，他都是在用对自己最没有危险的方式暗杀公牛，跨过公牛的进攻路线，把剑朝牛脖子刺，往牛肺里捅，总之，他是哪里都刺，只要身子不进入牛角够得到的范围。那是到那一年为止一个剑杀手所经历的最最可耻的一个赛季。事情的原委是，第一次被牛角真的捅伤之后，他的勇猛也被捅掉了。打那以后他一直没有恢复过。他想得太多。后来那几年里他有好几次振作起来想在马德里表现得不错，这样他就可以借助报纸上为他作的宣传还会签到合同。马德里出版的报纸是全国发行的。一名斗牛士在首都取得的胜利，整个半岛都知道，而外省的一场胜利只有附近地方才知道，到了马德里会大打折扣，因为不管斗牛士到了外地什么地方，他们的经纪人总是用电话和电报通报胜利的消息，即使斗牛士已经被不满的外地观众整得差不多了。可是，这种强作精神的表演，也不过是胆小鬼的英勇行为罢了。

所谓胆小鬼的英勇行为，在注重心理描写的小说里是很宝贵的，对作出这种行为的人来说是极具宝贵的，但是对一个赛季接着一个赛季花钱来观看斗牛的广大观众来说，那是没有什么价值的。它们无非是给那个斗牛士一种表面的价值，而这种价值其实他并不具备。有时候他在斗牛之前，穿着斗牛服，腋下汗涔涔的，到教堂祈祷，他祈望公牛会 embeste，就是说希望公牛的冲击会很干脆，听从红布的调派——啊，圣母马利亚，赐我一头能规规矩矩进攻的公牛吧，圣母马利亚，给我这样一头公牛吧，圣母马利亚，让我今天在没风的一天在马德里去斗这样一头公牛吧；有时候他保证给予有价值的东西或者去朝圣，祈求好运，祈求被吓之后昏过去，这么一来也许那天下午这样的一头公牛就会出现，而斗牛士虽然并没有勇气，但脸上也要装出勇气十足的样子；有时候他几乎很成功地装出完成出色的斗牛动作的轻松样子；那胆小的斗牛士，就这样神经紧张、动作生硬地使出浑身解数，丢掉了幻想，完成了优美出色的表演。每年春天在马德里只要有这么一回表演，就有可能使他获得保持知名度的合同，但是在实际上，这些都是毫无意义的。要是你能看到一回这样的表演，算你走运，可是，就算你一年里头去看二十回那位斗牛士的表演，却永远也不会再次看到这样的表演了。

对于所有这些问题，你不是从斗牛士的观点出发去思考，就是站在观众的立场上去思考。事情之所以复杂关键就在死这个问题上。斗牛，是一门绝无仅有的艺术家身处生命危险的艺术，是一门表演的出色程度完全有赖于斗牛士自尊的艺术。在西班牙，自尊可是个非常实质性的东西。他们称为 pundonor，包含了自尊、正直、勇气、自重、自尊心等等意思。自尊心是这个民族最强的特点，不表现出怯懦就是涉及自尊的事。一旦千真万确、毫无疑问地表现出怯懦，自尊就荡然无存，而这时，斗牛士也许就会稍微出点儿力，作纯粹应付的表演，只有在出于经济原因要改善自己的地位、获取合同的时候，才给自己制造一点风险。我们不能老指望斗牛士表现出色，只能希望斗牛士尽全力。我们应该原谅斗牛士动作别扭，要是他碰上了一头难弄的公牛，他也应该有失常的时候，但他在对付特定的公牛的时候，是应该竭尽所能的。可是他一旦丢了面子，你就不可能指望他一定能竭尽全力的，他也决不会有什么出色表演，他只能在技术上完成任务罢了，稳妥、乏味、尽量以欺骗的手法把公牛刺死。面子丢了之后，他按照合同一场一场斗下去，讨厌看台上的那些观众，心里骂他们没有权利起哄，没有权利嘲笑斗牛士，因为观众舒舒服服坐着而斗牛士是面对着死神的，他自己心里明白，如果想要的话，他总是可以使出高招的，观众可以等到那个时候的。后来有一年，他发觉即使遇上一头出色的公牛自己也完不成出色的动作，于是就竭力振作起来，而一般到了第二年那就是他退出斗牛场的时候了。因为一个西班牙人必须有一点自尊，到了他不再有窃贼的自尊那种信念——只要我想改好我是可以改好的——作为支撑的时候，那么他就退下来，有了这一决定，他也就为自己争得了自尊。这种所谓自尊，并非我硬要叫你相信的什么幻觉，就像这个半岛的那些作家那样，硬要人们接受他们的理论。我发誓这是真的。对西班牙人来说，自尊，不管是怎样地不老实，是实实在在的东西，跟水、酒、橄榄油一样，看得见，摸得着。不管是小偷，还是妓女，他们都有自尊。只不过是自尊的标准各不相同罢了。

斗牛士的自尊，合格的公牛，这两件都是斗牛所必不可少的。这是因为，有半打的斗牛士，虽然其中有一些人极有才干，自尊却微乎其微。造成这种情况的原因是斗牛士的早期发掘以及后来的愤世嫉俗，有时候是因创伤造成的长时期的胆怯所致，这种胆怯是必须与往往受刺伤之后会产生的暂时丧失勇气加以区分的，因此，除了缺点和尚未训练成熟的斗牛士之外，你会看到总的来说是很糟糕的斗牛。

呃，太太，什么事想不通？你想要我给你说些什么？

老太太：我发现，有一匹马被公牛捅了一下之后有木屑撒落。年轻人，这你怎么解释。

太太，木屑是好心的兽医放在马身上的，这样，马身上掉了别的器官之后可以用木屑来填塞。

老太太：谢谢你。你使我明白了一切。但是，毫无疑义，马不可能永远拿木屑来替换那些器官的。

太太，那不过是权宜之计，那是谁都不会很赞同的。

老太太：可是我发觉木屑干干净净，就是说，是不是木屑纯净、有香气。

太太，马德里的斗牛场里填塞马用的木屑那是再纯净不过、再芳香不过的了。

老太太：听你这么一说真叫人高兴。请告诉我抽雪茄的那人是谁？他吃的是什么？

太太，那人是名利双收的赞助人多明京，前剑杀手，是多明戈·奥尔特加的经纪人。他在吃虾。

老太太：要是不烦难，那咱们也叫一些，自个儿吃吃。他看上去很面善。

一点也不错，不过，千万别借给他钱。这里的虾是最好的，虽然马路对过的比这儿的大，那边叫作对虾。服务员，来三份gambas①。

老太太：先生，你管它叫什么来着？

Gambas.

老太太：要是我没记错的话，这个词儿在意大利语里是翅膀的意思。

作者：你要是想去的话，离这儿不远就有一家意大利餐馆。

老太太：斗牛士常常去吗？

作者：太太，他们从来不去。那里坐满了政客，有人看着他们的时候他们就摇身一变，成政治家了。

老太太：那我们就到别处去吃。斗牛士们到哪里吃的？

作者：他们都在普通的寄宿的地方吃饭。

老太太：你有认识的吗？

作者：那当然。

老太太：我想再了解了解。

作者：他们寄宿的地方？

老太太：不不，是斗牛士。

作者：太太，他们许多人都是一身的毛病。

老太太：他们得的是什么病你告诉我，我自己会拿主意的。流行性腮腺炎吗？

作者：那倒没有，太太，他们得这种病死的不大听说。

老太太：我就得过这种病，所以我不怕。别的那些毛病，是不是像他们穿的衣服一样稀奇古怪呢？

作者：也不是，都是些最常见的病。咱们慢一些再说。

---

① 西班牙语：意即虾。

老太太：不过先告诉我再走，这个马艾拉是你认识的最勇敢的人吗？

作者：是的，太太，因为，在生来就勇敢的人当中，他是非常聪明的。蠢而生来就勇敢容易，极聪明但是仍然很勇敢就难了。谁都不会否认，马西亚尔·拉兰达是勇敢的，但是他的勇敢是来自于聪明，是学会的。伊格纳西奥·桑切斯·梅希亚斯娶了何塞利托的妹妹，又是一名十分出色的短标枪手，但他的风格呆板。他很勇敢，但他的勇敢是从外面硬贴上去的。这就好像他老在那里炫耀他那大片胸毛或者身体更加不可裸露处的特点。那可不是勇敢在斗牛中的用途。勇敢应该是这样的一种品德，有了这一品德，斗牛士想做什么动作就能够做出什么动作，而不受恐惧心理的影响。勇敢不是拿来唬弄观众的东西。

老太太：我倒是至今还没有被唬弄过。

作者：太太，你要是见了桑切斯·梅希亚斯，就会被弄得昏头转向的。

老太太：什么时候能见到他？

作者：他现在已经退出斗牛了，不过要是他亏钱了，又会看到他斗牛的。

老太太：你好像不喜欢他。

作者：虽然我钦佩他的勇敢，钦佩他使用斗牛棒的技术和他的傲慢态度，但是我不喜欢他这个斗牛士，也不喜欢他这个短标枪手，不喜欢他这个人。因此，我在这本书里几乎不留什么篇幅写他。

老太太：这不是偏见吗？

作者：太太，要说有偏见，那是再也找不到一个更有偏见的人了，也碰不到一个自认为更加坦率的人了。但是，这会不会是因为我们头脑一部分——指挥我们行动的那一部分——由于经验的积累而变得抱有偏见，而仍然能够使另一部分完全不受束缚以利于观察和判断呢？

老太太：先生，我不知道。

作者：太太，我也不知道，很可能咱们说的都是屁话。

老太太：这个字眼很怪，我做姑娘时可没听到过这种讲法。

作者：太太，我们现在把这个讲法用来说明一个内容抽象的谈话中出现的谬误，或者，真的，还用来说明谈话中任何极度形而上学的倾向。

老太太：我必得学会正确使用这些词语。

第十章

每斗一头公牛，要分三幕表演，这在西班牙语里叫作 los tres tercios de la lidia，即三三制斗牛法。第一幕是公牛朝长矛手进攻，这叫作 suerte de varas，即长矛斗法。Suerte 在西班牙语中是一个重要的词。照字典上的定义，这个字是阴性名词，意思是：机会，危险，运气，机遇，好运，时运；状况，状态，命运，厄运，天数；种类，类别，形式，方式，式样；手技，手段，花招，策略；以及产地。因此，和西班牙语的任何词语的翻译必定带有任意性一样，尝试或招式的翻译也是十分任意的。

斗牛场上的长矛手的斗法和剑杀手动作的配合，那就是斗牛的第一幕。剑杀手的配合是指他有责任运用红披风来保护好从马背上掉下来的长矛手。总裁判示意结束第一幕，号角就吹起来，长矛手退场，第二幕开始。除了用帆布盖着的死马之外，第一幕结束之后，场上就看不到马了。第一幕斗牛表演是红披风、长矛和马的表演。在这一幕里，公牛有最充分的机会显示它的勇敢或胆怯。

第二幕是短标枪的表演。所谓短标枪，那是大约一码长的两根短棒，说得确切一点短棒长七十厘米，棒的一端有一形状如鱼叉的尖铁。短标枪一次两支，在公牛向持枪人冲击时，要插入公牛脖子顶上隆起的肌肉里，设计短标枪的目的是要完成放慢公牛行动速度，调整公牛脑袋的姿势这一项任务，这项工作长矛手已经开始做了，至此则调整完毕。这样一来，公牛进攻速度放慢了，但是进攻更加稳当，目标更加明确。一般要投掷四对短标枪。如果短标枪由短标枪手或者帮手来投的话，那么，除了其他要求之外，则必须投得迅速，位置正确。如果是剑杀手亲自投短标枪，那么，他可以慢慢地做些预备动作，这时候通常都伴以音乐。这是斗牛最最生动、别致的部分，也是大部分初次观看斗牛的人最爱看的表演。短标枪手的使命不只是插入短标枪，逼使公牛颈部肌肉乏力，叫它放低脑袋位置，而且要把短标枪钩住在公牛颈部某一侧，不让公牛老向这一侧进攻。短标枪手的全套动作不可超过五分钟。要是时间一长，公牛会焦躁，斗牛就丧失了应有的速度，而且，如果是一头不稳定、有危险性的公牛，那么，它就有许多的机会观察没有诱惑物保护的人并向他进攻。这样一来，等到最后一幕剑杀手手拿利剑与穆莱塔出场的时候，公牛就会寻找红布后面的人，照西班牙人的叫法，那人即红布后面的包裹。

放了三对、最多是四对短标枪之后，总裁判示意变换动作，第三幕即最后一幕就是死。这一幕包括三个部分。先是总裁判致辞，然后由剑杀手向总裁判或另外一个人献礼，即为公牛的死干杯。接着，剑杀手表演穆莱塔。这是一块红布，沿一根棒对折，棒末端是一个尖头，另一端是一个把手，尖头穿过整块红布，而红布用指旋螺钉固定把手另一端，这样红布便顺着棒对折。穆莱塔字面意思是丁字形拐杖，用在斗牛上，是指拴着红布的棒，剑杀手用它来控制公牛，运用它来为刺杀公牛作准备，到最后，剑杀手把它握在左手，用它吸引公牛把脑袋往下移，不抬起来，此时就将剑插入公牛两个肩胛骨之间。

以上即斗牛悲剧的三幕表演，在第一幕，即有马参与的一幕里，人们可以看出后面会有什么样的表演，事实上也可以说，有这第一幕才有以后的戏。只有在第一幕里，公牛上场时才表现出威风凛凛的样子，十足的信心，速度快，凶狠，目空一切。公牛所有的上风就在这第一幕里体现出来。到了第一幕结束时，公牛表面上是胜者。他把骑在马上的人都赶出了斗牛场，场内只剩下它自己。在第二幕里，公牛被毫无武装的人彻底打败，而且遭到短标枪的严重困扰，结果它的信心、盲目而无针对性的盛怒开始消退，它把仇恨集中在一个目标上。到了第三幕，公牛面前只有一个人，这个人必须单身一人用一块挂在棒上的红布控制公牛，站在公牛正前方，俯身在它的右角上方，把利剑插入两个肩胛骨之间，将它刺死。

我第一次看斗牛，唯一不喜欢的表演即是投掷短标枪。短标枪钩住之后，似乎在公牛身上引起了很大很残酷的变化。短标枪在身上钩住之后，公牛完全变成了另一头牲畜，公牛进场时表现出的放任和野性现在荡然无存，我感到恼火；而这种放任与野性在公牛面对长矛手的时候表现得最为淋漓尽致。一旦短标枪钩住在脊背上，公牛已经没有能耐了。这就是判决。第一幕是审讯，第二幕是判决，第三幕是执行。可是，后来我知道了，公牛处于防御地位的时候会变得更加有危险性；钩在身上的标枪使公牛变得持重，脚步放慢了速度之后，每一次牛角的进攻会非常有的放矢，就像猎人一样瞄准一群鸟中的一只，而不是对准一群，一只也打不中；最后，我知道了，在公牛速度放慢但仍保持着勇气和力量的时候它可以与人相互配合做出富有艺术性的动作，在那个时候，我一直对它怀有钦佩之情，但是我已经不再对它怀有同情心，这如同观赏一幅油画、一件大理石雕以及雪橇铲起的干雪不会有同情心一样。

我觉得除了勃朗库西①的雕塑作品之外，现代的雕塑艺术无论如何都不能与现代斗牛这门雕塑艺术同日而语。但是，这门艺术和歌唱与舞蹈一样，是非永久性的艺术，是列昂纳德·达·芬奇劝说人们要避免的艺术之一，表演者离开之后，这门艺术只存在于观看过表演的人们的记忆里，并随着人们的谢世而消亡。欣赏照片，阅读文章，或者太频繁地加以回忆，反而会使它在人们记忆里抹杀。如果它是永久性的，那它就可能成为几大艺术之一，但它不是永久性的，因此这门艺术也就随创作者一起消逝，而如果是几大艺术之一，甚至直到创作者区区朽骨早已经入土，还是不能对它作出评价。斗牛是涉及死的艺术，它也被死抹去。但是它绝不会真正失传，你说，因为就所有艺术而言，所有合乎逻辑的改进与发现，都

---

① 勃朗库西（Constantin Brancusi，1876—1957），罗马尼亚现代著名雕塑家，常用不同材料创作同一题材的雕塑作品。

会由另外一个人传递下去；因此，除了作者自己之外，确实什么也不会失传。是的，而且，事情确实令人欣慰，要是你知道，如果画家死的时候，他的全部绘画作品也随着他的死而消失，那么，塞尚[①]作品的发现，举例来说，就不是失传，而是会被他的所有临摹者所利用，知道是这样，会是个很大的安慰。那是绝不会的。

假设一名画家的作品与他一起消失，一名作家著的书在他死的时候自动销毁，只存在于阅读这些书的人的记忆里。那就是斗牛所遇到的情形。艺术、手法、做法的改进、所发现的作品，这些都会保留；但是作为个人，因其劳动而创作了艺术品的人，作为试金石的人，原作者，他消失了，直至另一个人出现，一样的伟大，那些作品，在原作已经消失的情况下，仿制原作，很快便歪曲了、拉长了、缩短了、削弱了原作的特征，或者完全丢失了与原作的关联。所有的艺术只能是由个人来完成的。你了解的只不过是个人，而所有的流派仅仅是要分级，说明流派的这些成员都是失败者。作为伟大的艺术家而出现的个人，利用到他生活年代为止人们所发现的或者了解的他那一门艺术的一切知识，由于他能在极短的时期内作出取舍，人们仿佛觉得他的知识是生来就具备的，而不是因为常人花了一辈子时间，他却立即就掌握了，然后，伟大的艺术家不停留在人们已经完成的或已经了解的一切，而且作出自己的贡献。但是，在前后伟大艺术家之间有时候会出现一个长期的间隔，而且已经熟悉了先前伟大艺术家的人们，在新一代艺术家出现的时候，很少加以承认。他们要老的艺术家，老的那一套方式是他们所记得的。但是其他的人，当代人，因为他们有那么迅速地了解事物的能力，承认新的伟大的艺术家，而最后，甚至只记得老艺术家的人也承认了。他们不能立即承认是情有可原的，因为，他们翘首以待的时期内，见识了这么多的假冒艺术家，致使他们变得小心谨慎，觉得不可相信自己的情感，只能相信记忆。当然，记忆从来就是靠不住的。

---

① 塞尚（Paul Cezanne，1839—1906），法国画家，后印象派代表。

好容易发现了一名杰出的斗牛士，又会轻易地丢失的，那是因为他患病之故，而往往不是他的死亡。贝尔蒙特退出斗牛场之后出现的两名真正杰出的斗牛士，没有一个是善始善终的。一个得了肺结核，一个染了梅毒。这是斗牛士的两种职业病。斗牛就是在烈日之下开场，往往是在火辣辣的阳光下，热得就连手头紧的人也很愿意多花三倍的钱买一张能坐阴凉座位的门票。斗牛士穿一件沉重的金丝织锦缎紧身上衣，在烈日下流着大汗，就像拳击手训练时做跳绳练习那样大汗淋漓。这么热的天，流这么多的汗，没有机会淋个浴，也没有酒精擦一擦皮肤制止出汗。到了红日西沉，斗牛场阴影遮住了场上的沙地，这时候的剑杀手已没有多少事可做，只是守在一旁，看着自己的同伴斗最后一头公牛，以防他们万一需要帮个忙。往往在夏末秋初的时候，西班牙的高原地带，斗牛开场的时候城中非常热，不戴草帽会热得人中暑，而到了斗牛结束时，天又冷得你要披上大衣才行。西班牙是个山地国家，很大一部分地区的气候像非洲，夏末秋初时节，太阳下山之后天立即会冷下来，让不得不站在这样的寒冷中的浑身湿透、甚至没法擦干汗水的任何人都受不了。拳击手出大汗时会采取一切办法防止受凉，而斗牛士则办不到。仅这一点就足够说明为什么会有这么许多斗牛士得肺结核，更不必说在这八月和九月的集市期间赶夜路的疲劳、一路的尘土、日复一日的赛事。

关于梅毒情况有些不同。拳击手、斗牛士以及士兵，为什么会染上梅毒，这跟他们为什么选择这些职业的理由相同。拿拳击来说，竞技状态的突然转变，被打得昏头转向的大多数情况，所谓“用脚跟走路”，大抵是梅毒造成的后果。一本书里不可能举出个人的名字，因为这样一来便是诽谤性质的了，不过，圈内的人可以说出十几个新近发现的事例。总是有新近发生的事的。梅毒是中世纪十字军的病。据说就是他们把梅毒带到欧洲来的。这是所有只知享乐、不顾后果的人的疾病。这是一种预料中的工伤事故，所有那些性生活不规则和由于思想习惯的缘故宁可冒险也不肯用避孕用品的人会出这样的事故，所有私通的人在事情发展到了足够程度的时候会到达的人生终点，或者说是一个人生阶段。几年前我曾有机会观察过一些人的堕落过程。这些人在大学读书时也曾经是道德规范上颇有影响的人，可是他们出了校门一踏上社会，发现了放荡生活的乐趣，这种乐趣，他们年轻时可从来不曾享受过，就像中国那些耶鲁大学的信奉者们一般，只是耳闻，并未亲睹。于是，在他们纵情放荡的时候，仿佛觉得是他们发现了，如果不是发明了，性交。他们觉得这就是自己刚发现的重大的新鲜事物，他们男女乱交，寻找乐趣，直至他们首次染上疾病，这个时候他们还认为这疾病也是他们发现和发明的。可以肯定地说，如果不是他们这样的行为，人们本来不会知道这种可怕的东西，也不可能得这种疾病，这种疾病也就不会存在，而他们这些人又一度成了保持最纯洁的生活这一主张的宣传者和实践者，至少他们把活动范围限制在较小的社交圈子里。现在，道德风尚也已经发生了许多变化，许多过去要培养成为主日学校教师的人，现在已经是我们社会的最出名的浪荡子了。跟第一次遭公牛刺伤而一蹶不振的斗牛士一样，他们也的确不是浪荡子的料，但是，在他们发现被莫泊桑列入青春期疾病的那种疾病，发现莫泊桑——顺便提一提，他有权利那么归纳——是死于那种疾病的时候，望着他们，听着他们述说，那真是叫人觉得难受。他们说，“没受过伤的人才会拿人的伤疤取笑。”但是，身上满是伤疤的人才擅长拿别人的伤疤取笑，或者，至少在过去情况如此，虽然如今取笑别人的人，只要是取笑任何发生在别人身上的事，取笑起来是极幽默的，而要是什么事使他们感动了，他们立即就会说，“可是你们不懂。这真是正经事呢！”于是就成了一本正经的说教者，要不然就以如自杀这样的老一套说法，不再谈论这件事情。可能性病就跟公牛非得有牛角一样必须存在，这样才能使一切事物各得其所，保持恰当的关系，否则这世上意大利浪荡子卡萨诺瓦[①]式的人

---

① 卡萨诺瓦（Casanova，1725—1798），意大利冒险家、作家、浪荡子。

以及剑杀手太多，别的人真的一个都没有了。可是我多么希望西班牙能根除性病，因为我明白性病会对杰出的斗牛士造成什么样的后果。然而即使在西班牙根除了，也可能会在别处得病，或者男人们会出征异国，把性病从某处带回来。

你不能指望白天在斗牛场冒险获胜的斗牛士，在晚上不再来冒一回险的，然而“mas cornadas dan las mujeres.[①]”有三样东西叫男人不敢乱交：宗教信仰，羞怯和害怕性病。这最后一样东西通常也是基督教青年会和别的机构呼吁规规矩矩地生活的根据。与这些影响一名斗牛士的东西相抵触的因素有不少，如当个职业斗牛士就得有风流韵事的传统习惯、他个人的爱好，以及在事实上总是有女人追他，有的追他这个人，有的追他腰包里的钱，许多女人是这两样都追，而且，斗牛士根本就藐视性病会构成什么危险。老太太问道，可是，有许多斗牛士得这些病吗？

太太，跟所有和女人厮混的时候只想着身边的女人、不顾自己今后身体健康的男人一样，他们都染上这些毛病。

老太太：可是，他们为什么不多想想自己的身体健康呢？

太太，这就难了。说真的，一个男人感到心满意足的时候，脑子里是绝不会闪过这种念头的。即使遇上的是一个妓女，可是，只要她不错，男人在当时、有时在事后也会觉得她很不错的。

老太太：这些病是不是都从做皮肉生意的女人那里得的？

不是这样的，太太，这些病常常从朋友、从朋友的朋友那里得来的，是从任何一个同你睡觉的人那里得来的，不管是在什么地方，到处都一样。

老太太：这么说，做男人一定是很危险的。

就是，太太，可很少有人能幸免于难。这是一桩难以满足的交易，最终是进坟墓。

老太太：要是这些人都结婚，只跟自己老婆睡觉，那样不是更

---

① 西班牙谚语，意即伤人的往往是女人而不是公牛。

好吗?

为他们的灵魂着想，是更好，为他们的肉体着想，也是这样。可是，要是斗牛士结婚，要是他们真爱老婆，那么，作为斗牛士，许多人就完了。

老太太：他们的老婆呢?她们怎么样?

没有做过他们的老婆，谁说得清楚呢?要是丈夫签不到合同，生活就没有着落。可是，每签一个合同就是冒一回生命的危险，而且进了斗牛场，没一个人会说他会活着出来。这跟做当兵的人的老婆不一样，要是不打仗，你那当兵的也挣钱养家;跟当海员的也不同，他虽然长期不在家，可他那条船会保护他;跟拳击手也不同，拳击手不面对死。这跟做别的什么人的老婆都不一样，我要是有女儿，我不会要她这样的。

老太太：你有女儿吗，先生?

没有，太太。

老太太：那至少我们不必为她操心。不过我但愿这些斗牛士不会得这些病。

噢，太太，既是个男人，身上又没留下过去所遭不幸的痕迹，那样的男人是找不到的。不是这儿伤，就是那儿伤，不是这个病就是那个病，可是一个男人把许多事都不放在心上，我就认识一个高尔夫球好手，可是，他得了淋病，倒反而更加得心应手。

老太太：就没药医治吗?

太太，这世上并不是什么都能治的。医治一切不幸的最好的药即是死。我们现在还是什么也不要说了，吃饭要紧呢。——我们这一代里，科学家们会设法扫除这些古老的疾病的，我们也是看得到所有道德说教的终结的。不过现在我很想到博丁酒家去吃小猪肉，不要坐在这里老想着我的朋友遭受的伤亡。

老太太：那我们吃饭去。明天你可以给我们说说更多的斗牛知识。

第十一章

斗牛场上的公牛与家养公牛的不同，就好像狼和狗有区别一样。一头家养的公牛也可能脾气暴躁，性格凶猛，这就跟狗也会势利、危险一样，但是家养公牛绝没有斗牛场公牛的速度、肌肉和腱的力量，以及那种特别的体形，就像狗不具有狼的体力、狡猾的性格、张大的嘴巴一样。送到斗牛场的公牛是野生动物。斗牛用的公牛的牛种是直接从遍布整个半岛的野公牛培育的，培育公牛的牧场有成千英亩，地域辽阔，公牛生活在牧场上就像到处漫游的动物一样。要送往斗牛场的公牛，与人的接触是极少极少的。

斗牛用公牛的身体特点是皮厚而硬，毛色富有光泽，头小，但脑门宽大；角有力，形状特别，向前弯曲；脖子短而粗壮，发怒时颈部肌肉高高隆起；宽肩、蹄很小、尾细长。斗牛用公牛的雌性牛体格不如公牛强壮，头小，角细而短，脖子长，而且下颌底下垂皮不明显；胸部不大，无显著的乳房。在潘普洛纳的业余斗牛场内我经常看到这种母牛像公牛那样进攻，掀倒那些业余斗牛士，难怪来访的外国人都说是家养小公牛，因为看不出有母牛的特征，看不出是母的。就在这种雌性牛身上，你极分明地看出了野牛动物与家养牲畜的区别。

说起斗牛，有一句话是经常听说的，母牛进攻的时候比公牛要危险得多，因为公牛进攻时闭着眼睛，母牛进攻时张着眼睛。我不知道是谁先说的，但这句话是不对的。业余斗牛的时候母牛几乎无一例外地不朝着红披风，而是专挑人进攻，不是直冲，而是突然袭击，常常盯住几十人的人群中的一个大人或小孩，一路追去；不过，也不像弗吉妮娅·伍尔夫[1]说的，之所以有这个特点是因为母牛智力生来就高一点；不是这个缘故，而是因为，既然雌牛犊在正式斗牛中不可能上场，既然让这些牛全面熟悉斗牛各个阶段人们并没有什么异议，斗牛士也就专门用这种牛来练习红披风或穆莱塔。不管是公牛犊还是母牛犊，只要红披风或穆莱塔见过几回，它就熟悉了，全都记在心里。如果是一头公牛犊，那就不可以用于正式斗牛，因为正式斗牛的首要前提是公牛第一次与徒步的人遭遇。如果公牛没见识过红披风、穆莱塔，进攻的时候是直冲的，人就可以在公牛进攻时尽量靠近公牛做出各种动作为自己设置危险情景，可以完成多种多样的招式，这些招式可以自己选用，做出一系列有色彩的连贯动作，不必被动地做出防御动作来。要是公牛以前进过斗牛场，它就老是会对人突然袭击，会用牛角直刺红布去找人，造成所有那些危险情景，逼得人老是退却，老是被动，使人不能运用清晰的招式，也就不会有漂亮的表演。

斗牛是如此发展和组织起来，所以公牛在进场时对徒步的人完全陌生，它就正好来得及学会对人施展的种种手法产生怀疑，并在被刺杀的时刻到来时到达它自身危险的顶点。公牛在斗牛场内情况摸得非常迅速，要是斗牛时间拖延一下，或者表演不好，或者再延长十分钟，那么，按照表演规则确定的手法斗牛，牛几乎是刺不死的。就因为这个缘故，斗牛士常常用母牛犊练习斗牛，因为几个回合下来，照斗牛士的说法，这些牛已经非常老练，甚至希腊语和拉丁语也会说了。经过这么一番训练之后，这些牛就放到斗牛场里让业余斗牛士去斗。这些牛有时候是光着牛角，有时候牛角尖用皮球包起来；它们动作迅速、灵活就像小鹿一样，朝着手拿红披风的业余斗牛士，朝着各式各样有志于斗牛的人挥动的红布进攻，挑、撕、捅、追，弄得这些业余斗牛士一个个惊恐万状，等到这些母牛犊累了，才放进小公牛，把它们赶回牛栏去休息，以便再次出场。斗牛场上的这些参赛母牛即 Vaquilla，似乎进进出出也是很快活的

① 弗吉妮娅·伍尔夫（Virginia Woolf，1880—1969），英国女作家，擅长用内心独白与意识流手法去写作。

样子。这些母牛没有受到刺激，肩上也没有标记，没有人去惹它们冲击，它们似乎觉得冲击、挑刺很有趣，就像好斗的鸡那样。当然这些母牛犊没有受到痛击，尽管公牛是否勇敢是在遭受痛击之后看它的表现来判断的。

由于公牛的群体本能的作用，调遣斗牛用公牛才成为可能，有了这群体本能，人才能把六头或六头以上公牛一起赶，而一头掉了队、离了群的公牛会一次又一次不停地冲击任何一件物体，不管是人、是马、是车，还是任何一件移动的物体，直至它被宰杀为止。正因为这个道理，人们可以利用经过训练的犍牛即领头牛来驱赶和引诱公牛，就像驯服的大象可以用来捕捉和引诱野生大象一样。观看驯服的犍牛协助把斗牛用公牛关进笼子，隔离起来，把它们赶进通向装运的笼子的通道，以及与饲养、运输、卸货等等有关的工作中所起的作用，那真是斗牛各个阶段中最有趣的场面之一。

以前公牛是装在笼子里用火车车皮运送，现在西班牙修筑了很好的公路，所以有时也用卡车运输，这样既方便又省力。但过去的年代里，公牛是在西班牙的大路上赶的。公牛前后左右都是驯养的犍牛，整个牛群又由养牛人护送，他们骑在马上，握着长矛，很像长矛手的长矛。公牛一路行走，一路的尘土，村民们见了一个个都飞奔回屋，关门上栓，站在窗口张望，望着从街上走过的公牛宽大、积满尘土的背，巨大的牛角，机敏的双眼，湿漉漉的牛鼻，领头牛脖子上挂着铃铛，赶牛人身穿短外衣，头戴灰色宽边高帽，一个个都是黝黑的脸。公牛成了群，集结在一起，都是安静的，因为为数众多使它们放下了心，而群体的本能又使它们紧紧跟着领头的牛。在离铁道线较远的省份，现在还用这个办法赶牛，偶尔也有一头牛会 desmandar 即离群乱跑的。有一年我们在西班牙，就发生过这样的事，那是在巴伦西亚郊外一个村子最旁边的一所房子跟前。那头公牛绊了一交，跪倒在地上，等到它站起来的时候，别的牛都已走到前面了。它第一眼看到的就是房子门开着，门口站着一个人。牛立即冲过去，把站在门口的那个人顶起来，朝背后摔去。牛在屋子里一个人也没看到，就直冲进去。这时一个妇人在卧室里一把摇椅上坐着。她上了年纪，没有听见外边发生的事。公牛顶翻了椅子，捅死了老妇人。在门口被公牛摔出去的那个人手里拿着一支猎枪进屋来保护他的妻子，其实他的妻子早已被公牛摔倒在屋角的地上。那人瞄准公牛开了一枪，可是只打烂了牛的肩膀。公牛逮住了那人，把他捅死了。公牛看到一面镜子，顶上去，还朝一个老式高大的衣橱顶过去，捣了一个粉碎，然后出了屋子到街上。沿大街走了几步路碰上了一辆马车，又冲上去，捅死了马，掀翻了马车。赶车的人还在车里面。赶牛的人这时才从原路赶回来，飞奔的马扬起了满街的尘土。他们赶了两头驯养的犍牛来找那头牛。那头公牛一左一右各有一头牛跟着，这时也老实了，耷拉着脑袋，在两头牛的护送下，跑回了牛群。

据说西班牙的公牛会朝汽车冲击，甚至跑上铁道顶住火车，火车停下来了也不让道、不退却，火车响了好一阵汽笛最后开动时，公牛还会朝火车头乱撞。真正勇敢的参赛公牛天底下什么都不怕。在西班牙的各地城镇，在野生动物特别展览会上，就有公牛一回又一回攻击大象的。公牛就捅死过狮子、老虎的，就跟对付长矛手那样顺利。真正的参赛公牛是什么也不怕的，在我眼里，这样的公牛不管是在动的时候还是静的时候，看上去都是一切牲畜里最漂亮的。虽然一匹马可以赶上相距五十码的公牛，但是从立定姿势出发，公牛可以比马跑快二十五码。公牛转身几乎跟猫一样快，比小马驹转身还要灵活。公牛长到四岁，它脖子和肩部肌肉力量相当大，足以顶起一匹马和马背上的人，把他们掀到背后去。我许多回看到公牛用牛角顶围栏的厚木板，其实是用一只牛角，因为公牛用角顶的时候总是使用两只角中的一只角，把一英寸厚的木板顶得粉碎。在巴伦西亚的斗牛场博物馆里，有一个沉重的铁打的马镫，堂·埃斯特万·埃尔南得斯牧场上的一头公牛，用牛角把这块马镫顶了四英寸深的一个窟窿。这个马镫之所以保存下来，不是因为牛角顶穿马镫而变得非常了不起，而是因为当时那位长矛手没有被牛角捅伤是一个奇迹。

有一本书，西班牙现已绝版，书名叫 Toros Celebres[①]，以公牛饲养人所起的公牛名字字母先后为顺，记载了这些著名公牛的死亡方式及其事迹，全书约三百二十二页。我们可以随便举出几个例子，如巫师，是山居牧场的，一头灰色公牛，一八四四年在加的斯参赛时把所有上场的剑杀手手下的所有长矛手，最少也有七人，全部送进了医院，马则捅死了七匹。堂·何塞·布埃诺牧场一头黑公牛，名叫蝰蛇，一九〇八年八月九日在维斯塔阿莱格拉参赛，进场后蹿过木板围栏，把斗牛场木匠路易斯·冈萨雷斯捅了一下，右腿严重受伤。负责将蝰蛇刺死的剑杀手结果无法做到，只好将它赶回牛栏去。也许，除了那个木匠之外，这种实例人们是不会长久记在心头的，蝰蛇之所以载入《名牛传》可能是因为它动作及时，以及近来给可能来买这本书的人留下的印象，倒不是出于什么永久性的动机。这名剑杀手名叫雅克塔，在宣布他已没法刺死蝰蛇之前，他有过什么样的经历，并没有文字记载，这一回的表现即是他在历史上仅有的一次亮相。恐怕那头公牛倒是更加应该让人记着的，这理由也不只是因为它把木匠捅伤这件不能算罕见的事故。我本人就见过两个木匠被牛捅的，也从来没有报导过一行字。

莱西利亚斯牧场饲养的一头公牛萨拉戈萨，一八九八年十月二日在运往葡萄牙穆埃西亚斗牛场的途中，冲破笼子，追赶人群，伤了许多人。它追一个逃进市政厅的男孩子，它一路追赶，爬上一楼的楼梯，根据书上的记载，一路上造成了很大的破坏。这是可能的。

“委员”是堂·维克多里亚诺·里帕米兰牧场的一头红公牛，松鸡那样的眼睛，宽大的牛角，一八九五年四月十四日在巴塞罗那出场参赛的第三头牛。这头牛蹿过围栏，登上大看台。书中写道，这头牛冲进人群，造成了可以想见的混乱和损伤。保安队员伊西德

① 西班牙语，《名牛传》。

罗·席尔瓦举起卡宾枪朝公牛射击，子弹打穿了公牛脖子的肌肉，击中了斗牛场勤杂工胡安·雷卡索斯的左胸，当场死亡。“委员”终于被套住了，用匕首捅死。

除了上面举的第一个例子，其余没有一例可列入纯粹斗牛的范畴，“雪貂”的事例也不能算。这是堂·安东尼奥·洛佩斯·普拉塔牧场饲养的一头公牛，一九〇四年七月二十四日，在圣塞瓦斯蒂安斗牛场与一只孟加拉虎厮杀。那是在一只铁笼子里斗，公牛打败了老虎，不过，公牛在一次进攻中把笼子冲破，两只动物冲到了斗牛场的观众席上。为了结果奄奄一息的老虎和生机勃勃的公牛的性命，警察连开数发子弹，结果，“使许多观众严重受伤”。纵观公牛与其他动物的这种各式各样的搏斗历史，我倒要说，这种场面应该避而远之的，真要观看至少也要坐到高处的包厢里去。

名叫“官员”的公牛是阿里瓦斯兄弟牧场饲养的。一八八四年十月五日在加的斯参赛时顶住了一名短标枪手，并捅了他，接着又蹿过围栏，朝长矛手查托连捅了三下，捅了一名保安队员，顶折了一名市府卫士的一条腿和三根肋骨，顶折了一名巡夜更夫的胳臂。警察在市政厅门前用警棍敲打示威者的时候，把这头牛放出来倒是一头理想的牲畜。要是它没被宰了，真可以传宗接代，培育出专门讨厌警察的公牛来，有了这样的公牛，人们在街头混战的时候，虽然铺路石都挖尽了，也会占上风的。短距离之内，铺路石子、石块比棍棒或短剑更能发挥效力。铺路石子、石块的消失，比机关枪、催泪弹、自动手枪更加能有效地制止反政府的颠覆活动。因为发生冲突的时候，政府并不想杀人，只不过是用警棍、用骑警、用军刀的扁头去镇压的，而正是在这样的冲突当中，政府被推翻了。任何政府多用了一次机枪来镇压百姓，它就会自动倒台。统治者都是爱用棍棒和包了皮的铁棍的，并不喜欢用机枪和刺刀的，只要街上还有铺路石可挖，警棍就决不是朝手无寸铁的人群挥舞了。

现在我们要说的是斗牛的业余爱好者而不是说斗警察的业余爱好者，他们心里记着的那种公牛是“巫师”，它的武艺是在斗牛场与受过训练的斗牛士比赛时，而且在还要遭到刺杀的情况下表现出来的。斗牛是介乎街头混战与争夺拳击冠军之间的比赛，当然，街头混战一般说来更加振奋，更加奇特，更加有用，不过，在这里是格格不入的。随便哪一头公牛，逃跑的时候是会踩死许多的人的，还会捣毁许多财物，也不会受到惩罚，但是，在一片混乱之中一头公牛闯入了大看台，一路上被撞见的人的危险则要比刺杀公牛时的斗牛士小得多，因为，公牛在混乱之中、在人群面前，是盲目冲击的，它的牛角也不是对准哪一个人的。蹿过木板围栏的公牛并不是一头勇猛的公牛，除非它是追一个人的时候蹿过围栏。蹿过围栏的公牛其实是一头没有胆量的公牛，它蹿过围栏就是要逃出斗牛场。真正勇敢的公牛欢迎人来斗，接受每一个邀请与人斗。它与人斗并不是因为自己被逼得走投无路，而是因为它要斗。衡量公牛的这种勇敢精神依据是，也只能是看它接受长矛手挑战的次数，是无拘束地、自愿地接受挑战，没有踢蹄蹬腿，没有威胁也没有恐吓。还要看它在长矛的尖铁已经刺进脖子或者肩胛的肌肉深处的时候，是否顶住尖铁，在开始真正受到痛击的时候，是否继续进攻，直至顶得人仰马翻。真正勇敢的公牛是这样一头牛，它毫不犹豫地、大致是在斗牛场内的同一地点，向长矛手进攻四次，毫不在乎自身遭到的痛击，每一次进攻的时候，身上都刺着了长矛，这样连续四次，直至把人与马顶翻为止。

只有根据公牛顶住长矛攻击的表现才能判断和评价公牛的勇敢精神，而整个西班牙斗牛的主要根基正是公牛的这种勇敢精神。一头真正勇敢的公牛的这种勇敢精神是一种不可思议、难以相信的东西。所谓勇敢精神，不只是凶猛，暴躁，以及一头被逼得走投无路的野兽因惊恐而表现出来的勇气。公牛是一头好斗的牲畜，要是它的好斗气质是纯真的，要是它的胆小已在饲养过程中消除，那么，在斗牛场之外，在它休息的时候，它常常就变成了最温和、最安静的牲畜。并非最难对付的公牛才是斗牛中表现最出色的公牛。所有参赛公牛中最出色的都有一种西班牙人称之为崇高的品质，这是整个斗牛中最特别的一个方面。公牛是一种野生动物，它的最大乐趣就是格斗，它会接受任何方式挑起的格斗，或者接受它觉得是挑战的任何行为；但是，就是那些最优秀的参赛公牛，常常都能认出在牧场上和去斗牛场的途中看管它们的 mayoral 即牧人，甚至肯让他在身上摸一摸、拍一拍。我就在斗牛场牛栏里见过一头公牛，肯让牧人抚摩它的鼻子，让他像一匹马一样拍打，甚至还让牧人骑在背上。就是这头公牛，我看它用不着赛前的什么热身或刺激就进了斗牛场，一次又一次地向长矛手进攻，捅死了五匹马，竭尽全力要把短标枪手和剑杀手捅死，在斗牛场上就像眼镜蛇那样凶狠，就像进攻时的一头母狮那样勇敢。

当然，并非所有的公牛都是崇高的，有一头公牛牧人可以与之交朋友，就会有五十头公牛即使给它们喂食时也会向人进攻，如果公牛发现有任何一点它们认为是挑战性的举动。此外，也不是所有的公牛都是勇敢的。公牛养到两岁的时候，饲养人就要测试一下它的勇敢程度，即要它对付长矛手，可以在关闭的牛栏里，也可以在宽阔的牧场上。牛养到一岁就烫上火印，那是由骑在马上的人拿一根没有尖头的长杆，把牛捅翻在地，然后加印。到了两岁长矛手拿尖头长矛来测试的时候，公牛都已经编了号、起了名字了。饲养员把每一头牛的勇敢品质的种种表现记录在案。要是饲养员办事一丝不苟，那些表现不勇敢的公牛就做上记号送屠宰场。除了这些牛之外，其他的公牛则根据其表现程度一一做下记录，这样到了要作六头牛一组的斗牛编组，把牛赶到斗牛场的时候，饲养员就可以根据情况对公牛的特点作些介绍。

现在，在美国西部的养牛场，给公牛烫火印是在牧场上进行的，只是事先须采取必要措施将牛犊与母牛隔离，做到不损伤牛角和眼睛，以及烫火印时避免事故。火印的印铁要在熊熊的火中烧红，它包括两个部分，一是公牛饲养人的印记，通常即一组字母或徽记，一是十块印铁，即从〇到九十个数字。火印印铁装有木柄，端部放在火里烧红。牛犊关在一间牛栏里，火及印铁在另一间牛栏里。两间牛栏之间有一扇转门。转门打开时，牧牛人把牛赶过去，一次一头牛，到了另一间牛栏，就把牛推倒在地捉住它。要把牛犊捉住不让它动弹得有四五个人才行。捉的时候还得小心，不能损伤刚露头的牛角。牛角损伤的公牛今后就不能用于正式斗牛了，饲养公牛的人只能把它作斗牛新手表演或有缺陷公牛的斗牛赛之用，本来可能卖得出的价格至少要损失三分之一。捉牛的人还必须非常当心牛的眼睛，因为一根草刺入眼睛就会影响视力，那样一来也不能送斗牛场。烫火印的时候，一人抓住牛头，另外的人捉住四条腿、身体、尾巴。牛犊的头捉住以后下面要垫草包，尽量保护好。四条腿要捆起来，尾巴要朝后拉住。主要的火印烫在右后腿上部，号码烫在身体一侧。不管公牛犊还是母牛犊，都要编上号。火印烫完之后，耳朵就要照牧场标记割开或剪开。公牛犊的尾毛要用剪刀剪去，这样以后就会长得又长又浓密。然后把牛放了，牛站起来以后发起狂来，见什么就冲击，最后从烫火印牛栏打开的门冲出去。在herradero即打火印的那一天，那是整个斗牛过程所有工作中最嘈杂、最脏、最乱的一天。要形容一场蹩脚斗牛的一团糟的情形，西班牙人就把它比作烫火印。

实地测试公牛犊勇敢程度，即在关闭的牛栏里进行的那一部分，是最平平静静的。牛犊长到两岁就要测试。一岁的时候太小，体力不够大，是受不了的。到了三岁，体力太大，太危险，而且以后会把这事记得很牢。如果是在关闭的牛栏里进行测试，那么这个牛栏就应该是方形的，或者圆形的，里面要放上 burladero 即栏板，要有一两个人拿着红披风站在后面。这些都是职业斗牛士，也有的是请来搞测试的业余斗牛士，因为答应让他们在母牛犊身上做些练习，他们就轮流与牛犊进行训练。

整个牛栏从这一头到另一头通常约摸三十码，即大斗牛场的一半大小，两岁的公牛就在隔壁的牛栏里，一次放一头到测试牛栏里。公牛进来的时候，一个穿着牧人穿的皮护腿和短上衣的长矛手已经在那里等候，手持约十二英尺的长矛，长矛尖端有三角形尖铁，比实际斗牛中使用的短一些。长矛手背对着小牛犊进来的那个门，静静地等待。牛栏里谁也不说一句话，长矛手也没有一点挑逗公牛的动作，因为测试的最重要部分即在没有受到挑衅或骚扰的情况下公牛出击的灵敏反应。

牛犊出击的时候每一个人都留心它的风格；它从远处冲过来的时候是否先踢蹄，或是先发出叫声；它向马冲过来的时候是否四腿站定，身体全力向前冲击，遭长矛刺之后仍然向前冲，顶着人与马，后腿及腰部使出全部力量；看它是否腿部向前，掉转脖子要甩掉刺在身上的长矛；是否受到痛击就迅速转身，放弃进攻。要是它根本不出击，那么，要是牛主人细心的话，就记下来将它阉了，送牛肉市场。这时主人就叫一声“buey”（阉牛）而不叫“toro”（公牛），叫了“toro”就可送斗牛场。

如果公牛捅翻了人与马（即使是两岁的牛有时也能把马顶翻的），那么，斗牛士就要拿红披风来将它引开了。不过，一般情况下，是决不会让公牛见到红披风的。如果公牛向长矛手进攻了一次（最多是两次，要是公牛的风格和可能的勇敢在第一次进攻时难以判断的话），通向宽阔牧场的门就打开，让公牛任意奔跑。公牛怎样对待获得的自由，对于这个自由是急切还是迟疑；匆匆奔走，还是在门口回头观望，想再一次进攻，这些都是公牛在斗牛场会如何表现的宝贵迹象。

大多数公牛饲养人都不大愿意让公牛冲击一次以上的。因为他们觉得一头公牛只有那么多的矛刺可以接受；要是在测试的时候要刺两三次，那么在斗牛场上就要少三次，因此他们宁愿相信公牛的血统，只有那些留作种牛的公牛以及母牛才做真正的测试。他们认为，一头出众的公牛和真正勇敢的母牛生下的牛犊，都是好种，凡是牛角与身体都很棒的两岁牛犊，他们都叫 toro，而并不需要作实际的勇敢品质测试。

用作繁殖的母牛有时候允许向前来测试的长矛手作多达十二次或十五次的冲击，而且斗牛士还要拿红披风和穆莱塔在它们身上做出各种招式，以此来测试它们冲击的本领与追踪红布的能力。母牛勇气十足、很能领会红布的招式，这是极为重要的，因为这些都是它们传给后代的优点。母牛必须强壮，体魄好，身体结实。另一方面，母牛如果角长得不好那也并不要紧，因为牛角的毛病一般并不会遗传。牛角变短的倾向会遗传下去，而公牛饲养人设法要叫自己饲养的牛让人很乐意接受，这样，斗牛士有机会在合同中明确自己所需的公牛具体要求时，会挑选这位饲养人的公牛。这些公牛饲养人常常通过精心挑选，设法将牛角培育得短一些，使牛角长度培育到政府代表允许的最低程度。他们还培育出下斜的牛角，在公牛低头冲击的时候，牛角就低于膝盖，而不是那种上翘的牛角，在斗牛士俯身刺杀的时候会抬高，具有更大的危险性。

用来配种的公牛要经过极严格的测试。这些配过好几年种的公牛如果送到斗牛场去，你常常可以认得出来的。它们似乎对长矛手了解得一清二楚。它们常常会勇于进攻，但它们还能够用牛角将长矛手手中的长矛打掉。我还见过一头公牛，它并不把长矛和马放在眼里，硬是步步逼近，将人挑下马来。如果这些公牛还用红披风和穆莱塔测试过，那么，它们常常就根本无法被刺死。斗牛士如果签过杀两头“新牛”合同的，完全有权拒绝斗这样的公牛，或者采用任何方式，只要他办得到，将这些老于世故的牲畜杀死。按照法律规定，在斗牛场里上过场的公牛事后必须立即宰掉，以防止再次上场。但是这一条法律规定到了外省常常不遵守，而在法律规定早已废除的 capea 即业余斗牛中，这条法律总是不遵守的。经过彻底的测试的种牛并没有这些违法分子的技能，但它以前显然参赛过，任何一名聪明的观众一下子就能看出这一点不同。在测试公牛的时候，有一点很重要，即不可将牛犊的力量与勇气加以混淆。就一次冲击而言，一头公牛的力量会很大，要是刺过来的长矛打滑，公牛力气之大可以把马连同骑在马背上的人一起掀翻，显出耀武扬威的样子来，而要是长矛扎住了，公牛可能在长矛刺中之后不敢出击，顶不住了，最后掉过头去。在卡斯蒂利亚，即萨拉曼卡、纳瓦拉与厄斯特列马杜拉周围乡村，公牛的测试都在牛栏里进行，但在安达卢西亚，公牛通常是在露天的牧场上进行的。

主张公牛露天测试的人说，一头公牛的真正勇敢只有这样才能表现出来，因为在牛栏里公牛会有被逼入困境之感，而困兽是会奋力的。但是在露天测试的时候，公牛被骑在马上的斗牛士紧紧追逼到掉过头来，被骑马的人拿长杆将它们掀倒，或者被刺激到一定程度而向长矛手冲击；而在牛栏里，人们是完全不去理睬公牛的，什么骚扰也没有。因此，这两种办法不相上下，都各有优点。如果在露天牧场测试，又有许多骑在马上的客人观看，场面就更加别致；在牛栏里测试，则更接近于斗牛场实况的模拟。

公牛饲养的每一个环节对一个热爱斗牛的人来说是有无比魅力的，在测试的时候，在场的人有吃、有喝，可以结识许多人，可以打闹和取笑，贵族斗牛爱好者的红披风动作笨拙，来看热闹的想当斗牛士的擦皮鞋的人红披风动作倒往往很漂亮。漫长的天日，到处弥漫着寒冷秋日的气息，还有尘土、皮革、冒汗的马匹的气味。身躯庞大的公牛，在不远处的田野上看上去十分庞大，它们平静、沉闷，以它们的自信，凌驾整个场面。

参赛公牛是在纳瓦拉、布尔戈斯、帕伦西亚、洛格罗尼奥、萨拉戈萨、巴利阿多里德、萨莫拉、塞哥维亚、萨拉曼卡、马德里、托莱多、阿尔瓦塞特、厄斯特列马杜拉以及安达卢西亚等省饲养的，但主要饲养公牛的地区是安达卢西亚、卡斯蒂利亚和萨拉曼卡。最大的公牛和饲养得最好的公牛都来自安达卢西亚和卡斯蒂利亚，最符合斗牛士要求的公牛是萨拉曼卡养育的公牛。纳瓦拉现在仍旧培育许多公牛，不过那里的公牛近二十年来无论是品种、体型还是勇猛都大不如前。

勇猛的公牛大致可以分成两类：一类是专为斗牛士开发、培育和提供的公牛，一类是培育起来讨公牛饲养人喜欢的公牛。这两个极端一头是萨拉曼卡，另一头是安达卢西亚。

你说本书对话很少。为什么不多一点对话呢？这个人写的书里面我们要看的就是人们交谈；他就是这方面在行，可现在他不干了。他不是个贤哲之士，不是个饱学之士，是个不内行的动物学家，酒喝得太多，不知道停顿，现在连对话也不写了。得有人出来叫他收一收了。他是个公牛狂。喂，你兴许是对的。我们来一段对话吧。

你问什么来着，太太？是否想知道一点公牛的情况？

对了，先生。

你想了解一点什么情况呢？你问什么我就可以告诉你什么。

先生，这事很难问。

不必为难，你就跟我有啥说啥吧，好比你跟医生说话，或者跟另一个女人说话。不必怕问你真想了解的事。

先生，我想了解一点公牛的爱情生活。

太太，你问对人了。

先生，那就说说吧。

好的，太太。这确实也是个好话题。这个话题把普遍的兴趣、一点儿性、许多有用的知识都结合在一起了，适合于用对话来进行。太太，公牛的爱情生活是很精彩的。

我也这么想，先生，你能不能说得具体一点呢？

很乐意。小牛犊出生在冬季。

我们最想听的可不是小牛犊的情况。

你得耐心一点，太太。所有这些事情最后都跟小牛犊有关，因此，事实上，要说这些事情也就得从小牛犊开始。小牛犊都在冬季的三个月里生下的。结婚之后谁没有一回回朝前数九个月的？同样，扳一扳手指头往回数九个月，你就会明白，如果小牛犊在十二月、一月、二月里降生，那么公牛就是在四月、五月和六月里跟母牛交配的，实际上，往往是让公牛在那个时候与母牛交配的。一个大的养牛场都有二百至四百头母牛，每五十头母牛就有一头公牛。一般的养牛场有二百头母牛，四头配种公牛。这些公牛都是三至五岁，也有再大一些的。一旦公牛放到了母牛之中，谁也说不上公牛会有什么举动，虽然要是有赛马赌注登记经纪人在场他一定会跟你说，估计公牛会对它的伴侣表现出热情。但有时候公牛会与母牛毫不往来，母牛也和公牛毫不往来，他们还会用牛角展开凶狠的搏斗，牛角的碰撞发出噼啪声，你可以在田野上听见。有时候这样的公牛会对其中一头母牛改变态度，但也很难得发生。有时候公牛也会静悄悄地与母牛一起漫游，但然后又离开母牛回到公牛群里去，这些公牛因为以后要送斗牛场，所以是不让它们与母牛交配的。但一般说来，赛马赌注登记经纪人的估计真会发生。一头公牛可以与五十多头母牛交配，但太多了公牛最终会虚弱而丧失能力。这些是不是就是你想听的，还是我说得太赤裸裸了？

先生，谁都会说你是坦率而文明地列举了事实，我们都觉得这些都很长人见识。

那我也高兴了，我再来跟你说一件奇怪的事。公牛作为一种动物是一夫多妻的，但偶尔也会碰上一夫一妻的。有时候牧场上的一头公牛会对五十头母牛中的一头特别喜欢，一点儿也不理会其他的母牛，只跟这一头母牛在一块儿，而那头母牛在牧场上也不肯离开那头公牛的身边。出现这种情况的时候，他们就把那头母牛从牛群里赶走，要是那头公牛此后也不回到一夫多妻上来，那它就要同其他要送斗牛场的公牛赶到一起去。

先生，我觉得这可是一个伤心的故事。

太太，所有的故事，要深入到一定程度，都以死为结局，要是谁不把这一点向你说明，他便不是一个讲真实故事的人。特别是关于一夫一妻制的所有故事都以死告终。过着一夫一妻生活的你的男人，活着的时候常常是很幸福的，但他死的时候是非常孤独的。要说死得孤独的话——自杀方式除外——莫过于与一位好妻子生活了许多年而最后又死在她之后的人。如果两人你爱我、我爱你，那么他们是不会有幸福的结局的。

先生，我不明白你说的爱是什么意思。照你所说的，这种爱听起来似乎不很好。

太太，爱是一个陈旧的词，每一个人都有新的解释，又是自己把这个词用得陈旧了的。它就像球胆充气一样可以注入含义的一个词，它的含义又同样可以迅速消失。它也像球胆一样刺得破，也可以补上，重又会爆破，如果你不拥有它，那它对你来说就不存在。所有的人都谈论它，可是拥有它的人都留有它的痕迹，我也不愿再多说它了，因为谈论它是世上最可笑的，只有傻瓜才会一遍遍地说个没完。我既然爱我现在的女人，要我再去爱另外一个女人，还不如叫我生瘟病的好。

先生，这跟公牛又有什么关系呢?

没有关系，太太，一点关系也没有。这不过是一段谈话，不让你白花钱罢了。

我觉得这个话题有意思。有这一样东西的人，是怎么样留下它的痕迹的呢?还是这不过是一种说话的方式?

所有真正有爱的经验的人，在它消失之后，都留着一种毫无生气的痕迹。我是作为一个自然主义者说这个话的，并不想显得浪漫。

这话我听了并不觉得有趣。

太太，我说它也并不是要叫你觉得有趣，只是不让你白花钱罢了。

可是你常常叫我兴致勃勃的。

太太，要是事情顺当，我还会叫你乐的。

第十二章

虽然一般说来，公牛的脾气越是温和，似乎越不胆怯，越是镇静，越有可能会是一头勇猛的公牛，但是，在牛栏里见到一头参赛公牛时，谁也说不准这头公牛到了斗牛场内是否勇猛。这么说的理由是，一般说来，公牛越是勇猛，就越自信，越不会虚张声势。一头公牛给予人的所有外部危险迹象，看起来让人信以为真，实际上都是虚张声势的形式而已，如前蹄刨地，牛角威胁或者大声吼叫。这些都只是警告性的，发出警告是为了有可能的话就避免搏斗。真正勇猛的公牛冲击之前不会发出警告，它只会将两眼盯着敌人，隆起脖子上的肌肉，抽动耳朵，以及在冲击的时候竖起尾巴。一头名符其实的勇猛的公牛，如果处于十分良好的状态，它是决不会张开嘴巴的，甚至连舌头也不会伸出来，在整个搏斗过程中以及到了终场的时候身上插了剑，只要四肢还站得住，就会朝人冲过来，紧闭嘴巴不吐出血来。

决定公牛勇猛的要素首先是好斗的血统，这种血统只能通过牧场上认认真真的测试来保持纯粹，其次是自身的体质条件。体质与状态不能替代认真仔细的饲养培育，但是缺少良好体质条件，也会破坏牲畜先天继承的勇猛品质，使它的躯体无法与这一品质相一致，使它的勇猛品质像一堆干草在燃烧，一蹿出火焰就烧尽了，公牛显得体虚无力。我们假定牧场上无疾病传染，这样，体质条件就取决于牧草与水了。

西班牙各地不同的气候条件造成了牧草与水源的差别，土壤成分的改变，以及牛群从牧场到水源距离的远近，正是这些差异培育了完全不同类型的公牛。就气候而言，西班牙与其说是一个国家倒不如说是一个大陆，因为北方，以纳瓦拉为例，气候和植物与巴伦西亚及安达卢西亚相比毫无共同之处，而这三个地方除纳瓦拉部分地区之外，与卡斯蒂利亚高原地区相比也毫无相似之处。因此，纳瓦拉、安达卢西亚和萨拉曼卡各地培育的公牛有很大的差别，而这些差别并不是由于公牛有不同血统之故。纳瓦拉公牛几乎是一种特别的牛种，体型较小，通常呈红色。但是，纳瓦拉的公牛饲养人设法从安达卢西亚的一个牧场引进种牛与母牛，移居到纳瓦拉来之后，这些公牛总是染上北方公牛流行的恶习：胆怯，进攻的犹豫不定，缺乏真正的勇猛，失去了它们原来的特征，纳瓦拉公牛血统中早先的那些特性，敏捷、勇猛及鹿一样的灵巧速度却一点也没有获得。虽然花了很多钱做了许多试验要培育出一种新的、勇猛的纳瓦拉牛种，但是，由于原有纳瓦拉牛种的近亲繁殖，最好的母牛又在好多年前卖到法国，用于Course Landaise（法国式公牛节），而安达卢西亚和卡斯蒂利亚牛种在北方牧场上又不能保留原有的类型与勇猛，因此，纳瓦拉血统的公牛差不多要灭种了。最好的斗牛用公牛来自安达卢西亚，科尔梅纳尔，萨拉曼卡，还有少数例外，来自葡萄牙。最典型的是安达卢西亚的公牛。萨拉曼卡引进了安达卢西亚牛种，为了让斗牛士称心，公牛经过改良培育，体型变小了，牛角长得短了。萨拉曼卡是培育公牛的理想地方。那里的牧草和水源很好，那里的公牛四岁以下就卖出去，而且，为了让公牛体型和年龄显得大一些，往往在一个时期内给它们喂粮食，这样一来牛都虚胖起来，长肌肉的地方长了脂肪，造成了虚假的健康体质，使它们一动就累，上气不接下气。许多萨拉曼卡公牛，如果到四岁半或五岁才参赛，即让它们自然生长，不必靠喂粮食长到政府要求的体重，在牧场再养上一年，因此变得更加成熟，那么，许多公牛就会成为理想的斗牛用的公牛，只不过等到过了四岁，公牛有可能不再真率，不再勇猛。在马德里，偶尔也会看到这样的一场斗牛，但是由于通过这么杰出的一批公牛赢得了名声，由于有斗牛士的协助和默许，因此，就是这些把如此精彩的斗牛送到首都来的同一批公牛饲养人，也会在一个赛季里把十五场、二十场另一种质量的斗牛卖到外省去。这另一种质量的斗牛中参赛的公牛年龄都在最低年龄之下，都是喂了粮食才显得大一些，因缺乏运用牛角的经验而具有最小的危险性，这样便夺走了精彩斗牛场面的最根本要素即真正勇猛的公牛，因此，这样的做法在促使现代斗牛的衰落这方面起了极大的作用。

培育一头公牛，除了育种和体质条件之外，第三个因素是年龄。三者缺一不可，少了一个条件，就培育不出一头名符其实的参赛公牛。公牛到了四岁以后就算成熟。的确，公牛长到三岁以后看上去是成熟了，但实际上并没有成熟。成熟带来力量，带来耐力，尤其是带来认识。所谓一头公牛的认识，主要是在于对于经验的记忆，它什么也忘记不了，在于对牛角的认识和运用能力。有了牛角才有斗牛，理想的公牛它的记忆应尽可能没有任何斗牛的经历，这样它就会学会应该在斗牛场内学的一切。如果斗牛士动作得法，公牛受斗牛士支配；如果斗牛士动作不得要领或者斗牛士胆小，公牛支配斗牛士。一头公牛要真正形成危险性，让斗牛士在了解如何正确操纵公牛方面得到必要的考验，它就必须懂得如何运用牛角。到了四岁公牛就有了这种认识，它由于在牧场上搏斗，因此获得了这一认识，也只有通过这一方式，它才获得了这一认识。观看两牛相斗真让人叹为观止。公牛运用牛角就像击剑的人手中的武器那样运用自如。顶撞、回避、佯装、阻截，目标的准确，令人目瞪口呆。如果两头牛都懂得如何运用牛角，搏斗的结局通常如同两名技艺真正娴熟的拳击手之间的对抗，阻止了危险的出击，不见流血，只有相互之间的尊重。它们用不着拼个你死我活才作出一个决定。斗输的公牛首先认了，掉头跑开，承认对手比自己强。我见到过公牛一而再，再而三地斗，就为了一点小事，我也弄不懂是怎么一回事，就见它们迎头冲过来，用主力牛角佯攻，两头牛斗得难解难分，牛角撞击发出哗啦啦的声响，顶撞、回避、还击，然后突然间其中一头公牛掉过头来，飞奔着跑开了。不过，也有过一回，我看到在牛栏里两牛的搏斗，其中一头公牛认输跑开了，另一头还是紧追不放，将牛角捅进那头牛的肚子里，把它顶翻了。那头被顶翻在地的公牛还没来得及站起来，斗赢了的那一头已经跑到了它的跟前，牛角又顶住它，脖子与脑袋转动着，不断地猛戳，始终不放松。被顶翻在地的那头牛曾经站起过一次，转身迎头还击，可是刚一交锋就伤了眼睛，再遭攻击便倒在地上。斗赢了的那头牛没有再让它站起来，直到将它捅死。两天以后，同一头公牛，在斗牛之前又在牛栏里捅死了一头牛，然而进了斗牛场之后，它的表现是数一数二的，是我所见过的表现最好的公牛之一，无论是对斗牛士还是对广大观众来说。这头牛通过最自然的方式获得了对牛角的认识。它运用牛角没有缺点，它绝对懂得如何运用牛角，而斗牛士弗里克斯·罗德里格斯驾驭了它，出色地运用红披风和穆莱塔漂亮地刺杀这头公牛。

一头三岁的公牛也可能知道如何运用牛角，但这只是个例外。它并没有足够的经验。年龄超过五岁的公牛对于如何运用武器则懂得太多。这个年龄的公牛老于世故，运用牛角技巧极熟练，因此斗牛士就得对付这一点，处处留心，这么一来，斗牛士就不可能做出漂亮的动作来。这样的斗牛是很有趣的，但你须有透彻的斗牛知识才能领会斗牛士的招式。几乎每一头公牛运用牛角时总喜欢其中一只牛角，这只牛角就叫作主力牛角。人有右手用力的，也有左手用力的，与此相类似的是，公牛也往往几乎有右角用力的，也有左角用力的，不过，也不能说右角用力的比左角用力的多。左角用力还是右角用力，两者都一样可能。斗牛一开始短标枪手运用红披风调动公牛奔跑的时候，你就可以看出哪一只角是主力牛角，但你也还有另一种办法可以去判断。公牛准备冲击或者发怒的时候，就抽动耳朵，或左耳或右耳，间或也有同时抽动两只耳朵的。那只抽动的耳朵，通常就在公牛用力的那只角一边。

公牛运用牛角情况各有不同。有的公牛在向长矛手进攻时，在没有把握够得着的时候，是一次也不会出击的，然后等到靠近了，才以匕首刺杀那样的把握，将牛角顶向马身上最容易刺伤的部位。

这样的公牛叫作刺客。这样的公牛通常过去曾经在牧场里攻击过牧人，或者捅死过马，所以记得是怎么做的。这样的牛不会从远处冲过来，设法把人和马掀翻在地，而只是一点点靠近长矛手的脚下，常常用牛角敲击长矛的木杆，这样就可以找到用角出击的目标位置。考虑到这一点，一头牛捅死了多少马不一定表明它有多勇猛，或者它多么强有力，因为一头有可怕的角的牛会把马捅死，而一头更加勇猛、更加强有力的公牛也许只会把人与马顶翻在地，它在发狂的时候，极少瞄准一个目标位置使用牛角。

捅伤过人的公牛更容易再度伤人。在斗牛场里被牛捅伤或捅死的斗牛士中的大多数往往先前已经被这头最终将他们刺死的牛捅过，曾被它顶翻在地。当然，许多时候，在同一场斗牛中牛角将人刺伤的重复发生，是因为被刺伤的人吓得脚步踉跄，或者刺伤之后失去了灵巧性，或者第一次被顶翻之后丧失了判断距离的能力。但是，公牛在发现人曾经被它的花招骗过，或者在两支短标枪之后，会故技重演，将人逮住，这种情况也是确实的。它会在追红披风或穆莱塔经过人身边的时候，突然用脑袋出击，或者在冲击的当口突然收住它的腿，或者撩开红布用角朝人顶去，或者是任何其他方式，只要是第一回将人逮住的方法。同样，甚至还有一些品种的公牛，在斗牛场内迅速记忆的能力是高度发达的。在场上要对这些公牛尽量斗得快、杀得快，与人的接触要减少到最低程度，因为它们领会的速度比斗牛通常的进行速度要快得多，斗牛士要完成招式，将它们刺死会变得难上加难。

这类公牛是“塞维利亚悍牛”堂爱德华多的儿子们饲养的，这是斗牛用公牛早年的牛种，虽然这位一丝不苟的公牛饲养人的儿子们将这种牛与比斯塔埃尔摩萨牛种杂交，使他们自己的公牛对斗牛士减少了危险性，更合他们的意，因为比斯塔埃尔摩萨公牛是所有牛种中最出色、最勇猛、最坦率的公牛。通过杂交，他们成功地培育出一种公牛，体型大，牛角粗，又有原先可怕的悍牛所有其他的外形，但它们没有那种让所有的斗牛士都讨厌的既凶狠又阴险的智力。有一种公牛，是堂何塞·巴拉在葡萄牙培育的，这种牛兼有原先的悍牛的牛种、血统、体型、力量和凶猛。如果你看的斗牛是这些牛参赛的话，那你就可以看到最凶猛、最有力、最危险的公牛会有什么样的表现。他们说，成熟公牛放牧的巴拉牧区离水源有十二公里路，还说，公牛要跑这么远去饮水，从而锻炼了自身的力量、呼吸以及耐力。是否真是十二公里路我不能肯定，不过这是巴拉一位远亲告诉我的，我从来没有核实过。

某些牛种的参赛公牛明显地是蠢而勇，有些公牛会智而勇，另外一些公牛则会有不同的特点，这些特点虽然跟个别的牛有关，但是在大多数这种公牛身上都是根深蒂固的。以前由贝拉瓜公爵饲养和拥有的公牛，就是这方面的例子。在本世纪初及后来的年代里，在这个半岛所有的公牛里面，这种公牛是在最勇猛、最强壮、速度最快、样子最漂亮的公牛行列。但是，二十年前只是微露的端倪，最后却成了整个牛种的主要特性。待到它们演变成为几乎是理想的公牛，它们的主要特性之一即是在斗牛第一幕中冲击速度极快，结果到了终场时是气喘吁吁、动作迟缓了。另外一个特性则是，贝拉瓜公牛一旦逮住并捅伤了人或马之后，它是不会就此掉头走开的，它还会一次又一次地攻击，似乎要将遭难者彻底打垮。但话要说回来，它们是很勇敢的公牛，喜欢冲击，很能服从红披风与穆莱塔的调动。经过了二十年之后，除了斗牛第一幕中的进攻快速之外，原先的优点几乎都没有保留下来。相反，随着斗牛比赛的进展而变得迟钝、缓慢的倾向太超乎寻常，所以，贝拉瓜公牛在与长矛手首次交锋之后，四条腿站在那里几乎是不会移动了。如果遭难者很顽强，它也不罢休，这种脾性也会超乎寻常，但是，速度、力量与勇猛则都减弱到最低程度。这样一来，著名的牛种对于斗牛的价值也降低了，尽管有公牛饲养人的悉心照料。作为唯一的补救，他们会设法与其他牛种杂交，有时候也会成功，也会培育出新的良种公牛，但往往是这样做使这个牛种甚至垮得更加快，它所具备的优点都会丧失殆尽。

一个不择手段的公牛饲养人可以买下良种公牛，同时利用公牛体型漂亮、脾性勇猛的声誉，将只要是长角的，只要不是母牛的牲畜都当公牛卖掉，可以在几年之内毁坏良种声誉，赚到一笔钱。但是，只要牛种仍然是良种，只要公牛还有对它们的发育有益的牧草与水源，就毁坏不了良种的价值。一个一丝不苟的公牛饲养人可以接收同样的公牛，并通过精心测试和只出售表现勇猛的公牛供斗牛之用，在短时期内即重新培育出良种公牛。可是，如果树立良种声誉的血统渐渐淡薄，原本是不显见的缺点变成了主要的毛病，那么，除了作为一种特例偶尔会出现的优良公牛之外，这个良种也就完结了，除非是由于侥幸和危险的杂交而振兴。我看到了良种公牛的最后形象，即贝拉瓜牛种的迅速蜕变和完结，那是见了让人伤心的。现在的公爵最终将它们出卖了，新的主人正在努力使这个牛种再度振兴。

杂种公牛，或者身上只有很少参赛公牛血统的牛，在西班牙语里叫作 morucho，它们年幼时往往非常勇猛，表现出善斗公牛的优点，但是待到它们长大成熟之后，所有的勇猛与气势都丧失殆尽，完全不配进斗牛场。这种在完全成熟的时候勇猛与气势的丧失，着实是好斗血统与普通血统混杂一身的公牛的典型特点，这一点也是萨拉曼卡公牛饲养人面临的主要困难。在萨拉曼卡那个地区，这一点也并非公牛杂交培育带来的后果，倒应该说这似乎是那一带饲养和放牧的公牛本身所固有的特点。这么一来，要是萨拉曼卡的公牛饲养人想要让他的公牛成长之后具有勇猛之极的脾性，那他就得将公牛年幼时就卖出去。这些未成年的公牛比起几乎任何一个别的影响斗牛的因素来，在各个方面都具有更加大的破坏力。

直接地或通过杂交培育出当今大多数最优良公牛品种的主要牛种是巴斯克斯、卡勃雷拉、比斯塔埃尔摩萨、萨维德拉、莱萨卡、伊巴拉的公牛。

如今，供应良种公牛的饲养人是塞维利亚帕勃罗 · 罗梅罗的儿子们，马德里的圣科罗马伯爵，巴达霍斯宫廷伯爵，塞维利亚孔塞普西翁夫人，即著名的孔查-西拉遗孀的女儿；马德里卡门 · 德 · 费德里科夫人，即穆露勃牛种目前的所有人；“塞维利亚悍牛”堂爱德华多的儿子们，塞维利亚比利亚马尔塔侯爵，堂阿希米罗·佩雷斯·泰勃内罗，堂格拉西亚拉诺·佩雷斯·泰勃内罗以及堂安东尼奥·佩雷斯·泰勃内罗，都在萨拉曼卡；萨拉曼卡省科奎利亚的堂弗朗西斯科·桑切斯，科尔多瓦的堂弗洛伦蒂诺·索托马约尔，葡萄牙堂何塞·佩雷拉·巴拉，旧科尔梅纳尔的堂费利克斯·戈梅斯的遗孀，塞维利亚恩里克塔·德拉科巴夫人，塞维利亚堂弗里克斯·莫雷尼奥·阿尔达努伊，马德里阿尔瓦伊达侯爵，以及旧科尔梅纳尔的堂胡里安·弗尔南德斯，他是堂文森特·马丁内斯老品种的所有人。

太太，这一章里面没有一句对话，不过，我们也到头了。我很遗憾。

先生，要说遗憾该是我呢。

你想要得到一点什么呢？再了解一些人类情爱的主要事实真相吗？严厉抨击性病？几条关于死亡的精辟意见？笔者童年曾在密执安州艾密特县和查尔瓦县生活，你要不要听他说说他与一只豪猪的故事？

不要，先生，今天就不谈牲畜了。

关于生与死的一种论调，写下来冗长乏味，而作者倒津津乐道，你要听吗？

我的确也说不上要听。你就没有什么我没读过的东西，既好玩又有意义的东西吗？我今天心情有一点不好。

太太，我正好有你要的东西。说的不是野生动物，也不是公牛。写作风格通俗，要把它写成当代的威梯埃的《雪封》[①]，结尾

① 威梯埃（John Greenleaf Whittier，1807—1892），美国四“炉边诗人”之一。长诗《雪封》作于1866年，作者当时六十二岁，许多批评家认为可与苏格兰农民诗人罗伯特·彭斯的《佃农的周六之夜》媲美，也是威梯埃的最出色的诗作。长诗叙述一个农家的三天生活——一场罕见的暴风雪封住了农家一家人及两位来客。他们围坐炉边，讲了三天的故事直至道路畅通。《雪封》使人永远记着新英格兰理想化的井然有序、纯真、友好的生活方式。

处就都是对话了。

有对话我就想读一读。

那就读一读，题目叫——

一个关于死者的博物学论述

老太太：题目我不关心。

作者：我没说你会关心。你尽可以什么都不喜欢。这一篇就是：

一个关于死者的博物学论述

我始终觉得，对于博物学家来说，战争是一个被遗漏而没有观察到的领域。已故的威廉·亨利·哈德逊①对巴塔哥尼亚高原②的动植物作过生动、详尽的描述；关于戴胜科乌偶尔和非同寻常地光临塞尔勃恩，吉尔伯特·怀特牧师③也有过引人入胜的描述，而斯坦莱也给读者奉献了一部虽然通俗却是有价值的《通俗鸟类志》。难道我们就不能希望给读者提供一点关于死者的既合理而又令人感兴趣的事例吗？我希望能。

不怕艰险的旅行家蒙戈·帕克④有一回在非洲一个无垠的沙漠上，赤身露体、孤身一人，累得要昏过去，心想自己也活不了多久了，他似乎也没有什么法子可想，只有倒下来等死，就在这个时候，他看到了一朵小小的极美丽的苔藓植物的花。“整棵草，”他说，“虽然大小还不如我的一个指头，但是我凝视它纤小的根、叶、

---

① 威廉·亨利·哈德逊（William Henry Hudson，1841—1922），英国博物学家、作家。

② 阿根廷南端高原地区。

③ 吉尔伯特·怀特牧师（the Reverend Gilbert White，1720—1793），英国牧师、博物学家、作家。

④ 蒙戈·帕克（Mungo Park，1771—1806），苏格兰探险家。

荚的构造，禁不住赞叹起来。上帝如果在这人迹罕至的地方都种下了这么一棵不起眼的东西，给它浇水，使它长大，难道见了按照他自己的形象创造的东西身处困境、遭受痛苦，会无动于衷吗？当然不会。这样作了一番思考之后，我觉得不该绝望；我从地上爬起来，不顾饥饿与疲劳，继续前进，深信不要多久就可以得救；而事实也确实没有使我失望。"

如果我们天生会以毕雪普·斯坦莱所说的同样方式表示惊讶和钦佩，那么，难道对博物学的某一个分枝的研究不会有助于使我们每一个人在穿越人生荒漠的旅程中也需要的信念、爱与希望得到增进吗？所以，我们来看看，从死者那里我们可以获得什么样的启示。

战争中的死者通常都是人类的男性，虽然这话不适用于牲畜，而且我还常常在死马中发现母马的。此外，战争的一个有趣现象是，只有在那儿博物学家才有机会观察到死骡子。我在二十几年的平民生活中，从来没有见到过一头死骡子，所以心里就怀疑，这些牲畜是否真也必有一死。我在稀有的机会，自以为看到的就是死骡子，可是走近仔细一看，却每每都是一些活的东西，由于它们安眠的特点之故，看上去就像死的一样。可是在战争中，这些牲畜的死与比较常见、比较吃不起苦的马的死颇相仿。

老太太：我记得你是要说跟牲畜无关的事。

作者：快了。你耐心一点，行吗？这样的写法很难。

我发现死了的那些骡子大多数都是在山路上倒着的，或者是摔在峭壁脚下，那是因为它们挡了道被推下来的。在山间看见它们是很相宜的，因为人们在山里见惯了骡子，并没有什么与周围不协调的地方，不像后来在士麦那，那些希腊人把所有驮畜的脚都打折了，从码头上推到浅水里溺死。要描绘溺死在浅水里的许许多多断腿骡子和马，那是只有再来一个戈雅才行的。虽然照字面说法，那是不可以说再来一个戈雅的，因为世上只有一个戈雅，而且早已故世，而且即使这些骡子会说话，它们是否会要求将其遭遇以绘画形式加以表达也还是很有疑问的，但是要是它们会说话，倒是有更大可能会求人来减轻它们的痛苦。

老太太：你以前写过骡子的遭遇。

作者：我知道，对不起。别打岔。我不会再写它们。我保证。

关于死者的性别，事实情况是，人们都已经习惯了见到的死人都是男人，所以一见死的是女人就感到非常可怖。我第一次见到死者男女性别与通常情况相颠倒是在一家军火工厂爆炸之后，那家工厂坐落在意大利米兰附近的乡下。我们乘坐卡车沿着白杨蔽日的大路赶到出事地点，大道两旁是鱼虾活跃的沟渠，但是我没法看清，因为卡车经过扬起了一片片尘土。到达军火工厂的废址，我们一些人派去看住因某种原因没有爆炸的堆放的大批军火，另外一些人则派去扑灭烧到附近田野草地上的大火。大火扑灭之后，我们奉命在附近及周围田野寻找尸体。我们找到无数具尸体，搬到一个临时停尸处。我得坦率地承认，令人震惊的是，我们发现死的都是女人而不是男人。那个时候女人还没有流行剪短发，像后来有几年欧美女人那样。在尸体停放处看到女人的长发，这是最令人不安的，也许因为这是最异乎寻常的，而更加令人心中不安的是间或也发现女人的长发不复存在了。我记得我们非常彻底地寻找过完整尸体之后，就搜集断臂断腿，许多都是从原先工厂围墙的铁丝网上取下来的，从残留的围墙上我们捡起了许多的断臂断腿，这一点也极有力说明了烈性炸药的巨大能量。许多断肢我们是在很远的田地上找到的，那是因本身的重量而被抛得远远的。在回米兰的路上我记得我们当中有几个人谈论所发生的事，都认为事故的虚幻性质及没有发现受伤的人这一事实起了很大的作用，使这场灾难的恐怖程度大大削弱。此外，这起事故来得非常突然，死者仍然处于搬动、处置起来只引起最低程度不愉快情绪的状态，这样一来此事就跟通常在战场上经历的就非常不同了。穿过美丽的伦巴第乡村的路途虽然尘土飞扬，却是令人赏心悦目的，这也补救了这次使命的不愉快。在归途中，我们交流各自印象的时候都认为，事情还算好，我们到达之前刚引发的大火迅速得到了控制，而且大火没有烧到仿佛是大批库存的没有爆炸的军火。我们大家还认为，捡断臂断腿可是一个很不寻常的差事；因为大家都感到十分惊讶，人体被炸成碎片并不按照解剖学的原理，而是像装有烈性炸药的炮弹一样，爆炸时碎片是没有规律的。

老太太：这个不有趣。

作者：那就不要看下去了。谁也没有硬要你看。但是请不要打岔。

一名博物学家，为了要达到观察的精确，会将自己的观察活动集中在一个有限的时期内，我则首先将一九一八年六月在奥地利进攻之下的意大利作为一个时期来观察。在这个时期，出现了大量人员的死亡，先是被迫撤离，后来为了收复失地又前进，因此，在战斗结束之后阵地又与先前相同，只不过阵地上横躺了无数尸体。尸体在被埋葬之前，肤色每天都有一些不同。高加索民族的肤色从白色变成了黄色，变成了黄绿色，变成了黑色。如果尸体在高温下暴露过久，肌肉就像煤焦油，特别是肉被割开或撕破的地方，而且还很像焦油那样色彩闪烁。尸体每天都在胀大，有时候胀得太大，军装也包不住，不断地发胀，军装似乎包得太紧要爆裂开来。个别的尸体腰部会膨胀，粗得难以置信，脸会胀得圆鼓鼓的，像气球那样。除了尸体不断胀大之外，还有一个使人吃惊的现象是尸体周围散落了许多纸片。纸片最后撒落的位置（当然尸体还没有埋葬）要看军装口袋在哪个位置。在奥地利军队里，军装的口袋是在裤子背后，而死亡人员过了一会儿最后脸都朝下，屁股上的两个口袋都翻出来，周围的草地上都撒落了放在口袋里的证件。高温、苍蝇、草地上尸体带指示性质的位置，以及撒落的大量纸片，这些是人们脑海里留下的印象。热天战场的气味你是回想不起来的。你会记起当时有这样的气味，但是没有什么事情发生使你想得起这样的气味。这跟一个兵团的气味不同，它会突然间来到你身边，当你乘在电车上的时候你朝马路对面望去，看见一个人，就是他把那股气味带回给你。但是另一种气味是完全消失了，就像你曾经相爱过；你记得曾经发生的事，但那种感觉是回想不起来的。

老太太：你写爱情我就喜欢。

作者：太太，谢谢你。

人们心里纳闷，那个不怕艰难险阻的旅行家蒙戈·帕克在大热天的战场上看到什么东西会使他恢复信心。六月底和七月天里，麦地里总有罂粟，桑树正是枝叶繁茂的时候，骄阳透过树叶间的空隙，照射在枪杆上，人们可以看到枪托上冒出的热浪；毒气弹炸出的弹坑边沿，泥土变成了鲜黄的颜色，普通的炸塌的房屋看上去比没有炸着的还要好看，但是很少有旅行家会在那样的初夏的早晨作深呼吸，也不会像蒙戈·帕克一样对人类作那样的思考。

在死人身上你发现的第一件事是，人在严重受伤之后，像动物一样死去。有的迅速死于一处你认为换在兔子身上也死不了的小伤。就像兔子有时候会死于三四颗连皮也穿不破的弹丸，人也会死于几处小伤。有的像猫一样死去，脑袋刺破，脑袋留下了铁片，躺上两天还活着，像脑袋中了弹的猫，爬到煤箱子里，不割下它的脑袋就死不了。也许猫那样不会死，俗话说猫有九条命，我说不上是否真是这样，但大多数人像动物那样死去，不像人那样。我从来没有看到过所谓的非暴力死亡，因此我把死都归咎于战争，我像那位不怕艰难险阻的旅行家蒙戈·帕克一样，知道还有别的东西，老不出现的别的东西；后来我看到了。

除了不很严重的失血之外，我所见的唯一非暴力的死是西班牙流感引起的死亡。得了这种病你塞满鼻涕，透不过气来，你也知道病人死亡是怎么回事了；得了这种病，最后即是大小便失禁。因此，我现在想看看任何自封的人文主义者的死，因为，像蒙戈·帕克或我本人这样的一个不怕艰难险阻的旅行家要活下去，也许会活到看见这个文学派别的成员的实际死亡，目睹他们的仙逝。我以一个博物学家的身份作思考的时候，我曾想到过，虽然文雅是一桩好事，但是，如果人类要繁衍，也必定有一些不雅的事，因为为生儿育女而采取的姿势是不雅的，很不雅，我曾想，也许那就是这些人现在，或者过去的身份：文雅同居的子孙。不过，别去管他们是如何发达的，我希望看到他们一些人的结局，并思考蠕虫将如何尝试保持长久的不育；而他们的古怪的小册子已经没有了市场，在文章脚注里倾诉他们的欲望。

老太太：欲望这句话说得太好了。

作者：我是抄人家的。是安德鲁·马韦尔[①]那里来的。是我读艾略特[②]之后才学的。

老太太：艾略特一家过去都是我们家的老朋友。我记得他们那时做木料生意。

作者：我舅舅跟做木料生意的人家的姑娘结了婚。

老太太：多有意思。

一方面，也许，在一篇关于死者的博物学论述里论及这些自封的人也是正当的，即使他们的封号到本书出版的时候也许会毫无意义，但是另一方面，对于另外的死者，即人们在大热天里看到的，他们原先长嘴巴的地方，现在却密密麻麻爬满了蛆，对于他们这样的论述是不公道的；因为，他们在得天独厚的青年时代没有死，他们不拥有杂志，他们许多人毫无疑问从没有读过书评。死者碰上的并不是都是热天，好多时候都是下着雨，雨水把躺在雨里的死者冲净了，把下葬时候的泥土浸软了，有时雨老下个不停，地上是一片泥泞，把埋下的都冲走，那就得重新埋葬。要是在冬天，在山上，你们得将他埋在雪地里，到春天里积雪融化，得有别的人来将他们埋葬。在山上有很美丽的埋葬地，山地里的战斗是最美丽的战斗。有一回在一个叫波科尔的地方的一场战斗中，他们埋了一名在遭狙

---

① 马韦尔（Andrew Marvell，1621—1678），英国玄学派诗人代表之一。海明威此处是指马韦尔 1650 年作《贺拉斯体颂歌——克伦威尔自爱尔兰归来书怀》诗第二节头两行，仅采用其韵（dust——bust；rust——lust）而已。

② 艾略特（T. S. Eliot，1888—1965），英国诗人、剧作家、文学评论家。英美现代派文学和新批评派评论的开拓者。

击时脑袋开花的将军。这件事说明了那些写《将军死在床上》之类的书的作家们是错误的，因为这位将军死在高高的山地上，在雪地的壕沟里，雪地里尽是血；他戴一顶登山帽，帽子上插一支羽毛，额头一个窟窿，一个小指那么大，后脑也有一个窟窿，可以放进一个拳头去，要是你的拳头小，要是你想把拳头放到窟窿里的话。他是一名很出色的将军，他在卡波莱托战役中，率领了巴伐利亚阿尔卑斯军团的部队，行进在部队前面，进入乌迪内[①]的时候，被意大利后卫部队打死在参谋人员的车子里。所有这些书的书名应该叫作《将军一般都死在床上》，如果在这种事情上要讲一点确切性的话。

老太太：故事什么时候开头？

作者：现在，太太，马上。你就可以听到了。

此外，有时候在山里，飞雪落在急救包扎站门外的尸体上，那是有山岭掩护，炮火够不着的山腰。他们就把尸体背到泥土冻结之前在山腰挖的洞里。就在这个山洞里，有一个人躺了一天一夜接着又是一天，而他的脑袋像花盆那样开裂了，只有粘膜牵连着，精心包扎的绷带都湿透、变硬，他的脑部构造被一块铁片打乱。抬担架的人请求医生进去看看他。他们每来一趟就进去看他，即使不朝他看也能听到他的呼吸。医生眼睛充血，眼皮浮肿，催泪毒气弹放出的毒气弄得他几乎睁不开眼。他看了他两回；一回是白天，一回是打着手电来的。这一情节对戈雅来说也可以成为一幅好画，我是说打手电来查看。医生第二回查看以后相信了抬担架的人说的话，那个士兵还是活的。

“你们要我做什么呢？”他问。

什么也没想要医生来做。可是过了一会儿他们请求允许把他抬出去跟重伤员放在一起。

“不行。不行。不行！”医生一边忙碌一边回答。“怎么回事？

---

① 乌迪内，意大利东北部城市。

你们怕他？”

“我们不想听他在死人堆里的哼哼声。”

“别去听他。要是你们将他从那边抬出来，过一会儿又得将他抬进去。”

“我们不在乎，医生上尉。”

“不行，”医生说道。“不行。没听见我说过不行吗？”

“怎么不多给他一点吗啡？”一位在一旁等候包扎手臂伤口的炮兵军官问道。

“你以为我的吗啡就派这个用途吗？你要我不用吗啡做手术吗？你有手枪，出去自己给他一枪。”

“他已经挨了枪了，”军官说。“要是你们哪个医生挨了枪你态度就会不一样。”

“多谢你了，”医生挥舞手中的镊子说道。“一千个谢谢。看看这些眼睛！”他用镊子指了指。“你觉得这些眼睛怎么样？”

“催泪毒气。要是我们碰上催泪毒气就算是走运了。”

“因为你逃离前线，”医生说。“因为你跑到这儿来要把你的催泪毒气放掉。你拿洋葱擦眼睛。”

“你是神经不正常。你侮辱人我不理你。你是疯了。”

抬担架的人进来了。

“医生上尉，”其中一位说。

“滚出去！”医生说。

他们出去了。

“我要给那个可怜的人一枪，”炮兵军官说。“我是个讲人道的人。我不想让他受苦。”

“那就开枪，”医生说。“给他一枪。担起责任。我写一个报告。就说在急救站炮兵中尉枪杀伤员。开枪呀。去给他一枪呀。”

“你不是人。”

“我的责任是照顾伤员，不是枪杀伤员。枪杀伤员是炮兵部队的先生们的事。”

“为什么你就不能关心他一下呢？”

“我关心了。我能办的都办了。”

“为什么不把他用缆车送走？”

“你是什么人，问我这些话？你是我的上级吗？你领导这个急救站吗？请你赐教。”

炮兵中尉没有回答。屋子里的人都是士兵，没有别的军官在场。

“回答呀，”医生用镊子夹了一根针说道。“请给个答复。”

“操你的，”炮兵中尉说。

“嗬，”医生说。“嗬，是你说的。好。好。咱们走着瞧。”

炮兵中尉站起身来，朝他走过去。

“操你的，”他说。“操你的。操你妈。操你妹妹。”

医生把一碟子碘酒朝他脸上泼去。中尉一边闭着眼睛走过来，一边伸手去摸手枪。医生迅速跳到他的背后，把他绊倒在地。中尉倒在地上，医生朝他踢了几下，并用戴橡皮手套的手捡起手枪。中尉在地上坐起来，拿未受伤的手捂着眼睛。

“我要杀了你！”他说。“我睁开眼睛就要杀了你。”

“我是这儿的头，”医生说。“一切都可原谅因为你知道我是这儿的头。你杀不了我，你的枪在我手里。中士！副官！副官！”

“副官在缆车那边，”中士说。

“拿酒精和水把这位军官的眼睛冲洗一下。你眼睛里进了碘酒。拿脸盆来让我洗手。我接着要给这位军官包扎。”

“你别来碰我。”

“捉住他。他有点发狂了。”

其中一名担架队员进来。

“医生上尉。”

“你要干什么？”

“停尸房的那个人——”

“你滚出去。”

“他死了，医生上尉。我想你听了会高兴的。”

“可怜的中尉，明白了吗？咱们是没事争吵。一边打仗，一边我们没事争吵。”

“操你的，”炮兵中尉说。他眼睛仍旧不能看。“你把我眼睛弄瞎了。”

“没事，”医生说。“你的眼睛会好的。没事。没事争吵。”

“哎呀！哎呀！哎呀！”中尉突然间叫喊起来。“你把我眼睛弄瞎了！你把我眼睛弄瞎了！”

“抓紧他，”医生说。“他眼睛痛极了。牢牢抓住他。”

老太太：讲完了吗？我想你说过这故事像约翰·格林利夫·威梯埃的《雪封》。

太太，我又错了。我们目标定得太高，但是我们没有击中目标。

老太太：你知道，我对你越了解，就越加不喜欢你。

太太，了解一位作家始终是一个错误。

第十三章

斗牛，归结起来可以说是基于公牛的勇猛、单纯和缺乏经验。诚然，斗胆小的公牛，斗有经验的公牛，斗聪明的公牛，办法有的是，但是，斗牛，即理想的斗牛，其原则有个先决条件，即公牛须勇猛，头脑里没有对于斗牛场先前表演的任何记忆。一头胆小的公牛难斗，因为要是它受了痛击，绝不会朝长矛手进攻一次以上，因此它没有因受打击、因奋力进攻而放慢节奏，斗牛的正常计划也没法贯彻，因为公牛到了最后三分之一时间的时候仍然一点儿没有受伤，速度还是很快，而这时候公牛的进攻本来是应该放慢节奏的。谁也说不准胆小的公牛什么时候会进攻。不要说叫公牛朝人走过来，它往往反而从人那里走开，但你又不能指望它老这么下去，斗牛士非得有技艺与勇气去接近公牛，从而使公牛树立起信心，克服它的好恶，激发它的本能，然后，等到惹它进攻了几次之后，用红布制服它，叫它要几乎像掉了魂似的，只有这样，所有出色的表演才有可能。

胆小的公牛会打乱斗牛的秩序，因为它不遵守公牛与人在对抗过程中必须经历的三个阶段的规则；即构成斗牛程序的三个阶段。每一幕斗牛既是公牛所处的一个阶段的结果，同时又是该阶段的补救，它越是接近常态，它的真实状况就越少夸大的成分，斗牛也就越加出色。

公牛在斗牛三个阶段中的状态，在西班牙语里分别叫作levantado，parado和aplomado。公牛刚出场，头抬得高高的，进攻也不对准任何一个目标，总的说来，因为对自己的能力充满自信，所以它要在场上扫除自己的敌人，这个时候的公牛堪称levantado，即崇高。就是在这个时候，公牛对斗牛士来说最没有危险性，斗牛士也可以在这个时候用红披风做出各种招式，例如，双腿跪地，招引公牛，先是用左手展开红披风，然后等到公牛跑到红披风前面低下脑袋要用牛角挑刺的时候，左手挥动红披风，转到右边，但右手的位置却不变，这么一来公牛本来可以冲向跪着的人的左边，现在跟着红披风的转动，反而掉头到了右侧。这一招式称为 cambio de rodillas（换膝），在公牛从 levantado（崇高）转入 parado（迟钝）的时候要做这一招式是办不到的，甚至是自杀行为，因为它已经受到过痛击，因为它的进攻由于它对自己的能力逐渐地感到失望而瞄得更加准确。

等到公牛处于 parado（迟钝）阶段时，它的进攻放慢了，觉得途穷技尽。在这个时候，它不再一见动静便猛冲猛撞，它对自己的能力已经感到失望，没法摧毁或驱走场内似乎向它挑战的一切，起初的那股热烈平静下来了，它认识自己的敌人，现在它认出的已不是敌人的身体，而是敌人展示的诱物，于是它聚精会神发起攻击要捅死，要摧毁。但是现在它是非常小心地寻找目标，进攻时也是迅速启动。这个情形可以比作骑兵的冲锋转到了步兵的防守；骑兵冲锋时一切都依赖于冲击，或者说依靠推动和全面推行冲击，至于说对于个人会造成什么效果就要凭机遇，而步兵防守的时候，可能每个人都是瞄准单个目标开火的。公牛处于 parado 阶段即放慢进攻的阶段，而仍然还有力量并把握着意图的时候，它才能够被调动起来，由斗牛士完成极出色的表演。一名斗牛士可以尝试并完成各种技巧，这里说的技巧是斗牛士有意尝试的任何动作，并非他出于防御而迫不得已或偶然才做出的动作，面对的公牛也该是处在放慢进攻的阶段，而对于一头仍处于 levantado（崇高）阶段的公牛，是不可能这么做的，因为一头没受到痛击因而没有挫了锐气的公牛仍然充满力量，充满自信，不会看重斗牛士的花招，给予必要的注意并对各种花招进行持续的攻击。这就好比打牌，一个人是把打牌看得无所谓，也没有钱财可以冒风险，所以他就不注意规则，牌也打不赢。另一个人是掌握了规则，那是因为硬学，也因为以前输过；而且现在生命、财产都押上了，因此他非常重视这副牌，非常重视规则，觉得非掌握规则不可。他极为认真，可谓尽心竭力。跟这样两个人打牌，情形是不同的。要公牛充分表演，要实施斗牛规则，那得靠斗牛士。公牛并不想表演，它只想着要摧毁。

Aplomado（沉着）是公牛经历的第三个，也是最后一个常规阶段。在它处于 aplomado 的时候，它已变得迟钝，它就像铅一样的沉重；通常这时候它已经喘不过气来，虽然体力仍然保持不变，但是它的速度已经丧失。它不再是脑袋高昂；要是挑逗一下它也会进攻；但是要将它调动起来，谁都得越靠越近。因为公牛处于这种状态，没有把握住目标它是不会出击的，那是由于到那个时候为止，无论是对观众还是对它自己来说，它的所有企图都没有得逞，它显而易见是被打败了；但这时候它仍旧是极其危险的。

通常公牛被刺杀就是在它处于 aplomado 的时候，现代斗牛则尤其如此。要知道公牛体力消耗的程度、它的迟钝和疲乏的程度，那要看它攻击长矛手以及它因之而受到长矛手痛击的程度，要看它追逐红披风的次数，要看它的精力被短标枪削弱到了什么程度，以及剑杀手用穆莱塔做出各种招式对它产生的效果。

所有这些阶段，为了达到实际的目的，都已经调整了公牛脑袋的姿势，减弱了公牛的速度，纠正了它可能朝某一侧挑刺的癖好。如果这些都完成得好，公牛就到了一场斗牛的最后阶段，它颈部粗壮的肌肉疲劳了，因此脑袋抬得既不很高，也不很低，速度比斗牛开始时的一半还弱，眼睛只注视展现在它面前的物体，朝一侧挑刺的癖好，特别是它右角的挑刺，已经被纠正过来了。

这些就是公牛在斗牛中经历的三个主要状态。这些是它的疲劳的自然进程，要是公牛疲劳引导得法的话。要是斗牛不得法，那么到了刺杀的时刻，公牛可能会犹豫不定，脑袋乱捅，斗牛士无法将它定位在一个地方，它完全处于守势；它那对于出色的斗牛必不可少的进攻精神，就会无谓地浪费了。那样它就不愿意出击，完全不适合于斗牛士跟它做出色的表演。在斗牛中公牛可能会成了一头废牛，如果长矛手将长矛尖头刺进了牛的肩胛骨，或者将长矛深深地刺到了公牛脊柱骨的中央，而不是刺进颈部的肌肉里，这么一来牛就成了残废，伤了脊柱骨；公牛可能会废在短标枪手的手里，如果他把短标枪插到了长矛手刺的伤口里，短标枪扎得太深，结果是短标枪的柄竖起来，而不是照规矩挂在公牛脊背的一侧，倒钩只钩住皮下；公牛也可能被短标枪手运用红披风调动公牛时所完成的种种出色的技艺所废。如果他们使公牛一再转身，扭伤脊椎骨，绷紧它腿部的筋与肌肉，有时还抓住公牛后腿之间的阴囊，公牛因急剧转身、扭头，从而致残，而不是让公牛自己竭尽全力径直出击，以正当的手段使它疲劳。他们就会毁坏公牛的力量，大大挫伤公牛的勇猛精神。但是如果斗牛得法，公牛就要经历三个阶段（至于各个阶段的情况则因每头公牛各自力量与气质的不同而有所变动），从而达到斗牛的最后一刻，它虽然迟钝但并无损伤，这时候，剑杀手便可亲自运用穆莱塔调动公牛，使它疲劳到适当的程度，将它刺死。

必须叫公牛变得迟钝的第一个理由是，这样可以让它按规矩跟着穆莱塔跑动，人则调整、把握招式，按照自己的意愿加大危险性，也就是说使自己居于进攻地位，而不光是被迫处于守势、对付公牛的袭击。第二个理由是这样就可以用剑按正确手法将公牛刺死。以正常手段叫公牛变得迟钝，而同时公牛又不因红披风不停地急剧扯动而上当，从而丧失勇猛精神，损坏肌肉的结构。要实现这一点，唯一的办法是让它朝马出击，因为那是让它自己使出浑身解数朝一个可以达到的目标进攻，从而使自己疲劳，而自己的勇猛精神也没有白白消耗，并非不断地上当受骗。如果一头公牛向马进攻取得了成功，捅死了或者捅伤了一个或几个对手，那么它在进入后来的斗牛阶段时就会充满自信，觉得进攻是有效果的，要是它继续这样出击它的角又会捅着什么的。面对这样的一头公牛，斗牛士的表演可以达到艺术的高度，就像风琴手在一架为他充了气的管风琴上演奏。管风琴，如果符号太难处理的话，我们还可以有汽笛风琴，我认为这两样是音乐家演奏时利用现成的力的唯一乐器，他只需在他选择的方向释放这个力，用不着自己在不同程度上应用这个力来创造音乐。因此，管风琴和汽笛风琴是演奏者可与斗牛士作对比的唯一乐器。不主动出击的公牛就好比没有充气的管风琴、没有蒸汽的汽笛风琴。斗牛士与这样的一头公牛表演，若要说演技的出色和明快，那就只能跟自己还要给管风琴充气或者自己在演奏的同时要为汽笛风琴烧蒸汽的风琴演奏者去相比较了。

在斗牛场上公牛除了要经历正常的身体及精神准备阶段之外，每一头公牛在整个斗牛过程中都要经历精神状态的变化。公牛脑子里出现的最常见、也是我最感兴趣的事是 querencia 的变化。一个 querencia 即是斗牛场内公牛习惯地想去的地点，是公牛留恋的地点，是个自然的地点，这样的地点是众所周知的、固定的；但是一个偶然的地点意义就不止这样了。那是牛在与人搏斗的过程中形成的地点，公牛把这个地点当成自己的基本立足点。这个地点通常并不是马上显示出来，而是随着斗牛表演的进行在公牛头脑里渐渐形成的。站在这个地方，它就觉得自己是背靠一堵墙。在公牛的这个地点里，它变得极其危险，几乎是不可能去杀它的。要是斗牛士进入公牛的这一营地去杀它，而不是将公牛赶出来杀，那么他几乎肯定会被公牛捅倒。这样说的理由是，公牛如果待在它的地点里面，它完全处于守势，它的角的出击是回击而不是攻击，是反击而不是领先出击。在眼光与出击两者的速度相等的情况下，回击总是会打退进攻的，因为它看到攻击过来了就躲避，或挡开。进攻方必定要暴露自己，而如果反击与攻击一样地迅速，那反击肯定会奏效，因为反击者面前已有缺口，而进攻者则必须设法打开缺口。在拳坛上，基因 · 腾尼①就是反击的典范；所有那些坚持最久、遭痛击最少的拳击手，也都是反击能手。公牛处于他的 querencia 的时候，它像拳击手反击对手的出拳一样看到斗牛士出剑即用牛角反击，许

① 基因 · 腾尼（Gene Tunney，1898—1978），美国职业拳击运动员，世界重量级拳击冠军（1926—1928）。

多人为此付出了生命，或者严重受伤，因为他们没有将公牛赶出它的地点就出剑刺杀。

所有公牛在斗牛场内的自然的地点是它们进入斗牛场内的通道的门口，以及围栏的挡板。公牛找第一处是因为那里它们熟悉，是它们记得的最后一个地方；公牛找第二处是因为那里让它们背后有一个依靠，这样它们就觉得可以免受来自背后的攻击。这些是大家都知道的地点，斗牛士在多方面利用这些地点。斗牛士心里明白，在一个招式或一系列招式煞尾的时候，公牛可能很容易就朝那自然的地点跑去，因此，它不大会注意或不会注意挡着道的东西。因此，斗牛士在公牛朝那地点跑出去的半路上，可以摆出一个准备好的雕塑般非常优美的招式。这样的招式会非常地优美：斗牛士两腿并拢，一动不动地挺立在那里，看上去好像根本不把公牛的冲击放在眼里，硬是让公牛庞大的身躯从胸前冲过，却没有丝毫的退却，有时候公牛的牛角从胸前擦过只相差一丁点儿的距离；不过，对于熟知斗牛的人来说，这样的招式除了是个诡计之外，没有一点儿价值。这样的情景，看似危险，其实不然，因为公牛其实一心想着的是赶往它的地点，人不过是站在它的路线边上罢了。控制着方向、速度和目标的是公牛，因此，在斗牛真正的热衷者看来，这是毫无价值的，因为真正的斗牛，而不是杂技场内的斗牛，人应该迫使公牛按照自己的意愿冲击，应该叫公牛转弯，不是直来直去，应该控制公牛的冲击方向，不应该利用公牛的冲击，在它经过身边时摆摆姿势。西班牙人说，torcar es parar，templar y mandar. 这话的意思是说，在真正的斗牛，斗牛士应站立不动，应该一面手拿红布，一面用手腕、手臂的运动来调整公牛的速度，应该控制、指引公牛跑动的路线。任何其他的斗法，如朝公牛跑动的正常路线那个方向做出优美的招式，无论做得多么优美，并非真正的斗牛，因为是牲畜在调遣人，而不是人在控制牲畜。

斗牛过程中公牛脑子里出现的偶然地点可能是，而且往往就是，它曾经得意过，例如它捅死过一匹马的地方。那是一头勇猛的公牛最常见的活动地点，不过也还有一个大热天的很惯常的地点。那是斗牛场内任何一处沙地，只要是浇过水的、阴凉的地方。那常常是地下管道的出口处，比赛间隙在这里接上一根皮管，在场地上浇点水，压一压尘土，公牛站在那里脚下阴凉。公牛也会将前一场比赛中捅死过马的地方作为自己的活动地点，因为它嗅到了血腥味。也会是它捅倒过斗牛士的地方，或者任何一处，至于理由，也说不上有明显的理由，就因为它站在那个地方感到心里踏实。在斗牛过程中，公牛脑子里已经有了找一个地点的念头，这是看得出来的。公牛先是试探性的，然后加大了决心，最后，除非斗牛士已经注意到了它的意图，并且有意不让它进入它已选中的地点，否则公牛会不断地朝那儿跑，就会在那个地点就位，背对着或者侧身对着围栏，决不跑离这个位置。这是斗牛士该要满头大汗的时刻。必须把公牛赶出来，可是公牛却完全处于防御状态，对红披风毫无反应，还会用牛角来刺红披风，决不肯出击。将公牛赶出这个地点的唯一办法是靠近公牛，近得让它觉得完全有把握挑着人。同时，将红披风急剧地抖动，或者将红披风扔到公牛鼻子底下的地上，然后一点一点地扯动，诱使它一步步离开它的地点。这样的表演没有什么好看的，只会是危险的，而且通常随着规定给斗牛士的十五分钟时间的一点点过去，他每一分钟都会越来越上火，短标枪手的任务也越加危险，公牛则更加死死不肯移动。可是，如果斗牛士等得不耐烦了最后说："好吧，它要是想死在那里就让它死在那里吧。"然后出剑刺杀。这样的话，那可能便是他记忆的最后一刻了，最终从空中摔下来，不管是捅伤还是没有捅伤。那是因为公牛见他过来会密切注视，会挑刺红披风，会反击刺来的剑，每次都会朝人捅去。要是红披风、穆莱塔都没法将公牛引出它的地点，有时候得用带火的短标枪，从围栏后面刺进公牛的屁股，让火闷烧，然后发出哔哔剥剥的爆炸声，冒出黑火药与燃烧的纸板的气味。但是，我看到过一头公牛，它的屁股上还插着哔剥作响的短标枪，因为哔剥声惹了它，它就离开了它的地点，也许才二十英尺，然后又立刻回到原地，再想用什么办法叫它离开，它根本不予理睬。碰到这种情况，剑杀手有权利以对人危险最小的任何方法将公牛杀死。他可以从公牛的一侧开始，经过公牛头部绕个半圈，而短标枪手就在他经过时，用红披风去吸引公牛的注意力，剑杀手就用剑向公牛刺去。或者他可以用任何其他方法将公牛刺死，不过，如果是一头很勇猛的公牛，剑杀手这样做得冒被人群杀害的危险。这样做的关键是要杀得快，而不是漂亮，因为一头懂得如何使用牛角、没法叫它离开它的地点的公牛，人要靠近它就跟靠近响尾蛇一样危险，一样没法跟它玩斗牛。可是话得说回来，人不该让公牛建立这么一个稳固的地点。人应该早在公牛稳固地最后站定在它选中的位置之前，就开始把它赶走，赶进场中，把它从背靠围栏那样的有安全感的状态下赶出来，将它引到斗牛场的其他地方。有一次，大约在十年之前，我看过一次斗牛，在那次斗牛赛中，六头公牛，一头接一头都建立了牢固的地点，怎么也不肯离开，六头都死在各自的地点。那是潘普洛纳凶猛公牛参加的斗牛。这种牛个头大，皮毛红棕色，四肢挺立，既高又长，肩宽大，颈部肌肉粗壮，牛角令人望而生畏。我见过的公牛数它最漂亮，它们一进斗牛场无不选择守势。但你不能说它们胆小，因为它们这是认认真真地、竭尽全力地、极明智地、凶狠地保卫自己的生命，刚进场不久就确立了自己的地点，决不离开一步。斗牛一直延续到天黑，没有出现过一个优美或具有艺术性的时刻。那是整整一个午后和黄昏，公牛保卫自己不受人的攻击，人则在极端危险与困难的条件下试图宰杀公牛。那场斗牛差不多是跟帕斯申德勒[①]战役一样精彩的一场战斗，只是不该将这盈利性的比赛拿来与一次战役相提并论。当时在场第一次观看斗牛的有我曾经向他们详详细细介绍过斗牛的美、它的艺术以及其他等等方面的一些人。由于我在库兹咖啡馆喝了两三杯苦艾酒，因此有说不完的

① 比利时一地名。第一次世界大战中在此地发生过一次残酷的战斗，最后英国和加拿大联军打败德军。

话，饶舌了好长一段时间，他们临走之前一个个都迫不及待地要看一场斗牛，尤其是这一场斗牛。可是斗牛之后他们没有一个跟我说话，有两个人看了还很难受，其中包括一名我希望他对斗牛能有好印象的人。我自己看得非常有味，因为我对虽不是胆小但仍旧不肯出击的公牛的心理状态有了更多的了解，因为这在斗牛里是很少见的，比我在一个赛季里了解到的还要多。不过下一次去看这样的斗牛我希望自己独自去。我还希望上场的斗牛士中没有一个是我喜欢的，也没有一个是我的朋友。

滥用红披风招式，短标枪投放失误，因长矛吃力位置不正确而笨拙地或者有意地损伤了脊椎骨或肩胛骨，都可能引起公牛疲劳自然进程中的破坏性变化。除此之外，如果长矛手接受剑杀手的命令，有意采用不正确的方式使用长矛，也会导致公牛受伤，使它不宜再继续参与斗牛比赛。损伤公牛，毁掉它的实力，主要有三种方式。即红披风运用过分，用长矛挑开大口子使公牛出血不止，以及长矛刺得过深而伤及脊柱，或者刺得太偏而伤及肩胛骨端部。所有这些损伤公牛的做法都是剑杀手的帮手有意为之，而这些帮手则是听从剑杀手的吩咐，因为凡是剑杀手害怕的公牛，他们都这样对付。他们害怕也许是因为公牛太大，跑动太快，或者体魄太强壮，如果他们有这三怕，就吩咐短标枪手和长矛手对公牛实行袭击。而往往这种吩咐是多此一举，长矛手理所当然地会朝所有公牛袭击，除非剑杀手感觉心里十分有把握，想叫公牛保存实力好让自己与它斗个招式，显示自己的极大能耐，增添脸上的光彩，因此对手下人说，“替我小心这头公牛。别累着它啦！”但是往往在斗牛之前长矛手和短标枪手心中都有数，他们要尽自己所能，损伤公牛，剑杀手在场上下的相反的命令都不予理睬，因为这些命令，虽然通常都是言辞激烈，并且边说边骂，但都不过是说给观众听的。

但是，除了皮肉上的蓄意损伤之外，还有不可估量的心理上的损伤。蓄意的皮肉上的损伤使公牛不能配合斗牛士做出色的表演，唯一目的是把公牛交给剑杀手，让它死得尽量快些。心理上不可估量的损伤是短标枪手技法拙劣所引起的。短标枪手面对公牛手拿短标枪，这时候他们的职责是尽快地将短标枪投出去，钩住在公牛脊背上。因为短标枪手投放短标枪时的失误（百分之八十的失误都因胆小所致），都有可能延误时机，这种延误扰乱了公牛的心理，使它变得紧张、急躁，破坏了斗牛的节奏，并且，由于公牛有了追逐不带武器、不骑马的人的经验，把小心保存着的缺乏经验这么一个优点丢失了。

通常，这样地把短标枪误投的人，几乎总是在四十岁至五十岁之间。剑杀手的一队人马里留这么一个人是用作剑杀手的心腹短标枪手的。这么做是因为他对公牛了如指掌，因为他正直老实，因为他成熟老到。在筛选公牛和抽签的时候，他是剑杀手的代表，同时还是剑杀手在所有技术问题上的心腹顾问。但是，因为他已经年过四十，他两条腿一般都不听使唤了，不大相信这两条腿在公牛追他的时候还能派得上用处，救自己的老命。因此，要是一头难对付的公牛挨到他来投放两把短标枪，这位上年纪的短标枪手变得极为谨小慎微，也分不清是小心还是胆小了。短标枪投放出的差错，把他自己挥动红披风时的娴熟和周到的技艺造成的效果全都破坏。而如果这些谨慎、年长、慈爱但是两腿跌跌撞撞的老朽，不让投放短标枪，只让他们留在队里，用一用他们挥动及时的红披风，还有他们头脑里的素养，那么斗牛表演也会增色不少。

投放短标枪是斗牛比赛中需要人付出最大体力的部分。要是一个人有别的人替他与公牛较量过一番了，要是他站在那里等公牛朝他跑过来，那么，即使他是一个从斗牛场这一头跑到那一头都不行的人，也可以投出一对或者两对短标枪。但是，投放短标枪要做到技术稳定，自己主动去找公牛，先跟它较量一番，然后按规矩刺入短标枪，那就要求有好的腿力与强壮的体魄。另一方面，一个人可以是一个剑杀手而又不投放短标枪，但他却能够用红披风和穆莱塔按规矩斗一头公牛，甚至两条腿因被牛角捅伤而瘸了，也扭伤了，连跑到场子对面都不能，而且也许身体已经到了肺结核病的晚期，却还能刺杀得相当不错。因为，一名剑杀手决不可跑动，只有在投放短标枪时是个例外，他应该有能力叫公牛完成这一切动作，甚至将剑刺进去也要公牛来完成。加利奥年过四十之后有人问过他，做些什么锻炼，他回答说他抽哈瓦那雪茄。

“我锻炼身体干什么，老兄？我要力气干什么？公牛锻炼得可多了，公牛有的是力气！我已经四十岁了，可每年的公牛都是四岁半到五岁之间。”

他是一名杰出的斗牛士，是第一个承认恐惧感的斗牛士。到加利奥为止，以前人们都认为承认害怕是绝对可耻的，可是加利奥害怕的时候他就扔下手中的穆莱塔和剑，手忙脚乱地翻过围栏去。一名剑杀手是决不可以跑的，可是，如果一头公牛样子奇怪地盯着加利奥，好像了解他底细似的，那他就可能会逃跑。如果公牛异样地盯着他，他就拒绝刺杀，在这方面他是第一人。他们将他锁在监牢里的时候，他说那样一来反倒更好，“我们斗牛士都过着倒霉的日子。我现在有第一个舒服的日子，他们会原谅我的。”

他的告别表演比帕蒂的多，现在是快五十岁的人了，还在举行告别表演。他第一回正式的、永久性的告别表演是在塞维利亚。他感动极了，到了要把他作为斗牛士的一生中要刺杀的最后一头公牛献给某个人时，他决定将这最后一头公牛献给他的老朋友塞尼奥·富勒诺。他摘下帽子，露出了黝黑、闪亮的秃头，说道，“我要把作为斗牛士的一生中要杀的最后一头公牛，献给您，我小时候的朋友，我斗牛生涯早年的保护人，最著名的业余斗牛爱好者，富勒诺。”但是，他话音刚落，看到了另一位老朋友、一名作曲家的面孔。他顺着木板围栏走过去，到了面对老朋友的时候他站定了，抬起头来，两眼湿润，说道，“啊，好朋友，您是西班牙音乐天堂里的一大光荣，我要把它，我作为斗牛士的一生中要刺杀的最后一头公牛，献给您。”可是，就在他转身走开时，他见木板围栏不远处坐着安达卢西亚最出色的公牛杀手之一，老阿尔加贝诺。他停下脚步，转过脸来，说道，“我的老伙伴，您刺杀公牛是手到心到，是我认识的最优秀的公牛杀手，我要把我斗牛生涯的最后一头公牛献给您。请您注意我的动作，看看是否对得起您的大名。”他说完即令人钦佩地转过身，朝那头一动不动地盯着他的公牛走去，仔仔细细打量了一番，然后对他的兄弟何塞利托说，“何塞，你来替我杀。你来替我跟它斗。我讨厌它看人的那个样子。”

在这第一次也是他最出色的一次告别表演上，他作为斗牛士的一生中刺杀的最后一头公牛，是他的弟弟何塞利托代劳的。

我最后一次见到他是在巴伦西亚，他离开西班牙到南美去之前。他那样子像一只老蝴蝶，一只很老的蝴蝶。我所见的别的斗牛士，不管其年龄是大是小，如果拿来与他相比较，他四十三岁了，倒更潇洒，更英俊，更好看。他那种英俊并不是很上照的英俊。加利奥在照片上看起来从来都不漂亮。这不是青年人那种潇洒；那是一种经久不衰的东西。你看他斗一头灰色的孔查-西拉大公牛，就像弹古钢琴那样灵巧，这时候你注视着他，心里明白，要是一头公牛真将他捅死了，而你又真亲眼见着了，你就会更深刻地了解斗牛，用不着再去看更多场表演。何塞利托也会死去，这就证明在斗牛场上谁也不是平安无事的，他的死是因为他身体发胖。贝尔蒙特也会死去，因为他专搞悲剧，他也只能责怪他自己。你见到的斗牛新手的死都是经济状况的牺牲品，而这一行里你最好的朋友都死于很好理解并合乎逻辑的职业病；但是，加利奥死在斗牛场上不是什么讽刺，也不是悲剧，因为其中不存在崇高；加利奥太害怕，对于他来说谈不上什么崇高；他从不承认死的观念，而且何塞利托死后，加利奥甚至没有到小教堂去看他；捅死加利奥这件事趣味不高，而且会证明斗牛是错的——不是在道德上，而是在审美上。加利奥为所有赞扬他的人做了一些事情，同样，他也对斗牛做了一些事情。也许他败坏了斗牛，但没有格里塔那样过分。毫无疑问，贝尔蒙特是现代风格斗牛之父，而他则是现代斗牛之祖。他不像卡冈乔那样毫无自尊，他只不过是缺乏勇气，头脑有些简单。但是，他是个多么杰出的斗牛士，多么有把握呀，真的。他从木板围栏上翻过去是危险过后的惊恐发作，决不是非得如此。加利奥，他在惊恐的时候与公牛之间的距离仍然比大多数斗牛士取得了悲剧的优势时还要近，他斗牛动作的优美与出色，可以与保存在埃斯科里亚尔[①]的美丽的墨西哥古代羽毛制品工艺媲美，非常精巧。把鹰脖子上的羽毛扯乱了如果再也不能恢复原样，你知道那是怎样的犯罪吗？那么，捅死加利奥，就是这样的罪过。

① 埃斯科里亚尔，即西班牙首都马德里附近的一处大理石建筑群，建于十六世纪，有教堂、陵墓等。

第十四章

斗牛士追求的完美，即他希望从斗牛场的牛栏出来进入斗牛场内的，始终是会朝前直线冲击、每一次冲击完成之后又能自觉调过头来再次朝前直线出击的公牛，是跟在铁道上跑似的朝前直线冲击的公牛。斗牛士老盼望有这样的公牛，但是，这样的公牛也许在三四十头里才出现一头。斗牛士把它们叫作双程型公牛、来回型公牛，或者叫作 carile，即轨道型公牛，而从来没有学会驾驭难对付的公牛也没有学会如何纠正公牛的缺点的那些斗牛士，斗通常的公牛，无非是防守罢了，等遇上了朝前直线出击的公牛才会作完成出色技艺的尝试。这些斗牛士是从来也没有学会斗牛的人，他们没有经过学艺的训练期，只因为斗过出击时正合他们口味的公牛，在马德里出过一次风头，或者在外省登过几回场，当上了剑杀手。他们有技巧，有个性，要是他们的个性还没有被吓跑的话；但是他们没有 métier[①]，并且，由于勇气是随自信而来的，因此，他们往往就因为对这门手艺掌握得不到家而被吓住了。他们也不是生来就胆小，否则他们就不会成为斗牛士了；他们的胆小是因为在不熟悉、无经验，或未经过对付公牛培训的情况下，要面对很难对付的公牛，而且由于他们斗的十头公牛中，可能没有一头是他们知道如何对付的合他们心意的公牛，因此，你们看到他们的大多数时候，他们的斗法令人生厌，只守不攻，没有经验，缩手缩脚，让人看了不满意。如果你们看到他们是与符合需要的牛斗，你们会觉得他们很出色，很棒，既勇敢又很有技巧，有时候他们对付公牛时镇定自若，与公牛靠得那么近，几乎叫人难以相信。可是，如果你们一天又一天看他们在场上，只要遇上一头有些难度的公牛，就拿不出一次合格的表演，你们就会怀念过去训练有素的斗牛士的时代，唾弃那些奇才与骗子。

现代斗牛技艺的全部问题是，它已经搞得太绝对了。完成这一技艺时与公牛靠得要近，动作要慢，斗牛士又完全没有防御，身体又不移动，于是乎这一技艺的完成只能靠一头几乎是与自己要求完全一致的公牛了。因此，要完成得正常和一致，只能用两种方法。一是这样的斗牛只能由何塞利托和贝尔蒙特这样的天才斗牛士来完成，因为他们能用技巧来驾驭公牛，利用他们自己的高超反应能力作防御，凡有可能即运用他们的技艺。一是要完成这一技艺只能等一头完全符合要求的公牛或者根据自己需要挑公牛。现代的斗牛士，也许只有三个人除外，都是要么坐等他们要的公牛，要么尽自己最大努力，不接受难对付的公牛，硬挑一头符合自己要求的公牛。

我还记得一九二三年在潘普洛纳的一场比利亚尔公牛参赛的斗牛。它们是理想的公牛，跟我以前见过的公牛一样勇猛，速度快，凶狠，但是始终在进攻，从不停下来防守。它们个头很大，但没有大到笨重的地步，而且牛角也很粗壮。比利亚尔培育了优良的品种，但是斗牛士却不喜欢。好是好，但每一个优点都嫌有一点儿过头。后来这个种牛卖给了另外一个人，那人着手把牛的各种特点都加以改良，好让斗牛士都喜欢。一九二七年我见到了第一批改良牛。这种牛样子像比利亚尔牛，但个头小了一点，牛角也没那么粗壮，而且仍然很勇猛。一年以后牛又小了一点，角又缩小了一些，并且不很勇猛。去年这种牛又小了一点，角还是那个样，牛没有一点勇猛可言了。通过改良造成缺点，确切地说是造成弱点，使公牛变成斗牛士受欢迎的牛种，试图与萨拉曼卡定向培育公牛抗衡，这样一来，原先参赛公牛的优良品种绝种、毁灭了。

在你观看斗牛有了一定长的时间之后，即斗牛的各个方面能看到的都看到了，如果斗牛最终对你来说是有一点意义的话，那么你

---

① 法语：专长。

迟早会被迫对斗牛采取一个明确的立场观点。要么你主张要有真正的公牛，地道的斗牛，并希望懂得如何斗牛的优秀斗牛士会进步，例如像马西亚尔·拉兰达那样，也希望会出现一个杰出的斗牛士，能像贝尔蒙特一样有能力打破现行清规戒律。要么你接受斗牛节现在所处的状态，你知道这些斗牛士，你了解他们的观点。在生活中总是可以为每一回失败找到正当合适的借口的。你会让自己设身处地为斗牛士着想，斗牛士没有驾驭住公牛，结果出了事，你对他们也很宽容，你也会等他们想要的公牛出现。一旦你这么做了，你就是个有罪的人，与那些靠斗牛生活，又把斗牛毁了的人中任何一个人一样，而你因为付了钱做毁坏斗牛的人的帮手，所以罪就更大。行，可是你应该怎么办？你该不该躲避？躲是可以，不过那样做无异于割了鼻子跟脸赌气——害人又害己。只要你觉得斗牛节有乐趣，你就有权利去观看。你可以提抗议，你可以用嘴说，你可以告诉人家他们有多么傻，但这些都是不起什么作用的事，虽然提抗议眼下在斗牛场里是少不了的，用得着的。但有一件事你是能够办到的，那就是要分清优劣，对新事物要敏感，但不要让新出现的事物模糊了你的标准。即使斗牛表演很糟你也可以继续去观看；但是不要看了不好的斗牛表演也说很好。你作为一名观众，应该有鉴赏的能力，知道哪些是有益和有价值的技艺，即实质性的，并非花里胡哨。对于一头不能用花哨动作来对付的公牛，斗牛士的正确的手法与刺杀，你必须有能力鉴赏。一个斗牛士有时会强过他的观众，但不会长久。如果观众喜欢玩点花招，不喜欢诚实，那么他们很快就会看到斗牛士耍起手段来。如果一名真正优秀的斗牛士要登场，而且始终保持坦率、真诚，既不耍花招，也不故弄玄虚，那么观众席上必定有一批他上场可为之奉献的核心观众。要是这样听起来酷似一个基督教活动计划，那就请允许我补充一句，我坚信，如果彬彬有礼的抗议没有效果，扔大大小小的座垫、面包、桔子、蔬菜、各种各样小的死动物包括鱼，如果有必要，就扔玻璃瓶，只要不扔到斗牛士脑袋上去，偶尔还放火烧斗牛场，这些都是可行的。

西班牙斗牛的其中一个主要弊端并非批评家的见利忘义，虽然这些批评家在马德里日报上发表文章能造出一个斗牛士，至少是暂时能够造一个出来；倒并非这一条，而是因为这些批评家主要是靠剑杀手给的钱过日子，所以他们的观点完完全全是剑杀手的观点。在马德里，批评家们不能歪曲事实，不可以像外省一样在发往马德里的通讯里，或者在编辑外地记者的报导时，尽说斗牛士的好话，恭维斗牛场上人的技艺，因为，阅读马德里斗牛报导的读者，也是斗牛场观众席上的核心观众，亲眼观看过斗牛。然而，在他们的全部影响力中，所有他们的解说中，他们对公牛和斗牛士的所有评论中，他们是受了剑杀手观点的影响的，是被送红包的剑杀手的观点所左右的。剑杀手的红包是场上管剑的人送去的，是一个信封，里面是一百或二百比塞塔的钞票，或者再多一点，还有一张名片。红包由管剑人送到马德里每家报纸的评论员那里，数目的多少随报纸和评论员影响的大小而不同。最诚实和最正直的评论家也收红包，但剑杀手并不希望评论家把他的失败加以歪曲，说成是成功，也不希望他们在文章中报喜不报忧。剑杀手送红包无非是要向他们表示敬意。你得记住，这是个讲究敬重的国家。然而，由于这些评论家大多数生活来源靠剑杀手给的钱，因此他们心里记住剑杀手的观点、剑杀手的利益。这也是一个很容易明白的立场，而且也是无可非议的正当立场，因为舍生忘死的是剑杀手，并不是看台上的观众。但是，如果观众不要求遵守斗牛规则，不要求执行标准，不防止作弊，并且看斗牛而不付钱，那么，很快就不会有职业斗牛，也不会有剑杀手。

斗牛节是否健康进行，公牛是起控制作用的部分。如果公众，即每一位出钱购票的观众，要求好的公牛，即体型大，能使比赛变得严肃的公牛，是四至五岁的公牛，因此是成熟的公牛，有坚强的体力，能斗完比赛的三个阶段；倒不一定都是形体庞大的公牛、肥胖的公牛或牛角巨大的公牛，而只要是健全、成熟的牲畜；如果观众有这样的要求，那么，公牛饲养人就得将公牛在牧场上饲养到一定的时候才能出售，而对于斗牛士来说，公牛送来了就非得接受下来，并学会跟它们斗。举行斗牛的时候一些技艺不到家的斗牛士由于跟这些牛没斗成功而遭淘汰，那个时候可能会有拙劣的表演，但是斗牛节最终会更加健康。公牛是斗牛节的主要因素，酬金最高的斗牛士常在那里想方设法要破坏的也就是公牛，如把公牛的个头、牛角改良得小一点，参赛的公牛年龄也要尽量小。只有排名在前的斗牛士才可以提条件。那些没出息的斗牛士和学艺的，只好接受明星们挑剩下来的体型庞大的公牛了。为什么剑杀手死的人越来越多，原因就在这里。死在斗牛场上的十有八九都是些才能平平的人，技艺初学者，以及那些没有掌握技艺的人。他们的死是因为他们尝试用斗牛明星的技巧去斗，而且观众也要求他们作尝试。可是，他们是被迫采用这种技巧的，如果他们想要靠斗牛过日子的话，而他们斗的牛却是明星们不要的，或者是那些他们认为太危险、不可能斗得精彩而一定会拒绝现在却塞给了他们的。许多极有出息的斗牛新人被捅死、捅伤，原因就在这里，不过，如果斗牛士学艺有适当的期限，如果学艺的人运气好，那么，一些杰出的斗牛士最终也会因此而产生。一名年轻的斗牛士，如果是从一两岁的公牛开始学斗牛，学艺过程中又是受到精心保护，只让他与小公牛较量，那么一接触体型大的公牛可能完全没法对付。这就像瞄准靶子射击和朝一头危险的野兽开枪或朝同样在瞄准你的敌人开枪两者之间的区别。但是，如果一名学习斗牛技艺的人，先已跟一两岁的小公牛练习过，掌握了非常纯正的斗法，然后，他参加见习斗牛赛，并不受马德里斗牛场组织者的保护，在见习斗牛赛过程中对付体型庞大、别人挑剩、有的还有缺陷、极其危险的公牛，接受了种种磨炼，从而技巧更加娴熟，对公牛更加了解，那么，他将是得到了一名斗牛士的最完备的教育，假如他的热情、他的勇气没有被牛角捅跑的话。

曼努埃尔·梅希亚斯，又名比汶尼达是一个斗牛老手。他训练三个儿子斗一两岁的公牛，把他们培养成技术如此熟练、全面的小斗牛士，两个大孩子作为神童斗牛士（只斗小牛犊）轰动了墨西哥城、法国南部和南美的斗牛场，虽然在西班牙国内根据儿童斗牛法的规定他们不可登场表演。大儿子马诺洛长到十六岁，作为一名长大成熟的斗牛士，跳过了只斗一两岁公牛的儿童斗牛士阶段，直接培养成为正式的剑杀手，而没有让他去经历小牛斗牛士的种种磨难。这位父亲认为，而且他是正确的，儿子是一名正式的剑杀手了，就不必面对体型庞大而且很危险的公牛，而如果还是一名见习斗牛士，那就非得如此了；他认为，成了一名正式剑杀手钱就可以挣得多一些，而且，如果真要在与成熟的公牛较量中耗尽他的激情与勇气，那还不如活一天就尽量地多挣一天大钱的好。

第一年这孩子没有成功。从斗不成熟的公牛到斗成熟的公牛的过渡，公牛出击速度的不同，肩负的责任，总而言之，不断出现的死亡的危险一旦进入他的生活，他的风格和孩子气的美姿也就被剥夺了。他太明显地让人觉得他有难题要解决，他心里想着自己的责任，要在场上奉献出色的斗牛表演。但是，由于他有严格斗牛训练的基础，他的训练从四岁起就开始，斗牛中的每一个规定动作如何表现心里十分清楚，因此，到了第二年，他已经解决了成熟公牛的问题，在马德里取得了连续三场的成功，在外地每到一处无不成功，无论公牛是什么品种，怎样的体型，多大的年龄，都能对付。他并不因见公牛体型庞大而面有惧色，他懂得怎样纠正公牛的缺点，怎样驾驭它们，他在斗最大的公牛时也完成过各种技艺，那真是出色的技艺，这种技艺是那些颓废派斗牛士面对体型、力量、年龄和牛角都不够标准的公牛才能完成，或者说遇上这样的公牛才尝试的。有一件事他没有尝试过，那就是按规矩刺杀公牛，但所有其他动作都完成得很好。他是一九三〇年大肆宣传的救星，但要对他作出评价必须先考察一件事，这就是第一次牛角创伤。所有的剑杀手，在他们的斗牛生涯中，或迟或早都被牛角捅伤，非常危险、非常痛苦、非常接近于致命的创伤，而如果一名剑杀手没有经历过第一次严重创伤，那你对他就作不出一个永久性的评价。因为，不管他能够保存多少勇气，你还是说不清这对他的反应会有多少影响。一个人可能会与公牛一样勇于面对任何危险，但是凭他的胆量，他仍然不能冷静地面对这么一种危险。一个斗牛士在斗牛一旦开始之后，如果必须鼓足勇气才能平静下来，才能将危险放在一边，才能冷静地注视公牛走过来，那么他就别想做一个成功的斗牛士了。硬振作起来进行的斗牛看了是叫人难受的。这样的斗牛观众都不愿看的。他们花钱是要看公牛的悲剧，不是看人的悲剧。何塞利托只被公牛顶伤过三次，杀过一百五十七头公牛，可是第四次公牛捅他的时候把他捅死了。贝尔蒙特每一个赛季总要伤几回，没有一个创伤影响过他的勇气，影响过他的斗牛热情，也没有影响过他的反应能力。我希望小比汶尼达永远不被牛角捅伤，但是如果本书出版的时候他已经被公牛捅着了，并且没有因此造成什么妨碍，那才是谈论继承何塞利托这个问题的恰当时机。就我个人意见而言，我认为他不会成为何塞利托的继承者。诚然，他的风格是成熟的，而且除了刺杀之外一切功夫都是得心应手的，但纵观其表现，我总觉得有置身剧院的感觉。他的技艺在许多方面是在耍花招，跟过去看到的花招相比较他的更巧妙，也很好看，看上去非常轻松愉快。但是我非常担忧，第一回大的创伤会把这轻松愉快驱走，耍手段将会变得更加明显易见。老比汶尼达第一次让牛角顶伤之后，就像帕尔马一样泄了气。但是在培养斗牛士方面也许情况跟培育公牛相似，勇气从母亲遗传，类型从父亲遗传。现在就说他以后会缺乏勇气很不友好，不过上一次我看斗牛时这位大肆宣传的比汶尼达的笑脸是勉强的，如果我作一个评价，我只能说，我不相信这位救星会成功。

一九三〇年马诺洛·比汶尼达是当地的斗牛救星，但是到了一九三一年又有了一位新的救星：多明戈·洛佩斯·奥尔特加。在巴塞罗那，为了他的登场表演，花了大部分的钱，那里的评论家写道，奥尔特加就是从接着贝尔蒙特未竟的事业开始自己的事业的；他把贝尔蒙特和何塞利托两人技艺的精华结合在一起，纵观整个斗牛的历史，还从未碰上过奥尔特加这样的斗牛士，也没遇到过一个人能如此高超地集艺术家、主宰、杀手于一身的。奥尔特加并不像那些歌功颂德文章里说的那样令人难忘。他三十二岁，在卡斯蒂利亚的村子里，尤其是托莱多周围村庄斗了几年牛。他出身于一个五百人不到的小镇，那个地方是位于托莱多和阿兰胡埃斯之间的干旱地区，名叫博罗克斯，他的外号就叫博罗克斯乡巴佬。一九三〇年秋，他在马德里一个二等斗牛场特图安大出风头，斗牛场当时是由一名前剑杀手叫多明戈·冈萨雷斯，别号多明吉的指导、创立的。多明吉把他带到巴塞罗那，在赛季结束之后租下那里的斗牛场，组织了一场斗牛赛，让奥尔特加和名叫墨西哥屠夫的一名墨西哥斗牛士登场主演。说起斗小牛，他们两个人成绩都不错，连续三次轰动巴塞罗那的那座斗牛场。由于多明吉在冬季苦心安排了传媒活动和宣传鼓吹，精心树立了奥尔特加的形象，终于在巴塞罗那一九三一年赛季开赛之时成了一名正式的剑杀手，革命[①]刚爆发的时候我就来到西班牙，并发现他与政治一样都是咖啡馆的热门话题。他还没有在马德里上过场，但每天晚上那里的报纸却刊登他在外地节节胜利的短评。多明吉花不少的钱宣传奥尔特加，奥尔特加每晚都成了晚报上的英雄人物。他在外省斗牛，离马德里最近的要数托莱多，可是我发现在那里看过他斗牛的很懂行的业余斗牛爱好者对奥尔特加的评价却并不一致。他某些动作完成得非常好，这一点大家看法都是一致的，但是那些最熟悉斗牛的业余斗牛爱好者说，他的技艺不能令人信服。五月三十日，我和刚结束在墨西哥的一场宣传活动就到马德里来的锡尼·弗兰克林一起到阿兰胡埃斯去看这位斗牛场上的神人的表演。他糟透了。马尔西亚尔·拉兰达像耍维森特·巴雷拉一样将他也耍了。

---

① 一九三一年西班牙阿方索十三世（Alfonso ⅩⅢ，1881—1946）王朝被推翻，建立共和国，阿方索十三世于一九三一年四月十四日流亡国外至死。

那天奥尔特加表现出冷静和缓慢移动红披风的技能，假如公牛居高临下，他放低红披风，动作做得很好。他表现出截住公牛正常跑动路线的技能，双手移动穆莱塔，使公牛急剧转身，给了它很有效的打击，并且他还用右手漂亮地做了一个移动红布的单手动作。到了真贴近公牛的时候，他做一个很优美的侧身动作，然后站定，并没有像先前说过的那样要神气地做刺杀的准备，就动作迅速、手法巧妙地举剑刺死了公牛。除此之外，他的其他方面只能说是无知、做作、不会使用左手、自负和装腔作势。很明显，他把自己在报纸上的宣传都看过了，还真的都相信。

从外表上看，除了动物园猴子之外，他的脸也算得上是长得最难看的一张，他身材漂亮、成熟，但关节粗大，还有像红极一时的演员那样的自满自足。锡尼心里明白，要是他上场是可以表演更加出色的，所以他在回家的路上坐在汽车里尽说奥尔特加的错。我只想对他作出一个不带偏见的评价，因为我知道不能以一次成败论英雄，所以我既注意他的优点，也注意他的不足，说他好、说他坏我都愿意听听。

那天夜里我们回到酒店，晚报已经到了，又看到报上说奥尔特加又取得了一次巨大的成功。实际上，他斗最后一头公牛时场上已经起哄、谩骂了，可是，《马德里先驱报》说他斗牛大获全胜之后割下了公牛的耳朵，欢呼的观众抬着他拥出斗牛场。

后来我又在马德里观看了他作为正式剑杀手的正式表演。他的状态完全跟阿兰胡艾斯时一个样，只是他已经不记得迅速刺杀公牛的窍门了。他又在马德里斗了两场，但并没有显示出与报纸上的宣传相称的技艺，而且，还有一阵阵胆怯的感觉开始向他袭来。在潘普洛纳他的表演糟得让人讨厌。他出场的酬金要二万三千比塞塔，而他的表演都显得愚昧、低下、俗气。

胡安尼托·金塔那是北方最出名的业余斗牛爱好者之一，他写信到马德里跟我谈到奥尔特加说，把他弄到潘普洛纳他们都高兴极了，还告诉我奥尔特加的经纪人要多少钱才肯让他出场。他迫不及待地想看看奥尔特加的表演，而我说的关于他在马德里和附近地区叫人扫兴的表演的话，只不过叫他一时感到沮丧。但是，我们去看过一次之后他就感到非常失望，而我们去看了三次之后，胡安尼托连奥尔特加的名字都不要听了。

夏天我又去看了几次他的表演，可是甚至他在场上的举止也只有一次可以称得上是好的。那就是托莱多的一回，斗的公牛是精心挑选的，牛都很小，也没有攻击性，因此他在场上的任何表演都得打个折扣。说他好，那是说他少走动，以及非同一般的镇静。他的最出色的技艺是旨在截断公牛跑动路线，叫它突然转身的双手移动红披风。但是，就因为这一招他完成得最出色，所以他一次又一次地重复，来一头牛就重复一次，不管公牛是否有必要这样对待，结果弄得公牛别的表演项目都不宜再继续。他朝公牛曲身，右手单手拿穆莱塔缓慢移动，非常地优美，但是他没有把这一技巧与其他招式加以联系，而且他至今还不大会用左手做出有效而正常的动作。他非常擅长在公牛的牛角之间迅速转身，这其实是很没意思的，而且他还老喜欢做那些俗气的动作，借此来代替斗牛中的危险招式。当斗牛士掌握观众的心理，知道观众不了解会信以为真的时候，就表现几下这种招式。他富有勇气、力气和体力，我信得过的朋友都说，他在巴伦西亚表现的确非常出色，还说他要是年龄再小一点，并且不那么自负，假如又能学会运用自己的左手，那他肯定能成为一名优秀的剑杀手的。他是可以像罗伯特·弗茨西蒙斯一样，撇开所有的年龄方面的标准而同样能做到这一点，但是他作为救星那纯粹是子虚乌有。我本来是不会花这么大篇幅写他的，但是他花钱买宣传，在报纸上连篇累牍地刊登，而且有一些还写得非常巧妙，我知道，要是我人不在西班牙，只不过是凭着报纸上的宣传去了解斗牛的情况，那我可能真会一本正经地看待他的。

一名斗牛士继承了何塞利托的特点，并且又因染了性病而丢了他的传统。又一位死于其他斗牛职业病，还有一位因试探他的勇气的第一次牛角创伤而成了一个胆小鬼。两名新出现的救星中，奥尔特加不能使我信服，比汶尼达也不行，不过我希望比汶尼达走运。他受过良好的教养，是一个可爱而不自高自大的孩子，而且他现在日子艰难。

老太太：你老是一边祝人家好运气，一边又说他们的错误，可我觉得你对他们批评得太刻薄了。小伙子，这些斗牛你说了这么多，写了这么多，可你自己又不是一个斗牛士，这是怎么回事呢？要是你这么喜爱斗牛，自己觉得非常内行，那你为什么不干这一行呢？

太太，我做过最简单的尝试，可不成功。我年龄太大了，身体太重，动作太笨。而且我身材不行，该活络的地方都很粗壮，这么个身体条件到了斗牛场上，很明显成了公牛的目标、活靶子了。

老太太：难道公牛没有狠狠地伤过你吗？为什么你今天还好好儿地活着？

太太，牛角尖都是包扎好的，要不就是磨钝了的，否则我早就被捅破肚皮、挑出肠子来了。

老太太：这么说你是斗那些裹了牛角的公牛哇。我还以为你挺行的呢。

太太，说斗那是夸大了。不是我斗公牛，而是我被公牛掀倒在地。

老太太：那你有没有跟没裹牛角的公牛来过呢？它们没有捅伤过你吗？

我在斗牛场跟没裹角的牛干过，虽说没刺伤，但也弄得鼻青眼肿的，因为我动作笨拙绊了脚，撞上了牛鼻子，就死命抓住两只牛角，就跟“万古磐石”[①]那幅古画里的人那样紧抱不放，也同样是满怀激情的。观众们看到这情景都欢笑不止。

老太太：那公牛怎么对你呢？

要是它力气可以，就把我甩出老远。要是它不甩我，我就趴在

① 即耶稣基督。

它脑袋上让它驮着跑，边跑边晃，待别的业余斗牛士拉住牛尾巴才得到解救。

老太太：你说的这些事迹有人看见吗？还是你这个作家胡编出来的？

看见的人何止千万，不过许多人可能已经去世了，因为他们一个个大笑不止，笑痛了肚子，笑坏五脏六腑，结果伤了身体。

老太太：是不是就因为这个缘故，你决定不干斗牛这个行当了？

我决定不干斗牛这个行当是因为觉得我的身体条件够不上，我的朋友也好心劝阻，而且随着年龄的增长，要高度兴奋地进入斗牛场已变得越来越不容易，除非是喝了几杯苦艾酒之后，结果，酒壮了我的胆，而我的反应动作也走了样。

老太太：这么说起来我看你已经跟斗牛场无缘了，连一个业余斗牛士也不能算啰？

太太，什么东西都不是一经决定，就不能再改变的，不过随着年龄的增长，我觉得应该越来越专注文学写作。人家打听得消息告诉我说，由于有了威廉·福克纳先生[①]的优秀作品，出版商现在也不要你把作品的大部分都删去，他们倒是什么都肯出版了。我期待着有一天写写我年轻时候在这块土地上最好的妓院里花的那些日子，在那里结识的最聪明的朋友。这个背景材料我一直留着到我晚年再来写的，到了那个时候，由于年代相距远了，就可以把当时情况看得非常清楚。

老太太：这位福克纳先生这些地方写得好吗？

太太，很出色。福克纳先生写得好极了。这么多年来我读的作家这方面数他写得好。

老太太：我得买他的书。

---

① 福克纳（William Faulkner，1897—1962），美国小说家、美国“南方文学”流派代表人物。代表作有《喧嚣与骚动》（1929）等。

太太，看福克纳的书你准没错。他还是个多产作家。你刚订了他的书，新书又出了。

老太太：要是他的书正像你说的一样，那是不嫌多的。

太太，你说了我要说的话。

第十五章

斗牛中用的红披风原来是用来抵御公牛的威胁的。后来，斗牛节正式固定下来，红披风就用来在公牛出场时迫使它不断地奔跑，在长矛手跌下马的时候将公牛引开，将公牛引到下一位对付它的进攻的长矛手面前，将它引到短标枪手投放标枪的位置，将它引到剑杀手刺杀的位置，以及在任何一名斗牛士身处危险境地时扰乱公牛的注意。斗牛的整体目标与高潮是最后用剑刺杀，即真相大白的时刻，原则上说，红披风是用来迫使公牛奔跑和帮助准备那个时刻的辅助手段。

在现代斗牛中，红披风已经越来越重要，它的应用越来越危险，而原先的真相大白的时刻，或实在的时刻，即刺杀，倒成了非常难以捉摸的事。剑杀手们轮番作业，担负起将公牛从长矛手及其坐骑身边引开的责任，并在公牛袭击之后又担负起保护人与马的责任。阻止公牛朝人与马进攻并将它引到场内，然后将公牛安定在假定要向下一位长矛手进攻的位置上，斗牛的这一幕叫作 quite，即调离。剑杀手们一字儿排开，站在马与骑手的左面，那个把公牛引出来又把它从顶翻的人与马旁引走的剑杀手在做完 quite 动作之后，就回到队伍的后面站定。这里说的 quite 读如“基退”，原来仅仅是为了保护剑杀手而设的，表演起来要尽一切可能做得迅速、英勇和优美。但是，现在这一表演已成了剑杀手的分内事。他将公牛引进场之后，用红披风在公牛面前至少移动四次，移动方式任选，但通常是取双手提红披风的方式，而且移动时要根据自己的能力尽量接近公牛，尽量做得镇静，尽量显示其危险。现在评判一名斗牛士、决定他的报酬的高低，主要依据的是他镇静、缓慢、贴近地移动红披风的本领，而不是看他刺杀公牛的能力。胡安 · 贝尔蒙特发明或者说是经他手而变得完美的红披风技艺和穆莱塔运用的日渐重要以及对运用法的要求的日益提高；对于每一个斗牛士都应在调离时运用红披风完成整套表演动作引公牛冲击的期望与要求；以及对于一名斗牛士的运用红披风与穆莱塔技艺高超但刺杀有不足之处表现出谅解，这些都是现代斗牛的主要变化。

实际上，如今的调离手法，几乎与过去的刺杀一样，成为体现真实的关键时刻了。危险是如此般的实在，纯然是由人来控制与选择，而且如此的显而易见，危险情景稍有欺骗或弄虚作假就能看得如此地清楚，因此我们可以说，在现代斗牛的调离过程中，斗牛士们比试各自的创新，能以多么纯正的手法，多么缓慢的移动，多么贴近的姿势，让牛角从腰间擦过；通过手腕的力量，掌握红披风的挥动，调遣公牛，遏止公牛的冲击速度；公牛暴躁的庞大躯体从人身边擦过，只见斗牛士镇静地注视着，牛角险些儿、有时也真擦着他的大腿，而在此同时公牛的肩胛已碰到了他的胸口，可他并没有阻挡公牛的举动，也没有用任何手段来对付会随牛角而至的死亡，他只是缓慢地移动双臂，目测与公牛之间的距离；这些红披风移动手法比过去年代任何红披风技艺都漂亮，也极为激动人心。斗牛士要觅一头朝前直冲的公牛，目的也正是要找一头牲畜能让他们做出这一系列动作，使牛角与人之间距离可以更贴近一些，近到真能碰到人；现代的红披风技法，极漂亮、极危险、又极有傲视一切的样子，也正是这一特点，才使得斗牛广为流传，并在经历了一切都在衰落而只有红披风的运用成了唯一体现真实的时刻这么一个时期之后日益繁荣起来。如今剑杀手们用红披风斗牛的手法是闻所未闻、见所未见。那些技艺高超的人已经采用了贝尔蒙特首创的做法，贴近公牛的活动范围，红披风放得很低，只运用臂力，比贝尔蒙特完成得更为出色，要是有一头合他们意的公牛就比贝尔蒙特还要出色。就红披风的使用而言，斗牛并未见其衰落。并无所谓复兴，有的只是持续不断和全面的提高。

使用红披风的各种方法，如 gaonera 呀，mariposa 呀，farol

呀，还有一些老式的，如 cambios de rodillas 呀，galleos 呀，serpentinas 呀，等等，我不准备像介绍双手提红披风那样作详细说明，因为要是没有亲眼见过，纸上写的使用红披风的手法，是不可能像照片那样让你一看就明白的。快速摄影术发展到了现在，如果能用照片立即传达并加以研究的东西，还要去用文字描述，那就蠢了。不过，双手提红披风是全部红披风技艺的试金石。正是在这一种方法上，无论是斗牛的危险，它的优美，以及手法上的纯正，才表现得淋漓尽致。正是在斗牛士运用双手提红披风手法的时候，公牛才完全从他身边冲过，而斗牛表演，它的最大优点，就在于运用起来能叫公牛在出击时完全从斗牛士身边掠过的招式。几乎所有其他的使用红披风的技法，都是同一原则的不同表现形式而已，否则便或多或少是弄虚作假的手法。这方面的一个例外即是 mariposa 即蝶式技法的调离，那是马尔西亚·拉兰达的发明。这个技法，照片上可以看得清清楚楚是怎么个样子，看了让人觉得这是穆莱塔的精华，而不是红披风的主要特点。这个技法的妙处在红布慢慢挥动的时候才看得出来，还体现现在可以比作蝴蝶翅膀的折叠的红披风飘离公牛的时候，红披风不是突然抽回，而是顺势移开，而在做这一动作时，人则不断变换位置，从这一边退到那一边。这一动作如果做得好，红披风每一记回旋动作就与穆莱塔纳图拉尔式[①]有异曲同工之妙，也一样具有危险性。我只看到马尔西亚·拉兰达完成得很好，别的人都不行。那些模仿的人，特别是巴伦西亚那位肌肉硬邦邦、两腿紧张、长了个鹰鼻的维森特·巴雷拉，他们做一个蝴蝶式动作仿佛按了一下电钮，红披风突然间从公牛鼻子底下抽走。他们为什么不慢慢地完成这一动作是有一个很充足的理由的。要是这一动作完成得慢一些，就有死的危险。

最初的调离一般是采用红披风展开法来完成的。在这种情况下，红披风全部展开，一端伸到公牛面前，公牛跟着展开的红披风

---

① 详见“术语释义汇编”natural 条。

被引开，然后斗牛士做出一个动作使公牛转身站定，而他自己则将红披风在肩上一扛，就走开了。这些招式可以完成得非常漂亮。而且可以有许多种不同表现法。展开的红披风的运用，人跪在地上也可以办到，红披风挥动起来在空中就像一条蛇，因此有 serpentinas 式的叫法，还有其他一些奇特的表现法，这些拉斐尔·艾尔·加利奥做得非常好。不过，所有展开红披风的表现法有个原则，即公牛跟着红披风飘动的那一端奔跑，最后，手拿红披风另一端的斗牛士在红披风飘动的那一端做出一个动作，叫公牛转身站定。这一技法的优点是不像双手提红披风招式那样使公牛很急剧地转身，因此公牛可以在最后一幕保持较好体力发动进攻。

现在的剑杀手们单独跟公牛周旋时完成的红披风技艺，对公牛当然是很有毁灭性的。如果斗牛的目的还是跟最初的时候一样，无非是要叫公牛处于让斗牛士刺杀的最合适的状态，那么，剑杀手采用双手移动红披风这一招式次数太多就不能原谅了。但是，随着斗牛的进步或者退步，现在刺杀不过是整场斗牛的三分之一，并非其全部目标，红披风和穆莱塔的操作要占三分之二的重头戏，因此，斗牛士的类型已经发生了变化。要想碰上一名剑杀手既是一名出色的杀手又是一名运用红披风或穆莱塔的大师，那机会是少有的，千载难逢的。这就好比你要找一名既是出色的拳击手又是一流的画家一样，很难得很难得。要当一名运用红披风的能手，要把红披风挥动到尽善尽美，那是需要有美学意识的，但这么一来，对一名出色的杀手只能造成妨碍。出色的杀手必须喜爱刺杀。他必须具备超常的勇气与能力，同时用两只手去完成两个明显不同的动作，这比同时用一只手拍脑门，另一只手来回摸肚子要难得多，他必须具有纯朴而支配一切的荣誉感，因为不正面刺杀而玩弄一下手法将公牛刺杀，方法有很多；但是，斗牛士首先必须喜爱刺杀。大多数有艺术性的斗牛士，上自拉斐尔·艾尔·加利奥，下至奇奎洛，对于要将公牛杀死几乎都觉得怪可惜的。他们不是剑杀手，他们是职业斗牛士，是能够娴熟、灵巧运用红披风和穆莱塔的人。他们不喜欢刺杀，他们害怕刺杀，他们的刺杀有九成是完成得很糟糕的。斗牛术因他们的创新带来的技艺而得益匪浅，而作为这些斗牛大师中的一个，胡安·贝尔蒙特，也学会了刺杀，而且还不错。虽然他从来不是一名出色的杀手，但是他身上倒是有十足的天生杀手气质可以去发展，并且有要把每一件事都做得非常完美的自豪感，所以，虽然他在很长时间里显得力不从心，但他的刺杀终于还算过得去了，成了有把握的杀手。但是，贝尔蒙特脸上总有一股子杀气，而在他之后成长起来的其他任何一位讲究斗牛之美的人脸上一点也看不出狠心的样子，而且，因为他们做不到老老实实地刺杀，因为如果他们必须做到按应有的方式去刺杀公牛，他们就会被赶出斗牛这个圈子，所以，公众开始期待、希望他们把红披风和穆莱塔的技艺作最大的发挥，别去管公牛最后是否调动起来适合于刺杀，而斗牛的结构也因此发生了变化。

太太，斗牛写了这许多，你不觉得乏味吗?

老太太：不会，先生，我不能说这些都叫人感到乏味，不过你写的我一次只能看这么一点。

我明白。技术性的文字读起来是难一点。这就像机械玩具的简单而难懂的说明书一样。

老太太：我不会说你的书就这么糟，先生。

谢谢。这是你对我的鼓励，可是，我就没法子叫你提起兴趣来吗?

老太太：兴趣是没减。就是有时候会厌倦。

那就让你高兴高兴。

老太太：你是让我高兴。

太太，谢谢，不过我的意思是说在文章或者谈话方面。

老太太：呃，先生，既然咱们今天结束得早，干吗不给我讲个故事呢?

太太，讲什么呢?

老太太：先生，讲什么都行，只是我不想再听说死人的故事。死人我有一点听厌了。

啊，太太，死人也感到厌倦了。

老太太：他们总没有我那样感到厌倦，我可以说说我的愿望。你有没有像福克纳先生写的那一类故事？

太太，有几个，不过故事讲得不好你会不高兴的。

老太太：那就别讲得太单调嘛。

太太，我给你讲一两个，看看我能不能做到又短又不单调。你喜欢先听我讲什么故事呢？

老太太：你有没有那些命运很不幸的人的真实故事？

有几个，不过，一般说来这些故事缺少戏剧性，跟所有讲非正常的故事一样，因为讲非正常的故事结局都大同小异，正常情况下会发生什么事就难以逆料了。

老太太：不管怎么说，我还是想听一个。最近我在读命运很不幸的人的故事，我觉得都很有趣。

那好，这个故事很短，不过写得好的话这个故事是会很悲的，但我不会设法写这个故事，而是很快地讲一遍。当时我在巴黎，在英美报业协会吃午饭，就坐在当时讲这个故事的人旁边。他是个可怜的记者，一个傻子，我的一个朋友，跟他一起话很多又无聊，住了一家对他的工资来说是太昂贵的旅馆。他当时还有活干，因为后来证明他是多么穷的情况当时还没有出现。吃午饭时他告诉我，晚上一点也没有睡好，因为旅馆隔壁房间的人吵了整整一夜。大约半夜两点钟有人敲他的房门，请求到他房里来。记者开了门，一个黑发年轻人，约摸二十岁，身穿睡衣和一件新的晨衣，一边哭一边走进房内。起初他哭得太凶听不懂他在说些什么，只是记者得到一个印象，这年轻人好不容易才避免了一件可怕的事。好像这个年轻人是那天和朋友一起乘联运火车到巴黎来的。那个朋友比他年龄大一些，是他最近才认识的，但相识时间虽短，他们已经是很要好的朋友，而且他已接受了朋友的邀请到国外来作客。他的朋友很有钱，而他没有钱，但是在那一个晚上之前他们之间的友谊是很好的。现在他在世上的一切都毁灭了。他钱没有了，他也不想游历欧洲，说到这里他又抽泣起来，而且怎么说也不肯回到那个房间去。这一点他很坚决。他真想先结果了自己的性命。就在这个时候，又有人敲门，那个也是很漂亮、五官端正的美国青年，也穿一样新、一样昂贵的晨衣的朋友，走进房来。记者问他这到底是怎么一回事，他回答说没事儿；他的朋友是旅途劳累了。这时候第一位朋友又开始哭起来，还说怎么说他也不再回那个房间去。他说，他要自杀。他真要自杀。但经他年龄大的朋友非常通达的一再保证、请求之后，在记者给他们一人喝了一杯白兰地加苏打水，又好心劝他们不要再吵，睡一会儿觉之后，他最后还是回那个房间去了。记者说，他弄不明白他们到底为什么争吵，但心里想肯定是很可疑的事。不管怎么说，他自己也睡了，接着隔壁听起来好像在打架，把他吵醒了，有人在说，"我当时不知道是那么一回事。啊，我当时不知道是那么一回事！我不要！我不要！"接着便是——根据记者的描述——一声绝望的尖叫。他用手敲敲板壁，吵闹停了，但他听得见一位朋友在抽泣。他觉得就是晚上哭的同一个人。

"要帮什么忙吗？"记者问。"要不要我去叫人？你们出什么事了？"

除了那位朋友的抽泣声，没有回答。接着另一位朋友说，"请不要多管闲事。"

记者听了很生气，他想他要告诉服务台，把他们两个人都赶出旅馆去，要是他们再噜苏，他也要赶他们走。其实他只叫他们别闹，自己又去睡了。他还是睡不好，因为一位朋友抽泣了很久。但最后停了。第二天早晨他看见他们在和平咖啡馆外吃早餐，并快活地交谈，看巴黎版的《纽约先驱报》。一两天之后，两人同乘一辆敞篷出租车的时候，他指给我看过；打那以后我经常看见他们两人坐在二丑咖啡馆露台上。

老太太：故事讲完了吗？没有那种我年轻时大家说的故事结尾

的大结局?

啊，太太，我已经多年不给故事加上大结局了。省略了大结局你真会不开心吗?

老太太：坦白说，先生，我喜欢有个大结局。

那好，太太，那我就加一个。我最后一次看到他们两个人是坐在二丑咖啡馆露台上，穿得跟以前一样挺括，一样端正，只是其中年龄较小的那个，即死也不肯回自己房间去的那一个，头发染成红褐色了。

老太太：这个大结局很单薄。

太太，整个故事就很单薄，加上一个太有力的大结局就失去了平衡。要不要我再讲一个故事?

老太太：谢谢了，先生。今天这一个就够了。

第十六章

你在书刊上看到，以前公牛有挨长矛手三十、四十、五十甚至七十次刺的，而如今，能挨七次的公牛已经是令人吃惊的牲畜了。似乎那时候的情形非常地不同，斗牛士必定是像我们还在读小学时的中学橄榄球队队员那样的人。事情变化很大，现在已经没有了不起的运动员在中学橄榄球队里玩球了，玩的只是孩子，同样，如果你在咖啡馆里跟年纪大一点的人坐在一起，你就会知道，现在也没有技艺高超的斗牛士了。现在的斗牛士都是些孩子，没有自尊，没有技巧，没有德性，跟现在玩橄榄球的那些孩子完全一个样。橄榄球在中学球队里已经变成一项软弱的运动，现在玩球的孩子们一点也不像从前那些球艺高超、成熟、老练的运动员；那时的运动员身穿胳膊肘贴粗帆布的紧身短上衣，护肩散发出一股酸溜溜的汗臭，手抱着皮头盔，厚毛头布裤子上沾了泥巴，脚上穿的是皮底的鞋子，黄昏时分，踏着人行道旁的泥土，留下他们的脚印。那是很久以前的事了。

那个年月老有庞然大物，据当时的资料，公牛也的确挨过那么许多次刺，不过，那时候的长矛是不同的。在很久很久以前，长矛头上只有一个很小的三角形尖铁，而且包裹、保护得那么牢固，只有那个小小的尖头刺得进牛皮。长矛手勒马面对公牛，等着公牛攻击，然后长矛朝公牛刺过去，斗牛士用长矛顶住公牛，把马调到左面，避开了公牛的袭击，让它从身边擦过。一头公牛，甚至一头现代的公牛，是经得起许许多多次长矛的挑刺的，因为尖铁刺得不深，长矛手的刺击，只不过是他向公牛的招呼而已，并不是特意伺机给公牛以冲撞与痛击。

说到长矛手手中的长矛，它经过多次修改，演变成了插图中画的那个样子[①]。关于长矛的形状，公牛饲养人与长矛手之间总是有争议，因为长矛的形状决定其是否致命，以及公牛在体力和勇猛都不受伤害的情况下，可能朝长矛进攻的次数。

目前使用的长矛即使挑刺得当也是很有破坏性的。由于长矛手要等公牛到马的面前时才刺击（也叫作投梭标），它的破坏性更大。在人将整个身体的力都用在长矛杆上，把长矛尖头刺进公牛颈部肌肉或肩胛骨间隆起部位的同时，公牛还要用力将马顶起来。要是所有的长矛手技术都像少数几个人那样高明，那么，在投梭标之前就没有必要放公牛到马的面前。但是，因为长矛手是个工钱很可怜的职业，到头来还会摔个脑震荡，所以他们甚至连用正确方法朝公牛刺击都不会。一名真正的长矛手既不丢马，自己也不落马就可完成的事，他们却要靠碰运气，长矛可能刺的正是地方，也靠公牛将人与马都顶翻要用的那一股力，使公牛颈肌疲劳，才能完成。马披起了防护垫，反倒使长矛手的任务更加困难、更加危险。因为如果马不披上防护垫牛角就能直捅马肚子，它能把马顶起来，或者有时候还因为它的角捅伤了马，便洋洋自得，这时长矛手拿长矛也能将它挡在一旁。如果马披了防护垫，公牛就朝马顶撞，它的角就没有地方可以刺，结果它就会将人与马整个儿掀翻在地。给马套上防护垫还造成斗牛的另一个弊端。在斗牛场上没有被公牛捅死的马，那些提供马匹的人还会一次又一次送来。这些马非常怕公牛，嗅到公牛气味就会受惊，简直没法子叫它们听使唤。新的政府条令规定，长矛手可以拒收这样的马，这种马应打上记号，这样就不可以再用，提供马匹的人也不能再送斗牛场。不过，由于长矛手收入实在低，只要塞上一点 propina 即小费，这个规矩可能就破了。小费实在是长矛手的部分固定收入，他一旦收下了小费，也就从提供马匹的人那里收下了按政府规定他有权利、有义务拒收的马。

收了小费即是为斗牛中几乎每一件可怕事故承担责任。条例对

① 参看“术语释义汇编”vara 条。——作者原注

斗牛场上使用的马体型大小、体格健壮和健康状况都有规定，如果用的马符合要求，长矛手经过良好训练，那么就没有必要叫马去死，除非是偶然事故，或者是像障碍赛马中那样违背了骑士的意愿而死的马。但是，为了保护自身而执行这些条例，那就是长矛手的事，因为他们是最关心的一方，可是，由于就他所遭危险来说收入实在太低，因此，他为了一点儿额外收入，即使会给他带来更大困难、造成更大危险的马，他也愿意收下。提供马匹的人每场要送来即准备三十六匹马。不管他的马遭遇如何，付给他的钱都是一个固定数目。所以他心里关心的是，要弄到尽量便宜的马提供出来，而他的马在场上用得越少就越好。

情况是这样的：长矛手在斗牛前一天，或者在斗牛那一天的上午来斗牛场的牛栏，挑选和测试他们要骑的马。牛栏的石墙上有一块铁，标出合格马匹必须具备的肩部最低高度。长矛手替马套上大马鞍，翻身骑上，测试它对马嚼子与踢马刺的反应，然后后退，转身，朝石墙跑去，并举手将长矛顶在墙上，看看马的四条腿是否站得稳。然后他跳下马，对送马的人说，“我可不想为了一千元钱骑这匹蹩脚老马去送命。”

“那马怎么啦？”提供马匹的人问。“你跑断了腿也不一定能找到这么一匹马呢。”

“太难找了，”长矛手说。

“这马怎么啦？那可是一匹漂亮的小马。”

“它不会咬马嚼子，”长矛手说。“它不会后退。另外，它个头太小。”

“个头正合适。你瞧它。个头正好。”

“个头正什么？”

“个头正好骑。”

“对我可不行，”长矛手说着转身要走。

“你找不到比这更好的马。”

“我信，”长矛手说。

“你说到底是什么不行？”

“它有马鼻疽。”

“瞎说。那不是马鼻疽。那不过是头皮屑。”

“你得给它喷点儿药，”长矛手说。“那东西会害死它的。”

“你说说到底是什么不行？”

“我有老婆和三个孩子。给一千元钱叫我骑这匹马怎么行。”

“爽快，”提供马匹的人说。他们放低了声音说话。他给了长矛手十五个比塞塔。

“好吧，”长矛手说。“给小马打记号。”

就这样，到了午后，你就会看到长矛手骑上了这匹小马。如果小马被划破了肚皮，穿红上衣的斗牛场勤杂工也不把马宰了，只见他牵着马朝放马出来的门跑回去，好让马包扎一下，这样马匹承办人又可以把马送进斗牛场，那么，你就可以肯定，斗牛场勤杂工已经收过小费了，或者已经得到保证会收到小费，只要马受了伤不被仁慈、体面地杀掉而是活着牵出斗牛场，有一匹算一匹。

我认识几个很好的长矛手，他们老实、正直、勇敢，可日子不好过，但你也许了解所有那些我碰到的提供马匹的人，虽然他们有几个人是好人。要是你愿意容忍他们，那你也许能容忍所有的斗牛场勤杂工。在斗牛圈子里的人，我发现只有他们才变得冷酷无情，只有他们才是斗牛场上既活跃又没有危险的人。我就见过几个勤杂工，特别是有两个，他们是父子俩，我想把他们枪毙掉。如果我们可以有一段时间，在几天里，你可以想朝谁开枪就朝谁开枪，我相信在打倒几个警察、意大利政治家、政府官员、麻省法官、我年青时候的两三个伙伴之前，我就会推进一梭子弹，对准那两个斗牛场勤杂工。我不想指名道姓更加详细加以叙述，因为万一我真打倒了他们，那就成了预谋犯罪的证据了。不过，我见到的全部卑鄙的暴行，大多是他们所为。要是你碰上了无理的残暴行为，往往都是警察的暴行，所有我到过的国家的警察都是如此，尤其是我自己的国家的警察。这两名潘普洛纳和圣塞巴斯蒂安的穿红上衣的勤杂工按理说应该当警察，当极端行动队的警察，可是他们却在斗牛场内以自己的才干尽心尽力。他们腰带上插了宽头尖刀，那是把死赐给严重受伤的马时用的。但是，我从来没有见他们杀过一匹能站得住、能朝牛栏挪动步子的马。因为他们救了马，使它们免遭活活地被制成动物标本，可以再度进入斗牛场，这不仅仅是他们可以赚钱的问题，因为，我就看见他们拒绝杀马——除非观众迫使他们决不杀一匹没指望站起来的马或者是没法再回斗牛场的马——纯粹是出于一种行使权力的快乐感觉，一种尽量拖延时间拒绝做一个仁慈举动的快乐感觉。大多数斗牛场勤杂工都是可怜巴巴的人，做可怜巴巴的事，拿可怜巴巴的工钱，即使不该同情，也应可怜。要是他们救了一两匹本来应该杀死的马，他们是怀着惧怕的心情，极少有快乐，而他们的挣钱，就好比拾香烟屁股的人一样。但是我说的那两个人都是大腹便便、胖乎乎、非常傲慢的样子。有一回在西班牙北方，在一个斗牛场内发生骚乱，观众起哄的时候，我就扔过一个花一个半比塞塔租的皮座垫，从那个小子的脑袋边擦过去。而且，我进斗牛场总是带上一瓶西班牙雪利酒的，因为我希望到整个斗牛场内发生骚乱和起哄、飞来一只酒瓶当局是不会注意的时候，我就要朝那两人扔空酒瓶。经过跟那些执法人员接触之后人们已经不大相信法律能解决什么弊病，这时候酒瓶就成了直接干预的最好手段。即使酒瓶不能扔，至少你经常可以喝上几口。

现在的斗牛，长矛刺得好并不是说长矛手顶住公牛、保护马平安无事的那一下。按理说那是应该如此的，但是也许你经过好长日子却从不见这么一杆长矛的。现在对长矛唯一能抱的希望是长矛手要正确使用长矛，即把长矛尖头刺进 morillo，也就是从公牛颈后部到两肩之间隆起的肌肉；此外，长矛手还应该顶住公牛，不让它靠近；他不可扭动或转动长矛把公牛身上的创伤捅大使公牛失血而乏力，借以减轻对剑杀手构成的危险。

说长矛刺得不好是指长矛手左一下、右一下，就是刺不中隆肉的那种刺法，或者挑开很大一个口子，或者长矛手长矛挑出去之后没有顶住公牛，紧接着，牛角已经捅进了马腹，于是他把刺着公牛的长矛又是推，又是刺，又是绞，让人看了觉得他是在保护马，而实际上他最后是无端地伤害了公牛。

如果长矛手得把马归他自己所有，而且他们的报酬也高，那么，他们就会把马保护好，骑马斗牛也就会成为最有技巧、最好看的表演，而不会是违背心愿的恶行。从我的立场来看，如果马真的要杀，那么马越糟越好。从长矛手的立场来看，一匹宽蹄老马照现在使用长矛的方法来斗牛，比一匹体格强健的纯种马有用得多。在斗牛场上一匹马要有用就必得是一匹老马，要不就是一匹很疲劳的马。马从斗牛场骑到城中长矛手的落脚处，又从落脚处骑回斗牛场，这不光是为长矛手提供代步工具，也是为了要叫马四肢疲劳。在外省，斗牛场勤杂工在上午骑马作疲劳准备。现在马的作用有两个，一是给公牛当作出击的对象，以使它的颈部肌肉疲劳，一是驮人，让人接受公牛的进攻，随着挑起长矛，顶住公牛，使它颈部肌肉疲劳。长矛手的职责就是要叫公牛疲劳，并不是要刺伤公牛，削弱其精力。公牛若有长矛挑的创伤，那是附带小事，并非目的所在。把它当成目的，就该受责。

鉴于这一目的，尽可能用最差的马，那就是说，其他用途都派不上了，但四蹄尚健，一般还听使唤，那是最合适的马。我曾经在斗牛场之外见过人家把正当体魄强健的纯种马杀了，那真是惨不忍睹，看了叫人心里难受。斗牛场是马的死亡交易，马越糟越好。

我前面说过，让长矛手各人用各人自己的马，整个场面就是另外一个景象。但是，我宁可看着十二匹无用的老马有意被杀，也不愿看到一匹好马意外死亡。

老太太呢？她走了。我们终于将她从本书打发走了。你说嫌晚了一点。是啊，也许是嫌晚了一点。马呢？它们是人们一提起斗牛就要谈论的。马说够了吗？你说已经说很多了。他们喜欢斗牛，就是不喜欢可怜的马。要不要把总的调子提高一点？谈一点情调高一点的东西，怎么样？

阿尔德斯·赫胥黎先生[①]。在写题为《额角太低》一篇小品文时这样说道："在《——》（按：指笔者所著的一本书）中，海明威先生曾大胆提及一幅十八世纪前的欧洲大画家的画，提及曼特尼亚[②]所作基督像里的'让人不愉快的钉子窟窿'，用了一个短语，只有一个短语，极富有表现力（赫胥黎先生在此插入了一句恭维话）；作者因自己的冒失而感到震惊，于是乎便急急忙忙、急急忙忙支吾开去（就像盖斯凯尔夫人[③]，要是会一不留神说漏了嘴，说出抽水马桶，就会急忙把话支吾开去一样），惭愧地支吾开去，又议论起低级的话题来。

"过去，不很久远的过去，曾经有过一个时候，那些愚蠢和未受过教育的人渴望自己能让人家看作是有知识、有文化的人。现在渴望已经改变了方向。现在是有知识、有文化的人竭力装傻，并隐瞒他们曾受过教育的事实"——等等，等等，都是以赫胥黎最有教养的腔调写出来的，那的的确确是极有教养的腔调。

怎么样，你说呢？赫胥黎先生赢了，当然，当然。你对此有何评论？我来说说真心话吧。读了赫胥黎先生书中那一段话，我找到了他提到的那本书翻起来，可就是找不到他提到的那句话。也许是有的，但是我既没有耐心，也无兴趣去找它，因为书已经出了，找也白搭。那句话听起来与校阅手稿时应该删去的那一类词句很相像。我觉得这不只是假装具有文化外表或避免显示文化外表的问题。作家在创作一部小说时应塑造活生生的人；是人而不是人物。人物是笨拙的模仿。如果作家能把人写活，他的书中也许不会有了不起的人物，但是他的书作为一个整体，作为一个实体，作为一部

---

① 阿尔德斯·赫胥黎（Aldous Huxley，1894—1963），英国作家，作品有诗歌、小说、剧本、文学评论，1937 年移居美国。

② 曼特尼亚（Andrea Mantegna，1431—1506），意大利文艺复兴初期巴杜亚画派画家，仰视透视法与天顶画装饰画风开创者。

③ 盖斯凯尔夫人（Mrs. Gaskell，1810—1865），英国小说家，主要长篇小说有《玛丽·巴登》等，反映工人阶级生活与斗争。

小说，就有可能继续存在下去。如果作家塑造的人谈论十八世纪前的名画家，谈论音乐，谈论现代绘画，谈论文学，谈论科学，那么，他们就应该在小说中谈论这些题目。如果他们不谈论这些题目，是作家要他们谈论这些题目，那他就是一个骗子；如果他自己去谈论这些题目，借以显示一下自己懂得多么多，那是在卖弄。不管他会有一个多么漂亮的词语或比喻，如果他把它放在并非完全必要和不可替代的地方，那他就会为达到自我吹嘘的目的而破坏了他的作品。散文是建筑，不是内部装饰，绮靡的风格已经过时。作家把自己内心的思索写成小品文也许会卖得价格较低，但是，如果作家将这种内心的思索放到生硬构思的人物嘴里，这些人物作为小说中的人而出现便比较有利可图，那么，这虽然是出色的经济学，但不能成为文学。一部小说中的人（这里说的不是精心构思的人物）必须来自于作家已经吸收、消化的经验，来自于他的知识，来自于他的头脑，来自于他的内心，来自于作者的全部身心。如果他既严肃又走运，把他们完整地表现出来，那么他们就不只是一维的了，而且他们将长久存在。一个好的作家应该尽可能几乎什么都懂。当然他不可能什么都懂。一个很伟大的作家似乎生来就是什么都懂。但其实他并非如此；他只不过天生具有比其他人更快学会知识的能力，而且并没有明确的要应用这些知识的意识，他只不过天生就有接受或摈弃那些已叫作知识的东西的能力。有一些东西也不是可以很快就学会的，因此，要掌握它就得花很多时间，我们有的也就是时间。这些东西就是那些最最简单的东西，而且因为要认识这些东西得花毕生精力，所以，每一个人从生活学习的那一点点新东西就变得非常昂贵，也就是他唯一能传下去的东西。每一部真实创作的小说，都使得供后继的作家学习的知识之和增加了一分，但是这后继的作家也永远必须有以本人的名义积累的某些经验，以便能理解、吸收他有权继承下来同时又必须作为自己出发点的遗产。如果一名散文作家对于他写的内容有足够的了解，他也许会省略他懂的东西，而读者还是会对那些东西有强烈的感觉的，仿佛作家已经点明了一样，如果他是非常真实地写作的话。一座冰山的仪态之所以庄严，是因为它只有八分之一露出水面。如果一个作家因为不懂而采用省略的办法，那他只是在自己作品中留下了空缺。如果一个作家因极少尊重写作的严肃性而迫不及待地要人们知道他是受过正规教育的，是有文化的，或有教养的，那么，他只不过是一只鹦鹉罢了。还有一点也要记住，不能把一个严肃作家跟一个板着面孔的作家混淆起来。一个严肃作家可能会是一只秃鹰或一只兀鹰，甚至是一只鹦鹉，但是一个板着面孔的作家始终是一只可恶的猫头鹰。

第十七章

斗牛节上，对初次观看斗牛的观众来说，哪一幕表演都不如投掷短标枪吸引人。不熟悉斗牛的人，望着红披风的舞动是真的会眼花缭乱的；马被公牛捅着了他会感到震惊，而且不管这一幕对观众产生的是什么样的影响，他的目光可能会继续注视着那匹马，而没有注意斗牛士完成的调离动作。穆莱塔的运用也让人摸不透；观众弄不明白哪一个招式难做，而且由于一切都是第一次看到，因此他的眼睛几乎分不清这一招与那一招有什么不同。他只把穆莱塔当作新奇的东西看，而且刺杀公牛可能会突然之间就完成，除非观众有一双训练有素的眼睛，否则他是没法子分解斗牛士完成的不同动作，因此也就看不出到底是怎么一回事。此外，往往剑杀手刺杀公牛一点也没有气派、没有诚意，因为他是竭力轻视刺杀从而降低其重要程度，在这种情况之下，观众就不理解正确地刺杀公牛将引起的激奋与生动场面了。但是斗牛士投掷短标枪，观众是看得一清二楚的，他很容易就理解斗牛士投掷短标枪的每一个动作，而且，只要斗牛士技艺精湛，观众几乎总是看得津津有味的。

短标枪，那是观众看见一个人出场时手里拿的尖头带倒钩的两根细棍；他看到的第一个人手里没拿红披风朝公牛走过去。这人引起了公牛的注意（我这里介绍的是短标枪最简单的投掷法），公牛进攻时他朝它跑过去。就在公牛和人相遇，公牛放低脑袋来挑人之时，那人并拢双腿，高举起双臂，握在手中的标枪直刺放低了的牛脖子。

观众眼睛能看得分明的大抵就是这一情形。

“公牛为什么不去捅人呢？”看了第一回斗牛，甚至看了许多回斗牛，会有人这么问的。回答是，公牛无法在小于自己身长的距离内转身。因此，假如公牛出击，一旦人过了牛角，他就平安无事了。他只要选择一条跟公牛跑动路线构成角度的路线，判定并拢双腿与公牛相遇的时刻，这样，公牛脑袋便放低了，刺进短标枪，然后将身体绕过牛角，这样他就可以避开牛角了。这就叫作短标枪的poder－a－poder，即以力制力投掷法。斗牛士也可以从这样一个位置掷标枪，即跑一个四分之一圆的弧线与公牛出击路线相交，用al cuarteo，即四分法投掷标枪，这是最普通的短标枪刺法。或者他也可以站定不动，等待公牛进攻，那是最漂亮的投掷方式。当公牛出击，跑到人的面前，就要放低脑袋挑人的时候，人提起右脚，身体向左边一晃，这样公牛被人身体偏离动作所诱惑而转向，此时人随即把身体往回一晃，右脚着地，刺入标枪。这叫作al cambio，即虚晃刺枪法。当然，采用这个手法可以向左虚晃，也可朝右虚晃。我上面介绍的是公牛向左偏。

另外还有一种虚晃法的变体，叫作al quiebro，即躲闪法。采用这一手法人不提脚，两脚站稳，用上身的晃动瞒过公牛，给它一个错误的方向。但我从来没有看到采用这一手法的。我看到过许多回斗牛评论家们谈及躲闪法的短标枪投刺，但是我从来没有看到过哪一支标枪是在人不提起左脚或右脚的情况下刺入的。

不管采用哪一种手法投刺短标枪，此时场上在不同的位置上站着两个人，手里都拿着红披风。一般来说，一名剑杀手站在场子中央，另一名可以是剑杀手，也可以是短标枪手，他站在公牛的后方。这一安排为的是在人不管采用何种手法刺入标枪并避过了公牛牛角之后，公牛要转身追他的时候，在它调过身体要追人之前就让公牛看到一块红披风。不管使用何种手法投刺短标枪，两个或三个手拿红披风的人每人在斗牛场上都有一个明确的位置。我上面介绍的手法，四分法、以力制力法，以及它们的变体，在运用这两种手法时，不管是人还是公牛，都是在奔跑的，而虚晃法及其变体则不同，人是立定不动，等着公牛出击的，但是，不管运用哪一种方法，都是人试图显示出色表演的通常手法。这些手法通常是在剑杀手自己手握短标枪时完成的，至于投刺短标枪的效果如何，那还是要看情况的，如果斗牛士完成这一表演时动作优美、清晰、果断、得心应手，并且投刺的位置正确，效果肯定会好。短标枪应该扎住颈肌高高隆起的部位，在公牛后颈部，应该几把扎在一个部位上，不可分开，而且不可扎在会影响剑的刺杀的部位。短标枪切不可投刺在被长矛手用长矛捅出的伤口上。正确投刺的短标枪应该只钩住牛皮，因为短标枪柄本身的重量使它们投刺以后倒挂在公牛颈部两侧。如果刺得过深，短标枪柄就会直立在颈部，那样一来，让公牛配合运用穆莱塔技艺就表演不好了。本来钩在牛皮上的短标枪只有一种尖刺的感觉，不会维持很久，但是投刺不当会造成疼痛的伤口，使公牛变得烦躁，难以捉摸，不好对付。说起斗牛，它没有一种招式是以使公牛感到疼痛为目的的。造成公牛感到疼痛是偶然出现的，它并非目的。斗牛士施展的一切招式，除了展示技艺高超的场面之外，其目的是要使公牛疲乏，使它放慢速度，为剑的刺杀作好准备。我认为，在斗牛场上公牛遭受的疼痛、痛苦，尽管有的是无谓的痛苦，但是大多数这些痛苦都是在投刺短标枪时造成的。可是，正是斗牛的这一幕，美国人和英国人看了最不觉得反感。我认为这是因为这一幕斗牛是最容易明白、最容易看懂的部分。要是斗牛从头至尾都像投刺短标枪一样容易明白，容易欣赏，容易看懂，看得出其危险之所在，那么，非西班牙社会对于斗牛的态度便会非常地不同。当年我阅读美国报纸和通俗杂志，发现他们对斗牛的态度已有了很大的变化。这实际上是受了有些再现——或者说很想再现——斗牛的小说的影响；而且，在人们的态度发生这种变化之后，布鲁克林区一个警察的儿子成为了一个技巧熟练、观众喜爱的斗牛士。

除了我上面描述的三种投刺短标枪手法之外，至少还有十种其他手法，这十种手法有一些已经过时。比如说，准备投刺短标枪的人一只手拿一把椅子挑逗公牛，等公牛出击时他坐在椅子上，随后又从椅子上站起来，做一个假动作把公牛引向一边，接着刺入短标枪，然后又坐在椅子上。这种手法现在几乎不见采用了，其他的投刺短标枪的方法也不用了，这些都是某些斗牛士想出来的，除了他们本人，别人都做得不好，所以都被淘汰。

对于已经背靠木板围栏找到了一个它的地点的公牛，投刺短标枪不可采用四分法或半圆法跑动与公牛的出击路线相交并在相交点投刺短标枪，因为人在过了牛角之后他的位置就会夹在公牛与木板围栏之间。在这个位置上的公牛必须采用 al sesgo 即斜刺法来投刺。应用这种技法的时候，由于公牛背靠木板围栏，因此，必须有一个人手拿红披风站在通道上，去吸引公牛的注意，等候投刺短标枪的人从公牛另一边木板围栏旁以一定的角度出发，尽可能一刻不停地跑着绕过公牛头部，投刺短标枪。要是公牛从背后追赶，他往往得跳出木板围栏。场子远处还有一个人手拿红披风，等着公牛转身就把它引过去，可是，因为迫使斗牛士采用这一技法的公牛通常都是不会被引诱上当倒很会追人的公牛，所以，拿红披风的那个人往往是起不了多大作用的。

对于不肯出击的公牛，或者出击的时候专挑红披风后面的人的公牛，或者是一头近视的公牛，采用 media - vuelta 即转体半周法来投掷短标枪。如果采取这一手法投刺，短标枪手跑到紧靠公牛背后处，然后吸引公牛的注意，当公牛朝人转过身体，低下头来挑刺已经跑动起来的人，短标枪便可投刺了。

这一手法不过是一种应急手法，因为这样做是违反斗牛原则的，即人在针对公牛完成任何一种技法时，都必须从正面接近公牛。

有时候你还能看到的另外一种投刺法，就是叫作二次投刺法的那一种，即公牛被刺了两支短标枪之后还在奔跑、摆动，这时候，人便利用公牛的奔跑（这种奔跑与人有意挑起的出击截然不同），采取半圆或四分之一圆的跑动路线截住公牛，再投刺两支短标枪。

剑杀手觉得面前是一头可以配合他完成高超技艺的公牛，他一般就会亲自接过短标枪。过去只有在观众要求之下剑杀手才会亲自接短标枪。如今，凡是体格强壮，并且花工夫练就了投刺短标枪的技法的剑杀手，都把投刺短标枪作为应该掌握的本领之一。一名剑杀手如果独自一人为最后刺杀而与公牛周旋作好准备，那么他就有机会将自己的个性与风格铭刻在斗牛这第三幕表演的每一个技法上。他有时沿着弯弯曲曲的路线倒跑，把公牛吸引过去（这样突然改变跑动方向是徒步的人对于公牛的防御），看上去好像是在玩弄公牛，其实他把公牛引到他需要的位置上，然后摆出架势挑动公牛，一步一步慢慢地向公牛走去，接着，在公牛出击的时候，或等着公牛过来，或跑着迎上去。对于一个短标枪手，即使他的技巧可能比他的队长还要高明，对于他的要求除了应该在何处向公牛投刺短标枪之外，就只有一个，即短标枪的投刺必须迅速而妥当，这样就可把公牛尽早地、并尽量以最好的状态交给他的队长即剑杀手，来完成斗牛最后的一幕。大多数的短标枪手都擅长从某一侧投刺短标枪。很少有人从任何一侧投刺都能得心应手。出于这一考虑，一名剑杀手会带上一名擅长右侧投刺的短标枪手和一名擅长左侧投刺的短标枪手。

我见过的最出色的短标枪手是曼努埃尔·加西亚·梅艾拉。我和何塞利托、墨西哥人鲁道夫·高纳同为现代技艺最高超的短标枪手。有一件事情很奇怪，所有墨西哥斗牛士，投刺短标枪技艺都是超绝的。前几年，每一个赛季都有三至六名不知名的墨西哥见习斗牛士到西班牙来，但是他们哪个人都与西班牙最出色的短标枪手一样高明，或者比他们还要高明。他们刺杀公牛前的准备及刺杀的功夫与技巧，都很有特色，他们难以置信的冒险动作也让人提心吊胆，这些便是墨西哥式斗牛的标志与特点，虽然在其他方面尽是印第安人式的冷漠。

鲁道夫·高纳是有史以来技艺最好的斗牛士之一。他是迪亚斯政权统治时期[①]产生的斗牛士，在墨西哥正处于革命高潮时，斗牛

---

① 迪亚斯（Porfirio Diaz，1830—1915），曾任墨西哥总统（1877—1880；1884—1911），实行独裁统治，墨西哥革命（1910—1917）中于1911年被推翻。

中止了，他那时候就只在西班牙斗牛。他模仿何塞利托和贝尔蒙特，修改了他自己初期的风格，在一九一五年的赛季中几乎在同样的条件下与他们两人竞赛；一九一六年他在同样条件下与他们竞赛，但在那以后，一次牛角创伤，再加上婚姻的不幸，他在西班牙的前途就此断送。他作为斗牛士的表现每况愈下，而何塞利托和贝尔蒙特的技艺则不断提高。速度（他比不得他们那么年轻），新的技法，因家庭经济拮据而丧失信心，这些都使他无法承受，于是他回到了墨西哥。在国内他的技艺高出所有其他的斗牛士，他是墨西哥当今所有的文雅之士的榜样。西班牙大多数最年轻的斗牛士都没见过何塞利托和贝尔蒙特，他们看到的只是模仿他们技法的人，但墨西哥人都看过高纳的表演。在墨西哥，他还是锡尼·弗兰克林的师傅，弗兰克林把他的红披风技法在西班牙首次亮相时叫当地西班牙人迷惑不解、大惊失色，而这技法就是高纳训练的，是受了高纳的影响的。在又一个没有内战的时期，墨西哥现在正在产生大批的斗牛士，要是公牛没有把他们都捅死的话，那么他们是会成为技艺高超的斗牛士的。斗牛术在战时不会有很大的繁荣，但是由于墨西哥处于和平时期，因此现在斗牛术在那里比西班牙繁荣得多。问题是西班牙公牛体型、脾性与力量不同，因此，年轻的墨西哥人来到西班牙的时候并不适应这种公牛，往往在表演了最高超的技巧之后，就被公牛挑翻、捅伤，原因并非技艺有什么缺陷，而只是因为他们要对付的公牛比他们国内的公牛更容易被激怒、更强壮、更难以判断。一个出色的斗牛士迟早都会被捅伤的，没有一个例外，但是，如果斗牛士过早、过频繁、过年轻就被捅伤，那么，他就绝对成不了公牛角下留情保下来的斗牛士。

在你对投刺一副短标枪作判断的时候，要注意的一件事是，斗牛士把短标枪投出去的时候，他的双臂抬得有多高，因为他双臂抬得越高，他就会让公牛与他靠得越近。还须留意圆弧的大小，换句话说，留意公牛出击时斗牛士切入的路线的四分之一圆的大小，越大就越安全。如果是真正投刺高明的一副短标枪，斗牛士抬起双臂的时候，就把双腿并拢；如果采用的是“虚晃法”和所谓的“躲闪法”，你得注意他等待的功夫有多深，并注意他一条腿着地之前会让公牛逼得多近。从木板围栏边上向公牛投刺短标枪，效果的好坏还得看情况，全得靠从木板围栏后面甩过来吸引公牛注意的红披风是否将公牛骗过去。如果是在斗牛场的中央表演，斗牛士朝公牛走过去时，他两旁不远处各有一名手拿红披风的人，不过，这两人的任务是在斗牛士投刺了短标枪之后公牛追赶时，上前去引开它。靠着木板围栏投刺短标枪，也许就要在短标枪刺中之后，忽喇喇地抖动红披风，这样，在人处于进退两难境地时，起保护作用。但是，每一回投刺时红披风忽喇喇地响，那等于告诉人家，这只不过是骗人把戏而已。

当今的剑杀手中投刺短标枪最拿手的，有马诺洛·梅希亚斯（“深受欢迎”）、赫苏斯·索洛萨诺、何塞·冈萨雷斯（“墨西哥食肉狂”）、费尔明·埃斯比诺萨（“阿尔米里塔第二”）和埃尔维托·加尔西亚。安东尼奥·马尔克斯、弗里克斯·罗德里克斯和马西亚尔·拉兰达都是投刺短标枪很有影响的人。拉兰达有时短标枪投刺很高明，但是他在投刺时在公牛面前跑的四分之一圆弧度太大。马尔克斯在调遣、把握公牛方面有困难，而且在木板围栏边投刺短标枪时，他几乎总是骗公牛把牛角挑着木板围栏以使它不敢靠近木板围栏，在投掷时，他有一名手下人员隔着木板围栏忽喇喇抖动红披风招引公牛，好让他逃避公牛追击。弗里克斯·罗德里克斯是一名高明的短标枪手，但他大病初愈，要投刺得漂亮，体力还不够强健。体力强健了，他是个短标枪能手。

福斯托·巴拉赫斯、胡里安·赛斯（“萨拉里第二”）和胡安·埃斯比诺萨（“阿尔米里塔”）都是短标枪能手，但都在走下坡路了。本书出版时也许萨拉里已经不出场了。依格那西奥·桑切斯·梅赫斯是个很高明的短标枪手，他也以剑杀手之名退出了斗牛场，但他的风格呆板，不优美。

有五六个年轻的墨西哥人，他们的技巧都跟这些剑杀手一样高超，不过这本书出版时，这些剑杀手也许已经不在人世，或躺倒了，或成名了。

说到在剑杀手手下当一名短标枪手的人，就我所知，投刺技术最好的有路易斯·苏亚雷斯即“马加里塔斯”、华金·曼萨纳雷斯即“梅里亚”、安东尼奥·杜亚尔特、拉斐尔·巴雷拉即“拉斐里利奥”、马里亚诺·卡拉托、安东尼奥·加尔西亚即“卜姆比塔第四”，红披风运用得好的则有曼奴埃尔·阿基拉即“雷拉”以及比汶尼达的贴心助手博尼法西奥·佩里亚即“博尼”。就我所见而言，红披风技艺最好的助手是恩里克·贝伦格特即“布朗克特”。技艺高超的短标枪手往往都是想做剑杀手的人，但剑术多次尝试未获成功，只好在斗牛队里谋个位置挣钱糊口。比起他们所效力的剑杀手来，他们往往更加熟悉公牛，并且更有个性和风度，但是，他们处于听人使唤的地位，因此须小心翼翼，不可在场上喧宾夺主，将观众的注意力从斗牛队长那里吸引到自己身上。在斗牛表演中真正发财的人只有剑杀手。这话也说得通，因为担负责任的是他，冒最大的危险即死的也是他；但是，优秀的长矛手报酬只有二百五十比塞塔，而短标枪手是二百五十到三百比塞塔，如果剑杀手可得一万多比塞塔，那么，相比之下，优秀长矛手的报酬之低是太荒唐了。如果他们手艺不精，那是肯定会成为剑杀手的包袱，不管给他们多少报酬都嫌多，可是，实际情形是，不管他们的技艺有多精，他们与剑杀手相比，也只能相当于一个打短工的人而已。技艺极精的短标枪手与长矛手非常吃香，如果他们各有五六个人的话，在一个赛季里要表演八十场之多，但是他们却有许多优秀、能干的人连糊口也难，于是他们便形成组织，成立联合会，因此剑杀手至少必须支付他们一个起码的工资；工资的高与低还要看剑杀手等级的高低，剑杀手根据他们上场定的价的不同可分为三类。但是，短标枪手有的是，仍然是等的人多，上场的机会少，因此剑杀手给多少钱都可以找到短标枪手，要是他是一个很小气的，他只要在纸条上写个数目，叫短标枪手签个字，到了付款的时候坚持纸上写多少就给多少。尽管这个行当收入是多么低，但是这些人一面始终在饥饿的边缘上度日，一面仍然不死心，心里还存着幻想，认为他们能靠公牛糊口，靠斗牛士的自豪感过日子。

有时候你见到的短标枪手是瘦瘦的，肤色黝黑，年纪轻轻，勇敢，技术熟练，充满信心，看上去比他们的队长剑杀手更像个男子汉，也许将他和他的情人都骗过了，使他们看来似乎他过着很不错的生活，享受着生活的乐趣；有时候你见到的短标枪手是有儿女的可敬的父亲，他们对公牛很内行，身体虽然已经发胖，但是两腿还是跑得很快的，他们是小本经营的商人，做的生意即是公牛；有时候你见到的短标枪手粗鲁、愚昧无知，但勇敢、能干，只要两腿挺得住，他们就像一名球员那样坚韧；有时候你见到的短标枪手虽然勇敢，但是技术不高明，勉强度日，或者年龄大，而且理智，但腿力不足，他们是年轻剑杀手求之不得的人，因为他们在斗牛场上有威信，而且有正确调遣公牛的技巧。

布朗克特是个很矮小的人，非常严肃、可敬，一只鹰钩鼻，一张几乎惨白的脸。就我所见，他对斗牛有极深刻的了解，他的一块红披风在纠正一头公牛的缺陷方面似乎真有魔力一般。他曾经是何塞利托、格拉内洛和利特里的心腹帮手。这三个人都是让公牛捅死的；他的红披风在急需之时总是能扭转局面、转危为安，但是在他们三个人被捅死的那些日子里，他的红披风没有起到任何作用。布朗克特本人死于心脏病，那是他出了斗牛场，还没有换下衣服去洗澡，在旅馆房间里心脏病发作而死。

说起当今斗牛场上的短标枪手，投刺短标枪技法最优美的，可能要算马加里塔斯了。要说红披风的运用，没人有布朗克特那样的风格。加利奥用双手挥动红披风的细腻手法，他只用一只手就能达到同样效果，不过，他表现出与一名助手相称的谦虚态度，做得巧妙，也不喧宾夺主。我是在斗牛场上似乎什么事也没有发生的时刻注视着布朗克特在关心什么、在如何活动的时候，才领悟到与任何一头公牛斗的过程中未被发现的细节所包含的深刻意义。

你要来一段对话吗？谈什么呢？谈一点绘画吗？谈一点让赫胥黎先生开心的话题吗？谈一点能让这一本书买了也不冤枉的东西吗？好吧，这一章就要结束了，我们可以来一点对话。就说德国批评家朱利厄斯·梅厄-格拉夫来西班牙的时候，他是想看看戈雅的绘画和贝拉斯克斯的绘画的，以便发表评论，记下对于两人绘画的欣喜若狂的心情，可是来了之后他更加地喜欢起艾尔·格列柯[①]的画来。更加喜欢格列柯的绘画这还不能叫他感到满足，他非要光喜欢格列柯一人的画不可，所以，他写了一本书，论证戈雅也好，贝拉斯克斯也好，都是多么拙劣的画家，目的就是为了要颂扬格列柯，而他拿来评价这些画家的尺度就是画家各自以耶稣被钉死在十字架上为题材的画作。

这真是一件蠢事，再要做出比这种事还要愚蠢的事来，那是很难了，因为三人中只有格列柯一个人信仰耶稣，只有他一人对耶稣被钉死在十字架上感兴趣。评价一个画家，你只能看他是如何画他相信或关心的事物，或如何画他憎恶的事物。因此，对于相信服饰，相信绘画本身的重要性的贝拉斯克斯，要用一个几乎是一丝不挂、被钉死在十字架上的人的画像（贝拉斯克斯一定觉得，这同一个姿势过去已经画得很不错了，而且他自己对十字架上的几乎一丝不挂的人毫无兴趣）来评价，那是不明智的。

戈雅像司汤达；一见到神父的身影，这两位虔诚的反教士势力的人心头都会激起一股创作热情。戈雅画的耶稣被钉死在十字架上的画是愤世嫉俗的浪漫主义木板油画，可以当作如斗牛海报似的关于耶稣被钉死在十字架上的宣传画。鉴于政府已经许可，精心挑选之六名耶稣将于下午五点钟在马德里大刑场被钉死在十字架上。主持仪式的有以下众所周知、远近闻名、有资格的执行人，每一个人都有一帮子助手，有钉钉子的，有拿锤子的，有扛十字架的，有拿

① 艾尔·格列柯（El Greco，1541—1614），西班牙画家，作品多为宗教画与肖像画，代表作有《奥尔加斯伯爵下葬》等。

铲子的，等等，等等。

格列柯喜欢画宗教题材的画是因为他非常明显是笃信宗教的人，因为他的无可比拟的艺术在当时并不局限于惟妙惟肖地描绘请他画像的贵族的面容，他还能够根据自己的愿望，深入到精神领域，从而有意识或无意识地依照他想象中不分男女的面容与身材，描绘圣徒、使徒、耶稣和圣母。

有一次我在巴黎与一位姑娘交谈。她当时在写一部格列柯的传记体小说。我问她，“你要把他写成一个搞同性恋的人吗？”

“不是，”她回答说。“我为什么要那样写？”

“你看过他的画吗？”

“当然看过。”

“你有没有在哪里见到过比他画的更加古雅的例子？你是否认为那纯粹是偶然的，或者认为那些人都很怪？我所知道的普遍地被描绘成那个样的唯一圣徒，就是圣塞巴斯蒂安。格列柯把他们都画成那个样子。你去看那些画。别全信我的话。”

“我压根儿就没那么想过。”

“好好想一想，”我说，“要是你在写他的传记。”

“现在已经太晚了，”她说。“已经写完了。”

委拉斯凯兹相信有服装内容、有狗、有侏儒的绘画，相信绘画本身。戈雅不相信服装，但他相信黑色与灰色，相信尘土，相信光，相信平原上的高地，相信马德里郊外，相信运动，相信自己的睾丸，相信画，相信蚀刻画，相信他自己所看到的、感觉的、触觉的、使用过的、闻过的、享用过的、喝过的、骑过的、遭受过的、吐出来的、睡过的、怀疑过的、观察过的、爱过的、恨过的、渴望过的、害怕过的、讨厌过的、钦佩过的、厌恶过的以及毁掉过的。很自然，没有一名画家能把这一切都画出来，但是他尝试过这一切。艾尔·格列柯相信托莱多这座城，相信城的位置与构筑，相信住在城里的一些人，相信蓝色、灰色、绿色和黄色，相信红色，相信圣灵，相信圣徒的团结契合，相信绘画，相信死之后的生，相信生之后的死，相信搞同性恋的男人。如果他是一个搞同性恋的人，他应为了大家的利益弥补纪德[①]小说中人物的谨小慎微、爱好表现、喋喋不休、干瘪的老处女的心理上的高傲自大，弥补背叛了一代人的王尔德[②]的戏剧人物之懒懒散散、自高自大、道德败坏，弥补惠特曼[③]诗中人物以及所有装腔作势的豪绅们的那种剧烈的、感伤的人性烦躁。Viva El Greco El Rey de los Maricónes[④]。

---

① 纪德（André Gide，1869—1951），法国作家，主要作品有《蔑视道德的人》等。

② 王尔德（Oscar Wilde，1854—1900），爱尔兰作家、诗人，英国唯美主义主要代表，主要作品有喜剧《少奶奶的扇子》、长篇小说《道林·格雷的肖像》等。

③ 惠特曼（Walter Whitman，1819—1892），美国诗人，主要作品有《草叶集》。

④ 西班牙语，意即：同性恋男人之王艾尔·格列柯万岁。

第十八章

一名斗牛士运用穆莱塔的能力，是最终决定他在这一职业中的排名次序的条件，因为这是现代斗牛整个过程中最难控制的阶段，也是一名剑杀手获得最大的自由去表现他的才能的时刻。正是在运用穆莱塔的时刻，名望才建立起来，而且，假定公牛是一头好公牛，那么，一名剑杀手报酬的多与少，就是看他运用穆莱塔完成圆满成功、富于想象、具有艺术性与激动人心的表演时能力的大与小。在马德里，招引一头勇猛的公牛，叫它以最理想的状态进入斗牛最后一幕，而接着，由于技术水平有限，未能利用公牛的勇猛与高昂情绪做出漂亮的动作，这就把斗牛士在职业上获得成功的希望葬送了。因为，很奇怪，现在斗牛士的分类、分等、支付报酬，并不是根据他们的实际表现，因为，公牛可能会扰乱了他们的表演，他们可能会生病，他们被牛角捅伤后也许不能完全恢复，或者他们可能会请假休息；他们的分类、分等、支付报酬是依据在最为有利的条件下能有什么样的表现。如果观众知道剑杀手能够运用穆莱塔表现出完整、连贯的一系列手法，让人觉得这手法中有勇，有艺，有悟，尤其是还有美，还有深深的情，那么，他们就能容忍平庸的技法、胆小的技法、招祸的技法，因为他们迟早总是有希望看到完整的斗牛系列动作的。这系列动作在它进行的过程中能使人陶醉，能让人有不朽之感，能使他入迷，换言之，这入迷虽则短暂，却如同灵魂离开躯体似地深刻；随着这系列动作的进行，斗牛士全身心投入其中，整个斗牛场里的人们都被感动，情绪的激动加深了，斗牛士通过公牛促使观众情绪不断高涨，而斗牛士本身又因观众的反响而感动，那是观众愈来愈陶醉与入迷的时候，而在这加深的陶醉与入迷之际，他们对死表现出有秩序的、表现为一定形式的、激烈的、不断加深的蔑视，待到斗牛终场，死留给了这场表演的主角即公牛，那种陶醉与入迷如同任何激烈的情绪一样，又使你感到空虚，感到失落，感到悲伤。

一名能用穆莱塔做出高超的系列动作的斗牛士，只要人们认为如果条件有利的话他仍旧能够做到这一点，就处于职业的顶峰。可是，一名斗牛士，如果在条件有利的情况下无法做出高超的系列动作，如果他缺乏运用穆莱塔的艺术技巧与才能，即使他英勇、正直、熟练，对自己技法并不缺少了解，那么他始终只能是一个斗牛场上打短工的人，他得到的也只能是付给打短工的人的工钱。

一个人，一头牲畜，加上一根棒上挂的一块红布，能够造成情感与精神上的强烈触动，创造出纯粹的、古典的美，那是叫人无法相信的。如果你不想相信它是可能的，想把这一切看作是无聊的东西，那么你去看一场没见发生奇妙的事情的斗牛，就可以证明你自己是正确的。不会发生奇妙的事情的斗牛是很多的，这样的斗牛始终是要多少有多少，都可以让你得到满意的证明的。可是，如果你确实见到了真正的东西，那你就会理解。这是一种你要么一生中遇到了，要么永远也遇不到的经历。不过，如果你不观看许多场斗牛，那就绝对不能打包票说你在斗牛场一定能看到运用穆莱塔的高超系列动作。但要是你真看到了这高超的系列动作，最后是绝妙的一刺，那你就会理解了，而且你会把许许多多的事情忘得一干二净，只记着眼前的一切。

从技术上说，穆莱塔的功用是保护人不受公牛攻击，调整公牛脑袋的高低位置，纠正公牛老是会朝某一侧出击的倾向，使公牛疲劳，然后将它设定在某一个位置，准备刺杀，并且在刺杀的时候让公牛有一个目标可以攻击，不至于在剑杀手把剑朝公牛刺去时，让它把人的身体作为攻击目标。

穆莱塔原则上拿在左手，剑握在右手，左手拿穆莱塔完成的动作，比右手拿穆莱塔的动作更加具有价值，因为如果穆莱塔用右手或双手来拿，穆莱塔就会被剑挑开，就会有比较大的目标引诱公牛冲击，它就可能冲离人身体较远一些再冲击下一次，斗牛士也就有更多的时间准备下一个动作。

最高超的穆莱塔动作，即做起来最危险，观看起来最漂亮的动作，是纳图拉尔式。取这一动作时，人左手拿穆莱塔，面对公牛，右手握剑，左手自然地垂放一侧，这时红布呈褶状垂挂在支撑的短棒上，如照片所示，人的手就握住支撑红布的短棒。人朝公牛走去，并用红布挑逗公牛，而在公牛攻击的时候，人只是随着公牛的冲击而转身，一面在公牛牛角前挥动左臂；人的身体顺着公牛冲击的曲线的方向，牛角就在人身体对面，人双脚立定，此时他手拿红布在公牛面前慢慢地挥动手臂，与公牛在原地作四分之一圆的转身。如果公牛就此停步不前，人可以再挑逗它一次，再跟它作一个四分之一圆的旋转，这样一次又一次地重复。我见过连续六次重复这个动作，看上去好像人用魔术拿穆莱塔把公牛套住了。公牛在出击之后可能停步不前，这有两个原因，一是人在做完每一个动作之后，最后都要抖动红布，使拖在地上的红布一头发出啪的一声响，二是由于剑杀手叫公牛转身时逼使它跑出一个冲击曲线，公牛的脊柱骨剧烈地扭动；相反，如果公牛在冲击之后没有停步不前，而是转身再次向人进攻，这时候人可以采用 Pase de pecho，即让牛从胸前擦过的手法，把公牛甩开。这一手法正好与纳图拉尔式相反。运用擦胸式时，公牛不是从正面出击，人也不是在公牛面前慢慢移动穆莱塔，公牛是在转过身来之后从人的背后或侧面进攻，人则朝前舞动红布，让公牛从胸前擦过，随着打褶的红布的挥动朝前冲击。在一系列纳图拉尔式动作之后来一个擦胸而过的动作，或者公牛突然转身向人进攻时，人为了保存自身不得已而采用擦胸而过的手法，而非作为有计划的策略而为之，这一擦胸而过的手法是最令人难忘的。完成一系列纳图拉尔式的动作，然后以擦胸法作结，这种能力实为一名真正斗牛士的标志。

首先，在有许多对于斗牛士来说危险性比较小的其他手法可采用的情况下，却去挑逗公牛以完成一个真正的纳图拉尔式，这是要有勇气的；左手下垂拎着没有展开的穆莱塔，等着公牛过来，并且心里很清楚公牛如果不把送上去的不很显眼的引诱之物当作目标，它就会把人当作目标，这是须有非常平静的心的；其次，在公牛出击之前移动穆莱塔，要公牛围着穆莱塔转，手臂移动伸直挥动时胳膊肘也不弯曲，并且身体顺着公牛出击的曲线方向移动，但两脚却不可移动位置，这是须有超凡的能力的。在客厅里，并没有公牛在场，对着一面镜子连续把这一手法做上四次，要把它做得好已经是一件难事，而如果要做上七次，你就会感到头晕。有许多斗牛士从来就没有学会把这一动作做得像个样子的。要把这动作完成得好，须保持身体的姿势，不使它歪曲，而这时公牛的牛角离人的腰部非常地近，只要抬高一二英寸，就会挑中，须利用手臂与手腕的动作来控制公牛的冲击，让它始终围绕着红布转，到了恰当的时候手腕蓦地一动将公牛煞住，这样重复三遍、四遍或者五遍；这是只有斗牛士兼艺术大师才能办到的。

纳图拉尔式可以采用右手操作来表现，穆莱塔用剑挑开，人则以双脚为中心旋转，引公牛跟着一个所谓人与穆莱塔画出的半圆旋转，而不是跟着徐徐移动的手腕与手臂。有许多用右手完成的手法都有很大的优点，但是，几乎所有手法在运用的时候，手中的剑穿过红布，剑柄与红布的木杆握在同一只手中，这样一来剑把穆莱塔挑得更大了，同时，由于展开的红布更加宽大，如果斗牛士想离公牛远一点来完成动作，他也能够办到。他可以靠近公牛完成动作，但是，如有必要，他也有办法离公牛远一点来完成动作，这在左手拿穆莱塔的人来说就没有这种必要。

除了纳图拉尔式与擦胸式之外，穆莱塔的主要技法叫 ayudados（借助式），即剑穿过红布，两手同时握住剑与红布。这些手法根据穆莱塔是掠过公牛的牛角还是从公牛鼻子下面掠过这一点，分作 por alto（上行式）和 por bajo（下行式）。

所有的运用穆莱塔完成的技法，包括半程手法即公牛不完全过人，都有一个明确的目的。要痛击一头体魄强壮、愿意出击的公牛，最好的办法莫过于运用一系列纳图拉尔式动作了，这种动作在使公牛扭转身体并使它疲于奔跑的同时，迫使它用左角去挑红布与人，以此训练公牛采用随后斗牛士上前刺杀时要它采取的方向。如果一头公牛颈部肌肉还没有达到足够疲劳的程度，脑袋高昂，那么它在经历一连串上行式手法即斗牛士两手同时握住穆莱塔与剑柄，而且穆莱塔高举，让公牛从人身边擦过时脑袋高昂地冲击红布之后，颈肌就会疲劳，脑袋就会大大放低。如果公牛因颈肌疲劳而脑袋垂得太低，而斗牛士要调整公牛脑袋，在上前刺杀之前不想让它的脑袋再下垂的话，他可以用同一方法使公牛的脑袋暂时再抬高一点。下行式是用穆莱塔的挥动与急剧旋转来完成的，有时候是红布徐徐的抽动和红布下半部的轻轻一甩，而迅速地来回抖动则是针对四蹄仍然很有力或者难以定在一个位置上的公牛的。完成这一手法时斗牛士站在不愿过人的公牛面前，他的本领表现在他始终保持站在公牛面前这一位置，决不过多地往后退却，同时，借助穆莱塔的挥动来控制公牛，迫使它急速地转身，使它很快疲劳，把它稳定在一个位置上。所谓公牛冲击并过人，是指公牛在一定距离之外以足够的力量冲击，这样，如果人站立不动，正确地移动穆莱塔，公牛就会整个儿过人；如果一头公牛不肯过人，那它要么就是一头胆小的公牛，要么它就是曾经上过斗牛场，已经非常熟悉这一情况，因此它心情已不再轻松，不愿再出击了。技术熟练的剑杀手只要贴近公牛做出几个移动红布动作，同时留着神做得不过分，不过多让公牛急剧转身调头，或者扭伤四肢，就能叫胆小的公牛相信，穆莱塔不会伤害它；就能让它相信，它要是出击是不会受到伤害的，这样让公牛树立信心的方法，把胆小的公牛加以转化，使它酷似一头勇猛的公牛。同样，他采用细腻、明智的方法，使丧失了攻击能力的公牛重新振作起来，帮助它从防守状态再转入攻击状态。要做到这一点斗牛士须冒很大的险，因为要让公牛树立信心，迫使处于防守状态的公牛出击，将它驯服，唯一的出路是要尽你所能贴近公牛移动红布，即如贝尔蒙特所说，只给公牛留一点立足之地，而且，在离公牛这么近的距离内向公牛挑衅，斗牛士如果估计错误，那是难免要被公牛抵着，并且，也没有时间为移动红布做一些准备。如果在这个时候他动作很优美，你可以打包票，这优美完全是与生俱来的特点，并非摆姿势。两只牛角从远处过来时你也许可以摆姿势，但是当牛角就在面前的时候，或者你在公牛一侧甩出穆莱塔，接着又将它抽回，用剑头或挂红布的短棒去刺它一下叫它转身，借此来消耗它的体力，或者在它不想出击的时候叫它振作起来，这时候你只想着在公牛脖子的一角找一个安全地方而左躲右闪，你就没有时间摆姿势了。

有一个大的斗牛流派，手法的优美在其中发展起来，最后成了一个基本的流派，而牛角从斗牛士肚子边一闪而过这一技法则尽量地予以淘汰，那就是拉斐尔·艾尔·加利奥创始并加以发展的。艾尔·加利奥是一名极出色、极敏感的大师，成不了一名完全意义上的斗牛士，所以，他渐渐地、尽可能地避免斗牛过程中那些非得与死打交道的部分，或者会造成死亡，不管是造成人还是公牛的死亡，尤其是会造成人的死亡的那些部分。他以这样的方式形成了一种与公牛配合的套数，采用这样的套数他动作的优美、别致、真正的美感，取代并回避了他眼中的危险的古典斗牛风格。胡安·贝尔蒙特从加利奥的创新中吸取了他自己所需要的成分，把它与古典风格相结合，然后将它发展成为自己的全新的风格。加利奥跟贝尔蒙特一样，是一个勇于创新的人，而他的技法则更显得优美；假如加利奥有贝尔蒙特的冷峻、急躁、凶残的胆量，要想找出一名更加出色的斗牛士就是不可能的了。关于上面所说的两者的结合，你能遇到的做得最接近的斗牛士，要算他的兄弟何塞利托了，但是何塞利托的唯一缺点是，斗牛对他来说事事都太容易，所以使斗牛富有激情于他是一件难办的事，而贝尔蒙特明显地处于劣势的体质则始终使斗牛富有激情，不但使他面对的公牛激动，而且使他的斗牛队中的任何一个人和大多数观看他表演的人都激动起来。观看何塞利托的斗牛表演就像你小时候读达尔大尼央[①]的故事一样。你最终不会为他担心，因为他太有能耐了。他本领太大，能力太强了。除非危险真正出现，否则他是不会死的。要说斗牛场上最强烈的对人的情绪的感染，就其本质而言，是斗牛士在运用穆莱塔完成系列动作过程中所感觉到、同时他又传达给观众的那种不朽之感。他在斗牛场上完成的是一件艺术品，他玩弄的是死，将死一步一步地引向自身，这死你知道就在牛角之间，因为你看到了沙地上用帆布覆盖着的马的尸体，那便是明证。他给人以他永远不会死这么一种感觉，可是你若注视着他，这种感觉便成了你自己的了。待到这种感觉你们双方都有了的时候，他用剑来加以证明。

如果你见到的斗牛士认为斗牛就像何塞利托所经历的那样极为容易，那他就不会像贝尔蒙特一样给人传达危险感。即使你看到他被公牛捅死，那也不是你被捅死，倒不如说更加像诸神之死。加利奥就显得截然不同。他给予你的纯然是一个引人入胜的场面。你看不到悲剧场面，但是悲剧也替代不了这场面。他制造的那场面就是好看。那些模仿者只能做得漏洞百出。

加利奥创新手法中有一个叫 pase de la muerte，即死亡式。他的穆莱塔系列动作都以这一手法开头，也被大多数斗牛士采用了作为几乎任何一套系列动作的第一个动作。这种手法是任何一个只要在看着公牛朝他走过来时能控制得住自己紧张情绪的斗牛士都学得会的手法，然而它使观众看了印象极深。剑杀手上场朝公牛走去，侧身而立，挑逗公牛，用剑挑开穆莱塔，两手紧紧握着，放在齐腰的高度，有点像玩棒球的人手拿球棒，面对着投球人。如果公牛不出击，剑杀手就上前两三步，然后又站定，两脚合拢，穆莱塔展开。公牛出击的时候人就站立不动，好像他是一个死人一样，等到公牛接近穆莱塔，他才慢慢地把红布提起来，公牛就从他身边擦过，通常抬头朝天冲着穆莱塔，因此你只见人直挺挺一动不动地站

---

① 法国作家大仲马《三个火枪手》一书主人公。

着，公牛则以一定角度朝天冲，由于这一冲力，公牛从人身边冲出老远。这一手法做起来既容易又安全，因为运用这一手法时一般是朝着公牛的自然地点的方向，公牛从人身边经过就好像朝一堆火冲去一样，也因为它不同于纳图拉尔式，不是用一小块红布诱饵，斗牛士不必叫公牛把注意力完全集中在这上面，运用这一手法时向公牛展开的是一大块三角帆一样的红布，公牛只看到红布，并不见人。公牛并没有受到控制，只不过它的冲击被斗牛士利用了。

加利奥也是一位表演优美动作的大师，有在牛角之间完成的动作，有双手来完成的动作，把穆莱塔从一只手换到另一只手，有时把红布转到身后，有的一开始看上去好像是纳图拉尔式，而实际上随着人的旋转，红布将人裹住，公牛则紧跟着飘拂在外的那一截红布；有时候人转过身来贴近公牛的脖子，叫公牛自己绕着走，有时候跪着把红布甩出去，用双手抓住红布挥舞成一曲线，使公牛绕过弯来；表演所有这些动作都必须具备对公牛心态的深切了解，并须有十分的把握把动作表演得安全，有了这了解与把握，这些动作观看起来都很漂亮，也是加利奥表演起来很得意的，虽然这些动作都是对真正的斗牛的否定。

奇奎洛是一名颇具加利奥面对公牛运用红布全套本领的当代斗牛士。这些本领维森特·巴雷拉也都会，但是他脚法紧张，下手极快，让人不觉得有巴利奥的纯正的美，或者奇奎洛的技巧，虽然巴雷拉的风格与手法有很大的改进。

所有这些花哨动作只适用于不愿冲击过人的公牛，或者适用于红布系列动作的第二段，用来显露剑杀手控制公牛的本领与创新美。遇上一头会过人的公牛也在它的面前表演红布动作，无论完成得多有效、多优美或多么富有新意，都无异于剥夺观众观看斗牛的关键部分，即人不慌不忙地从牛角旁边擦过，非常地贴近，非常地缓慢，就像从身边擦过一样，而且那样一来也等于用一连串姿势优美的技巧（作为红布系列动作的装点尽管重要），来取代红布系列动作本身毫不含糊的真正危险。

当今的斗牛士，要说用穆莱塔完完全全控制公牛，不管公牛是无畏的还是胆小的，都能最迅速地将它们驯服，然后又最经常地表演所有传统而又危险的动作，包括作为纯正斗牛基础的左手挥动红布的纳图拉尔式和擦胸式，而同时又能极出色地在公牛牛角面前表现出生动、优美的功夫，那只有马西亚尔·拉兰达一个人。在他斗牛生涯的起始，他的方法是有缺陷的，他拿着红披风曲曲绕绕地移动，纳图拉尔式表现起来并不自然，而是很生硬，歪歪斜斜的，样子很做作。他不断地改进方法，到了现在运用穆莱塔已是得心应手，他身体也变得更加结实，而且由于对公牛有深刻的了解，以及他个人的聪明才智，因此不管斗牛场牛栏里有什么样的公牛，他都可以做出恰到好处、引人入胜的表演。当初他的特点是冷漠，这一特点现在基本上已经消失。他曾经三次被严重捅伤，但受了重伤非但没有削弱、反而增添了他的勇气，而他的一九二九、一九三〇以及一九三一年的赛季真正是一名杰出的斗牛士的赛季。

奇奎洛和安东尼奥·马尔克斯两人在公牛没有麻烦、人能够克服心理紧张的情况下，都能表现出完美、纯粹和正统的穆莱塔系列动作。弗里克斯·罗德里克斯和马诺洛·比汶尼达都是运用穆莱塔的大师，能够征服一头执拗的公牛，能够利用一头容易对付的公牛的纯真与无畏，可是，罗德里克斯一向身体不好，至于比汶尼达，我在另一章已有介绍，要作一个真正的评判，那就先要看他在第一次受重伤之后，控制紧张情绪与反应的能力到底如何。在公牛完全过人的情况下完成所有红布动作时，维森特·巴雷拉是一个能以难以捉摸的手法巧妙地控制公牛的斗牛士，但是，他仍旧不断地改进运用红布的手法，如果他坚持下去，会成为一名非常令人满意的表演者。他具备成为一名出色斗牛士的能力。他有才能，有对斗牛的天生的判断力与全面认识斗牛的能力，他有超常的反应能力，还有强壮的体魄。但是，他在很长一个时期内表现出极大的骄傲自满情绪，到后来他动辄花钱买评论赞扬自己的缺点，而要正视自己的缺点并加以纠正那就没有那样容易了。他最拿手的是与公牛面对面完成生动的手法，尤其是模仿何塞利托的有一种下行借助式，把剑与穆莱塔握在一起，剑头朝下指，移动剑与红布使公牛转身，剑与红布往上一提，动作有点滑稽但也灵巧，仿佛人两手前伸，握住一把收拢的伞，搅着一大锅的汤。

华金·罗德里格斯，人称卡冈乔，是个吉卜赛人。从风度、生动性与惊恐情绪来说，他是加利奥的继承者，但是他绝对没有继承下加利奥对公牛的深刻了解以及对斗牛原则的透彻认识。他体态英俊，举止端庄，动作斯文，可是一旦遇上一头不允许他并拢双腿移动红布的公牛，他立即显得不知所措，而假如公牛偏离了惯常的兴奋状态，这位吉卜赛人就会惊恐万状，把穆莱塔伸得离自己远远的，尖头对着公牛，不敢跨近一步。他是这样的一名斗牛士：假如正巧遇上要斗一头他充满信心的公牛，他是会让你享受一个叫你难忘的午后的，可是，你也许会一连七次观看他的表演，而这一回回他的表现会叫你变得非常地讨厌斗牛。

弗朗西斯科·维加·德·洛斯·雷耶斯，人称希塔尼利奥·德·特里亚那，是卡冈乔的表弟，有时候红披风掌握非常熟练，而且，虽则他没有卡冈乔运用穆莱塔的那种风度，但是他使用的时候更干练、更勇敢，尽管从根本上来说他的技法还不老练。他在表演穆莱塔系列动作的时候，似乎总找不到一个摆脱公牛的好办法，每一次移动红布的结果都不能使公牛冲出足够远，因此等他转过身来，就没法很快切入，在他最不需要公牛在近旁的时候老是让公牛占了他的上风，于是他有好多次由于这样行动笨拙而被公牛捅伤。像奇奎洛和马尔克斯一样，他身体不好，不健壮，然而，广大观众因身体情况而原谅他这样一名拿高薪的斗牛表演者是没有理由的，因为没有法律规定他身体条件不行也必须上场斗牛，但是，在审慎地评判斗牛士的斗牛技法的时候，斗牛士的身体条件也是必须加以考虑的问题之一，尽管他本人没有权利提出这方面的借口，观众是买票来看斗牛的。希塔尼利奥在斗牛场上勇敢而乐观，正直而自然，但是由于他对自己的技巧不够老练又显得过分自信，你在观看他表演的时候，你总觉得他随时都有可能会被公牛捅伤。

我写下关于希塔尼利奥·德·特里亚那的这些文字之后，于一九三一年五月三十一日一个星期日的午后，在马德里看到他被一头公牛捅死。一年多以前，我去看过他的斗牛。坐着出租车去斗牛场的途中，我心里在想，他会不会发生变化，我写的关于他的文章得作多大的修改。在入场式上他一双颀长的腿跨着轻快、潇洒的步子，他黝黑的脸气色也比以前好。在他走到围栏更换红披风的时候，他见了认识的人都一一点头微笑。他身体健康，皮肤黝黑。就在我最后看他表演的那一年在一起汽车事故中，他受了重伤，受伤后为了清洗血块，用了漂白剂，头发也因此褪了色。现在他的头发又乌黑、富有光泽了。他身穿一套银白色的斗牛服，更显出了这乌亮和黝黑。他似乎感觉万事如意。

他对于红披风是胸有成竹，徐徐移动，优美多姿；那是贝尔蒙特的风格，只不过完成这一套手法的是一个两腿颀长、臀部瘦削、肤色黝黑的吉卜赛人。他的第一头公牛是午后的第三头，他很顺利地表演了红披风之后站在一旁看投刺短标枪；接着，在他拿着剑与穆莱塔出场之前，他向短标枪手打了个手势叫把公牛再往围栏移近一点。

“留神；它有一点向左偏，”管剑的人一面把剑与红布递给他，一面这样说。

“它爱怎么偏就怎么偏吧；我对付得了它。”希塔尼利奥从皮剑鞘里抽出剑，剑出了硬邦邦的鞘变得软软的，然后他迈开两条长长的腿，朝公牛走去。他让公牛冲击了一次，然后用死亡式把公牛送远了。公牛非常快地转身，希塔尼利奥拿着穆莱塔也转过身来，让公牛从左侧经过，他举起红布，自己也纵身跃起，两腿分开，两手仍旧抓着红布，头向下，这时公牛的左角已经捅着他的大腿。公牛用角将他挑起来，摔向木板围栏。公牛的角顶住他，又一次把他从地上挑起来，摔向木板围栏。他躺倒在地上，公牛牛角从他背部捅穿。这一切连三秒钟也不到，而且公牛将他挑起来的那一瞬间，马西亚尔·拉兰达就提着红披风飞跑过去。其他几位斗牛士也都展开红披风朝公牛甩动。马西亚尔赶到公牛脑袋旁，用膝盖去顶公牛的鼻子，拍打公牛的脸，要它把人撇下往外跑；同时马西亚尔飞奔着朝场内退，公牛朝红披风冲击。希塔尼利奥挣扎着想站起来，但站不起来。此时斗牛场勤杂工抬起他，朝医院奔去，只见他的脑袋歪向一旁。一名短标枪手被第一头公牛捅伤，他们抬着希塔尼利奥来到医务室时，医生还在手术台上为他治疗。医生见没有大量出血，股动脉也没断。他替短标枪手治疗完毕，然后开始动手。大腿两边都有牛角创伤，大腿两个伤口的四头肌与外展肌都已撕破。但背部的创伤显示牛角已经刺穿骨盆，坐骨神经撕裂，连根拔起，就像一只鸟从潮湿的草地上啄出的一条蚯蚓一样。

他父亲来看他时，希塔尼利奥说，“别哭，老爸。那一回汽车事故多糟。人家都说我不行了，你记得吗？这一回也会没事的。”后来他说，“我知道不可以喝酒，就叫他们让我润润嘴吧。只润润嘴。”

有人说要是去看斗牛能看到人被捅伤，不光老是人把公牛刺死，那就情愿花钱。说这话的人当时倒应该在场内，在医务室，随后到医院去。希塔尼利奥活过了酷热的六月、七月和八月的上半月，最后死于因脊柱底部伤口引起的脊膜炎。他当时受伤的时候体重一百二十八磅，死的时候是六十三磅。而且在夏天他的股动脉有三次不同程度的破裂，大腿伤口处的引流管引起了溃疡，还有咳嗽引起的破裂，使他身体日渐虚弱。他住院期间弗里克斯·罗德里克斯和巴伦西亚第二，几乎都因同样的大腿创伤住进医院，都在希塔尼利奥死之前就出院，可以参加斗牛，虽然他们的伤口都还没有愈合。希塔尼利奥倒霉倒在公牛把他摔到了木板围栏的底部，所以，公牛牛角捅到他的背部的时候，他的身体抵住了硬东西。假如他是躺倒在场内沙地上，给他造成致命伤的这一记牛角顶撞就会把他摔向空中，而不会顶穿他的骨盆。在炎热的天气里希塔尼利奥因神经痛而精神失常，这时候那些说愿花钱看斗牛士被公牛捅死的人，也算是够本了。你在外面大街上也听得到他的喊叫声。让他活着受苦似乎是犯罪，如果他一出斗牛场，在他还有自我控制能力、还有勇气的时候就死去，恐怕于他是一件比较幸运的事，不必像现在这样，经受因长久持续地忍受无法忍受的痛苦而引起的肉体与精神屈辱日渐加剧的折磨。我觉得，望着这个时候的一个人，听着他呻吟，可能会使你比较体贴那些马、那些公牛和其他牲畜，可是，一匹马，只要把两只耳朵猛地朝前一拉，使脑袋后部脊椎上的皮绷紧，将一把尖刀轻轻往脊椎骨当中一插，就可结果了它的性命，叫它一动不动地倒在地上。一头公牛，在斗牛士上场十五分钟内就可以叫它死，而公牛受的伤都是在情绪高涨的时候造成的，因此如果公牛这时候受的伤跟人在情绪高涨时受的伤一样地痛得不厉害，那么公牛的伤也不会很痛的。可是，只要人被认为有不朽的灵魂，而且在死亡似乎成了一个人能给予另一个人的最好礼物的时期，医生能使他维持活命，那么，马与公牛似乎得到了很好的照料而人则要冒最大的风险。

埃尔维托·加尔西亚和费尔明·埃斯比诺萨即阿尔米里塔·奇柯两个墨西哥人都是运用穆莱塔的行家和大师。埃尔维托·加尔西亚可以与最优秀的斗牛士比高低，而且他的技法并没有那种使大多数墨西哥人在斗牛场上的技法丧失激情的冷漠的印第安人气质。阿尔米里塔是冷漠的；他是个无下巴的印第安人，皮肤呈褐色，个子矮小，长着两排不整齐的牙齿，作为一个斗牛士，他体型好，长腿短躯干，是一名运用穆莱塔的真正大师。

如果尼卡诺·比利亚尔塔遇上一头径直朝前冲击可以让斗牛士合并两腿的公牛，他做动作时就会离公牛更加近，会显得更兴奋、更激昂，弯腰挺起肚子，腰部碰着了牛角，并且利用惊人的手腕力量控制红布，让公牛一回回地跟着他转身。公牛离他很近，从他身边擦过，有时公牛的肩胛会撞着他，牛角离他肚子很近，擦着了他的肚皮，回到旅馆你在他肚皮上看得见一条条伤痕，那是一点也不夸张的；我就见过他肚皮上的伤痕，不过我当时想那也可能是短标枪的柄擦伤的，因为他与从身旁经过的公牛躯体靠得很近，他的衬衣由于有短标枪挡着，没沾上血迹；但是也可能是牛角扁平部分擦伤的，因为牛角离得很近，我不想瞪着两眼细看。他在完成一系列了不起的红布动作的时候，真是浑身是胆；胆量与富有魔力的手腕，使你对他的生硬难看的动作姿势变得宽容，那样的动作姿势在他面对所有不容他并拢双腿的公牛时你都能看到。你也许在马德里看到比利亚尔塔漂亮的红布系列动作；在马德里，任何一名剑杀手都比不上他引出的顺从公牛多。每当他要引出一头执拗的公牛的时候你肯定会看到他像一只螳螂一样的笨拙样子，但要记住，他的笨拙样子是身材造成的，并不是因为胆怯。由于他的体型之故，他只有将两条腿紧紧并拢才能做出优美的姿势，因此，倘若一名身材自然匀称的斗牛士身上表现出的笨拙模样是惊恐的表示，而在比利亚尔塔身上这笨拙模样只说明他面前是一头他必须叉开双腿才能对付的公牛。但是，如果你能看到他并拢双腿的时候的表演，看到公牛冲击时他像风雨中的树一样弯腰，看到他迫使公牛一圈圈绕着他转动，看到他在控制住了公牛之后，会激动得双腿跪在公牛面前，嘴巴也够得着牛角，那么，你就会原谅上帝给他的那长脖子，原谅他的红布像床单那么大，原谅他电线杆一样的长腿，因为他那奇怪地混杂一起的身躯上蕴藏的胆量和自尊心抵得上十二名斗牛士。

卡耶塔诺·奥尔多内斯，即尼诺，两只手都能够很漂亮地操作红布，他的表演很出色，对于穆莱塔的系列动作有艺术与戏剧上的观念，但是，在他发现公牛的牛角上挂着你的住院期（住院是免不了的）和死亡（也许会死），而在公牛肩胛骨之间则有五千比塞塔的钞票以后，他就判若两人了。他需要钞票，但是，当他发现要得到这笔钱就得在牛角尖端上付出代价时，他不愿走近牛角去取了。勇气的来源近在咫尺，从心脏到头部而已，但是一旦勇气失去之后，谁也不知道它跑到多么远的地方去了；也许是在大出血时失去了勇气，或者是与女人一起的时候丧失了勇气，可是，不管勇气跑到哪儿去，没有了勇气还在干斗牛的行当，那可是一件很糟糕的事。有时候再次受伤你又把勇气找回来了，第一个创伤会带来死亡的恐惧，而第二个创伤会把对死亡的恐惧赶走；有时候一个女人带走了你的勇气，另一个女人把勇气归还你。斗牛士依靠他们对斗牛的理解与限止危险的能力继续从事斗牛，并希望勇气会再回来，而勇气有时候会回来，大多数时候是回不来的。

恩里克·托雷斯和维克多利亚诺·罗杰·巴伦西亚第二两个人都没有运用穆莱塔的真正本领，而正是这一点使他们在斗牛行当里有了局限性，因为他们充其量都只不过是舞动红披风的好手。路易斯·富恩特斯·贝哈拉诺和迭戈·马斯克里安即福尔图纳两名斗牛士，非常勇敢，对于他们职业的理解非常地彻底，能够征服执拗的公牛，随便来一头什么公牛，他们都能拿出像样的表演，但是他们风格单调，毫无特色可言。与贝哈拉诺相比，福尔图纳的风格更显得老式，但贝哈拉诺的风格也不过是拙劣的现代花招，然而，若论他们的勇气，他们的能力，他们的好运和他们的缺少才能，两人是相像的。他们俩都是值得一看的剑杀手，不管是斗平常的公牛还是斗执拗的公牛。凡是独具风格的斗牛士力不从心之处，他们俩倒可以拿出像样的斗牛表演，还有各种各样的噱头和动作，间或也有一刻真正动情的时候。在安东尼奥·德·拉·阿巴，即苏里托、马丁·阿格洛，以及马诺洛·马丁内斯这三个最高明的斗牛场杀手当中，只有马丁内斯还可以拿穆莱塔做出几个像样的招式来，然而要是他表演成功，那完全是因为他有勇气和敢于冒险，并不是因为他有运用红布的真本领。

其他三十四名活跃在斗牛场上的正式剑杀手，只有少数几个值得一提。一个是马拉加的安德雷斯·梅里达，瘦长个子、毫无表情的吉卜赛人。他是使用红披风和穆莱塔的行家，而且我只见过他这么一个斗牛士，能在场上完全表现得心不在焉的样子，仿佛他心里头在想着很远的地方，与斗牛毫不相干的事情。他很容易表现出一阵阵恐惧情绪，那真是叫恐惧，没有言语能够形容，不过，要是对一头公牛有把握的话，他会有出色的表演。卡冈乔、希塔尼利奥·

德 · 特里亚和梅里达这三名真正的吉卜赛人当中，我最喜欢梅里达。他有其他斗牛士的魅力，同时还有别人所没有的风格之奇异，这一条，加上他的心不在焉的样子，在我看来，使他成了加利奥之后所有吉卜赛斗牛士中最有感染力的一个。卡冈乔是所有吉卜赛人中最有才能的一个。希塔尼利奥 · 德 · 特里亚是最勇敢、最正直的斗牛士。去年夏天，我听几位从马拉加来的人说，梅里达并不真正是一个吉卜赛人。如果真是这样，那么他不是真吉卜赛人，一个假吉卜赛人，就更加地了不起。

萨图里奥 · 托龙是一名优秀的短标枪手，非常地勇敢。就我所见，他作为剑杀手运用手法的方式是最拙劣、最无知、最危险的。他当过短标枪手之后于一九二九年拿起剑来当学徒斗牛士，并且碰上个很好的赛季，靠着勇气与运气，硬是获得了成功。一九三〇年马西亚尔 · 拉兰达在潘普洛纳宣布他为正式的剑杀手，头三次斗牛表演中他受了重伤。如果他的趣味能改进，那他就可能在风格上丢弃一些乡下人的土气，学会去跟牛斗，但从我一九三一年对他的观察来看，他的情况是没有希望了，我只愿公牛不把他的性命结果了。

我列举了这么一些人，他们开始的时候仿佛有可能成为出色的剑杀手，后来都程度不同地以失败和悲剧告终。如果撇开运气不好不谈，这些人失败有两个主要原因，一是缺少艺术才能，当然这是无法靠勇气来克服的；一是恐惧心理。有两名剑杀手可称得上是真正的勇敢，但是他们都因为没有多少本领结果都没能占得斗牛的一席之地，这两个人便是伯纳德 · 穆尼奥斯，即卡尼赛里托和安东尼奥 · 德 · 拉 · 阿巴，即苏里托。另外一位真正勇敢的斗牛士，比卡尼赛里托和苏里托本领大一些，虽然身材不够高受些影响，但是可能会有一点出息的，他就是胡里奥 · 加西亚，即帕尔梅诺。

多明戈 · 奥尔特加我在本书已另有评论，除了他以外，剑杀手中的后起之秀也包括何塞 · 阿莫洛斯，他有奇特的弹性风格，似乎是从公牛那里往外拉长，仿佛他是用橡皮筋做成的，他完全是个二流斗牛士，当然那无人能比的弹性特点不算在内；何塞·冈萨雷斯，人称墨西哥的肉食动物，是一个墨西哥的印第安人，勇敢古怪派，常出人意外，说勇敢倒是很勇敢，但是这么一名优秀的短标枪手，一名能干、非常富有激情的表演者，如果在与真正的公牛较量时也跟斗小公牛一样地去冒险，那是不可能在这人世间待很久的，而且，由于他已经使广大观众习惯了如此激烈的情绪，因此，要是他不再冒这样的险的话，他将几乎毫无疑问不会让人感到新鲜了；斗牛士的这些后起之秀中最有出息的是赫苏斯·索洛萨诺。万一你不知道他教名的昵称赫苏斯，他也叫丘乔。他是一个非印第安墨西哥人，一个出色的斗牛士，勇敢，有技艺，聪明，他对自己技艺的各个方面都得心应手，只有一件很微不足道的本领他不在行，那就是 descabello，即从公牛后颈给它一剑，然而尽管如此，他是一个完全没有个性特点的斗牛士。这种个性特点之不足，那是很难加以剖析的，但到现在为止，这种情况似乎可以说，他在不直接与公牛对峙的时候，样子显得内疚、鬼鬼祟祟，好像自己应受到责备似的，并弓起背来走路。斗牛士们说，对于公牛的害怕从斗牛士身上取消了他的典型性格，那就是说，不管他是高傲、不可一世的，或者是随和、优雅的，惧怕把这些性格特点一扫而光；但是索洛萨诺似乎没有什么东西可以丢失的。不过，如果他是与一头他很有把握的公牛较量，他的全部技法就都非常出色。他一步一步，慢慢地朝公牛走过去，模仿高纳的风格，投出一副最漂亮的短标枪。一九三一年整个赛季里，我观看的红披风手法要数他的最高明、最缓慢，穆莱塔的招式也数他的最激动人心。他的表演的消极面在于，他与公牛表演的时候技法非常地漂亮，而一旦从公牛身边离开，他又立即弓起背，铁板着脸，样子非常地冷漠。不过，个性有也好，没有也好，他是一个高明斗牛士，很有见识，技艺高强，又有胆量。

另两名后起之秀是何塞·梅希亚斯和大卫·利希亚加。何塞·梅希亚斯别号佩普·比汶尼达，是马诺洛的弟弟。他比哥哥更有勇气，更容易激动。本领多样，奇特，有非常可爱的个性特点。但是，他缺少马诺洛的艺术才能以及如何安全驾驭公牛的学问，尽管经过日积月累这方面是会有长进的。大卫·利希亚加是一名年轻的墨西哥斗牛士，穆莱塔技法极高明，红披风运用毫无章法或能力，而短标枪手法平平，这对于一个墨西哥人来说是很奇怪的。我对利西亚加下这样的断语的时候并没有读过我信得过的并且也观看过他表演的那些人写的报导。一九三一年他在马德里只斗过两场：一次是见习斗牛赛，那天我到阿兰胡埃斯去看奥尔特加表演去了，另一次是在十月份，是我离开西班牙之后，那一次是要宣布他为正式剑杀手。但是，他在墨西哥城是深受欢迎的，谁想看个究竟的话，将有可能在冬天在墨西哥见到他。

我列举了这么多斗牛士，但没有提到所有的奇才，对手还没有证明自己有被评判权的人也不作评论。要说斗牛，永远会有新人涌现。这本书出版之后又会有更新的新人出现。每一个赛季，在媒介宣传的浇灌之下，在马德里，由于有一头对他们很客气的公牛的照顾，就凭借一个顺利的下午，这些斗牛士也就脱颖而出了；不过，与这些只胜一场的斗牛士相比起来，昙花一现倒可以说是持久性的壮丽纪念了。从现在起，今后五年内，他们一顿饱、一顿饥地过日子，但是一件上咖啡馆才穿的外套总是保管得很整洁，你也将会听到他们讲述当年在马德里亮相的情景，说自己的表现比贝尔蒙特还要出色。这也可能是真的。“那你最后一回怎么样？”你问道。“我刺杀的时候有点儿不走运。只是有点儿不走运，”当年的奇才说。你说，“那怎么成。人不能都靠运气杀牛。”你脑海里看到那奇才，满头大汗，脸孔发白，怕得要命，眼睛连看都不敢看一下牛角，也不敢上前一步，两把剑落在地上，红披风飘落身旁，以一个角度朝公牛奔去，希望剑能刺中要害部位，看台上座垫一个个扔到场内，犍牛等待着闯进场来。“刺杀的时候有点儿不走运。”那是两年前的事，打那以后他就没再斗过牛，只有夜里在床上梦醒过来，一身的冷汗，满身恐惧感。如果不是因为饥饿所逼，他再也不愿斗牛了。因为人人都知道，他是一个胆小鬼，一个草包，所以他会不得不收下谁也不愿要的公牛。如果他硬打起精神要耍几下，由于他缺少训练，公牛会把他摔死。或者他又会“刺杀的时候有点儿不走运”了。

在西班牙，有七百六十几个不成功的斗牛士仍想练练自己的技艺；有技术的因为害怕成不了事，而有胆量的因为没有才能成不了事。你有时候不凑巧会看到有胆量的人被捅死了。一九三一年夏天，我看过一场斗牛，是体型很大、动作很快的五岁公牛，三名学徒剑杀手。斗牛时间最长的是阿方索·戈梅斯，别号费尼托·德·巴利亚多利德，早过了三十五岁，当年也是个英俊小伙子，但事业无成，然而他很有自尊，也聪明、勇敢。他在马德里从事斗牛已有十年，但一点没有引起广大观众的关注，于是也没能够从见习斗牛士转为正式的剑杀手。就斗牛时间长短而论，其次是伊西多罗·托多，别号阿尔卡拉雷诺第二。他三十七岁，身高不过五英尺多一点。他是一个矮墩墩的人，个子小，性格乐观，养着四个孩子、他寡居的妹妹，还有一个与他同居的女人，就靠他斗牛赚的一点钱。作为一名斗牛士，他所拥有的一切是极大的勇气，还有个子的矮小。他非常地矮小，虽然这个缺陷让他成不了一名剑杀手，但是，也正因为他矮小，他在斗牛场上显得稀罕，颇吸引人。第三名斗牛士是米格尔·卡西埃尔斯。他是个十足的胆小鬼。眼下我要说的真是一个乏味、难受的故事，唯一要记着的是阿尔卡拉雷诺是如何死去的。我现在觉得，他的死叫人太难受，倘没有必要写在这里，那就不应该多说。当时我犯了一个错误，把他的死说给我儿子听了。我从斗牛场回到家里，他要向我打听斗牛的情况，要我说说发生的事。我真傻，看见的什么都说了。他没有说什么话，只不过问我是不是因为他太矮小才被捅死的。他自己也很小。我回答说是的，是因为他很矮小，但是也因为他不懂得怎样使用穆莱塔。我没说他被公牛捅死了，只说他受了伤。这一点头脑我还是有的，虽则这也算不上很有头脑。接着，有人进屋来，我看是锡尼·弗兰克林来了，他用西班牙语说，“他死了。”

"你没说他死了，"孩子说。

"我不很肯定。"

"他死了，我难过，"孩子说。

第二天他说，"他人小，所以给捅死了，我老是会想起这个人。"

"别去多想了，"我说，那是我一生中第一千回愿我说过的话能抹去。"多没意思，老想那事。"

"我没硬去想它，要是你没跟我说过这事就好了，因为每次闭上眼睛我就看见了。"

"你要记着小不点，"我说。"小不点"是怀俄明的一匹马。这么一来有一阵子我们都忌讳说死。我眼睛很不舒服没法看书，我太太拿达希尔·哈米特[①]写的、至今最血腥的一本书《罪责难逃》高声朗读。每当哈米特先生要叫一个人物或一帮子人物死的时候，我的太太就拿"哇呜哇呜"来替换刺杀、宰了、脑袋开花、鲜血飞溅等等说死的词语。不久，孩子听了"哇呜哇呜"觉得有趣，特别喜欢，他说，"那人因为太小给哇呜哇呜了，你知道吗？我现在不去想他了，"我知道没事了。

一九三二年有四名斗牛士提拔为剑杀手。其中两位颇具潜质，值得一提。一名被视作稀罕，一名也许可以当作奇才不必提他。两名颇具潜质者，一位是胡安尼托·马丁·卡洛，别号"小孩子"，一位是路易斯·戈梅斯，别号"大学生"。"小孩子"二十岁，十二岁的时候就以神童身份开始斗小公牛了。他举止文雅，态度优美，强健聪敏，很有能力。他像年轻姑娘那样容貌姣好，但是到了斗牛场上他却气势雄伟，态度严肃，除了一张姑娘的脸之外看不出有什么女孩子气，当然也没有小孩子那种软弱无力的神色。他的缺点是，斗牛技法虽然聪明、漂亮，但冷淡，没有热情。他斗牛已这么

---

① 哈米特（Dashiell Hammett，1894—1961），美国"硬汉派"侦探小说代表人物。

长久了，因此他似乎有到了事业终点的剑杀手那种谨慎和保护性谋略，并没有像小孩子一样，不管出现什么情况都得冒险。但他有极大的艺术才能和聪明才智，关注他的斗牛生涯是非常有意义的。

“大学生”路易斯·戈梅斯是一个学医的青年学生。神情敏锐，肤色深褐，长得英俊，体型极好，可以作为标准的年轻剑杀手类型的典范。他的红披风和穆莱塔有漂亮、精湛、标准的现代风格，而且他的刺杀，动作迅速，手法高明。在外地他参加过三个赛季的夏天斗牛，冬天则回到马德里学医，这样，在去年秋天他作为见习斗牛士在马德里第一次亮相，并取得巨大成功。一九三二年三月，在圣约瑟城的斗牛中，他成为正式的巴伦西亚剑杀手。根据我很信任的斗牛迷的说法，他表现很好，非常有出息，但间或在使用穆莱塔的时候，他表演红布动作的勇气与愿望削弱了他的优势，这是他自己没有意识到的，而只是凭着他的运气和反应能力才得以摆脱。表面上似乎他控制着公牛，而实际上是好运气不止一次救了他的命。但是，说到聪明、勇气和漂亮的风格，如果他第一次以正式剑杀手身份上场运气很好的话，他的确是剑杀手的真正希望。

马德里君主主义日报《A. B. C.》很有影响的斗牛评论家葛利高里奥·科洛查诺的儿子阿尔弗雷多·科洛查诺是受何塞利托的妻舅伊格纳西奥·桑切斯·梅希亚斯的影响和根据他父亲的要求训练成的剑杀手。但他父亲在梅希亚斯斗死的那个赛季，曾经写过非常刻薄、恶毒的攻击文章。阿尔弗雷多是个肤色深褐、身体瘦弱、态度鄙视、高傲的小伙子，长一张酷似波旁王族那样的脸，也有一点像西班牙国王阿方索十三世儿时那样。他在瑞士念过书，在桑切斯·梅希亚斯、他的父亲以及那些巴结他父亲的人的关注下，他在马德里和萨拉曼卡公牛饲养场测试小公牛和大批公牛时受过剑杀手训练。他大约当了三年的职业斗牛士，先是跟比汶尼达的孩子们做儿童斗牛表演，然后在最后一年是正式斗牛新手。由于他父亲的地位的关系，他在马德里的登场引起了人们极大的反感让他感觉到了人们的仇恨，那都是他父亲常写绝妙的讽刺文章树立的一个个敌人，还有些人是因为憎恨他是个中产阶级保皇分子的儿子，认为他把要面包吃的孩子在斗牛场上挣面包糊口的机会夺走了。在此同时，他也从人们反感情绪引起的他的知名度和人们的好奇心获得了好处，而他在马德里作为斗牛新手的三次出场，都表现得傲慢、自大，很像一个男子汉。他的表现说明，他是一个高明的短标枪手，穆莱塔运用自如，在与公牛周旋能眼观六路，极为聪敏。但是，他红披风表演拙劣，而且完全没法做到刺杀到位，甚至连过得去的刺杀都没有。一九三二年他在卡斯特利翁成了一名正式剑杀手，参加了那年的首届斗牛。据我的朋友告诉我，自从我看他表演以来，他也没有什么变化，只不过双手提红披风的难看样子在加以纠正，办法是用红披风做出各种奇特的动作来取代那无法取代的检验斗牛士平静情绪与艺术能力的标准。他作为一个稀罕的人物，其斗牛生涯将会非常地令人感兴趣，但是我倒认为，除非他能把刺杀把握住，否则一旦他作为他父亲的宠儿给人的新鲜感彻底用完之后，他很快就会叫观众失去兴趣。

维多里亚诺，一个年轻的斗牛新手，一九三一年九月迫切地要在马德里创造出一个奇迹，一个轰动的午后。他是在马德里附近地方找来的，要利用他来作表演，公牛是精心挑选的，体型小的公牛，这样，事故可以缩小到最低程度，而胜利可以大肆宣扬，因为马德里那些斗牛评论家是花钱请来观看的。然后正好在赛季结束的节骨眼上让他到马德里第二次作为正式剑杀手登场表演。他的表现说明，他的晋级太仓促了，他太嫩了，职业的根基还不够坚固，而且他还需要更多的锻炼和经历，然后才能够有把握地与成熟的公牛较量。本赛季他也有几个斗牛合同，那是去年他在马德里失败之前签订的，但是，尽管他有毋庸置疑的惊人的天赋才能，但是，仓促晋级为正式剑杀手似乎促使他迅速为人们所遗忘，而在他之前已经被人们忘却的所有其他奇才实际上又会加快这遗忘的进程。如往常一样，对于那表演者，责任虽不在自身而在发掘他们的人身上，但我希望我的断言是错误的，并希望他在以剑杀手的资格从事斗牛的同时，奇迹般地学会斗牛技艺，然而，由于这样做已经极大地欺骗了广大观众，因此，即使剑杀手已经学会了手艺，观众也很难原谅他，而待到他有了把握可以让观众满意的时候，观众已无心来观看他的表演了。

第十九章

用剑与穆莱塔杀公牛只有两种正确方法，由于这两种方法都是有意要造成如果公牛不规规矩矩地紧跟红布人就不可避免地被牛角捅伤的这么一种时刻，剑杀手便常常在斗牛的这最精彩的一幕玩弄一些花招，直至你所看到被杀死的公牛中有百分之九十是用对真正杀牛方法的滑稽模仿形式杀死的。这种情况之所以产生的一个理由是，一位表演红披风与穆莱塔的大师，极难得同时又是一位公牛杀手。一位高明的公牛杀手必须热爱杀牛；除非他感到这是他能做的最合适的工作，除非他意识到这件事的庄严，并且感到做好这件事的本身就是一种报偿和奖励，否则他就做不到真正杀牛时必须具备的自我克制。真正高明的杀手，必须具有远远超过普通斗牛士的荣誉感、光荣感。换句话说，他必须是一个更加单纯的人。此外，他必须以此为乐，不仅仅是把杀牛看作是手腕、眼睛的技巧以及比其他人灵活的左手功夫，这是那种自豪感的最简单形式也是他作为一个单纯的人自然会有的，以此为乐，不仅仅如此而已，对于刺杀的那一刻，他还必须有精神上的享受。杀得干净利落，杀的方式又能给你一种美的享受和自豪感，这是人类一部分人最大享受之一。因为人类另一部分不以杀为乐事的人往往比较善于用言语表达，却提供给了我们的大部分优秀作家，很少的关于真正体会杀乐趣的叙述。杀的乐趣有纯然从美感而来的，例如飞鸟射击；也有出于自豪感的乐趣，例如费力地追捕猎物，在这种情况下，正是因为举枪射击的一刹那显得格外地重要，人的心才怦怦地跳；除了以上这些之外，杀的最大乐趣之一是在执行死的时候产生的对于死的反抗感。一旦你接受了关于死的规定，勿杀人便是很容易、很自然地遵守的一诫。但是，当一个人仍处于反抗死的状态，他很高兴地让自己具有一种庄严的能力，即赐予死。这是以杀为乐的人身上最深的感情之一。这些事情是自豪地完成的，而自豪当然是基督教的罪恶，是异教的美德。但是，正是有了自豪才有斗牛，才有真正杀的乐趣，也才有出色的剑杀手。

当然，这些必不可少的精神品质还是不能使一个人成为高明的杀手，除非他具备完成这一幕表演所需的各方面身体素质：眼光敏锐，手腕有力，胆大，还有操作穆莱塔的灵活的左手。他在这些方面的素质必须极出色，否则他的真诚与自豪只会将他送到医院里去。今天，西班牙没有一位真正高明的公牛杀手。有些成功的剑杀手要是想杀牛，运气又不错，是能够杀得很漂亮的，尽管没有独特的风格，但是他们往往不愿这么做，因为他们没有这么做了去拉住观众的必要；有些剑杀手在过去本来是可以成为很出色的杀手的，他们在斗牛生涯之初尽自己的能力刺杀公牛，但是，他们由于缺少运用红披风与穆莱塔方面的能力，早就不再吸引观众了，所以也没有什么斗牛合同，缺乏提高刺剑技艺的机会，甚至连继续练习的机会也没有；有些剑杀手刚开始斗牛生涯，刺杀仍旧很好，但是尚未被时光所证实或考验。但是，日复一日在斗牛场上都刺杀得很好，很轻松，而且很自豪，这样的杰出剑杀手则没有。几位重要的剑杀手已经掌握了运用自如和让看的人难以捉摸的杀牛方式，结果却使本来应该是斗牛情绪极度激动之时失去了一切感情，只给人们留下了遗憾。所谓感情，现在是由红布来赋予，间或也由短标枪来传达，而最肯定的是在运用穆莱塔时体现的。至于你能期望的最好的剑刺，是尽快将公牛刺杀而不破坏先前已造成的效果。我看，我是在看了斗牛士以不同程度的技巧刺杀五十多头牛之后才自觉地看到有一头公牛被杀得很漂亮。对于当时的斗牛我并没有怨言，当时的斗牛是很有意思的，比我已经看到过的其他竞技要强多了；但是我总认为，到了剑的刺杀，斗牛精彩场面已经过去，没有什么特别有趣了。但话又说回来，如果我对杀牛一无所知，我也还会觉得斗牛到了刺杀的时候的确已经没有什么有趣了，那些将斗牛中的杀牛说得或写得那样有意思的人不过是骗子罢了。我自己的立场观点十分简单。我心里明白，公牛必须被杀掉，这才叫作斗牛；我也很高兴，公牛是用剑杀死的，因为要用剑来杀是一件非常少见的事；可是那公牛被杀死的方式却像一个花招，所以我一点也不觉得激动。这就是斗牛，我心里想，结尾不很有趣，但也许那是斗牛的一个组成部分，而我还不理解。不管怎样，斗牛是我花两块钱能买到的最有意思的东西了。然而，我记得，我破天荒第一回看的那场斗牛，还没等我看清，甚至还没等我看出发生了什么事，只见在那个新鲜地方，挤满了人，一片乱哄哄的，穿白上衣的卖啤酒的人在你面前穿过，望着底下的场子，眼前晃动着两根钢索，只见公牛肩上是一摊血，跑动的时候短标枪噼啪作响，脊背中部有一道沙土，公牛头顶是看上去像坚硬的木头的角，比你弯起的胳臂还粗；记得在这闹哄哄的紧张气氛中，当斗牛士将剑刺入公牛的时候，我经历了极激动的时刻。可是我心里还是不清楚到底发生了什么事，可是待到杀第二头牛的时候我仔细观察，那种激动情绪消失了，我发现那是个花招。在那以后我看过五十头公牛被刺杀之后，又一次心情激动。不过，到了那个时候我已经明白刺杀公牛是怎么一回事了，而且我知道那是我第一次看到剑刺得合乎规矩。

你第一次看到公牛被杀死的时候，如果是通常的刺杀，大致的情况是这样的：公牛四蹄挺立，面向斗牛士，斗牛士则在大约五码之外合并双腿站定，左手拿着穆莱塔，右手握着利剑。斗牛士将左手的红布举起来，看看公牛的目光是否跟着红布，然后他放下红布，与剑握在一起，转身侧面对着公牛，左手用力一拧，收拢红布，紧贴穆莱塔的木棒，把剑在收拢的穆莱塔上竖起来，眼睛顺着剑瞄着公牛，斗牛士的脑袋、剑身和左肩对准公牛，而此时穆莱塔放低，抓在左手上。此时你看到斗牛士绷紧神经，朝公牛走过去，紧接着你看到的即是他已经过了公牛，不是手中的剑翻滚着飞向空中，就是你看到红绒布包着的剑柄，或者剑柄与一截剑身露出在公牛两肩之间，或者露出在颈部肌肉上，只见人群或是高呼表示赞扬或是大喊大叫，指责斗牛士，那要看斗牛士剑刺得好坏以及剑刺入的部位了。

你会看到的刺杀公牛就是这一些了；但是刺杀的技术性问题是这样的：并不是将剑捅入心脏，公牛就可以算杀得好的。如果按规矩刺入肩胛之间上部，剑身的长度是够不到公牛的心脏的。剑从肋骨上端的脊椎骨穿过，如果刺杀动作迅速，剑就切断主动脉。这样，一记娴熟的剑刺就算完成了。斗牛士要做到这一点，他非得有好运气不可，剑刺入时剑头绝不可碰着脊椎，也不可碰着肋骨。要是公牛竖起脑袋，谁也没法走向公牛从它脑袋上方伸过手去，把剑刺入两肩之间。公牛的脑袋一抬起来，剑身的长度就无法从脑袋够着两肩。人要做到把剑从规定的部位刺入将公牛杀死，他必须使公牛放低脑袋，把这个部位暴露。即使那个部位暴露之后，人要将剑刺入，还必须在公牛低下的脑袋与颈部的上方俯身向前。如果随剑的刺入公牛抬起脑袋的时候人不摔向空中，那么下面两种情况之一必定发生。一是斗牛士用右手将剑刺入公牛时，由于他左臂上的穆莱塔的控制，公牛必定会从人身边冲过去；一是人必定会从公牛身旁闪过，这是因为公牛被人左手拿着的穆莱塔所控制，冲离了人的身旁，而人俯身从公牛脑袋上方将剑刺入然后又从公牛身体一侧退出的时候，他在身体的左前方把穆莱塔放得很低。采用人与公牛同时运动的办法，可以非常巧妙地完成剑的刺杀。

这两条就是正确刺杀公牛两种方法的技术原则：一是公牛必须朝人走来，又从人身旁过去，即公牛受穆莱塔移动的挑逗、吸引、控制，跑过来冲离了人身旁，在此同时，剑刺入了公牛两肩之间；一是人必须叫公牛定位，前蹄并排站在一条线上，后蹄站稳，脑袋既不太高，也不太低，而且他必须先试探一下公牛，把红布举起来，又放下去，看看公牛目光是否跟着红布，接着，他左手拿穆莱塔，在身前一划，如果公牛目光跟着穆莱塔，它便会从人的右侧过去，然后他便朝公牛逼近，随着公牛朝着要把它从人身边引开的红布俯下脑袋，伸手插进剑去，并从公牛腹侧退出身来。如果是人等着公牛冲过来，这就叫作 recibiendo（迎击式）刺杀。

如果是人朝着牛进攻，这就叫作 volapié（进击式）刺杀，即两腿飞跑。作好进攻准备，左肩朝向公牛，利剑横胸而指，左手抓着穆莱塔，红布下垂紧贴着，这就叫作侧身式刺杀。采用这一手法时，人离公牛越近，一旦人进攻时公牛不受红布的调遣，他要偏出身来躲开公牛的可能性也就越小。把横在胸前抓住穆莱塔的左臂伸出去，挥向右侧，从而摆脱公牛，这个动作就叫作横胸式。只要人没有使出这一横胸招式，他毫无疑义会被公牛挑起来。人若不挥动穆莱塔将公牛送出老远，公牛的角肯定会捅着人。横胸式要完成得好须有手腕的功夫，把穆莱塔贴紧的褶子打开，并挥向一侧，同时胳膊还有一个简单的运动，从一侧向外摆去。斗牛士们都说，左手操纵穆莱塔，调动公牛，右手刺剑，但是公牛与其说是被右手杀的，不如说是用左手杀的更贴切。如果剑的头不碰上骨头，将剑插入是用不了多大的力的；有穆莱塔的正确引导，如果人跟着剑向前俯身，有时候公牛仿佛从人手上把剑抽走似的。有时候要是剑碰着了骨头，那情形就似乎把剑顶在橡皮包的水泥墙上。

在早年，杀公牛采用的是迎击式，由剑杀手来挑衅公牛，等着它的最后的出击，至于那些脚头沉重，不肯出击的公牛，就用固定在一个长杆上的新月形刀子，把它后腿的肌腱割断，然后在它动弹不得的时候，用匕首插入颈椎骨当中。十八世纪末叶华金·罗德里格斯发明了进击式，这种令人难受的做法也就不必再用了。

如果采用迎击式杀牛，那就是人一条腿前曲并朝公牛舞动穆莱塔，用这样的方式激怒公牛出击，然后站立不动，两腿稍稍分开，让公牛上前，直至随着剑的插入，人与公牛的身影合而为一；紧接着，双方遭遇而造成的震惊使这个身影又一分为二，这时即为利剑将人与公牛连结起来的一刹那，剑似乎一英寸一英寸地往里面溜：这一刺杀法实在是最傲慢的处死法，也是你在斗牛时看到的最漂亮的情景之一。也许你永远也看不到这情景，因为进击式刺杀虽然做得正确也非常危险，但是比起迎击式刺杀，危险性小得多，正因为如此，当今斗牛场上斗牛士只有在极难得的场合去迎击公牛。我看过一千五百多头公牛被刺杀，但完成得正确的也不过见到四次罢了。你会看到斗牛士想用这个手法，但是，除非他真正等到与公牛遭遇，并且采用手臂加手腕的运动去甩掉公牛，而不是到末了往旁边一跳，耍个花招，否则，就称不上迎击公牛。马艾拉用过这个手法，尼诺在马德里用过一回，佯装过几回，路易斯·弗雷格也用过。几乎不会有公牛到了斗牛将结束的时候体力仍旧很好，让斗牛士去迎击，而那时候还能迎击公牛的斗牛士就更少见了。这种刺杀手法之所以被渐渐淘汰，其中一个缘故就是，若公牛冲到斗牛士跟前时丢下红布不理睬，牛角创伤就会在人的胸部。用红披风斗牛时，第一个创伤或挑伤通常在小腿或大腿的下部。如果公牛用牛角将人挑起来，第二个创伤在哪一个部位那完全是个运气问题了。使用穆莱塔或者用进击式去杀公牛，创伤几乎总是在右大腿的部位，因为那正是公牛脑袋往下伸的时候牛角够着的部位，不过已经避过了牛角的斗牛士也可能会被牛角挑着胳膊，或者在人还没有避过公牛之前公牛抬起脑袋，甚至会挑着人的脖子。但是用迎击式杀牛要是出一点差错，牛角劈过来就会劈中胸口，因此你几乎不再看到有斗牛士尝试这个手法，除非有人碰上一头很好的公牛，并且做完了很出色的穆莱塔动作，因此到最后他想造成一个超常紧张的高潮场面，这样他会用迎击式来杀牛，而且通常他已经用穆莱塔把公牛的体力耗尽，如果不是这样，那就是斗牛士缺乏正确迎击公牛的经验，穆莱塔系列动作最后也就草草收尾，或者以斗牛士被捅伤告终。

进击式如果运用得当，即缓慢、贴近、及时，是杀牛的很好的办法。我见到过斗牛士胸口被挑伤，的确非常可怕地听到肋骨被顶断的声音，见过一个人被牛角刺中，挑起来打转，见过人被甩出去老高，连同穆莱塔和剑，然后又跌在地上，见过公牛甩起脑袋把人抬得高高的，见过人起先没有被抛起来，仍旧挂在牛角上，在下一次被抛到空中，又被另一只牛角接住，跟着摔在地上，用力站起来，双手捂住胸部的大口子被抬出去，牙齿也被打掉了，不到一个钟头就死在医务室里，斗牛服也没来得及脱下，伤口太大，根本没法治。那个人，即依希多罗·托多，被甩到空中的时候我看到过他的脸，他被挂在牛角上的时候以及后来，始终都是有知觉的，到了医务室临死时还说话，虽然嘴里含着血，说话听不清楚，所以我了解斗牛士在知道用迎击式杀牛牛角会捅进胸膛的情况下对于这个方法的看法。

根据历史学家们的说法，美国革命期间在西班牙当剑杀手的佩德罗·罗梅罗，在一七七一年至一七七九年这个时期里，用迎击式杀了五千六百头公牛，活到九十五岁，是躺在自己床上死的。如果历史学家的话是真的，那我们生活的年代真是个颓废的年代了，看到剑杀手甚至只是试图迎击一头公牛就是一件了不起的事，但是，我们不清楚，如果罗梅罗运用红披风和穆莱塔像胡安·贝尔蒙特那样靠近公牛去完成斗牛动作，那么他一生中可以迎击多少头公牛。我们也不清楚，这五千头公牛，有多少头他是迎击成功的，静静等待，把利剑插进高高耸起的两肩之间，有多少头他是迎击失败，往身旁一跳，将剑击入公牛脖子里。历史学家对所有已故的斗牛士的评价都很高。读过去年代的斗牛士的任何传记，说他们有过倒霉的日子或者广大观众曾对他们很不满，那似乎是不会有的。也许，在一八七三年以前，观众从来不会对斗牛士们不满，因为我还没有时间去看那个年代以前由同时代人写的斗牛专著，但是，自从那个时候以来，斗牛总是被同时代那些编年史作家们看作是处于颓废期的。在你如今常听说叫作所有的黄金时代中的黄金时代，即拉加蒂霍与弗拉斯奎罗的时代（那的确是一个黄金时代），有一个普遍的看法，那就是情况很糟糕：公牛不是个头和年龄小了许多许多，就是体型大、胆子小。拉加蒂霍算不上一名公牛杀手；弗拉斯奎罗可以算一个，但是他对手下的斗牛队员们很小气，没法跟他相处；拉加蒂霍在马德里最后一场斗牛时被人群赶出场去。还有格里塔，又一名黄金时代的英雄，他所处的正是美西战争之前、战争期间及战争之后的年代，但在编年史里写到的时候，你会发现，那时的公牛又是体型很小，年龄很小；拉加蒂霍与弗拉斯奎罗时代具有大无畏精神的大型公牛已经不再看到了。书里面写道，格里塔可不能与拉加蒂霍相提并论，把他们两人作比较是亵渎神圣，这种辞藻华丽的骗人把戏使那些记着弗拉斯奎罗的真诚（不提他的小气刻薄了）的人，在坟墓里也会辗转反侧，非常不安；埃尔·埃斯巴特罗没什么本事，他的死就是证明；终于，格里塔也退出了斗牛场，人人都松了一口气；格里塔的表演大家都已经看够了，尽管了不起的格里塔退出之后，斗牛场上也就非常地萧条了。非常奇怪，公牛体型都变小了，年龄也都小了，要不然即使是大公牛，也都胆小；马萨蒂尼不行，他现在还杀公牛，不错，但是，他不用迎击式杀牛，而且，他使用红披风的时候，总是改不了自己的习惯，而穆莱塔则用不好。可幸的是他也退出了斗牛场，而堂路易斯·马萨蒂尼一走，公牛体型也小了，年龄也小了，虽然有几头体型大、胆子小的公牛，拉大车倒是用得上，进斗牛场却不行，因此，随着剑术大师的消失，随着最高明的大师格里塔的仙逝而消失，新人如里卡多·博比塔、马查基托和拉斐尔·埃尔·加利奥统治了斗牛场，他们一个个都是冒牌剑术大师。博比塔能用红披风操纵公牛，而且面带愉快的笑容，但是杀牛的时候他没法与马萨蒂尼相比；加利奥是个荒唐、愚蠢的吉卜赛人；马查基托勇而无知，只不过幸运救了他的命，而且与拉加蒂霍和萨尔瓦多·桑切斯时代体型大而勇猛的公牛相比，他们的公牛体型要小得多、年龄也小得多。萨尔瓦多·桑切斯即弗拉斯奎罗，现在人们总是亲切地、并非侮辱地叫他黑人，他因待人都很和气而人人都喜爱。维森特·帕斯托在斗牛场上诚实而勇敢，但是刺杀公牛的时候他有一点心悸，逼近公牛之前也是吓得难受。安东尼奥·富恩特斯仍然动作优美，是一名手法漂亮的短标枪手，刺杀公牛也很有气派。就因为这个缘故，他才出场表演，如今的公牛个头小多了，年龄也小多了，与当初是没法相比。因为有这样的公牛，谁来表演动作都会很优美。而当初都是些无可挑剔的大师，如拉加蒂霍、弗拉斯奎罗、英勇的埃斯帕特罗、大师的大师格里塔以及代表了剑术顶峰的堂路易斯·马萨蒂尼。我顺便还想提一笔，堂因达莱西奥·莫斯克拉创办了马德里斗牛场，但他关心的并非场上举办的斗牛，而只是公牛的个头，统计数字表明，在那个年代，公牛的体型一直是马德里参赛公牛有史以来最大的。

大约在这个时候，安东尼奥·蒙特斯在墨西哥斗死了，于是人们立即明白，他才是那个时代的真正斗牛士。蒙特斯态度严肃，技艺高超，始终让观众有所得。他是被一头两胁凹陷、脖子特长、个头不大的墨西哥公牛捅死的。剑刺出去之后公牛并没有追穆莱塔，而是把头抬起来，而蒙特斯转过身去，想从牛角当中脱身，这时候公牛的右角挑着他两爿屁股的中间，并将他顶起来，挂在角上，仿佛他就坐在凳子上一样（牛角已经整个儿捅在他身上了）。就这样，公牛顶着他走了四码远，因剑刺在身而倒在地上。蒙特斯则在出事四天以后死去。

接着出现了何塞利托，他出道的时候名叫帕索斯-拉戈斯意即远跳，当时，所有崇拜博比塔、马查基托、富恩特斯以及维森特·帕斯托的人都对他进行攻击，而由于博比塔等很幸运地都已退出了斗牛场，因此立即就变得无人能与之相比。格里塔说过，如果你想看上一眼贝尔蒙特，那就得快，因为他的日子长不了；没有人能够离公牛这么近的。他一步步离公牛越来越近的时候，他发现，这些公牛与他即格里塔杀死的庞然大物相比，真是小巫见大巫了。报纸上都承认何塞利托是非常优秀的，但也指出，他只会往一侧即右侧（公牛当然都是很小的）投放短标枪，他老是不改；还说他杀牛的时候剑举得那么高，有些人说他的剑是从帽子里抽出来的，有些人则说他只不过是把剑当作他的鼻子的延长，而下面这些事倒是千真万确的：一九二〇年五月十五日，他在马德里表演斗牛的最后一天，在他割了第一头公牛的耳朵之后正与第二头公牛较量的时候，人们开始朝他喊叫、吹口哨、扔座垫，一个座垫击中了他的脸部，人群中还喊着“Que se vaya! Que se vaya! ”这句话翻译出来可以是“叫他滚蛋，别再回来！”的意思。第二天，即五月十六日，他在塔拉韦腊被公牛捅死。牛角刺入了他的下腹部，肠子也挑出来了（他两只手都没法将肠子塞回去，医生们还在替他治伤，他已经因牛角创伤的力造成的外伤震荡而死，他死后躺在手术台上，脸部表情非常地平静、安详，他的姐夫替他照了相，并拿手绢遮住他的双眼。手术室外面拥了一群号哭的吉卜赛人，而且人越来越多。加利奥则在外面徘徊，充满了同情之心，不敢进屋去看自己的兄弟辞世。短扎枪手阿拉门德罗则说，“要是它们能叫这个人死，那我告诉你，我们谁也不能太平无事，谁也不能！”），因此他立即在报纸上变成——并且现在仍然是——空前绝后的最杰出的斗牛士。根据那些他在世时攻击他的同一些人的看法，他比格里塔、弗拉斯奎罗、拉加蒂霍还要伟大。贝尔蒙特退出斗牛场，比何塞还要出名，后来马艾拉死后又重返斗牛场，这时人们发现他利用先前的名望拼命赚钱（那一年他的公牛的确是挑选过的），又斗了一年，我发誓那一年他斗得最出色，什么公牛都斗，对公牛大小也不作规定，从头至尾一路得意，包括刺杀公牛，而刺杀在以前他是从来没有真正掌握过的，因此整个赛季都在报上受到攻击。受了一次几乎是致命的创伤之后他又一次退出了斗牛场，当代的所有评价都一致认为他是最杰出的活着的斗牛士。这样，你已经有一个了解了，而我要了解佩德罗·罗梅罗是怎样一个斗牛士，只有在阅读了那个时代关于他斗牛前前后后的评价之后才能作出真实的评价，但是我非常怀疑这样的文字，甚至书信往来，是否真能够找得到。

从我阅读的各种资料及所有同时代的评价来看，选用最大的公牛参赛的时代和马德里斗牛的真正黄金时代，是拉加蒂霍和弗拉斯奎罗的时代，他们是到何塞利托和贝尔蒙特为止的六十年当中最最杰出的斗牛士。格里塔的时代并非斗牛的黄金时代，不过起用年龄与体型较小的公牛（我查阅过公牛体重及其照片）应归功于他，但在他十二年的斗牛生涯里，只有一年是作为斗牛士的真正的一年，那就是一八九四年。到了马查基托、博比塔、帕斯托和加利奥的年代，体型很大的公牛又重新进场，而在何塞利托和贝尔蒙特的黄金时代，公牛个头是明显地小了，虽然他们有许多次斗过体型最大的公牛。如今，那些没有势力去干预或左右公牛的挑选的斗牛士，他们的公牛就是体型小、年龄小的。毕尔巴鄂培育的公牛，不管屠牛斗牛士的愿望如何，个头总是大而又大，而安达卢西亚公牛饲养人送到巴伦西亚七月集市的公牛通常都是个头最大，样子最漂亮的。我在巴伦西亚观看过贝尔蒙特和马西亚尔·拉兰达上场斗那个斗牛场有史以来最最大的公牛，并且大获全胜。

斗牛历史的这一总结一开头就对迎击式刺牛的失传表示遗憾。总括地说，这一手法的失传是因为没人教、也没人练，因为观众没有这个要求，因为这一手法难度大，非得练习、领会、掌握不可，因此太危险，不可临上场凑合一下。假如加以训练，这种手法是容易完成的，如果公牛能够以适合于刺杀的状态进入斗牛的最后阶段的话。但是，任何一种规定动作，如果可以被另一位在观众眼里是不相上下的斗牛士所模仿，并且即使实际操作出了差错也很少有死的可能，那么，这种规定动作必定会在斗牛中消失，除非观众要求斗牛士表演这一动作。

进击式刺牛法要完成得正确，要求公牛四蹄稳重，而且它的两个前蹄都必须并排站定在一条线上。如果一蹄在前、一蹄在后，那么一个肩胛骨顶端就会朝前移，利剑必须穿过的两个肩胛骨之间的空隙就会合拢。这个空隙颇像两个手掌相向而放，指尖与指尖相合，而两个手腕稍稍分开。公牛一条腿向前迈，一个肩胛骨顶端也会朝前移，就好像你把一个手腕朝另一个手腕靠，空隙就合拢一样。如果公牛两脚朝外挪而相距很远，因肩胛骨靠近而使这两者之间的空隙就会缩小，但是如果两脚没有并排站定在一条线上，那个空隙就完全封死了。剑的尖端必须从这一空隙穿过，才能进入公牛的体腔，并且剑只有在不碰着肋骨或脊柱的情况下，才能进一步深入。为了让剑更有可能进入公牛体腔，朝着主动脉方向往下深入，剑头朝下弯曲。如果人左肩向前，从正面进入，刺杀公牛，那么，要是他从两块肩胛骨之间插入利剑，那他就必然会进入公牛牛角可及的范围之内；事实上，他将剑刺入公牛的那一刻，他必须在牛角上方俯身向前。如果斗牛士左手横在胸前，抓着几乎拖到地面的穆莱塔，然而直到他人已过了牛角，并且从公牛一侧脱离，他还是没能把公牛的脑袋放低，那他就会被牛角捅着。斗牛士按照斗牛规则去杀牛，每次都会遇上这一极大的危险，而为了避免这样一个有极大危险的时刻，斗牛士要想在不暴露自己的情况下杀牛，这样，公牛看到人要逼近，自己就会动起来，而斗牛士则不是左肩向前，而是右肩向前，穿过公牛攻击的路线，在不跑近公牛牛角所及范围的情况下，把剑刺入公牛。我刚才叙述的屠牛法是最明显不过的糟糕办法。剑越是刺向公牛颈部的远点，越是刺向颈部一侧的下方，斗牛士就越不会暴露自己的身体，越有把握把公牛杀死，因为这样一来剑就会刺入胸腔，刺入肺部，或者切断颈静脉或别的血管，或者切断颈动脉或颈部其他动脉，这些部位剑头都能刺着，而人又没有暴露自身的丝毫危险。

正因为这一缘故，评判刺杀的优劣须看剑刺入的部位以及斗牛士接近公牛、举剑刺杀的方式，而并非根据即时产生的效果。举起剑来只一下就将公牛刺死并不值得夸赞，除非这一剑是从两块肩胛骨之间插入，除非斗牛士在逼近公牛时在公牛牛角上方俯身向前，并且是在公牛牛角所及的范围之内。

我在法国南部有好多回看到过，在西班牙很少举办斗牛的省份偶尔也看到过，屠牛斗牛士用剑只一下就把公牛杀死，受到观众热烈鼓掌，可是他的刺杀只不过是毫无风险的暗中刺杀；因为斗牛士从来没有进入公牛牛角所及的范围，而只不过是偷偷地把剑插入公牛没有任何保护的、易受攻击的部位。为什么要求斗牛士将剑在公牛两肩胛之间的高处插入，理由是因为公牛能够保护那个部位，只有在人按斗牛规则贴近公牛，自己身体处于公牛牛角所及范围之内的时候，公牛的那个部位才无法保护，变成容易受剑的刺杀的部位。把剑刺入公牛无法防御的颈部和肋部，即为暗中刺杀。把剑刺入高处的两肩胛之间要求斗牛士冒极大的危险，并且，要避免极大危险还得有专门的本领。如果斗牛士运用这一本领，把剑刺得恰到好处，尽可能地稳当，自己身体虽然暴露，但又借助左手的技巧加以保护，那么，他就称得上是一名优秀的杀手。如果他运用自己的本领只是为了掩饰他的刺杀动作，以便把剑往正确的位置多推进一点，在不进入公牛牛角所及范围的情况下把公牛杀死，那么，他就是一名处置公牛的能手，但是，无论他处置公牛有多快、有多稳，他还是称不上一名公牛杀手。

真正杰出的公牛杀手并非光凭一点儿勇气，在近距离内径直朝公牛冲击，在两肩胛骨之间的高处，设法把剑刺入的人。真正杰出的公牛杀手是能够先抬起左脚，慢慢地在近距离之内冲向公牛的人，而且由于他左手运用得非常自如，因此他左肩在前、冲向公牛的时候，他把公牛的脑袋放低，并且在他往公牛牛角上方俯身向前、推入利剑的过程中，一直使公牛脑袋保持同一位置，然后随着剑的刺入，他就顺着公牛的一胁，脱出身来。高明的公牛杀手必须能够既稳妥又潇洒地完成这一招式，而如果他左肩向前，冲向公牛的时候，他的剑碰着了椎骨，没法再推进，或者如果剑顶着了肋骨，或擦着了脊椎的边上，剑偏了向，结果只推进了三分之一的深度，那么，他这一剑的意义跟顺利插入、杀死了公牛的一剑是一样地了不起的，因为他还是冒了险的，只是不凑巧，这一剑碰了壁。

插进剑长的三分之一多一点，只要刺得准也能杀死一头体型不很大的公牛的。半把剑刺入公牛，假如剑刺入方向对头，位置也高的话，能割到任何一头公牛身上的主动脉。因此，许多斗牛士并不将身体顶着手上的剑一路推进，而只是推入半把剑，因为他知道如果刺的部位对头，半把剑也能解决问题的，而且他们心中非常清楚，如果他们不必把暴露在外的一英尺半推进去，自身也安全得多。刺入半把剑的高超技法是拉加蒂霍创造的，但是这是一种使刺杀公牛丧失激动人心的色彩的手法，因为刺杀公牛那一刻的妙处就在人与公牛融为一体的那一瞬间，只见那剑一路推进，人俯身顶着它，死神把人与公牛两个形体结合在一起，融入了这场较量的激情、美感和艺术的高潮。那一瞬间绝不会出现于手法高明地把半把利剑刺入公牛的招式。

马西亚尔·拉兰达是当今剑杀手中刺剑手法最高明的一个。手把利剑举至齐眉处，顺着剑身瞄准公牛，倒退一至数步，然后起步向前，剑头上翘，他将刺入公牛体内，灵巧地避开了公牛牛角的挑刺，然后松开手，剑几乎总是刺得恰到好处，并不见有丝毫的炫耀或者激动。他也能刺杀得很漂亮。我就见过他把进击式屠牛法完成得非常地道；但他在斗牛的其他部分只是凭良心行事，让花钱来看斗牛的人不白花了钱，并且凭着自己的本领迅速把公牛从自己面前处置掉，这样，关于他善于运用红披风、投放短标枪和穆莱塔的美好记忆不至于遭到损害。如我前面所介绍的，他采用平常方法杀牛时，那是杀牛的拙劣模仿而已。我在大量阅读了拉兰达同时代人的评论文章之后，认为马西亚尔·拉兰达的情况（这里不是指他早年的尝试，而是他当今持续的优势）、他的斗牛哲学以及他那杀牛的方式，与高手拉加蒂霍中期非常相似，尽管拉兰达当然无法与那个科尔多瓦人的优美、潇洒和自然相提并论；但是若论斗牛场上的优势，没人能超过当今的拉兰达。我相信从现在起今后的十年里，人们说起一九二九、一九三〇、一九三一年，会看作是马西亚尔·拉兰达的黄金时代。享有盛名的斗牛士都招引来许多的敌人，马西亚尔现在也是这样，不过他无可置辩地是所有当今斗牛场的霸主。

维森特·巴雷拉杀牛的方法比拉兰达糟，但他有不同的刺杀方式。他并不是用娴熟的手法将半把剑刺入正确的部位，他是靠机敏的一刺，把剑在牛脖子上任何一处刺进一截，这样就没有违反剑杀手至少得靠近公牛一次的规则，这样在已靠近公牛一次的情况下，可以用后颈刺杀法将公牛杀死。他是现在仍活在世上的后颈刺杀法高手。所谓后颈刺杀法，即指用剑头往颈椎骨之间一推，将脊髓割断；这一手法一般被看作是慈善的一击，用于一头垂死的公牛，已经奄奄一息，眼睛已经看不清斗牛士手中的穆莱塔，这样一来，给它致命的一剑，斗牛士也就没有必要再一次处身于公牛两角之间将它杀死。巴雷拉把根据法律和斗牛规则对每一位剑杀手所要求的第一次向公牛靠近，只用来试试自己剑刺运气的好坏，一点儿也不把自己暴露给公牛。不管这一剑的效果如何，巴雷拉盘算着用后颈刺杀法将那活生生的公牛杀死。他凭着自己的脚下功夫，用穆莱塔骗过公牛，放低它的牛鼻子，暴露出公牛后脑勺脊椎骨之间的那个部位，同时，他从身后慢慢地提起剑来，高高地举在头顶，小心谨慎地不让公牛看见头顶的剑，然后，凭着手腕的力握紧剑头朝下的剑，像杂技演员那样把剑从上往下准确地一刺，割断公牛的脊髓，突然间就结果了公牛的命，仿佛一按电钮灯就立即熄了一样。巴雷拉的屠牛法，虽然没有违反斗牛规则，但是否定了斗牛的全部精神与传统。后颈刺杀法是用突然袭击的方式，实现致命的一刺，目的是要叫已经丧失自卫能力的公牛免受痛苦；在拿剑刺杀公牛时本应该向活生生的公牛暴露自己的，可是巴雷拉却用上述这一后颈刺杀法去暗中刺杀这些活生生的公牛。这一手法他已经运用得炉火纯青，而广大的观众凭经验也知道，在杀牛时要迫使他暴露一丝头发也是万万不能的，以至于人们对于他滥用后颈刺杀法杀牛也开始采取宽容态度，甚至有时候还拍手称赞。他欺骗手法高明，态度镇定自若，而且由于他面对公牛脚步稳健，并有迫使一头活生生的公牛仿佛奄奄一息似的放低脑袋的技能，因此显得胸有成竹。就因为这个缘故，人们对他在刺杀时采用欺骗手法拍手称赞，于此也可见斗牛场内观众心态之卑劣了。

除卡冈乔之外，马诺洛·比汶尼达在第一批剑杀手中杀牛是最糟的一个。他们两人对于刺杀时须遵守的规则，倒是从不装假，而且通常是从斜刺里跑动进入，刺杀公牛，与短标枪手投放短标枪相比，他们用剑刺杀时反而少一些让公牛挑刺的危险。我从来没见过比汶尼达像样地杀过一头公牛，只有在一九三一年，二十四回中有两回才算见过他杀得还算可以。他在刺杀公牛时那个胆怯样子，让人见了实在不舒服。至于卡冈乔，在他不得不杀牛时流露的胆怯，那不只是叫人看了不舒服的问题了。那可不是十九岁的孩子不懂如何正确刺杀而又面对大公牛被吓坏时表现出的浑身出汗、口干舌燥的害怕，也不是这孩子在冒必要的险试图去杀牛想要掌握正确的杀牛方法，因此见了牛角就吓得要死的害怕。那是吉卜赛人那种冷酷无情的欺诈，把广大观众都欺骗了，是斗牛场上最大的骗子，最无耻、最令人气愤、打着幌子来捞钱的人的害怕。卡冈乔倒是能够刺杀得很好的人。他有身高，凭这一点杀牛就顺利得多。随便什么时候，只要他愿意，他都能够杀得够有水平的，够漂亮而且很有气派。但是，只要卡冈乔认为会在他身上造成牛角创伤的，那他是绝不会冒险去做的。刺杀公牛无疑是有危险的，即使是斗牛高手也一样，因此，卡冈乔手握利剑，决不会移动身体进入公牛牛角可及的范围之内，除非他已经十分有把握，知道公牛天真而无攻击性，会紧紧追逐红布，仿佛牛鼻子粘在红布上。如果卡冈乔摸清了情况，心里有了底，知道公牛不会给自己构成危险，那他就会杀得有气派、有风度，而且绝对保险。要是他认为会有一丝儿危险，他就不会将身体靠近牛角。他的极端胆小让人很明显地觉得，斗牛被最可恶地否定了；这种胆小比尼诺的惊恐万状还要坏，因为尼诺是惊慌得连红披风的动作也做不好，他是因为害怕而完全丧失了自信；而卡冈乔只要在心中有底时，他完成的每一个动作，都可以说是富有艺术性的斗牛已经登峰造极的典范与模式。但是，他只有确信与公牛较量的人没有危险的时候才肯表演，即使机遇处处于人有利他仍觉得不够。他不去冒险。他自己必须完完全全放心，知道没有危险存在，否则他会在离公牛两码远的地方哗啦啦地舞动红披风，摇晃穆莱塔的尖头，利剑溜边一刺，将公牛暗中刺死。碰上对于技能平平、勇气十足的剑杀手也不凶狠，甚至也不怎么危险的公牛，他也会做出这种事来。要说勇气，他还不如一只虱子，因为他有惊人的身体素质，他有认识，他有技巧，所以，如果他决不靠近公牛轻易采取行动，那么比起在人来人往的马路上穿行的人来，他在斗牛场上反倒安全得多了。一只虱子钻在衣服线缝里还是在冒险。或许到头来事情好像你是处于战争状态，最终像虱子被消灭一样被消灭了，要么你用拇指甲去追歼一只虱子，可是你不可能把卡冈乔像虱子一样消灭掉。假如有一个委员会来管着斗牛士，可以停止剑杀手的参赛权，就像作假的拳击手如果他们的政治靠山不牢靠偶尔也有被吊销了执照的，那么，卡冈乔就有可能会从斗牛场上被清除掉，或者在另一种情况下，如果他慑于委员会的威力，他会成为一名杰出的斗牛士。

马诺洛·比汶尼达在一九三一年整整一年中表演过一次真正高超的斗牛，那就是在潘普洛纳的最后一天。当时，他与其说是害怕公牛，倒不如说是害怕广大观众，害怕观众对他以前的胆小的表演余怒未消。在那次斗牛开赛之前，他曾请求省长派兵保护他，而省长回答说，如果他进入斗牛场，表演得出色，他就用不着军队的保护。在潘普洛纳的那些日子，他每天夜里都听长途电话，电话里说的是父亲牧场里的树都被安达卢西亚的暴动农民砍了；树木砍伐后就烧了木炭，家里养的猪呀、鸡呀都被宰了，牲口都被赶走了；而买牧场的钱还没有付清，他斗牛就是要挣钱去付牧场的款子的，可是，这牧场在安达卢西亚暴乱中，被暴乱者的全面破坏农业的计划一点点吞噬了，而他一个十九岁的少年，每天夜里在电话里听着这世界遭破坏的消息，心里非常焦虑。可是，潘普洛纳的孩子们，还有附近乡下来的农民们，花了自己积蓄的钱来看斗牛，而由于剑杀手的胆小却没有如愿以偿，他们见了剑杀手在场上心神不定的样子以及缺乏对斗牛招式的兴趣，是不可能去找经济上的原因的，于是他们都朝着马诺洛那样激烈地起哄闹事并把他吓成那个样子，终于由于生怕被暴民要了命去，在那个集市的最后一天，他让观众度过了极为精彩的下午。

如果有一个暂停斗牛士从事这项有利可图的经营活动的惩罚规定，说不定卡冈乔出色的斗牛表演还会多几回。他不努力的理由是，他是顶着危险的，而观众没有危险；可是一个是视情况不同付给报酬的，而另一个是要花钱的，因此观众提抗议的时候是卡冈乔不肯去冒险的时候。的确，他被牛角捅伤过，但是，每一次都是因为意外情况，例如他贴近一头他认为没危险的公牛去完成红披风动作时，一阵风吹来，掀起了红披风，暴露了他的身体。有一桩事他是无法抹杀的，那是他从医院回来之后，他就是不肯走近一头他认为绝不会伤人的公牛，因为谁也不能担保他完成红披风动作时就不会刮来一阵风，不能保证红披风不会绊住两条腿，也不能保证他不会踩着红披风，甚至很难说公牛不会撒野。只有他这么一个斗牛士，给公牛捅了我会觉得高兴；但是把他捅了也不是个解决办法，因为他出医院之后比进医院前表现要差得多。可是他就是不断有斗牛合同，还在搜刮观众的钱，因为大家都明白，要是他愿意，他是可以做出完满、精彩的系列动作的，那是精湛技艺的范例，并以漂亮的刺杀作结。

当今最优秀的公牛杀手是尼卡诺·比利亚尔塔。他起先是玩弄刺杀花招，利用自己的身高，一面把巨大的穆莱塔蒙住公牛的双眼，一面在公牛上方俯身向前，而现在他的技艺已经炉火纯青、得心应手、完美无缺，所以他至少是在马德里由于学会了利用左手手腕的魔力名符其实地刺杀公牛而绝非仅仅玩弄花样，因此，几乎每一头他面对的公牛他刺杀的时候都非常贴近，杀得胸有成竹，杀得毫无缺点，杀得安全保险，杀得激动人心。比利亚尔塔是我本章一开头就说过的思想单纯的人的一个典型。在智力上，在谈吐方面，他还不如你十二岁的小妹妹聪明，即使她是一个迟钝的孩子。他有一种荣誉感，而且认为自己非常了不起，那是你可以指望的。除此之外，他还有一种近乎疯狂的勇，那疯狂是冷静的勇所莫及的。就我个人喜好来说，我讨厌他，虽然你不把他的自负的疯狂放在心上的话他还是一个和气的人。但是，在马德里，一拿起剑和穆莱塔，他就是当今西班牙最勇敢、最稳妥、技术最稳定和最富有激情的公牛杀手。

我看斗牛的时候，斗牛场上最优秀的剑客有曼努埃尔·巴雷，别号巴雷利托，也许他是我这一代人的最优秀的公牛杀手。还有安东尼奥·德·拉·阿巴，别号苏里托；马丁·阿格罗；马诺洛·马丁内斯，以及路易斯·弗雷格。巴雷利托中等身材，思想单纯，为人真诚，是一名技术稳定的高明公牛杀手。与所有只有中等身材的公牛杀手一样，他在与公牛的较量中吃过不少的苦。在一九二二年塞维利亚四月集市上，当时前一年牛角创伤还没有痊愈，他没法用他的老方法杀牛，表演非常不好，集市期间从头到尾人群都起哄，骂声不断。他将剑刺入公牛之后就转身背朝公牛，公牛在背后顶了他一下，把他捅成重伤，伤口位置靠近直肠，肠子顶穿了。这个伤口与锡尼·弗兰克林一九三〇年春愈合的那个伤口几乎一个样，也与送了安东尼奥·蒙特斯的命的那个伤属同一类型。他，巴雷利托，是四月下旬受的伤，活到了五月十三日。他们沿着斗牛场边的通道把他抬到医务室去的时候，一分钟之前还在朝他起哄的人群，都窃窃私语，说个没完，斗牛士严重顶伤之后人们总是这样。这时巴雷利托抬起头来，对人们说，“现在你们看到了。现在我得到了。现在你们看到了。现在你们得到了你们想要的。现在我得到了。现在我得到了。现在你们看到了。现在我得到了。现在我得到了。我得到了。”他被捅伤了，不过，这个牛角创伤过了将近四个星期才结束他的生命。

苏里托是一名长矛手的儿子，他父亲是最后一名、也是其中一位最高明的老资格长矛手。他来自科尔多瓦，脸色黝黑，长得很瘦。他静下来时脸色非常忧郁。他神情严肃，有强烈的荣誉感。他的刺杀具有传统风格，动作缓慢、优美，他的荣誉感不允许他乘机利用自己的优势或玩弄花招，或在进入公牛牛角可及之范围时偏离直线。一九二三年和一九二四年有四名见习斗牛士在他们这个级别中成了轰动一时的人物，他便是其中一个。其他三名虽然本身都不能算已经成熟，但是都比他要成熟一些。他们三人成了剑杀手的时候，他自己到赛季临结束的时候也成了一名剑杀手，尽管他的学艺期还没有满。所谓学艺期，是说要等到精通了技艺之后才能算期满。

四个人中没有一个人是一本正经地学艺期满的。曼努埃尔·巴依斯，艺名利特里，是四个人中最轰动的。他非常英勇，反应能力特强，然而他勇而无生气，斗牛时也显得无知。他脸色黝黑，两条弓形腿，是个黑头发的小男孩。他的脸蛋像兔子那样。他有视觉神经抽搐的毛病，注视着公牛向他走过来时，两眼眨个不停。但就在一年时间里，他的勇气、运气和反应能力取代了知识。他曾经真被挑起过几百回，而且往往是紧紧贴着牛角，公牛硬是没法使上劲，除一回严重捅伤之外，其他一回回都是运气帮了他的大忙。我们都说他是 Came de toro，即公牛面前的一堆肉，他接受命名成为正式的剑杀手之后跟以前也没有什么区别，因为他虽然有勇气，但非常紧张，所以勇气也不能持续多久。由于他技术上的缺陷，他肯定会被公牛捅死，因此，在被公牛捅死之前，钱挣得越多越好。一九二六年二月初，在马拉加，在这一年的头场斗牛中，他遭受了一个致命的创伤。那是他当了整整一个赛季的剑杀手之后。假如伤口没有感染机体坏疽，假如不是他的腿也截得迟了一步没能救下他的命，他也不一定会死于这一创伤。斗牛士们说，“要是我非得捅伤，那就要在马德里，”如果他们是巴伦西亚人，那就说是在巴伦西亚，因为只有在马德里和巴伦西亚两地才有极严肃的斗牛，因此大部分的牛角创伤也只有在这两处发生，所以那里才有两名最高明的外科手术专家。一个外科手术专家根本来不及从一地赶到另一地去治疗外科创伤的最关键一环，即打开创口并清洗，以避免伤口由于牛角创伤的多重性特点造成感染的可能性。我曾经见到过大腿处的一个创伤，口子还不如一个银元大，可是一查伤口里面，打开来一看，里面竟有五个不同的创伤。这是因为人被牛角挑起来转了几圈所造成的，有时候是牛角尖部开裂所造成的。所有这些内部创伤必须打开，加以清洗，同时，肌肉所有必要的地方都要切开，以便让伤口在最短的时间里愈合，而且肌肉可动性的丧失也要尽可能小。斗牛场外科医生有两个目的：一是救人，这是一般外科的目的；二是尽早让斗牛士返回斗牛场，以便他继续履行斗牛合同。迅速让斗牛士返回斗牛场的本领，正是牛角创伤专家收取高额费用的本钱。这是非常特殊的外科，但是这种外科的最简单的形式（指的是处理一般的伤口时，即往往出现于膝盖与腹股沟之间，或出现于膝盖与踝关节之间的伤口，因为那正是公牛放低的牛角捅的时候挑刺的部位）是立即结扎大腿动脉，如果划破的话，然后找出（通常用手指或者用探针）、打开并清洗牛角伤口可能会有的所有不同的划伤，同时，给病人注射樟脑溶液作为强心剂，注射生理盐水补液，等等。不管怎么说，在马拉加，利特里的腿感染了。给他麻醉的时候医生答应只是给伤口清洗一下，结果用了截肢手术。等到他醒过来，发现那条腿没有了，他不想活，感到非常地绝望。我很喜欢他，真愿他没有截肢就死去，因为在他接受正式剑杀手的命名的时候，他不管怎么说是注定要死的，一旦他的运气跑光了，他是肯定要被公牛捅死的。

苏里托从来没碰上过好运气。他学艺期还没有满，所以他的那一套红披风和穆莱塔本领极为有限。他的穆莱塔技艺主要就是公牛从穆莱塔下面冲过的招式和一学就会的转体引诱式。至于他的剑术的高明与剑法的正宗，与利特里一个赛季中令人毛发倒竖的一系列表演和尼诺以前的精彩赛季相比，则黯然失色。利特里死后，苏里托两个赛季有出色的表演，但是，还没等他有机会真正成为斗牛场上的风流人物，他的技法已经过时，因为他没有再进一步提高红披风和穆莱塔的运用水平。由于他始终把剑对准两块肩胛骨之间空隙顶部，而且左肩在前，进入公牛时位置太高，很难放低穆莱塔以完全摆脱公牛，因此，他吃了公牛不少的苦头，尤其是牛角的扁平部位猛烈顶撞他的胸口，几乎每次他刺杀的时候公牛都顶撞他的胸口，将他掀倒在地。后来他因为有内伤，嘴唇上受伤的地方又长出一个东西，所以他差一点错过了一个赛季。一九二七年，他在身体很糟的情况下参赛，那情景叫人看着实在伤心。他心里明白，错过一个赛季说不定会叫一名斗牛士遭淘汰，那样一来，他一年就只有两三场斗牛了，要糊口也不能够，因此苏里托整个赛季里都在参赛；他本来是古铜色的脸，现在已变得苍白，就像日晒雨淋的帆布。他老是喘着粗气，叫人看见真心寒。但是他还是跟往常一样直线进攻，跟往常一样贴近公牛，还是采用同样的传统技法，还是同样地不走运。公牛将他掀翻在地，或者用牛角扁平部分顶撞他一下，斗牛士都说这跟创伤一样伤人，因为这样的顶撞会造成内出血。在这种情况下，他会因体虚而晕倒，被抬到医务室让他恢复知觉，然后又出来，像一个大病初愈的病人，去杀另一头公牛。由于他的杀牛的方法之故，他差不多每杀一回就被公牛掀翻一回。他斗二十一次，其中有十二次昏厥过去，但杀了全部四十二头公牛。不过，这样还是不够的，因为他的红披风和穆莱塔招式从来就不漂亮，到了他所处的境地，就连像样也算不上了，而广大观众不是要来看他昏厥过去的。曾经在圣塞巴斯蒂安报上有过一篇编辑部的文章，数落了这种情况。圣塞巴斯蒂安是他曾经很得心应手的地方，后来没再跟他签约，因为外国人和有身份的人见他昏厥都很不舒服。所以，那个赛季他虽然表现出了极大的勇气，而且我从来没有见过这样的令人痛苦的表现，但是，那并没有给他带来好处。那一赛季结束时他结了婚。他们都说她要在他死之前跟他结婚。结了婚他身体倒好起来了，长得胖多了。他爱他的妻子，斗牛时也不再笔直地朝公牛进攻了，只参赛十四场。第二年他在西班牙和南美只斗了七次。这一年他又跟以前一样笔直朝公牛进攻，不过他在西班牙全年才签两个合同。这样连养家都不能够了。当然那一年他的晕厥是很不好看的，但是他只知道一种杀牛方式，那就是要杀得非常圆满。要是杀牛的时候牛角或牛鼻子撞了他一下，并且他被撞得不省人事了，那也是他的倒霉。只要醒过来了，他总是又回去接着斗的。观众都不要看到这个样子。很快，从前的情况就又重新出现了。我也不要看到这样子，可是我也还真佩服呢。太要面子比太具有别的什么优秀品质会叫一个人垮得更快，由于稍不走运苏里托在一个赛季里就彻底完蛋了。

他的父亲老苏里托，把一个儿子抚养成人，当一个剑杀手，教他知廉耻，教给他技艺，教给他传统的斗法，而那孩子尽管技术高超，为人又正直，还是没有成就。他又教另外一个儿子当长矛手，而且那儿子手法高明，勇气十足，是一个出色的骑手，本来是可以成为西班牙最好的长矛手的，只是有一个条件不够格。他身体太轻，没法去打击公牛。无论他多么使劲地拿长矛去刺公牛，公牛就是刺不出血来。所以，他虽然有任何一名在世的长矛手那样的本领与斗法，但是也只能斗小牛或有残疾的公牛，每斗一头只给五十至一百个比塞塔的报酬，而要是他体重再重五十磅的话，他就可以继承他老爸的优秀传统了。另外还有一个儿子，也是一个长矛手，可我没见过。不过他们告诉我说，他身体也太轻。他们这一家人可不走运。

第三名公牛杀手叫马丁·阿格罗，他是个来自毕尔巴鄂的小伙子，看他的样子根本不像一个斗牛士，倒更像一名身材高大强壮、健美的职业棒球运动员，像一个三垒手、游击手。他那张脸嘴唇丰满，相貌如德裔美国人，就像尼克·阿尔特洛克那模样。他不是运用红披风或穆莱塔的高手，虽然他红披风技巧还不错，有时候很出色，懂斗牛，并不无知。尽管运用穆莱塔毫无艺术想象力，但是他那种穆莱塔技巧还是很不错的。人们都认为他表演红披风时是一个有才能、又贴近的表演者，在表演穆莱塔时则是一个合格但乏味的表演者。拿起剑来，他是一个稳妥而利索的杀手。他的剑刺从照片上看总是很精彩，因为照片反映不出时间，但是你实地观看他刺杀的时候，他进入公牛牛角所及范围快得像闪电，即使他杀得比苏里托更加保险，剑的动作极为漂亮，而且十回有九回能把剑一下子刺得只露剑柄，但是苏里托的一刺就抵得上阿格罗许多回那么耐看，因为苏里托进入公牛牛角所及范围非常缓慢，非常直接，而且刺的时间完全表明，决没有让公牛感到意外。阿格罗刺杀像屠夫，而苏里托刺杀像赐福祈祷时的牧师。

阿格罗非常有胆量，非常利索，是一九二五年、一九二六年和一九二七年的主要剑杀手之一。一九二六年和一九二七年这两年里分别斗了五十五场和五十二场，而几乎从未让公牛用角甩过。一九二八年有两次被严重捅伤，第二次捅伤是由于第一次捅伤之后还没有恢复状态就斗牛之故，但这两次捅伤，使他原先很好的身体和体格一下子垮了。有一条腿上的一根神经损伤极严重，结果造成萎缩，神经的萎缩又进一步引起右脚脚趾坏疽，遂于一九三一年做了切除手术。我最后一次听说他的情况是，由于脚趾切除的原因，人们都认为他已经没法再斗牛了。他退出斗牛场后有两个弟弟接替，同样的相貌，都是见习斗牛士，同样的运动员的体魄，并且已经看得出都有同样的用剑功夫。

毕尔巴鄂的迭戈·马斯奎兰，别号福尔图纳也是属屠夫型的刺杀公牛的高手。福尔图纳一头鬈曲的头发，粗大的手腕，强壮的体格，样子很神气，娶了个有钱的妻子，斗牛的场数以有了足够自己花的钱为限。他像公牛一样地勇猛，只是才智稍差一点。斗牛士的运气要数他最好了。他只知道用一个法子跟公牛斗，他对付公牛只当它们都很执拗，用穆莱塔朝公牛劈去，叫公牛突然转身定位，也不管公牛需用什么样的系列动作。如果那公牛正好是一头执拗的，这一来效果非常好，但是遇上需要做整套系列动作的，那就不行了。有一次他调动公牛，见它两条前腿站在一条线上，他收拢穆莱塔，手提利剑侧身一站，回头对朋友们说，“看能不能用这个办法杀死它！”说罢就径直冲向公牛，刺得有力而恰到好处。要是他运气确实好，利剑甚至会割断脊髓，公牛倒在地上，仿佛是遭了雷击。要是他运气不好，他就会满头大汗，鬈发就会更加地拳曲了。这时候他就会打着手势跟观众说明公牛如何如何地不肯配合。他会提请观众作证，这可不是他本人的过失。第二天，他坐在露天座位二区的固定位子上（他是少数几位照例要坐在自己固定位子上看斗牛的斗牛士之一），看到一头真正执拗的公牛出场，别的斗牛士要对付的时候，他会对我们大家说，“这头牛不难弄。这头牛不错。他应该跟这头牛做些动作。”不过福尔图纳真是很勇的，勇而蠢。对于斗牛他是决不紧张的。我听见过他对一个长矛手说，“喂，喂，抓紧一点。我这儿闲得慌。都快把人闷死了。抓紧一点。”与别的经不起考验的大师相比，他显得与众不同，就像是从另一个时代过来的人。但是，你与他在一起，坐上一个赛季，他会叫你闷得慌，比他自己在场上所感觉的还要闷。

巴伦西亚城花园区的马诺洛·马丁内斯，瘦小的个子，圆眼睛，变形的脸，浅浅的笑，看上去仿佛是活跃在跑道上的人，也像你小时候在弹子房里认识的最难对付的人当中的一个。许多评论家都否认他是一个高明公牛杀手，因为他在马德里从未遇上过好运，法国一份很好的出版物，《斗牛报》的编辑也把他说得一无是处，因为他头脑很清楚，不肯去冒险。那是他在法国南部斗牛，在那个地方斗牛士的剑不管是如何插到公牛身上的，不管是用什么样的花招插进去的，只要那剑刺进了公牛体内，都会受到观众的普遍欢呼。马丁内斯跟福尔图纳一样勇敢，而且他从不觉得闷得慌。他喜爱刺杀，但又不像比利亚尔塔那样自高自大；要是效果很好，他会很高兴，为他自己而高兴，看上去又像为你而高兴。他被公牛狠狠地捅过，有一年在巴伦西亚，我见过他给公牛捅了一个很厉害的牛角创伤。他的红披风与穆莱塔功夫并不到家，但是假如公牛率直而出击速度快，马丁内斯是尽其所能靠近公牛的。那一天，他碰上一头习惯朝右侧捅人的公牛，表面上看他并未留意这个毛病。他做红披风动作时公牛撞了他一下，接下来马丁内斯又从同一侧经过公牛，而且没给公牛转身的余地，公牛的角挑了他，把他摔出去。他没有受伤，因为牛角划过他的皮肤，没有钩住，只是裤子被撕破了。可是他摔下来时碰着了脑袋，被摔晕了。第二轮做红披风动作时他把公牛一直引到了斗牛场的中央，只有他一个人，他又从右侧紧贴着公牛甩开红披风。不用说，公牛挑着了他。公牛因为曾经用牛角挑着过人，所以它的向右偏的习惯就更严重了，这一回牛角捅着了，于是马丁内斯被牛角挑到空中，抛出去，摔到地上不能动弹，待到其他斗牛士赶到场子中央把公牛引开，公牛已经又一次用牛角挑过他了。等马诺洛站起来，看见鲜血从腹股沟涌出来，他知道股动脉被挑断了，就用双手捂着，要抑制大量出血，一面朝医务室跑去。他知道，双手手指缝里涌出的鲜血对他是生命攸关的事，他不能等人来抬。他们要抓住他，但他摇摇头。塞拉大夫从过道上飞奔过来，马丁内斯朝他喊道，“帕科先生，我被捅了一个大窟窿！”塞拉大夫用大拇指压住主动脉，两人一起到了医务室。牛角差一点把他的大腿顶穿。他失血太多，身体非常虚弱，元气大伤，谁都说他活不了，而且有一次他身上已经没有脉搏，他们宣布他已经死亡。他肌肉损坏太严重，谁都觉得他即使活下来也无法再斗牛了，然而，由于他体格好，帕科·塞拉大夫手术高明，因此，他七月三十一日受伤，十月十八日已经恢复体力在墨西哥斗牛了。马丁内斯受过多次伤势严重的牛角创伤，却很少是在杀牛的时候；那些伤通常是在他要贴近公牛而公牛又不让他靠近的时候造成的，是由于他红披风与穆莱塔基本功还没有到家之故，也由于在让公牛经过人的时候他要将两只脚完全并拢的缘故；可是，牛角创伤似乎反而叫他增添了勇气。他是一个地方上的斗牛士，除了在巴伦西亚之外，我从来没有看见过他真正出色的表演。但是在一九二七年的一个集市，当时主要是以胡安·贝尔蒙特和马西亚尔·拉兰达为中心的，而马丁内斯甚至连个斗牛合同都没有，当后来贝尔蒙特和马西亚尔都受伤，他替补上场，斗了三场，非常出色。红披风和穆莱塔动作一个个都做得非常贴近公牛，危险性也很大，而且都是顶着危险上的，你简直不相信公牛会不将他捅死。然后到了刺杀公牛的时候，他紧靠公牛侧身而立，神情傲然，踮起脚尖往后稍稍一仰，然后牢牢站定，左膝微曲，吃力在右脚上，接着将剑刺入公牛，将牛刺死，那刺杀是任何一个斗牛士都不能超越的。一九三一年他在马德里被严重捅伤，在巴伦西亚参赛时尚未复元。斗牛评论家们都说，这下他可完蛋了，但是他生存下来了，证明他们一开始就是错的。因此我觉得，只要他神经与肌肉能够听从他意志的指挥，他又会跟过去一样，直至公牛将他顶死为止。功夫不到家，又没有本领制服一头执拗的公牛，虽有大无畏之精神，死也是免不了的。他的勇几乎是幽默的。比利亚尔塔的勇是自高自大的勇，福尔图纳的勇是愚蠢的勇，苏里托的勇是神秘的勇，而马丁内斯的勇是装腔作势的勇。

路易斯·弗雷格除了剑之外，谈不上有什么技艺，他的那种勇，是我所知道的最奇怪的勇。这种勇是无法摧毁的，就像大海那样，不过他的勇不含盐分，有也是他自己血液里的盐，而人的血液虽也有盐的性质，但是尝一下是甜的，会叫人作呕。我记得路易斯·弗雷格有四回大家都说他不行了，假如那时候他真死了，我现在写起他的性格来，会更加放手一些。他是一个墨西哥印第安人，现在身体已变得粗壮。他说话轻声轻气，手段也不凶狠，鼻子略带钩状，眼角上斜，一口好牙，乌黑的头发，是唯一的一名头上仍然留一根辫子的剑杀手。自从一九一〇年约翰逊在内华达州的里诺城与杰佛里斯那场拳击赛[①]以来，他在墨西哥一直是一名正式的剑杀手，并且在那一场拳击赛之后的那一年以来，在西班牙一直是一名正式剑杀手。自从他作为一名正式的剑杀手以来的二十一个年头里，公牛在他身上留下了七十二处严重的牛角创伤。哪一个斗牛士都没有像他那样受到过公牛如此凶狠的攻击的。为了治疗创伤他分别曾有五次浑身都涂满了油，当时大家都认为他必死无疑。他的两条腿因到处是伤疤，就像栎树老枝，扭曲和长了木瘤一样。胸口和肚子上也尽是伤疤，那些伤本来早该送了他的命的。大多数这样的伤都是因为他双脚不灵活又不会用红披风和穆莱塔调动公牛而造成的。不过他是一名屠牛高手，他杀起牛来缓慢、稳当、直截了当。他杀牛的时候很少受伤（与别的场合的被牛角捅伤相对而言很少），那很少的几次受伤，是由于他把剑刺入公牛之后，从两只牛角之间和公牛一侧脱身时双脚的速度还不够快，并不是由于他杀牛的技巧有什么不足之处。那些可怕的牛角创伤，以及他躺在医院里花光了所有积蓄的日子，并没有给他的勇气带来丝毫影响。但是他

① 这场拳击赛在1910年7月4日举行。

的勇是一种奇怪的勇。这种勇不会激发你；它没有感染力。你看到了这勇，你佩服这勇，知道这个人勇敢，但是不知怎么的，仿佛这勇气是一种果子酱，并不是一种葡萄酒，或者说是放在嘴里的盐和灰的滋味。假如品质有气味，那么勇气的气味我觉得是烟熏的皮革的气味，是一条冰冻的大道的气味，是大风撕裂浪尖时的大海的气味，然而路易斯·弗雷格的勇气却没有那种气味。他的勇气是凝结的、滞重的，它底下有薄薄一层难闻的、湿漉漉的东西；等到他故世，我给你说说他的故事，那是一个很奇怪的故事。

上一次在巴塞罗那，大家都说他不行了，被捅了一个很大的口子，伤口尽是脓。他神志不清，就要死了，大家都觉得他不行了。他却说，“我看到死了。我看得很清楚。啊。啊。是很丑的样子。”他清晰地看到了死神，但是死神没有来找他。他现在已经不行了，在做最后一系列告别表演。说他要死已经有二十年了，可死神从没把他带走。

以上是五名公牛杀手的情况介绍。如果将优秀公牛杀手的情况研究综合一下，我们不妨说，一名高明的公牛杀手须有气节、勇气、强健的体格、优秀的作风、了不起的左手和很好的运气。然后，他还得有关系密切的报界和许多的斗牛合同。关于剑刺的位置、效果以及各种不同的刺杀方式，在书后术语释义汇编里有详细说明。

如果说西班牙人有一个共同的性格特点，那就是自豪；如果他们还有另一个共同的性格特点，那就是常识；如果还有第三个，那就是不切合实际。因为他们有自豪感，所以他们不反对杀牛，反觉得这礼物他们是应该奉献出来的。因为他们有常识，所以他们对于死很感兴趣，活在世上也不忌讳死的说法，也不老巴望着这世上并没有所谓死，弄得结果死到临头才发觉死是有的。他们的这样明白事理，就好比卡斯蒂利亚的平原与高山的坚硬和干燥，而离开卡斯蒂利亚越是远，这坚硬和干燥的情形就越是不明显。最理想的情况是，这明白事理与十足的不切实际相结合。在南方，它别具一格；在沿海一带，它成了没有规矩和地中海型的气质；在北方，在纳瓦拉和阿拉贡，勇武精神的传统极为久远，那种气质成了浪漫；至于大西洋沿岸一带，如同所有冰冷的大海沿岸的国家一样，生活是非常实实在在的，人们也便没有时间去明白事理了。对于在大西洋冰冷的海域里捕鱼的人来说，死是随时就有可能降临的，是时常会出现的，死被视为工伤事故，必须加以防范；因此，那里的人们并不老想着死的问题，死对他们也没有什么魅力。

一个国家要热爱斗牛，必须具备两个条件。一个是那里必须饲养公牛，二是那里的人必须对死感兴趣。英国人和法国人为生活而活着。法国人对死者极为崇敬，可是日常的物质上的享受、家庭、安全、地位与金钱，却是最最重要的东西。英国人也为今世而活着，因此死是不想、不考虑、不提起、不追求、不冒险的，除非是为了国家的利益之故，除非是为好玩，除非是为了令人满意的奖励。否则死即被视为不愉快的话题，忌讳说死，充其量也只能作道德说教的题目，但决不作为考察的课题。他们说，绝不要讨论伤亡事故，而我曾听他们把伤亡说得很好听的。英国人要杀是为了好玩，法国人杀是为了一只罐子。这个罐子还是一只很漂亮的罐子，天下最好的罐子，很值得拿命去换。然而，要是杀既不是为了好玩，又不是为了罐子，那么对于英国人和法国人来说，这种杀似乎便太残酷了。与所有一般的说法一样，事情并非如我叙述的那般简单，但是我这里是试图阐述一个原则，不列举例外情形。

在西班牙那个国家，加利西亚以及卡泰罗尼亚的大部分地区，斗牛是格格不入的事。那些省份他们是不饲养公牛的。加利西亚靠海边，并且是个贫困地区，人们移居国外，或出海，死并不是追求和思索的神秘之事，而是须加以防范的天天遇到的危险，而那里的人们讲究实际、刁滑，往往蠢笨，往往贪得无厌，他们最喜欢的娱乐即为合唱。卡泰罗尼亚是在西班牙，但那里的人却不是西班牙人，虽然斗牛在巴塞罗那很盛行，但是，那里的斗牛是走了样的，因为去看斗牛的观众好像是去杂技场看热闹一样，他们跟法国南部尼姆、贝济埃、阿尔等地的观众几乎一样，一窍不通。卡泰罗尼亚人有富饶的土地，至少大部分地区是富饶的；他们有的是勤劳的农民，有的是精明的商人，有的是灵活的推销员；他们都是西班牙的以获利为目的的人。国土越富饶，那里的农民就越单纯，然而他们把思想单纯的农民和简单的语言，与非常成熟的经商阶级结合在一起。与加利西亚的情形一样，对于这些人来说，生活太实实在在了，对于死就没有必要想得那么明白，也没有必要带上那么多的感情。

卡斯蒂利亚的农民，一点儿没有卡泰罗尼亚人或加利西亚人那种总是带有刁滑成分的纯朴。他们生活的地方，与任何农牧地区一样，气候严酷，但是那个地区是于人身体非常有益的地区；他们有吃有喝，有妻子儿女，或者虽然这些都有，但日子并不舒服，也没有多少本钱，拥有这些东西并不是目的；这些只不过是生命的一部分而已，而生命是比死更为重要的东西。某个有英格兰人血统的人①曾写道："生命乃现实；生命亦认真，生命的目标并非是坟茔。"那他们把他埋葬在何处？那现实和认真有什么结果呢？卡斯蒂利亚人非常地实在。因此，他们培育不出会写下这样的诗句的诗人。他们知道死是不可逃避的现实，这是任何人都会明白的唯一的一件事；这是唯一有把握的事，这是超越一切现代舒适条件之外的，有了它，你就不会要求每一个美国家庭都要有浴盆，你有了浴盆也不会再要什么收音机了。关于死，他们考虑得很多，如果他们有信仰，那就是认为生命比死要短暂得多的信仰。有了这种感情之后，他们对于死的关注就非常地明智，因此，如果他们稍微花一点

---

① 即美国炉边诗人之一、哈佛大学的一名教授朗费罗（H. W. Longfellow, 1807—1882），主要诗作有《海华沙之歌》、《伊凡吉林》等。此处作者引诗出自朗费罗经常被人引用、但并非好诗的《生命的赞美诗》："生命乃现实！生命亦认真！/生命的目标并非是坟茔；/你本是泥尘，终又归泥尘，/人们的话题亦无说魂灵。"

钱，买一张门票，就可以在午后看到死，看到避免了死，看到不肯接受死，看到愿意去死的情景，那么他们就掏钱到斗牛场去，即使出于我在本书里试图说明的某些理由，他们往往对于斗牛的技艺感到失望，在感情上受到欺骗，还是要一次又一次地朝斗牛场走去。

有名的斗牛士大多数来自安达卢西亚，那个地方饲养了最优良的公牛，而且由于气候温暖，又有摩尔人的血统，那里的人具有卡斯蒂利亚所没有的风度与懒散，虽然他们的摩尔人血统中混有将摩尔人赶走、然后占领那块美丽土地的卡斯蒂利亚人的血统。那些真正伟大的斗牛士当中，卡耶塔诺·桑斯和弗拉斯奎罗都来自马德里一带（不过弗拉斯奎罗出生在南面），还有维森特·帕斯托，他是小有名气的斗牛士，以及马西亚尔·拉兰达，他是当今最有名气的。由于土地纠纷，安达卢西亚举办的斗牛比赛一直在减少，一等的剑杀手也愈加少见了。一九三一年，前十名剑杀手当中，只有三名是安达卢西亚的，即卡冈乔和两个比汶尼达。马诺洛·比汶尼达虽然出身于安达卢西亚家庭，但他是在南美出生、长大的。他的兄弟虽然出生在西班牙，但也不是在国内长大的。奇奎洛和尼诺代表了塞维利亚和龙达，他们两人都完了，而塞维利亚的希塔尼利奥让公牛捅死了。

马西亚尔·拉兰达跟安东尼奥·马尔克斯（他还会再参赛的）和多明戈·奥尔特加一样，都来自马德里附近的地方。比利亚尔塔来自萨拉戈萨，巴雷拉与马诺洛·马丁内斯和恩里克·托雷斯一起，都来自巴伦西亚。弗里克斯·罗德里克斯生在桑坦德，长在巴伦西亚。阿米里塔·奇柯、索罗桑诺和埃尔维托·加尔西亚都是墨西哥人，或者来自马德里一带，来自北方，或者来自巴伦西亚。自从何塞利托和马艾拉的去世，贝尔蒙特最终退出斗牛场，安达卢西亚在现代斗牛中的一统天下的局面也已经结束。从斗牛士的产生和对斗牛本身的极大热情两方面来说，如今西班牙斗牛的中心即为马德里，以及马德里周围地区。其次是巴伦西亚。如今造诣最深、最高明的斗牛士毋庸置疑是马西亚尔·拉兰达，而就勇武与技术素质而言，造诣最深的年轻斗牛士则出现在墨西哥。在过去，塞维利亚以及科尔多瓦曾一度是斗牛的中心，如今在塞维利亚斗牛无疑已经失去了势头，而在马德里斗牛无疑已经日渐兴盛，一九三一年整个春季以及初夏时节，尽管财政状况很不好，时值极大政治动乱年代，又只有一些平常的节目，但是每周仍斗牛两场，有时三场，而且场场爆满。

根据我的观察，从人们在共和国体制下对于斗牛所表现出的热情来看，尽管共和国目前的具有欧洲思想方法的政治家们极希望将斗牛废除，因为废除了斗牛，他们在欧洲联盟，在外国使馆与宫廷，与他们的欧洲同事们见面时也不会觉得与众有别而在理智上感到窘迫，但是斗牛仍将在马德里继续流行。目前，有几家政府资助的报纸都在开展一场激烈反对斗牛的运动，但是，鉴于有这么多的人全靠与斗牛有关的各个行业谋生，如公牛的饲养、装运、斗牛赛、放牧、屠宰，因此我认为，即使那些报纸觉得自己很强大，政府也废除不了斗牛。

关于作为斗牛用公牛的饲养、放牧之用的所有土地实际的与潜在的利用问题，正在起草一个详尽的报告。必定会在安达卢西亚执行的土地调整措施中，一些最大的牧场肯定要改为农田，但是，由于西班牙是一个农牧业并存的国家，许多牧业用地并不适宜于耕作，而且饲养的牲畜也绝不至于浪费，都是要屠宰的，都是要出售的，不管是在斗牛场杀还是在屠宰场杀，因此，南方许多现在用来饲养斗牛用公牛的牧业用地，肯定将继续保留下来。在一个为了让农业工人就业而在一九三一年禁止使用一切收割机和播种机械的国度里，政府对于开辟新的耕地计划是不会急于实施的。科尔梅纳尔和萨拉曼卡周围地区饲养公牛的牧业用地的开发，那是没有什么问题的。我预计安达卢西亚的公牛饲养用地面积会有部分减少，一些大的牧场也将改为耕地，但是我认为，在现政府统治下，斗牛业不会发生巨大的变化，虽然现政府许多成员会以废除斗牛为荣，并毫无疑问将为达到这个目的而竭尽全力，而要达到这一目的，最迅速的办法即是在公牛上下手，因为斗牛士即使没有得到支持也会成长，就像杂技演员，赛马骑手，甚至作家，都有天赋才能，而没有一个斗牛士是不可替代的；但是，斗牛用公牛就像赛马用的马一样，是几代人精心培育的产物，当你把那种公牛送往屠宰场时，那种公牛也就绝种了。

第二十章

如果我能把这本书的内容写得足够的话，这本书要包罗万象，什么都有。普拉多艺术馆看外表像美国一所大学高大的校舍，在明媚的马德里夏日的清晨，洒水器就早早地给草地洒水了；光秃秃的白色土山眺望着加拉邦彻尔；八月天乘火车旅行的那些日子，当时把向阳的那一边的窗帘都放下了，风吹起了帘幕；坚硬的泥土打谷场上随风吹来的麦壳，拍打在汽车上；还有麦子的香味和石风车。记下当你告别阿尔萨苏亚绿油油的乡村之后景色的不同；穿过平原，就是远方的布尔戈斯，后来又进屋去吃干酪；记下一个男孩子拎着装在枝编物里的一罐罐葡萄酒在火车上让人品尝；这是那孩子第一回去马德里，兴致很浓地把酒倒出来，他们一个个都喝醉了，连那两个宪警队员都醉了，而我把车票也丢了，于是我们就让那个宪警带着走出小门（他们带我们出去好像我们是犯人一样，因为没有车票，可是把我们送进出租车还敬礼）；还要写哈德莱[①]，她把公牛的一个耳朵包在一块手帕里，那个耳朵硬邦邦、干巴巴的，上面的牛毛都磨光了，可是把公牛耳朵割下的那个人现在也秃顶了，脑袋顶上伏着几缕长长的头发，可当初他是个花花公子。他的确是的。

书中应该写明当时你出了群山，进入巴伦西亚，一路上景色的不同，那时已经是黄昏时分，在火车上，你手里替一个女人抓着一只雄鸡，那是送给她姐姐的；应该写一写阿尔西拉斯那个木结构斗牛场，他们把死马就拖出去扔在野地里，你走路也只好从死马身上跨过去；要写午夜之后马德里街道上的嘈杂，六月里通宵达旦的集市，以及星期天从斗牛场一路步行回家；或者跟拉斐尔一起乘出租车回家。Que tal？Malo，hombre，malo；[②]肩胛提得这么高；或者跟罗伯托一起，堂罗伯托，堂埃内斯托，总是那样彬彬有礼，那样和气，多么好的朋友。还有在拥护共和成为一件体面的事情之前拉斐尔住的地方，房间里挂着希塔尼利奥杀死的公牛的牛头，大油罐子，总是有礼物，还有可口的酒菜。

应该记下焦火药味，树木绿叶丛中冒出的鞭炮的青烟、闪光和噼啪声，记下品尝杏仁茶，冰凉冰凉的杏仁茶，以及太阳下刚冲洗的街路，西瓜，啤酒壶外面一颗颗冷凝水珠；巴柯-德-阿维拉的房屋顶上的鹳群，还有在空中盘旋的鹳，以及斗牛场的红土色；入夜，灯火透过树木的绿叶以及叶丛中的加里波尔第的画像，人们在笛子与鼓声节拍下跳舞。如果要把本书真写成一部专著，书中就应该写拉加蒂托勉强的笑，以前那曾经是发自内心的笑；还有那些没有成绩的剑杀手在沿着通往帕尔多的大路流淌的曼萨纳雷斯河里，与那些下等的婊子一起游泳；路易斯说，叫花子谈不上挑三拣四的；在溪水旁边的草地上打球，在那里看到优雅的侯爵牵着斗拳狗走出汽车；在那里我们做肉菜饭吃，天黑时我们步行回家，汽车从身边疾驰而过；在夜晚的凉爽中，电灯光透过绿叶丛，露水压住了尘土；博比利亚的苹果酒，从圣地亚哥到庞特维德拉的大路，在道旁的密萝与黑刺莓之间紧急转弯；阿尔加贝诺，他是他们当中最恶劣的卖滑头货的小贩；马艾拉在金塔纳家房间里与神甫交换装束，那一年人人都喝得很多，但没有一个胡来。确实有过这么一年，但是有了这些还不够。

要把往事一件件再现出来；傍晚站在塔姆卜拉河的桥上，给河里的鲑鳟鱼喂蚱蜢；在老阿奎拉斗牛场，弗里克斯·梅里诺黑黝黝的脸十分严肃；勇敢、笨拙、斜白眼佩德罗·蒙特斯不在家里换斗牛服，因为在他的兄弟马里亚诺斗死在特图安之后，他答应过母亲不再斗牛了；还有利特里，公牛朝他走过来时，两眼紧张地眨巴，就像一只小兔子，他的弓形腿弯得厉害，但很勇敢；那三个都斗死

---

① 哈德莱是海明威的第一任妻子，于 1927 年春离婚。

② 西班牙语，意即：怎么样？很糟糕，老兄，很糟糕。

了；决不提起大厦底下大街上晒不到太阳那一边的啤酒店，利特里和他的父亲就坐在那里，那里现在已经成了一间雪铁龙汽车展销室了；也不提起人们打着火把，抬着已经断气的佩德罗·加雷尼奥，穿过一条条街，最后抬进教堂，把他光着身子放在祭坛上。

本书中一点也没有说到弗朗西斯科·戈梅斯（阿尔迪诺），他曾在俄亥俄州一家钢铁厂做工，后来回老家当了一名剑杀手，但他现在浑身是伤疤，除弗雷格之外，谁也比不上他伤多，他的眼睛都歪了，一颗眼泪落下来会顺着鼻子跑。也没有提到加维拉，他跟公牛同时断气，所受的伤跟埃尔·埃斯帕特罗的一样。书里也没有谈到萨拉戈萨，入夜，站在桥上望着埃布罗河，第二天的跳伞的人以及拉菲尔的雪茄烟；没有写古老豪华的红房子剧院里举行的霍达舞比赛，没有写一对对奇妙的男女舞伴；没有写他们在巴塞罗那杀了纳伊德苏克雷，一点都没有；也没有写诺瓦拉；也没有写莱昂那个鬼地方；也没有写在帕伦西亚街上向阳的那一边，躺在旅馆里，身上撕掉了一块肉，天气又热，你没到过那里，不知道什么叫做热；也没有写里克纳与马德里之间的那条路，尘土比轮毂还要厚；也没有写阿拉贡的气温在树荫下也有华氏一百二十度，而既没有积了水碱，也没有故障，汽车在平路上跑上十五英里，散热器的水全部煮干了。

本书要写得更充分的话，那就要把马艾拉在库兹咖啡馆跟阿尔弗雷多·戴维打架的集市最后一晚记下来；还要写写擦皮鞋的人。我的天哪，你可不能把所有擦皮鞋的人都写进去；来来去去的姑娘也写不完。潘普洛纳现在变样了；他们现在已经造了新的公寓住房，从平原一直造到高原的边上；所以，你现在已经看不见群山了。他们拆除了古旧的加雅雷大楼，毁掉广场，修了一条宽阔的大道，直达斗牛场，而过去，奇奎洛的叔叔总是醉醺醺的坐在楼上的餐室里，望着人们在广场上跳舞；奇奎洛自己一个人待在房间里，他那个斗牛队的队员坐在小餐馆里、在城里逛。关于这些我写过一个故事，叫《缺乏热情》，不过故事写得不很好，尽管写这个故事时正值他们朝火车扔死猫，后来火车车轮发出咔哒声，而奇奎洛在车厢里，一个人；一个人能对付；那也是够公平的。

如果书中写了西班牙，那就该写一写那个又高又瘦的小伙子，身高八英尺六英寸，他们进城前他是做补牙广告的。那天夜里，还是牲口集市期间，那些妓女不肯跟那个矮人有关系，他身材是正常的，只是两条腿只有六英寸长，他说，“我跟别的男人一样是个男子汉。”妓女说，“不对，你不是男子汉，麻烦就在这里。”西班牙有许多矮人，还有跛子，你真不会相信，一个个都跟着集市转。

我们在西班牙，早晨吃完早饭，然后到奥伊斯的伊拉蒂河游泳。河水清澈，河水的温度随着你的深入而变化，凉、透心凉、冷，还有太阳火辣辣时，河岸上的树木投下的荫凉，微风过处，吹来河对岸及山脚坡地上成熟的麦子的香味。河谷尽头有一座古老的城堡，河水就从谷地两块大石之间流出；我们光着身子，先躺在短草地上晒太阳，后来躺在树荫底下。奥伊斯的葡萄酒不够味，所以我们自己带着，火腿也不好吃，所以第二次我们就从金塔纳家带了午餐。金塔纳是在西班牙的最优秀的斗牛迷，最忠诚的朋友，有很漂亮的旅馆，客房都住满了。Que tal，Juanito？ Que tal，hombre，que tal？①

如果这是西班牙，为什么不写一写骑兵顶着头上的绿树浓荫，在另一条溪流的浅水处蹚过去，为什么不写一写他们踏过黏土铺的白色操场，从机枪训练班开出队伍，这么远望过去非常小，从金塔纳家窗口眺望可看到群山。还有在星期天早晨醒来时，街上空荡荡的，远处有喊声，接着是枪声。如果你日子待久了，又各处走走，这种事会多次碰到。

如果你骑马，而且你的记性又好，你可以骑马深入伊拉蒂河沿岸的密林，那里的树林就像小孩子童话书中的画一样。他们在树林里砍伐。圆木顺流而下，他们在河里刺鱼，在加里西亚他们用炸药

① 西班牙语，意即：怎么样，胡安尼托？怎么样？老兄，怎么样？

炸鱼，用药药鱼，效果都一样；所以归根结蒂，这儿跟家乡一样，只不过这儿高处草地上有荆豆，而且降雨量少。云从海上飘过山来，但是南风起时，纳瓦拉一带全是一片小麦的金黄色，只不过这里小麦不种在平原上，而是种植在山坡的上上下下，一条条道路穿过，麦地，道路两旁植了树，还有无数村落，不时传来钟声，村子里有回力球球场，闻得到羊粪的气味，看得见站立着马匹的广场。

倘若你记下太阳底下蜡烛的黄色烛光；而太阳光又照射在守卫圣体的士兵新上油的钢刺刀和黄色漆皮武装带上；或者你写一写那些士兵两人一组到德瓦山上矮栎树中去搜寻落入陷阱中的人（从圆屋咖啡馆出发，走了又累又远的路，结果在一间四面漏风的屋子里被按照国家的命令、带着教会的慰问处以铁环绞刑，曾一度被宣布无罪，被拘留到布尔戈斯军区司令撤销法院的裁决为止）；还要写罗耀拉[①]被炸伤双腿的那个城市[②]，罗耀拉的伤促使他思考，那一年被出卖的人当中最勇敢的一个从阳台上跳下来，脑袋朝下跌在院子里的石块铺就的路上，因为他起过誓，他们不会杀他；（他的母亲曾试图要他答应不要自尽，因为她所担心的是他的灵魂，但当他们与他一边走一边祈祷的时候，他虽然双手被绑着，却干脆利落地跳下楼去）；倘若我能写一写他；写一位主教；写坎迪多 · 梯巴斯和托龙；写天上的云飞快移动，笼罩麦地和娇小、谨慎踏着舞步的马；还有橄榄油的气味，皮带的感觉，绳子作底的鞋，绕成结子的大蒜，土罐子，肩上扛着的马褡裢，酒囊，天然树枝桠做的干草叉（叉子就是枝桠），清晨的气息，山中的寒夜和漫长的炎夏，永远是树以及树荫，倘若如此，那么，你就体味到了一点那瓦尔王国[③]那个时代了。然而，本书没有记载。

按理说还应该有阿斯托加、路戈、奥伦斯、索里亚、塔拉戈纳

① 罗耀拉（Loyola，1491—1556），西班牙天主教耶稣会创始人。

② 即西班牙北部城市潘普洛纳，罗耀拉 1521 年 5 月 20 日在保卫纳瓦拉，抗击法军的战斗中两腿被炮弹炸伤。

③ 那瓦尔王国为法国西南部与西班牙北部地区，中世纪一封建国家。

以及加拉塔尤德，高地上的栗树，绿色的原野与河川，红色尘土，干涸的河道旁的小树荫，白色的泥巴山；在海边峭壁之上那座古城里，在棕榈树下散步的凉爽，微风习习的夜晚的凉爽；夜间有蚊子的困扰，但是早晨有清澈的水和白色的沙；还有米洛家在凝重的黄昏的闲坐；葡萄树一眼望不到头，边上有篱笆，中间有小道；铁道，遍布鹅卵石的海滩，长长的纸草。一间黑洞洞的屋子里，一个个陶罐，装了不同年份酿制的葡萄酒，一个挨一个地堆放，堆成十二英尺高；房屋顶上一座塔楼，晚上爬到上面，眺望葡萄树，眺望村舍，眺望远山，侧耳倾听，听见夜是多么地静谧。一座粮仓前有个农妇手抓着一只鸭子，喉头已经被割断，她轻轻地捋着鸭子，身旁一个小姑娘拿一个杯子接鸭血，好作肉汤。鸭子似乎很无奈，只得听天由命，她们将它放下来（血都接在杯子里了），它跌跌撞撞站起来跑了两回，知道自己已经断气了。后来我们把它肚子塞满，烤起来把它吃了；还有许多别的菜肴，当年的葡萄酒，前一年的葡萄酒，四年之前的那个重要年份和我记不清是哪一年的葡萄酒；我们吃着菜，喝着酒，而那个靠发条驱动的捕蝇器的两条长臂一圈一圈地转着。大家说的都是法语。可我们所有的人西班牙语倒说得好些。

那是在Montroig，读作蒙特罗伊奇。那是西班牙许多地方之一，城中也有雨中的圣地亚哥街；你回家经过山区森林地带，可以看到山岙里的这座城镇；在通往格劳去的光滑的石板路上，马车上堆得高高的，辘辘作响，所有这些马车散发出新锯木板的香味，它们都须到达诺雅，搭起临时的木结构斗牛场；奇基托，一张姑娘的脸，一位大师，fino muy fino，pero frio[①].巴伦西亚第二因为眼睛动手术时被缝错了针，结果眼皮外翻，他因此也就无法再摆出居高临下的神气来了。还有那个小伙子，他进入公牛牛角所及之范围刺杀时失了手，第二回又没有刺中。要是你晚上不睡觉看夜间的活

① 西班牙语，意即：长得非常清秀，但是态度冷淡。

动，那是很有趣的。

在马德里，还有那位滑稽的斗牛士，他挨了罗达利托两顿揍，拿刀子捅进罗达利托的肚子，因为他以为又要挨揍了。阿格罗跟他全家人都在餐厅里用餐；一家人年龄大小不一，但长相都一个样。他那模样倒像个棒球游击手，或橄榄球的四分卫，不像剑杀手。卡冈乔待在自己房间里用餐，用手抓，因为他不会使叉子。他也学不会，所以他一有了钱从不在外边人多的地方吃。奥尔特加跟埃斯帕那小姐订了婚，她最丑又最漂亮，那么谁说话最风趣？《北方杂志》的德佩尔迪西奥斯最风趣；他的文章是我读到的最风趣的。

到了锡尼的房间里，有要求在他斗牛期间给点活儿干干，有向他借钱的，有要一件旧衬衣的，有要一套衣服的；所有的斗牛士，到了一个地方吃饭的时候都被人们认出来，都很拘礼节，都不走运；穆莱塔折叠起堆放着；红披风都折得平平整整；剑插在雕花的皮套里；全都放在大衣橱里；穆莱塔木棒放在最下面的抽屉里，斗牛服挂在衣架上，用布裹着，保护好金饰；我的威士忌装在瓦壶里；墨西迪斯，拿杯子来；她说，他发了一夜的烧，一个钟头前刚出去。这不，他来了。怎么样？很好。她说你发烧了。可现在很好。大夫，您说呢？干吗不在这里吃？她可以弄一点东西，做一盆色拉。墨西迪斯，喃，墨西迪斯！

你还可以到城里去走走，到小餐馆里坐坐，他们说，在那里你可以受点教育，知道谁欠谁钱，哪个人从哪个人身上骗走了这个，为什么他对他说他可以亲一亲他的什么人，谁跟谁生有孩子，谁在什么人之前、之后跟谁结了婚，这要花多长时间，大夫说了点啥。谁因为公牛来迟了这么乐，公牛到了斗牛那天才运到，腿当然发软，红披风过了两招，喃，就完了，他说，接着就下起雨来，斗牛推迟一周，那就是他轮到的。谁不愿跟谁搭档，什么时候，为啥，是她吗，当然啰，你真傻会不知道就是她？绝对是她，就这么回事，不会是别的情况，她把他们全活吞了，所有这些有价值的新闻你都在小餐馆里听到。就在小餐馆里，那些小伙子在那里从来不会有错的；就在小餐馆里，到了那里面一个个都勇敢；就在小餐馆里，那里堆满了盘碟，大理石桌面上摆着不当令的虾仁，喝了多少酒就拿铅笔在桌面上记个数，人人都感觉很好，因为什么成功都没这么稳当，到了晚上八点要有人肯会钞，大家一个个都踌躇满志。

关于一个你非常热爱的国家，还要说些什么呢？拉斐尔说，事情发生了很大的变化，他不愿再回潘普洛纳去了。我发现，《自由报》已经与《时报》差不多了。由于共和很体面，因此，《自由报》不再是你可以刊登启事、知道扒手会看到你的启事的报纸了。当然，潘普洛纳是变了，但是这变化也不是不知不觉的。我发现，假如你要喝一杯，也跟往常一样，就是这个味。我知道世道变了，但我不在乎。对我来说都变了。变就让它变吧。还没来得及变够我们大伙儿都不在了。要是我们都死了以后，不再发洪水，北方夏天还是要下雨，老鹰还会在圣地亚哥的大教堂上做窝。我们过去在背光处长长的砾石路上练习红披风的庄园，喷泉有没有水也没有什么大不了。我们再也不会在黑夜里从托莱多骑马回家，与封达多一块儿冲洗满身的灰尘，在马德里那年七月在夜晚发生过事情的那一个礼拜也不会再有了。我们大家都看到这一切消失了，我们还要再看着这一切消失。重要的问题是要坚持，完成你的工作，要看，要听，要学习，要理解；有你所了解的东西，就要写；并不是在了解之前；也不是在了解很久很久之后。要是你能办到，要让那些想拯救这个世界的人能够看清这个世界，能够有全面的了解。那么，你所写的任何一个部分，如果写得真实，就能代表整体。重要的是工作并学会完成这一部分。不够。还不能说对这么一本书来说已经够了，仍然还有一些事要说。还有一些实际的事要说。

术语释义汇编

斗牛中用的某些词语、术语和短语释义汇编

A

Abanico：展开如扇子状。

Abano：出场时表现出胆怯的样子，不肯出击，但痛击它一下之后会改进状态的一头公牛。

Abierto de cuerna：牛角开阔。

Abrir-el-Toro：把公牛从木板围栏边引到斗牛场中。

Aburrimiento：乏味，拙劣的斗牛赛上的主要的情绪。喝一点冰啤酒可稍稍缓解。除非啤酒很凉，使这种情绪加深。

Acero：钢。剑的通俗用词。

Acometida：公牛的出击。

Acornear：牛角的挑刺。

Acosar：养牛场上对小公牛做的部分测试。骑手将小公牛或小牛犊与其他牛隔离，一路追赶直至它走投无路、转身出击。

Acoson：指斗牛士被公牛紧追。

Acostarsc：公牛出击时身体 侧比另 侧靠近斗牛上的倾向。如果公牛有一侧靠斗牛士很近，那么斗牛士就必须在那一侧给公牛以余地，否则就会被公牛挑着。

Achuchón：公牛在过人时撞着斗牛士。

Adentro：斗牛场中位于公牛与木板围栏之间那一片地。

Adorno：斗牛士为了显示其控制公牛的能力而表演的毫无用处或浮夸的戏剧性动作。这些动作可能是高雅的，也可能是庸俗的，有背对公牛下跪的，也有将观众的草帽挂在公牛牛角上的。我所见的最俗的是安东尼奥·马尔克斯做的动作，即用嘴巴去咬牛角。最漂亮的是

拉斐尔·埃尔·加利奥做的，即他向公牛投了四对短标枪，而且后来他一面运用穆莱塔给予公牛以喘息的机会让它振作起来，一面动作非常优美地把短标枪又一支一支地拔出来。

Afición：迷恋斗牛。也指斗牛场上的全体观众，但一般用作通称，指观众中最熟悉斗牛的那些人。

Aficionado：指对斗牛有一般与具体的了解而仍又喜爱斗牛的人。

Afueros：斗牛场中位于公牛与斗牛场中心之间的那一片地。

Aguantar：用剑与穆莱塔杀公牛的一种方法，即如果在剑杀手侧身而立、收拢穆莱塔的时候，公牛出乎意料地出击，那么，剑杀手就站立着等候公牛，在左手放低穆莱塔引导公牛过人的同时，右手将剑刺入。从我观看的情形来看，这种刺杀方式，十之九结果是很糟糕的，因为斗牛士不会等到公牛近身了才将剑正确地刺入，而是把剑身朝牛脖子上刺，人只要一伸手就可做到又几乎无自身危险。

Aguja：即针，公牛牛角几种叫法之一。也指肩胛骨旁边的前排顶部肋骨。

Ahondar el estoque：剑刺入后再往里推。这种做法往往是在公牛靠近木板围栏而剑杀手看起来无法将公牛杀死的时候，由管剑的人完成的。有时候是短标枪手去完成的，他朝刺入的剑甩过红披风去，然后将披风顺势往下拉。

Ahormar la cabeza：调正公牛脑袋的位置准备刺杀。剑杀手应该用穆莱塔的功夫来完成这一步骤。他放低穆莱塔使公牛脑袋往下，抬高穆莱塔使公牛脑袋朝上，但有时候穆莱塔的几次高位动作会使公牛脖子伸得老长而乏力，从而使抬得高高的公牛脑袋低下来。如果剑杀手没法叫公牛把脑袋抬高，短标枪手一般就会用红披风朝上舞动几下，使公牛把脑袋抬高。剑杀手是否需要花力气去调正公牛脑袋，那要看长矛手是如何逗引公牛的，以及短标枪是怎么投刺的。

Aire：风；这是斗牛士最凶恶的敌人。为了在风里能叫红披风和穆莱塔更听使唤，红披风和穆莱塔都弄湿，并在沙土里擦过。但红披风与穆莱塔又不可弄得比原先沉得多，否则会使斗牛士手腕不灵活，而且如果风大也抓不住红披风。红披风或穆莱塔随时都可能被风吹起来把人完全暴露在公牛面前。每场斗牛表演斗牛场总有一块地方风最小，斗牛士就该找那个背风的地方，如果公牛在那一块地方能与人配合，那就应尽量在那里完成红披风和穆莱塔各种花式动作。

Al Alimón：很无聊的红披风动作。两个人各执红披风一端，公牛从两个人之间、在红披风下面冲过去。这种招式没有什么危险，而且这种手法你只能在法国或者观众都很幼稚的地方看到。

Alegrar al Toro：叫变得迟钝的公牛振作起精神。

Alegria：斗牛中表现出的轻松；一种优美、别致的塞维利亚风格，与龙达派的传统悲剧性相对。

Alguacil：骑马执行官，传达总裁判的命令。斗牛士入场式上他骑马走在前头，穿腓力二世时①的服装。他从总裁判手里接过牛栏门的钥匙。在斗牛过程中向斗牛人员传递总裁判的命令。命令的传达通常是通过一个连接总裁判的包厢和斗牛场和座位之间的通道的送话管。每一场斗牛一般有两名骑马执行官。

Alternativa：正式接受一名学徒剑杀手或小牛剑杀手成为一名正式剑杀手。它的表明方法是老资格剑杀手放弃刺杀第一头公牛的权利，即由他把穆莱塔和剑交给第一次替代正式剑杀手刺杀公牛的斗牛士。仪式在号角吹响第一头公牛之死的时候进行。被正式接纳为剑杀手的人，手臂上搭着红披风，走进场内，去见那位老资格斗牛士，由他递交剑与穆莱塔，并收下红披风。他们互相握手，然后新剑杀手刺杀第一头公牛。到了斗第二头牛时，他把剑与穆莱塔交还他的保人，并由他来杀第二头公牛。那以后他们便以通常的方式轮换刺杀，第四头公牛由老资格斗牛士刺杀，第五头公牛由资格较次者刺杀，新剑杀手杀最后一头公牛。一旦他在西班牙被接纳为正式剑杀手之后，在这个半岛上除马德里之外，在所有斗牛场上他作为一名正式剑杀手的地位也就有效。他在外地举行过接纳仪式之后，如在马德里第一次登场，接纳仪式还要再进行一遍。在墨西哥或南美举行的接纳仪式，在西班牙是不予以承认的，须在外省和马德里认定

① 腓力二世，西班牙国王，1556—1598 年在位。

之后才行。

Alto：a pase por alto，即公牛从穆莱塔底下通过。

Alto（en todo lo）：从公牛肩胛骨之间的顶部正确刺入的剑刺。

Ambos：两者；ambos manos 即两只手。

Amor propio：amour propre，自尊心，这在现代斗牛士是很难的，尤其是在第一个赛季取得成功之后，或者在他们面前还有五六十个斗牛合同的时候，更为少见。

Anda：上啊！长矛手犹豫不定，不敢接近公牛时，你常可听到人们这么叫喊。

Andanada：斗牛场上高处向阳的廉价座位，位置与荫处的包厢相对应。

Anillo：斗牛场。也指公牛牛角根部的那一圈，据此可推算公牛的年龄。第一圈即为三年，而后每长一岁增加一圈。

Anojo：一岁公牛。

Apartado：通常在斗牛之前在中午进行的分拣公牛，按照已定下来的上场次序，将公牛隔离，分别关在牛栏里。

Aplomado：在斗牛行将结束时公牛常常会有的迟钝或麻木的状态。

Apoderado：斗牛士的代表或经纪人。跟拳击手的经纪人不同，他们为斗牛士签约的每一场斗牛难得有超过百分之五的佣金的。

Apodo：斗牛士的艺名。

Aprovechar：剑杀手利用并得益于所抽得的公牛。一个剑杀手最糟糕的表现莫过于不会充分利用一头随和、出色的公牛去完成高超技艺。毕竟是难对付的公牛比容易对付的多得多，如果斗牛士不 aprovechar 出色的公牛而竭尽全力，那么，场上的观众对于他，比起遇上一头难弄的公牛而表现真正拙劣的斗牛士，态度更为苛刻。

Apurado：由于斗得没有章法，结果变得疲惫、精疲力竭的公牛。

Arena：铺在斗牛场上的沙土。

Arenero：斗牛场勤杂人员，在公牛被杀死并拖出去之后负责将场地上的沙土平整。

Armarse：指剑杀手在刺杀之前收拢穆莱塔，用剑瞄准公牛，使脸、手臂与剑构成一条直线。

Arrancada：公牛出击的又一叫法。

Arrastre：用三头骡子或马将死马和每一次杀死的公牛拖出去。先是拖死马。如果公牛特别地勇猛，人们都会喝彩。有时候它被拖出去的时候会绕场一周。

Arreglar los pies：使公牛前腿并排在一条线上站定，以便刺杀。如果前腿一前一后，两块肩胛骨也会一前一后，使插入利剑的肩胛骨之间的空隙封住，或者大大缩小这空隙。

Arrimar：贴近公牛表演技艺。如果剑杀手 arriman al toro，那将是一场精彩的斗牛。到了他们要尽量离公牛牛角远一点表演招式的时候，也就是最乏味的时候。

Asiento：座位。

Astas：刺刀——牛角的又一种叫法。

Astifino：牛角扁而锋利的公牛。

Astillado：一个或两个牛角尖头开裂的公牛，牛角开裂一般都是在运到之后朝笼子顶撞或在牛栏里攻击而造成。这种牛角伤人最甚。

Atrás：后面；向后。

Atravesada：横穿——由于剑斜刺入公牛，剑头从公牛一胁牛皮穿出。除非是公牛攻击时明显偏离，这种剑法说明斗牛士在刺杀的那一刻并没有从正面直线刺入公牛。

Atronar：公牛受了致命伤倒在地上的时候，用短剑从后面在脊椎骨之间刺入，将脊髓切断，即刻杀死公牛。这解除痛苦的一刺是由短剑手执行的，他是短标枪手中的一员；他接近公牛之前先在右手套上一个油布袖套，免得衣服被公牛鲜血所污。如果公牛仍然站立，而且这一剑由剑杀手从公牛正面执行，他可用一把特殊的剑，剑头直而硬，也可用 puntilla，这就叫作后颈屠牛法。

Avíos de matar：杀牛工具，即剑与穆莱塔。

Aviso：根据总裁判的示意，向剑杀手发出的号角警告，即他出场用剑与穆莱塔杀公牛十分钟后公牛还活着。第二次吹号警告是在第一次警告后三分钟发出，第三次即最后一次吹号警告即又过了两分钟之后。第三次警告之后剑杀手就得被迫退到木板围栏边，这时在第一次吹号警告时已做好准备的犍牛进场，把活着的公牛带出场外。所有比较大的斗牛场内都有一个大挂钟，以便观众掌握剑杀手表演时所花的时间。

Ayudada：一种技法，即用剑头刺入穆莱塔的红布，将红布挑开；这是借助于剑使用穆莱塔的方法。

Ayuntamiento：西班牙城市的市政厅或市政府。西班牙斗牛场里有留给 ayuntamiento 的包厢。

B

Bajo：低。长矛刺得低是说长矛刺在近肩胛骨的脖子一侧。如果剑刺在公牛肩胛骨顶端以下任何一处右侧或脖子前部，也叫做 bajo。

Bajonazo：通常指剑有意朝公牛脖子或肩胛下部刺，因为剑杀手意欲在不暴露自身的情况下杀牛。剑杀手这样做的目的是要切断主动脉或牛脖子上的血管，或者是要把剑刺入肺部。这样杀牛时，他的身体不必处于公牛两只牛角之间，他不必做躲避牛角的动作就可将公牛杀死。

Banderilla：是一根圆棒，七十厘米长，包着花纸，尖头为钢，呈鱼叉状。在斗牛第二回合时朝公牛肩胛骨顶端一对对投刺，尖头上的叉子钩在皮下。它们应投刺在牛肩胛骨顶端，并且两支应并拢。

Banderillas cortas：仅二十五厘米长的短标枪，现几乎不用。

Banderillas de fuego：枪杆上捆着爆竹的短标枪，用来投刺在未向长矛手出击的公牛身上，这样，火药的爆炸会叫公牛惊跳起来，不停地甩脑袋，使它脖子肌肉疲劳；这是公牛所不愿意接受的在与长矛手交锋时的遭遇。

Banderillas de lujas：用了许多装饰物的短标枪，斗牛士义演时用。由于重，而且难掌握，因此不易投放。

Banderillero：听从剑杀手指挥，并由他支付报酬的斗牛士，其职责是运用红披风叫公牛奔跑，并投刺短标枪。每一名剑杀手都有四名短标枪手，这四名短标枪手有时又称为 peóne（帮手）。以前曾被称为 chulo（下等人），但这种叫法现已不再用。短标枪手每场挣一百五十至二百五十比塞塔。他们轮流投刺短标枪，其中两人投刺一头公牛，另两人接着投刺另一头公牛。在旅途中的费用除酒、咖啡和烟之外，都由剑杀手负担，剑杀手则从斗牛赞助人那里收费。

Barbas——El Barbas：斗牛士们用来称大而成熟的公牛的土话。这种公牛长到四岁半时在去掉牛角、牛头、牛蹄及牛皮之后可净得牛肉三百二十公斤。这种牛活着的时候很懂如何使用牛角，让斗牛士赚钱。

Barrenar：剑杀手置身于公牛两牛角之间刺杀之后，并在避过了牛角后即将从牛腹侧退出来时，将剑往里推的动作。一旦避过了牛角，他可以把剑往里推而不会有危险。

Barrera：环绕铺有沙土的斗牛场、涂着红漆的木板围栏。斗牛场第一排座位也叫作 barrera。

Basto：双脚滞重，缺乏风采、技艺与灵活性。

Batacazo：长矛手严重摔伤。

Becerrada：业余斗牛士或学徒斗牛士的斗牛义演，用的公牛因为年龄太小而毫无危险。

Becerro：牛犊。

Bicho：甲虫或昆虫。公牛的俗名。

Billets：观看斗牛的门票。NO HAY BILLETES——售票处窗口挂的牌子，意思是所有票子都已售完；这是赞助人的梦想。但是，如果你不在乎让人宰，咖啡馆的侍者几乎总是有办法给你弄到票子。

Bisco：牛角一高一低的公牛。

Blando：受不了打击的公牛。

Blandos：没有骨头的肉。如果剑刺的位置正确，没有碰到骨头，很顺利刺入，这一剑就叫作刺中没有骨头的肉。

Bota：一个酒囊，英国人叫作葫芦。在西班牙北方，情绪高涨的人们将自己的酒囊扔进场内，对绕场致意的斗牛士表示欢呼。胜利的斗牛士要拿起酒囊喝一口，然后把它扔回去。斗牛士都反对这种做法，因为万一酒飞溅出来会沾污他们昂贵的衬衣荷叶边门襟。

Botella：瓶子。野蛮的人、喝醉酒的人以及忘乎所以的人把瓶子扔进场内发泄自己的不满。

Botellazo：瓶子砸着脑袋；不与喝醉酒的人争吵则可避免。

Boyante：易对付的公牛，能听从红布的调动、勇猛而直爽地出击。

Bravo——Toros Bravos：勇猛、野性的公牛。

Bravucón：虚张声势、实则不勇猛的公牛。

Brazuelo：公牛前腿的上部。如果长矛手将公牛前腿上部的腱刺伤，公牛就会变成跛脚，不能参赛。

Brega：对每头参赛公牛必须完成的固定动作，一直到并包括刺杀在内。

Brindis：剑杀手在出场刺杀之前正式向总裁判或任何一个人致敬或向他奉献公牛。凡剑杀手午后杀的第一头公牛，他必须用以向总裁判致敬。向总裁判致敬之后，他可以将公牛献给在场的任何一位政府高级官员，任何一名贵宾观众，或者一位朋友。如若剑杀手要将公牛献给一个人或就此向一个人祝酒，那么他在祝酒之后就把自己的帽子扔上去，那位有此荣幸的人就保留这顶帽子，直至杀了公牛。公牛杀了以后剑杀手再回来取帽子。那人就将自己的名片放在帽子里扔回给斗牛士，如果事先作了准备的话，就在帽子里放上礼品。按照礼节，礼品是应该有的，除非是同行朋友之间的奉献。

Brío：精力充沛。

Bronca：起哄。

Bronco：一头野性、紧张、情绪不稳定、执拗的公牛。

Buey：犍牛或菜牛。或者指一头行动迟缓、像菜牛一样的公牛。

Bulto：包裹；往往是指人，不指红布。目标对准包裹的公牛，不管红披风或穆莱塔用得多么娴熟，它都不会留意，还是朝人冲击。这样的一头公牛十之八九以前在牧场上还是小牛犊时就跟人斗过，或者违反规则，过去在乡村斗牛场斗过而没有被杀掉。

Burladero：木板钉成、不留缝隙的躲避处，就在紧靠牛栏或木板围栏的外侧，如果斗牛士或赶牛的人被公牛追赶则可在这里躲避。

Burriciegos：视力弱的公牛。或远视，或近视，或视觉模糊。如果是近视的公牛，不怕贴近公牛的斗牛士可以斗得很出色，方法是跟着公牛一起转，使公牛始终看见红布。远视的公牛很危险，因为它会突然地，从很远的地方，朝着吸引它注意的最大的目标出击。至于视觉模糊，那往往是斗牛过程中因体重超常、天太热，眼睛充血所致，或者牛角顶到马肚子里、内脏沾了它双眼，这种公牛几乎没法子让人完成高超的技艺。

C

Caballero en Plaza：葡萄牙或西班牙长矛手，骑受过训练的纯种马，有一名或多名徒步的手拿红披风的人当助手，帮助他调拨公牛；这名长矛手在马背上用一只手或用双手投刺短标枪，并用长矛将公牛杀死。这些骑士因使用长矛，故亦称 rejoneadores（长矛手）。这些长矛有锋利、窄形、匕首状的矛尖。矛尖装在长杆上，长杆削去一部分，使它受不起力，这样，长矛用力一刺，矛尖就会刺进公牛，而长杆就会折断，矛尖则留在伤口里，如果公牛甩头，矛头就会越刺越深，这矛刺看上去无所谓，却往往会致命。这种形式的斗牛要求有很高强的马术本领，动作复杂，难度高，但是你看了几回之后，它对你就没有了通常斗牛那种吸引力，因为在这种斗牛中人不会经历危险。是马而不是骑马的人在冒险。因为每当马接近公牛的时候，它都是处在动的状态，所以马因骑手缺乏判断力或缺乏技巧而可能受的伤，不可能是使它倒在地上，从而让骑手身处危险时的那一种伤。公牛也会因长矛刺得深，而且又往往刺在脖子的禁区，大量出血，迅速乏力。此外，还因为在跑完原先相距的二十码之后，马总是可以超过公牛，结果便成了速度慢的在追速度快的，而在这跑动追赶的过程中，骑在马上的人将追赶的公牛刺死。这与徒步斗牛的理论截然相反，徒步的斗牛是公牛向人攻击的时候人必须坚守阵地，并且用挂在手臂上的红布的运动去诱骗公牛。在骑马斗牛中，人拿马作为诱饵，引公牛出击，而且常从公牛后面接近，但是这个诱饵是老在动的，所以，我看多了之后，就觉得这么斗很乏味。马术始终值得称道，马能训练到这程度也令人惊叹，但是总的来说这样的斗牛倒更像马戏表演，不像正式的斗牛。

Caballo：马。长矛手的马也叫作 penco（瘦马），或者叫得文雅一些

rocinante（驽马），还有许多相当于英语里叫那些蹩脚的赛马为家伙、老马、蹩脚货等等名字。

Cabestros：受过训练的犍牛，用来看管参赛公牛。这样的公牛年龄越大、越有经验，它们的价值也就越高、用处越大。

Cabeza：头。

Cabeza á rabo：一种穆莱塔过牛招式，公牛从头至尾整体从穆莱塔下面通过。

Cabezada：公牛的甩头。

Cachete：在公牛倒地之后，用短剑将它杀死的又一种叫法。

Cachetero：用短剑执行解除痛苦的决定性一刺的人。

Caída：马被公牛顶翻之后，长矛手从马背上摔下。刺在牛脖子上的剑，虽非有意，但仍低于规则要求的位置，也叫作 caída。

Calle：街道。最末等的斗牛士通常是那些经常在街头斗牛中出现的斗牛士。这个词在西班牙有这样的含义：若在街上看到的人是没有好地方可去的人，或者即使有好地方可去，也是不受欢迎的。

Callejón：斗牛场围住场地的木板围栏与第一排座位之间的通道。

Cambio：变化。一种红披风或穆莱塔招式。采用这一招式时，斗牛士将公牛纳入红布之后，通过红布的移动，将公牛的方向改变，本来公牛朝人的一边冲击，现在调到另一边去了。在这一改变方向的过程中，穆莱塔也可以从一只手转移到另一只手，从而使公牛急剧掉头，让它定位。有时候斗牛士将穆莱塔拿在身后从一只手换到另一只手。这只不过是摆摆姿势，对公牛没有什么作用。短标枪手改变方向的手法是将身体虚晃一下，使公牛转向，在正文中有详细描述。

Camelo：假冒；要个花招让人看上去与公牛很贴近，实际上却是一点不冒风险的斗牛士。

Campo：乡村。Faenas del campo 即指饲养、烫火印、放牧、测试、挑选、关笼、运输等全部工作。

Capa 或 capote：斗牛中用的红披风。形状如西班牙冬天常用的披风，通常一面是生丝，另一面是细棉布。领子重，有硬衬布，面子樱桃红色，里子黄色。一件优质斗牛用红披风价为二百五十比塞塔。拿在手里很沉，剑杀手用的红披风下缘在红布里缝了小软木塞。剑杀手提起红披风下缘时就将这些木塞抓住在手中，用两只手甩开红披风时，这些软木塞也抓在一起。

Caparacón：给长矛手的马护胸、护腹，像床垫一样的覆盖物。

Capea：非正式斗牛，或在乡下村庄广场上业余斗牛士和有志于斗牛的人用红披风引逗公牛。也指法国一些地方的对正式斗牛的模仿，也指禁止杀牛的一些地方的模仿斗牛过程中不用长矛手，杀牛也是模拟的。

Capilla：斗牛场教堂，斗牛士进场前可去祈祷。

Capote de brega：即前述之斗牛用红披风。

Capote de paseo：斗牛士进场时穿的华丽的红披风。这种红披风用料为金银线织锦缎，价值一千五百至五千比塞塔。

Cargar la suerte：剑杀手在公牛冲到红布前时，双臂的第一个动作，把红布朝前移动，引诱公牛朝前冲离斗牛士。

Carpintero：斗牛场木工，守候在木板围栏后的过道上，随时修理损坏的围栏或斗牛场的门。

Carril：沟、车辙、铁道。斗牛说的 carril 是指这样的公牛：它出击时径直向前，仿佛是顺着车道或在铁道上跑似的，从而让剑杀手完成极出色的表演。

Cartel：一场斗牛的赛事安排。也可以指一名斗牛士在一个特定地区名气有多么大。例如，你向一位圈内的朋友打听，“你在马拉加的 cartel 怎么样？”“很不错；要说马拉加，谁的 cartel 都比不上我。我的 cartel 是没话说了。”至于他上一回在马拉加的表现，那是有案可查的，说不定曾经被愤怒、扫兴的观众赶出城外。

Carteles：斗牛海报。

Castigaderas：赶公牛的长杆。斗牛前要把公牛赶到各自的一间牛栏里去，就站在高处拿长杆分隔公牛，将它们赶到牛栏的不同的过道里。

Castoreno：皮帽，即长矛手戴的大帽，边上有绒球。

Cazar：斗牛士身体不靠近公牛，因此以欺诈、不义的手法刺杀公牛。

Ceñido：贴近公牛。

Ceñirse：紧逼。用于公牛，意即逼近斗牛士，进攻一次就前进一步。如果人离公牛很近地完成动作即叫作 ciñe。

Cerca：靠近，如靠近牛角。

Cerrar：关闭。Cerrar el toro：把公牛逼到木板围栏；反之则为 Abrir。斗牛士挑引紧靠木板围栏的公牛出击，结果一边是公牛截断他的退路，一边是木板围栏挡了道，这时候的斗牛士，我们称为 encerrado en Tablas。

Cerveza：啤酒。马德里几乎到处都有很好的鲜啤酒，但最好的鲜啤酒要到维多利亚大街阿尔瓦雷斯啤酒店去喝。鲜啤酒店里都用一品脱的杯子，叫作 dobles，也有半品脱的杯子，叫作 cañas，cañitas 或 medias。马德里的啤酒厂都是德国人建的，那是欧洲大陆除德国和捷克斯洛伐克之外最好的啤酒。最好的瓶装啤酒是“鹰牌”啤酒。在外省，好的啤酒厂在桑坦德（“白十字”啤酒）和圣塞巴斯蒂安。在圣塞巴斯蒂安城，我喝到过的最好的啤酒是在马德里咖啡馆、马里纳咖啡馆和库兹咖啡馆。在巴伦西亚，我喝的最好的鲜啤酒是在巴伦西亚饭店喝的，那是冰镇啤酒，盛在大玻璃壶里。这家饭店的客房极普通，但酒菜是没话说的。在潘普洛纳，库兹咖啡馆和伊鲁恩纳咖啡馆有最好的啤酒。其他的咖啡馆，没什么好喝的啤酒。我在帕伦西亚、比戈和拉科伦那喝过很好的啤酒，但是在西班牙很小的城镇，从来没喝到过好的鲜啤酒。

Cerviguillo：形成所谓 morillo 即颈背隆肉的牛脖子顶部。

Chato：塌鼻子的。

Chico：小；也指小伙子。斗牛士的弟弟通常就在姓或艺名之后加 Chico，如 Armillita Chico， Amoros Chico 等。

Chicuelinas：曼努埃尔·希米内斯即“奇奎洛”发明的一种红披风招式。斗牛士把红披风亮给公牛，而待到公牛出击并过了人以后又转身之际，斗牛士单脚着地急速旋转身体，红披风即裹在身上。旋转完毕，斗牛士面对着公牛，准备完成另一个招式。

Chiquero：公牛等待出场时待在关闭着的牛栏里。

Choto：还没有断奶的牛犊。这是对年龄小或体型小的公牛的蔑称。

Citar：挑引公牛的注意，引它出击。

Clarines：遵照总裁判的命令吹的号角，宣告斗牛赛的不同阶段。

Claro：性格单纯、容易对付的公牛。

Cobarde：胆小的公牛或斗牛士。

Cobrar：收集；el mano de cobrar 即右手。

Cogida：公牛摔人，字面意思即公牛顶人，顶住了就摔。

Cojo：跛足。一头跛足公牛进场会被观众要求其退出斗牛。观众一见公牛跛足就会喊“Cojo! ”。

Cojones：睾丸。人们都说英勇无畏的斗牛士有很多睾丸，胆小的斗牛士没有睾丸。公牛的睾丸叫 criadillas，如果像炒杂碎一样炒法，还是一种美味。到了杀第五头公牛的时候，第一头公牛的睾丸有时候就炒好了送到皇家包厢。普里 · 德里维拉谈话中极喜欢说男人的强壮有力，因此人们都说他公牛睾丸吃得太多都跑到他脑子里去了。

Cola：牛尾巴；通常叫 rabo。有时也用来形容票房前排的长队。

Colada：由于红布操作不当，或者是由于公牛并不为红布所吸引，或公牛丢下红布去追人，人必须尽最大能力去摆脱公牛的攻击的时候，斗牛士发现自己处于一个无法防御的地位那一个瞬间。

Coleando：抓住公牛尾巴，朝它头部方向绞。这样公牛感到非常疼痛，并常损伤公牛的脊柱骨。这样的举动只有公牛捅人，或捅倒在地上的人时才允许。

Coleta：斗牛士脑后编得紧紧、弯弯的一根辫子，辫子上别一颗 mona，即一颗黑色无光泽的空心扣子，包着丝布，大小为一枚银币的两倍，顶住斗牛士的帽子。从前斗牛士不作斗牛表演时都把这根辫子朝前别在头顶，看不见。现在他们想出一个办法，在他们穿戴出场的时候，可以将 mona 与一根假辫子一齐夹在脑后的头发上。过去辫子是所有斗牛士的等级标志，现在只能在外省那些有志于斗牛的年轻人脑袋上看到。

Colocar：到位；斗牛士在斗牛表演的不同阶段，在场上正确到位，我们就说他 bien colocado。另外，在公牛身上刺剑、刺长矛、投短标枪，也这样说。当斗牛士最后在斗牛技艺上达到公认的地位时也可以说是 bien colocado。

Compuesto：镇定；公牛出击时人身体挺立。

Confianza：自信；peón de confianza——剑杀手的心腹短标枪手，他代表剑杀手，甚至还可以给剑杀手参谋。

Confiar：对付公牛时显得自信、有把握。

Conocedor：公牛饲养庄园里专门看管斗牛用公牛的人。

Consentirse：身体或引诱物非常接近公牛，以此挑引公牛出击，然后始终贴近公牛，迫使它不断出击。

Contrabarrera：斗牛场第二排座位。

Contratas：斗牛士签的合同。

Contratista de Caballos：签供马合同的人；以某一价格为斗牛赛提供马匹。

Cornada：牛角创伤；与 varetazo 即擦伤有别的真伤口。一个 cornada de caballo 即为人身上的大伤口，与公牛在马胸口捅的伤口一样。

Cornalón：牛角巨大的公牛。

Corniabierto：牛角极开阔。

Corniavacado：长母牛牛角的。牛角向上朝后翘。

Cornicorto：牛角短。

Cornigacho：牛角低而朝前冲的公牛。

Corniveleto：高而直的牛角。

Corral：斗牛场边的牛栏，斗牛即将开始时关公牛的地方，内有草料箱、盐和水。

Correr：使奔跑。指公牛进场之后短标枪手逼使公牛奔跑。

Corrida 或 Corrida de Toros：西班牙斗牛。

Corrida de Novillos Toros：采用年龄小的公牛或身体有缺陷的大公牛的斗牛赛。

Corta：短；剑刺入一半稍多的长度。

Cortar：割；斗牛时在操作剑与穆莱塔时，手上常常被剑割开，忍受一点轻伤。Cortar la oreja——割下公牛的耳朵。Cortar la coleta——割了辫子，即退役。

Cortar terreno：人挑引公牛出击之后，朝着公牛出击的路线跑动并穿过这一路线，比如说，在两个跑动路线的交汇点投放短标枪时，公牛改变方向，朝着人进攻，斜方向跑动向前。这种情形就是公牛切入斗牛士的活动范围。

Corto（torero corto）：本领有限的剑杀手。

Corto——vestido de corto：穿安达卢西亚公牛饲养人的短上衣。以前斗牛士如不在斗牛场上则穿自己的服装。

Crecer：增加。遭到痛击之后勇气反而倍增的公牛。

Cruz：十字形物。公牛肩胛骨顶端与脊椎骨交叉点。即利剑刺入点，如果剑杀手技法高超的话。也指剑杀手着手刺杀时，握剑的一只手与拿着放低的穆莱塔的另一只手两臂的交叉。如果他左手拿着穆莱塔，使红布放低并且展开，突出了与另一个手臂形成的交叉，这样在人随着剑进入公牛而冲向前之后能完全脱出身来，这样他的交叉就很成功。据说加利奥兄弟的父亲费尔南多·戈梅斯是第一个指出不会用这一方式交叉双臂的斗牛士应立即见鬼去的人。另一个说法是，你第一次不交叉双臂就是你第一次进医院了。

Cuadrar：调整公牛姿势以便刺杀。前蹄与后蹄都得并拢，脑袋既不高也不低。在投放短标枪时，指公牛放低脑袋挑人，而人则并拢双脚，合并双手，向公牛投短标枪的那一刻。

Cuadrilla：听从一位剑杀手指挥的一队斗牛士，包括长矛手和短标枪手，其中有一名是短剑手。

Cuarteo：最常用的一种短标枪刺法，详见正文；身体虚晃或躲避的动作，刺杀的时候，可避免直接与公牛相遇。

Cuidado：大声喊的时候作“当心！”解。用来说一头公牛的时候，是指一头在斗牛中学会了如何对付人、变得危险的公牛。

Cuidando la línea：留意跑动的路线；与公牛斗时注意动作的优美。

Cumbre：顶峰；torero cumbre：最出色的表演；faena cumbre：穆莱塔技艺超绝。

Cuna：公牛脑袋上在牛角之间的凹处。这是斗牛士处于极端危险之时可暂时避难的位置。

D

Defenderse：保卫；公牛拒不出击，而是密切注视着周围动静，不管什么，一靠近就用角顶，这就是公牛的自卫。

Dehesa：牧场。

Déjalo：让它去！别管它！斗牛士在他的帮手将公牛调动到位之后这么叫，或者在剑杀手希望不要再去打扰公牛，不要再用红披风使公牛疲劳的时候也这么叫。

Delantal：奇奎洛发明的红披风招式，即红披风甩在人的面前，就像系在孕妇身上的围裙，经风一吹，红披风鼓起来。

Delantera de tentìdo：斗牛场边第二排与木板围栏后面的第三排座位。

Delantera de grada：楼座第一排座位。

Delantero：扎得太靠前的一对短标枪。

Derrecho：笔直；mano derrecha：右手。

Derramar la vìsta：扫视；公牛迅速扫视许多不同的目标，然后突然集中注视某一目标，并出击。

Derrame：出血，通常是口内出血；如果血色鲜亮或带泡沫，十有八九是剑刺部位不对、插入了肺部的标志。即使剑刺部位正确公牛也可能口内出血，但这是极少见的。

Derribar：推翻；在牧场上，人骑在马上，拿着一根长杆，飞奔着追赶小公牛，并将长杆尖端顶在靠近公牛尾巴根部的地方，使它失去平衡，跌倒在地上，这样人就将公牛推倒了。

Derrote：公牛牛角高高挑起的姿势。

Desarmar：使剑杀手手中穆莱塔失落，从而被解除了武装，这种情况的产生或是因牛角挂住穆莱塔，公牛将穆莱塔顶飞，或是因斗牛士着手刺杀时公牛有意将牛角朝上抬。

Desarrollador：斗牛结束后公牛送去屠宰的地方。

Descabellar：公牛受了致命的剑伤之后从正面杀死公牛，即把剑刺入公牛后脑与第一段椎骨之间处，将脊髓割断。这是公牛还未倒下时剑杀手解除公牛痛苦的最后一剑。如果公牛已经奄奄一息，而且脑袋低垂，这一剑就不会有困难，因为公牛脑袋几乎碰到地面，椎骨与脑袋之间就完全暴露。但是，许多剑杀手如果已经刺伤公牛，不管是致命还是不致命，都不想再冒风险进入公牛两牛角之间然后再躲过牛角，他们都在公牛还没到气息奄奄的时候就要给它最后一剑，因此，由于这个时候就必须引诱公牛将脑袋放低，而公牛看见了剑或者感觉到了剑就会抬起脑袋，这最后一剑难度就会很大，也很危险。这无论对于观众还是剑杀手都很危险，因为公牛抬起脑袋往往会使剑飞出三十英尺以外。这样被公牛顶飞的剑，在西班牙斗牛场里常常叫观众丧命。几年前，在法国巴荣纳的斗牛场，一位来比亚列兹旅游的古巴人被安东尼奥·马尔克斯要作最后刺杀的剑飞中而身亡。安东尼奥·马尔克斯为此以过失杀人受审，但后来无罪释放。一九三〇年，在西班牙的托罗萨，一名观众被飞来的剑刺中而死，那位作最后一刺的剑杀手是马纳洛·马丁内斯。剑从那人背部刺入，并刺穿他的身体，两个人花了很大力气才把刺入的剑拉出，而且都被剑身划破双手。对一头尚有余力并且需要再刺一剑才能杀死或造成致命创伤的公牛要实施最后一剑的做法，是现代斗牛最恶劣、最可耻的做法之一。斗牛士会因一时胆怯而遭受很丢脸的灾难，像卡冈乔、尼尼奥、奇奎洛所经历过的，大多数这种灾难的发生，原因在于当公牛仍然有能力抵抗这样的正面剑刺时，斗牛士却实施这最后的一剑。实施最后一剑的正确做法是穆莱塔放得低至地面，要迫使公牛把鼻子往下移。剑杀手可以拿穆莱塔尖头或剑去戳公牛的鼻子，逼使它放低鼻子。实施这最后一剑的剑身直而硬，并不像通常剑那样向下弯曲，因此，如果剑头位置正确，剑头刺中脊髓，并将它切断，公牛就会突然倒地，就像转动开关，电灯立即熄灭一样。

Descansar：休息；descanso 是斗第三头牛和第四头牛之间的休息时间，有些斗牛场有这个规定，此时就在场上洒水，并把沙土推平。在完成两套穆莱塔动作的间隙，斗牛士如发现公牛有些气喘，也可以让它稍事休息。

Descompuesto：恼火。

Desconfiado：疑虑、没有信心。

Descordando：刺入的剑碰巧是在两块椎骨之间，并将脊髓切断，立即使公牛倒毙。不可将这一情形与故意割断脊髓的最后一剑或用短剑刺杀相混淆。

Descubrirse：暴露；如果是指公牛，即是使尽量放低脑袋，这样剑要刺入的部位就伸手可及。如果是指人，即是在完成红披风招式时，红布没有将身体遮住。

Desgarradura：公牛牛皮上撕开的口子，那是长矛手技术不到家，也可能是他心术不正。

Desigual：表现大起大落的斗牛士；第一天出色，第二天乏味。

Despedida：一个斗牛士的告别表演；这同歌唱家的告别演出不同，是不可看得太认真的。斗牛士的真正的最后表演通常都是很拙劣的，因为他们到了这个时候，通常都是在某些方面不行了，不得不退役，要不就是准备退下来吃老本，因此一个个都小心翼翼，最后一回绝不冒险，不让自己被公牛挑死。

Despedir：斗牛士操作红披风或穆莱塔，在每一个动作做完的时候将公牛送出老远。长矛手在公牛攻击之后将马掉过头来，把公牛推开。

Despejo：斗牛开始前的清场。在马德里的斗牛场，斗牛开始前现在不再允许观众在场上走动。

Desplante：斗牛士的夸张手势。

Destronque：红披风或穆莱塔使公牛突然转身，脊椎骨扭转太急剧而造成损伤。

Diestro：高明能干；剑杀手的通称。

Divisa：公牛饲养人的颜色标记，钩在一个鱼叉状的小钩子上，公牛进场时就把这个钩子固定在它颈背部的隆肉上。

División de Plaza：一排围栏穿过斗牛场中央，将斗牛场隔成两半，同时举行两场斗牛赛。现已见不到了，因为斗牛现在已有了固定的形式，只有偶尔举行的晚间斗牛赛上这样做（因为没有别的招徕观众的东西），以示古典趣味。

Doblar：转身；出击之后转身再次出击的公牛；Doblando con el：随公

牛转身而转身的斗牛士，公牛每次出击之后可能会走开的时候，斗牛士即拿红披风或穆莱塔在公牛面前吸引住它的注意力。

Doctorado：被正式接纳为剑杀手的俚语说法；获斗牛学博士学位。

Dominio：驾驭公牛的能力。

Duro：硬，艰难，难对付。俚语也指斗牛士刺杀时可能击中的骨架；也可作五比塞塔的一枚银币解。

E

Embestir：出击；Embestir bien：紧紧盯着红布；干脆利落地出击。

Embolado：可指公牛、犍牛或母牛，但牛角都套着皮套子，尖端加厚，使其不再锋利。

Embroque：公牛两个牛角之间的部位；处于牛角之间。

Emmendar：纠正或调整斗牛士已经引公牛进入的位置，从斗牛士所处的不利位置或招式转换到另一个成功的位置或招式。

Empapar：迎接公牛进攻的时候，使公牛的脑袋居于红披风或穆莱塔的深处，这样红布向前移动时，公牛除了披挂在它脑袋上的红布之外，什么也看不见。

Emplazarse：指公牛远远站在斗牛场中央，不肯离开一步。

Encajonamiento：将公牛关在单独的一个运输箱子或笼子内，从牧场运往斗牛场。

Encierro：由犍牛护送，将公牛徒步从一个牛栏赶往斗牛场的牛栏。在潘普洛纳，指公牛跑过一条条大街，前面拥着人群，从城郊的牛栏赶进斗牛场，又从斗牛场赶进场子边的牛栏里。午后要参加斗牛赛的公牛，当天早晨七时就要赶过大街。

Encorvado：俯身；斗牛士俯身向前完成招式，手提红布，使公牛从他身旁尽可能冲出很远。斗牛士身体越是挺直，公牛自然会越靠近他的身体。

Enfermeria：所有斗牛场都有的附属手术室。

Enganchar：用牛角钩住，抛向空中。

Engaño：用来骗过公牛或观众的任何东西。第一种情况即指红披风或穆莱塔，在第二种情况则指伪装实际并未出现过的危险性的手法。

Entablerarse：指公牛在围栏木板旁边站定位置不肯挪动一步。

Entero：完好；到了刺杀阶段其速度与体力并未因与长矛手和短标枪手的交锋而削弱的公牛。

Entrar á Matar：上前刺杀。

Eral：两岁公牛。

Erguido：挺立；在公牛配合下完成动作时挺直身体的斗牛士。

Espada：剑的同义词；也指剑杀手本身。

Espalda：人的肩或背。如果人们说一个人从背后操作，这个人就是一个sodomite（鸡奸者）。

Estocada：剑杀手从正面上前刺杀，试图将剑从公牛肩胛骨之间的顶端插入。

Estoque：斗牛中用的剑。剑柄端部为一铅球，外包羚羊皮，离铅球五厘米处是一个呈十字形的平直护手，剑柄与护手都包着红绒。它不是我们在《初到西班牙》一书中看到的钻石柄。剑身有七十五厘米长，端部下曲，这样更易刺入，碰上肋骨、椎骨、肩胛骨和其他骨架时，能刺得更深。现代的斗牛用剑，背部有一、二或三道凹槽，其目的是能让空气进入剑刺的伤口之内，否则剑身便会塞在它造成的伤口无法抽出。最好的剑是巴伦西亚制造的，剑价高低依剑背上凹槽的多少与钢的质量而定。剑杀手通常的武装即是四把普通刺杀用剑，以及一把用于做解除公牛痛苦的最后刺杀的平头、顶稍宽的剑。除用于最后刺杀的剑之外，所有这些剑的剑身，从尖端起至剑身之半，都磨得锋利。剑插于软皮剑套内，整套装备则放在一般都是雕花的大皮箱里。

Estribo：长矛手的马镫；也指钉在木板围栏内侧、高出地面约十八英寸的帮助斗牛士跨出木围栏的一圈木头踏脚。

Extraño：人或公牛突然向一侧运动。

F

Facultades：说人时指身体体质能力；说公牛时，保存公牛的 facultades

即为受到痛击仍保持它的品质不受影响。

Facultativo：——Parte Facultativo：呈交斗牛总裁判的斗牛士一个或多个牛角创伤正式诊断书。这份诊断书由斗牛场医务室的医生在经过治疗或手术之后口授。

Faena：在斗牛最后的三分之一阶段里，剑杀手所完成的招式的总称；也可指任何一种斗牛招式；faena de campo 则为公牛饲养中的任何一项工作。

Faja：腰带。

falsa：错误的，不正确的，假的。Salidas en falsa 是指只有投掷短标枪的意图，即人过了公牛的头部还未决定投放短标枪。这种犹豫未决态度原因有两个，一是公牛没有出击，这时未投短标枪是正确的；一是斗牛士因迟疑而出了差错。做这个动作有时并没有其他意图，只是表现剑杀手是如何测定距离的，虽然动作很优美。

Farol：亦为红披风操作法之一，做这一动作时一开始是双手提红披风，待到公牛过人时，红披风立即抽走，举到人的头部，然后随着公牛向舞动的红披风追来时，人一转身，将红披风藏到了身后。

Farpa：葡萄牙斗牛士用的扎枪，又长又沉，他们是骑在马上投的。

Fenómeno：奇才；原先指剑杀手中的神童，现在主要用作对一名斗牛士的讥笑、挖苦，经验与才能不足，却大肆宣传他的斗牛技艺如何高超。

Fiera：野兽；公牛的俚语叫法。也作为放荡女人的俚语叫法，像英语里的 bitch（淫妇）。

Fiesta：节日或聚会；Fiesta de los toros：斗牛。Fiesta nacional：斗牛；一些作家的轻蔑用语，他们反对斗牛，认为这是作为一个欧洲国家的西班牙之落后的象征。

Fijar：突然截住公牛的奔跑，使它定位。

Filigranas：斗牛花式动作；斗牛招式的特技。

Flaco：——toro flaco：瘦公牛，肌肉松弛，瘦削的公牛。不丰满。

Flojo：差，平平，蹩脚，无生气。

Franco：容易配合的出色公牛。

Frenar：刹车；过人时突然停下来捅人，并不继续它的正常路线的公牛；这也是一头最危险的公牛，因为它看上去是要过人，而且事先看不出有刹住脚步的意图。

Frente par detrás：一种红披风过牛方式，做这一动作时人背对公牛，但身体用红披风遮住，并用双臂将红披风拽向身体一侧。实际上这是背对公牛的双手提红披风技法。

Fresco：冷静、无耻、刻薄。

Fuera：走开！滚！滚出去！语气强烈与否要看叫喊时的激烈程度。

G

Garchis：打扮得妖冶，招摇过市。

Garcho：尖头朝下的牛角。

Galleando：斗牛士把红披风挂在背后，样子好像穿在身上，并回头朝公牛观察，一面观察一面弯弯绕绕地走，同时做出各种假动作，叫公牛跟着红披风的下摆的飘动，紧追不舍。

Gallio：好斗的公鸡；吉卜赛人、大名鼎鼎的戈梅斯斗牛世家的艺名。

Ganadería：饲养公牛的牧场；这种牧场里的全部公牛、母牛、小牛和犍牛。

Ganadero：饲养斗牛用公牛的人。

Ganar terreno：出击时逼使斗牛士一步步退让，从而为自己赢得优势的公牛。

Garrocha：即长矛手用的长矛；旧时斗牛时斗牛士用来跳过公牛的撑杆。

Gente：人；gente coletudo 扎辫子的人，指的是斗牛士。

Ginete：骑手，长矛手；buen ginete：高明骑手。

Golletazo：剑刺中公牛脖子一侧，刺中肺部，因窒息性大出血造成公牛几乎当场死亡；害怕接近公牛牛角的剑杀手慌乱时用此法杀死公牛；这一刺法唯一正确的时候是公牛已经受到一次或多次合乎规矩的剑伤，或者斗牛士有过这样的努力，而公牛将自己保护得很稳当，拒不暴露两肩之间使它们致命的部位，斗牛士接近时穆莱塔即被顶飞，公牛拒不出击，这时斗牛士别无选择，只好采用这一手法。

Gótico：哥特式；un niño gotico，用于斗牛是指摆出哥特式建筑那种姿势的自命不凡的人。

Graia：危险情况下表现出的优美姿势；gracia gitana：吉卜赛人的魅力。

Grado：斗牛场露天座位之上的包厢或遮阳的座位，以及遮阳的包厢或看台。

Grotesca：古怪的；优美之对。

Guardia：地方警察；这种警察自己也抱无所谓态度。Guardia Civil：国家警察，人人敬畏；佩军刀，携7毫米口径毛瑟卡宾枪，他们是，或曾经是铁面无私、纪律严明的警察的典范。

H

Hachazo：公牛牛角的劈打。

Herrida：伤口。

Herradera：牧场上给小牛烫火印。

Herradura：马蹄铁；cortar la herradura：字面意思为切马掌，是恰到好处的剑刺，位置高，但这时剑身一旦插入，会朝胸腔倾斜移动，割破胸膜，在没有任何外部出血的情况下，致使公牛立即死亡。

Hierro：烙铁；公牛饲养人在斗牛用公牛身上打的烙印。

Hombre：人，惊呼时表示惊讶、喜悦、震惊、反对或欣喜，依语气而定。Muy Hombre：很有男子气概，即：富有 huevos，cojones，等等。

Hondo：深；estocada honda：剑刺深及剑柄。

Hueso：骨头；俚语意指难对付。

Huevos：卵；粗鄙用语，指睾丸，如英文中的 balls。

Huir：逃跑；不管是说公牛还是人，都有可耻之意。

Hule：油布；俚语用法指手术台。

Humillar：低头。

I

Ida：剑身方向明显朝下但不垂直的剑刺。这样的剑刺虽然刺得好，但是由于剑身几乎笔直而下，触及公牛肺部，也会造成公牛口内出血。

Ida y Vuelta——allez et retour：来回跑；出击之后自己掉过头来，又直线攻击的公牛。对斗牛士来说这是最好不过了，因为遇上这样的公牛，斗牛士可以注重自己招式的艺术效果，而不必在公牛出击之后用红披风或穆莱塔再把公牛调过身来。

Igualar：调整公牛前蹄，使其站整齐。

Inquieto：紧张。

Izquierda：左；mano izquierda：左手，斗牛场上习惯叫 zurda。

J

Jaca：乘用马，母马或小马；Jaca torera：葡萄牙斗牛士西马鄂·达·维加训练有素的母马，他骑在马背上，可以在手不拉缰绳的情况下，双手投放短标枪，只用双膝的夹击来指挥。

Jalear：鼓掌欢呼。

Jaulones：从牧场到斗牛场运送公牛的单个箱子或笼子。这是饲养人所有的，上面打有他的烙印、姓名和地址，斗牛结束后送回。

Jornalero：打工的人；斗牛而不得温饱的斗牛士。

Jugar：玩；jugando con el toro：一名或多名剑杀手，不带红披风，一手抓住一把短标枪，对公牛略加挑逗，叫它多次出击，来耍弄公牛；一面耍弄公牛，但不挑逗它出击，一面弯弯绕绕地跑，或估摸人可以向公牛靠得多近。要玩弄得有趣，则须有优美的姿势以及对公牛心理活动的了解。

Jurisdiceión：公牛出击，到达斗牛士站定的范围，并放低脑袋用角挑人的那一刻；说得技术性一点，即公牛离开自己的活动范围，进入斗牛士的活动范围，从而到达斗牛士要用红布迎击公牛的地点的时候。

K

Kilos：公斤。一公斤等于二又五分之一磅。公牛重量以公斤论，有时候那是在杀了以后，还没有去内脏之前，而在挖去内脏、剥去牛皮、去头、去蹄以及割去所有的坏肉之后，则总是要称出公斤数的。这后一种情况就叫作 en canal（开膛），多年来公牛的重量即指公牛开膛之后称的数字。一头四岁半的斗牛用公牛，根据其大小与牛种，开膛后的重量应在二百九十五公斤至三百四十公斤之间；现在法定的最轻量是二百八十五公斤。一头公牛开膛后重量估计为活公牛的百分之五十二点五。正像钱币一样，虽然法定单位是比塞塔，但是在谈话中却从不用比塞塔计数的，而是用里亚尔计的，即二十五分，为一个比塞塔的四分之一，或者用杜罗计，为五个比塞塔，在谈话中计算公牛的重量，也是用阿罗瓦，即以二十五磅作为计算单位。公牛屠宰以后去内脏，牛肉的重量以多少阿罗瓦计算或估计。一头二十六阿罗瓦的公牛会有二百九十一公斤以上的重量。一头公牛要有一定的气势，使斗牛造成激动人心的场面，这个重量是不能再少的。如果公牛不是因吃粮食发胖的话，斗牛用公牛最理想的重量是二十六至三十阿罗瓦。二十四至三十之间的每一阿罗瓦，就意味着攻击力、体型大小及破坏性的差异，这跟拳击的量级的不同是相似的。将两者作一比较，我们可以这样说，以体力与破坏力而言，二十四阿罗瓦以下的公牛是次最轻量级、最轻量级和次轻量级。二十四至二十五阿罗瓦的公牛是轻量级和次中量级。二十六阿罗瓦的公牛是中量级和重量级。二十七至三十阿罗瓦是最重量级，超过三十阿罗瓦就都接近普里·卡内拉级了。一头只有二十四阿罗瓦的公牛的牛角创伤，如果位置好，那么它就与比它大得多的公牛的牛角创伤一样致命。这是以普通的力用匕首来刺，而三十阿罗瓦的公牛就是以打桩机的力用同样的匕首来刺了。但是，实际上一头二十四阿罗瓦的公牛一般还未成熟，只不过三岁多一点；而且这个年龄的公牛还不懂得如何有力地用牛角，无论是进攻还是防御。给斗牛士构成足够危险、从而使斗牛能造成激动人心的场面，最理想的公牛至少应该是四岁半，那样才能成熟，它的开膛重量最轻是二十五阿罗瓦。二十五阿罗瓦以上，重量越重同时速度又不减，并且不是以发胖来增加体重，也就越能激动人心，斗牛士与公牛完成的任何动作就越受到观众的称道。要看出斗牛的门道，真正看懂斗牛，你就要学会用公牛体重的阿罗瓦来思考，正像看拳击你必须用各种不同的量级来把拳击手分级一样。目前，不择手段的公牛饲养人把斗牛破坏了，他们出售年龄不到、体重不够、饲养不良的公牛，公牛的勇猛性也没有好好测试，结果他们不尊重人们的宽容态度，从而也失去了人们的宽容，因为人们一般觉得，即使斗牛不激动人心，只要公牛勇猛，斗牛精彩，对于公牛饲养人提供的牛体重不够还是非常宽容大量的。

L

Ladeada：偏向一侧；尤指剑刺。

Lances：红披风的任何一个规范化动作。

Largas：红披风全部展开，斗牛士一手抓住一角，把公牛引向斗牛士然后又将它从身旁引开的招式。

Lazar：用套索套捕；即用美国西部的套索捕牲口或用南美的绳端有重锤的套索套捕。

Levantado：公牛进场的第一阶段，此时公牛并不集中攻击于一物，只是见物就用牛角挑，要扫除一切障碍。

Liar：在斗牛士侧身而立开始用剑刺杀之前，用左手手腕扭动之力，将红布卷在穆莱塔的支撑棒之上。

Librar：摆脱；librar la acometida：运用脚下功夫或运用红披风或穆莱塔的即兴招式，使自己摆脱公牛的意外攻击。

Libre de cacho：在公牛牛角够不到的范围里完成的各种动作；或是有一定距离，或是牛角已经过去了；字面意思是没有可能被抓住。

Lidia：斗；toro de lidia：参赛公牛。也是最闻名、最古老的每周一次的斗牛的叫法。

Lidiador：斗公牛的人。

Ligereza：灵巧；根据著名的弗朗西斯科·蒙特斯的说法，这是剑杀手必须具备的三项品质之一。这三项品质是双脚的灵巧或敏捷，勇气，以及高明的技巧。

Llegar：到达；尽管有长矛手的抵抗，公牛的牛角实际上已经够到了马，那么这头公牛应该说已经到达了。

Lleno：客满，门票已售完；斗牛场看台已坐满。

M

Macheteo：像甘蔗大砍刀那样砍；macheteo por la cara，用穆莱塔在两侧轮番挥舞，如果公牛出击，人则运用脚下功夫边挥舞边退却，这套动作的目的是要使公牛颈部肌肉疲劳，准备刺杀。这是运用穆莱塔使公牛疲劳的最简便、也是最安全的手法，因此，如果斗牛士不想冒风险或者不想做高难度的动作，就采用这一手法。

Macho：男性，阳性，阳刚气；torero macho：以勇气为基础而不以高超的技艺和完美风格为出发点完成各种招式，虽然稍后还会表现出风格的斗牛士。

Maestro：师傅；剑杀手手下的帮手就会这样称呼他。现在已经有嘲笑的意味，尤其是在马德里。如果对人表示的是极有限的尊重，你就称他为师傅。

Maldito 或 Maldita：妈的；咒骂一头公牛，"生你的那头母牛，该死的！"

Maleante：无赖，流氓；进出斗牛场最常见的流氓、无赖是扒手，即carterista；字面上说是取钱包的人。这些人不计其数，而且听之任之，因为马德里的警察有他们一长串名单，因此，如果你遭了抢并且看到了那个扒手，警察就会在马路边，从家里，叫来几百个，让他们列队站在你面前；非常地熟练。避开扒手的最好办法是不要乘电车，也不要乘地铁，因为那些地方是他们轻易就得手的地方。他们也有一个优点——他们不会弄坏了你的个人证件或护照，也不像别的扒手那样把这些证件拿走；他们拿走了钱，就把钱包连同证件一起扔进烟草店的邮箱里，或者扔在电车公司的流动信箱里。这样钱包就到了邮政总局。根据我个人和我的朋友在西班牙被扒手扒了钱包的经验，我倒要说，这些家伙在干他们这一行时，也有着蒙特斯所说的斗牛士不可或缺的品质——敏捷、勇气和高明的技巧。

Maleta：字面意思是旅行包；俚语作拙劣、蹩脚的斗牛士解。

Malo：坏、不全、残缺、不健康、邪恶、讨厌、可恶、蹩脚、卑劣、肮脏、卑鄙、糟透、刁猾、他妈的，等等，依情况而定。Toro malo：这些属性都具备的公牛，此外还有其他的固有缺陷，例如会跳过围栏，冲向人群，看见红披风就逃走，等等。

Mamarracho：朝技艺不高明的斗牛士辱骂；就像美国话里说 awkward bum（脓包），stumble bum（笨头笨脑），flat - footed tramp（呆头呆脑的叫化子）或 yellow bastard（孬种）。

Mancornar：抓住小公牛的牛角将它扭倒在地，并骑在小牛身上。

Mandar：命令；用于斗牛即指叫公牛服从红布的指挥；用红布控制公牛。

Manejable：可以驾驭的；可以配合的公牛。

Mano：手；mano bajo：把手放低；这是双手提红披风时的正确手法。Manos 也可指公牛的蹄。

Mansedumbre：像菜牛那样慢条斯理平静安详的公牛。

Manso：驯服、温和、不好斗；没有好斗血气的公牛就是 manso，就像经过训练的犍牛叫 cabestro（领头牛）一样。

Manzanilla：低度雪莉酒，这是一种干白葡萄酒，酒精含量纯为天然，并没有加大含量。安达卢西亚地区这种酒喝得很多，斗牛圈子里的人也都喝。这种酒一小杯一小杯出售，一般还有下酒菜，如橄榄、凤尾鱼、沙丁鱼、一块金枪鱼和红甜椒，或者一片熏火腿。一小杯酒就可提起你的精神，三四杯下肚会让你觉得可以了，但是，如果你一边喝一边吃下酒菜，那你喝上十几杯也不会醉。Manzanilla 也有黄春菊茶的意思，不过，只要你记住叫一小杯 manzanilla，那就决不会给你端来一杯黄春菊茶的。

Marear：使感到晕船；使公牛头晕，即拿红披风在公牛头部两侧不停地扑打，叫它左右来回，或者叫它不停地转身，使它头晕。这样干的目的是要在公牛被剑刺了之后还不解决问题的时候，转得它跪倒在地上，看的人觉得不舒服，干的人也不光彩。

Maricón：搞男性同性恋的人（a sodomite，nance，queen，fairy，fag 等）。在西班牙他们也有这样的叫法，但我在四十几个剑杀手中只听说有两个人。这么说也不能保证那些老在证明列昂那德 · 达 · 芬奇、莎士比亚等人也是同性恋者的津津乐道的人就找不出第三个同性恋斗牛士了。我说的这两个人，其中一个财迷到了病态的程度，他缺乏勇气，但红披风技术高明、细腻，斗牛表面动作花哨，至于另外一个人，则以勇敢与笨拙出名，到头来一个比塞塔也没攒下。在斗牛圈子里，这个词含有轻蔑、嘲弄或侮辱之意。非常、非常好笑的这类西班牙故事，有好多。

Mariposa：蝴蝶；一连串红披风过肩动作，斗牛士面对公牛，一步一步、弯弯绕绕后退，红披风先在一侧飘动，然后转到另一侧，可能是模仿蝴蝶的飞舞，以此引动公牛。这是马西亚尔·拉兰达发明的，但这种调离手法要完成得好须对公牛有很深的了解。

Mariscos：小餐馆里供应的贝类食品，斗牛前、斗牛后一边喝啤酒一边吃。最好吃的是 percebes，即茗荷儿，其茎很好吃，味嫩而鲜美；longostinos，又大又肥的地中海大对虾；cigalas，龙虾，红白相间，体长，螯长条形，螯与尾要用胡桃夹子或锤子弄碎；cangrejos del rio，淡水螯虾，烧的时候在其尾部放整颗的黑胡椒籽；还有 gambas，普通的小虾，煮熟后用手剥壳吃。Percebes 生长在西班牙的大西洋海岸岩石上，四月至九月是禁捕季节，马德里就吃不到了。一边喝啤酒或苦艾酒，一边吃茗荷儿，味道非常好；它的茎比牡蛎、蛤蜊或者我吃过的别的贝类食品味道更嫩更鲜。

Marronazo：公牛攻击时长矛手的长矛没有刺中，矛头在牛皮上滑过去，但没有刺破牛皮。

Matadero：屠宰场。练习短剑和剑的场所。

Matador：剑杀手，而 Mata Toros 不过是个屠夫罢了。

Mayoral：公牛饲养牧场的监工；也指那些 vaqueros 即牛仔，他押送装在笼子里的公牛从牧场到斗牛场，在火车上就跟公牛睡在一起，照看公牛的草料和水，帮助卸车，以及斗牛前的公牛分栏。

Media-estocada：剑身刺进一半。如果是一头中等大小的公牛，刺的部位又正好，那么刺进半把剑也与整个剑身插入一样，很快能叫公牛倒下。但是，如果是一头很大的公牛，那么半把剑恐怕够不到主动脉或其他的大血管，因为只有割断了大血管才能叫公牛迅速倒毙。

Media - luna：镰刀形割腱刀，装于一长杆头上，斗牛初期用来把剑杀手没有刺死的公牛胭腱割断。在这种刀不再使用、剑杀手未刺死的公牛都用犍牛拖走的很长一段时期里，割腱刀仍然会出示来丢斗牛士的脸，并作为放进犍牛的命令。现已不再使用。

Medias：斗牛士穿的长袜。

Media-veronica：突然遏制公牛的进攻，这是双手提红披风（详见veronica说明）一连串招式的收尾。这一招式斗牛士用双手提红披风来完成，如veronica一般，随着公牛的过人，把红披风从左转向右，然后左手贴近臀部，右手朝臀部收拢红披风，使红披风不完全展开，仅展现一半，迫使公牛掉头定位，这样人就背对公牛走开。这一定位过程是靠红披风的旋转来完成的，用迫使公牛想在比身长还要短的距离上转身的手法，中断它的正常路线。胡安·贝尔蒙特完善这一红披风回合，现在已成了双手提红披风一系列动作的规定结束动作。剑杀手双手提红披风一边倒退，一边把红披风从身体一侧挥向另一侧，把公牛从斗牛场的一头引向另一头，这种半过牛动作以前叫作media - veronica，现在的真正的media - veronica则如上述。

Media - vuelta：朝出击不到位的公牛投短标枪的一种方法。用这一方法时，人站在公牛背后，待到公牛转身上前时，就朝公牛头部跑过去。对于不可能从正面刺死的公牛，也采用这一方法上前用剑刺杀。

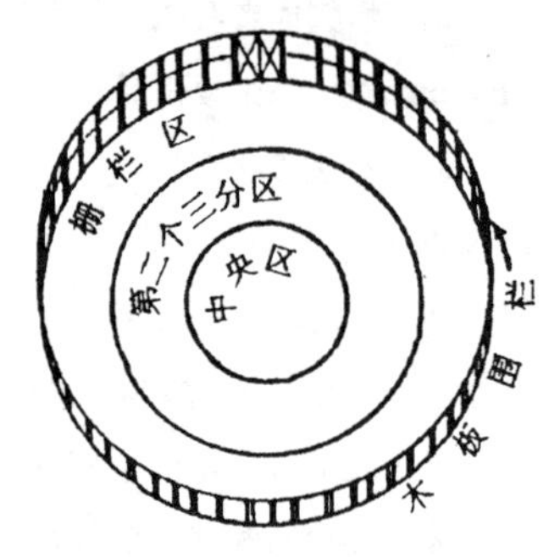

Medios：斗牛场分三个区域，这是中央区，分三个区域的目的是要对公牛完成不同的规定动作。这三个区域即中央区（medios）、第二个三分区（tercios）和靠近木板围栏的栅栏区（tablas）。

Mejorar：改进提高；mejorando su estilo，改进风格；mejorar el terreno：是指一名斗牛士发现由于与木板围栏相距太近，无法既完成他准备的动作，又不被牛角挑着，于是借助红披风或穆莱塔的掩护转换到更有利或更安全的位置。

Meter el pie：等待公牛以便用所谓迎击式刺杀公牛（见正文）时，向前朝公牛曲起膝盖，然后挺直身子，面对公牛侧身而立。

Metisacas：插入又拔出；剑杀手由于不够果断，剑已刺入一点，然后又拔出，因此而造成的剑伤。

Mogón：一只角折断或残缺的公牛，有时只留一处牛角根部，这种公牛只在见习斗牛时用。

Mojiganga：化装舞会；过去在见习斗牛时，一队人正列队进场或正在演一出戏，常把公牛放进斗牛场来。他们就叫作 mojiganga；这种做法后绝迹，只有几支乐队模仿拉斐尔·杜特鲁斯创建的 El Empastre 斗牛乐队的做法，乐队演奏时场上放进一只小牛，几名乐师出来斗牛、把它杀死，其余的乐师照样演奏乐器。

Molinete：穆莱塔过牛招式，表演时斗牛士原地旋转三百六十度，并让穆莱塔绕着转动的身体。如果位于两个牛角之间或就在牛角旁边表演则效果最好，在这种情况下一边让公牛跟着红布飘起的一端，一边叫它转体三百六十度。

Mona：斗牛士辫子根部的扣子，包有丝布。

Monerias：猴子怪相；与公牛做那种孩子气的怪动作。

Monosabios：穿红衬衫的斗牛场仆役，剑杀手摔下马时就帮助扶起来，让他们骑上马，把马牵向公牛，杀掉受伤的马，搬下马鞍，把死马盖好，等等。他们第一次得这个诨名是一八四七年马德里来了一班穿同样颜色衣服的耍把戏的猴子，当时正好是斗牛场要这些仆役穿红上衣的指示下达不久。

Morillo：公牛颈部隆起的一堆肌肉，公牛发怒时这堆肌肉高高隆起。这堆肌肉的顶部，即靠近两肩处，正是长矛手和短标枪手要刺长矛和投放短标枪的目标。

Morucho：混血种公牛，有时也很勇猛，很凶悍，很危险，但没有纯种公牛那样的种型。在西班牙的许多地方饲养一种野性血统的公牛，这种公牛的饲养人并不是纯种比赛公牛饲养人协会的成员，所以这些公牛卖出去供小型斗牛场见习斗牛及非正式斗牛用。这些公牛之非纯种一眼便可看出，如尾巴粗壮，角与蹄大，隆肉不粗，尽管除此之外这些牛外表像一头真正的参赛公牛。

Movido：移动；toreo movido：与公牛表演时双脚移动过多。

Mozo de estoques：剑杀手的私人佣人与理剑人。在斗牛场上他负责准备穆莱塔，在主人需要的时候给他递剑，用海绵擦拭用过的剑，擦干后放妥。剑杀手刺杀的时候，他必须不停地在过道上走动，跟着主人，要始终站在主人的对面，在必要的时候将一把新的剑或穆莱塔从木板围栏上递过去。如遇有风天气，他就给红披风和穆莱塔洒水，他随身带一个水壶，同时还照料剑杀手所有个人需求。在斗牛场外，斗牛之前他拿着纸包，里面装了剑杀手的名片和一定数目的钱，分发给各斗牛评论家，帮助剑杀手着装，并且查看所有装备明白无误送往斗牛场。斗牛结束之后他负责把电话记录——电话公司送的消息，它们在美国像电报那样记录和分送——或者更加难得的口头消息，送给剑杀手家属、朋友、报馆和以剑杀手名义组织的斗牛迷俱乐部。

Mucha：很多；de muchas piernas：很多条腿；腿力强壮；muchas arrobas，很沉。De mucho cuidado：非常可疑；即很难对付的公牛。

Muchacho：孩子；年轻人。

Muerte：死；也指剑应该刺入、把公牛杀到正确之处。公牛放低脑袋的时候，斗牛士说这是公牛在展现死亡。Pase de la muerte：穆莱塔招式，详如正文所述。

Muleta：穆莱塔，哔叽或绒制心形红布，打褶，并对折覆于细头木杆之上，木杆头细的那一端有尖铁，头粗的那一端有开槽的柄；红布打褶构成一个尖角，尖铁就穿过红布打褶成的尖角，而红布散开的那一端就用一指旋螺钉固定在木棒的粗的那一头，这样木棒就撑起了红布的褶。这穆莱塔让剑杀手自卫；使公牛疲劳并调整公牛脑袋与四脚的位置；与公牛表演多少有艺术价值的一连串的招式；以及帮助斗牛士刺杀公牛。

Muletazo：用穆莱塔完成的动作。

Multa：对斗牛士、公牛饲养人或者斗牛场经理自己处的罚款，数目由斗牛的主持人决定，或者由文职官员决定。对斗牛士的罚款不过是闹剧而已，因为所有剑杀手的合同里都有一条规定，即对他们所处的罚款由赞助人支付。这一条款的确定至少有三十五年的历史了，第一次加进这一条款是为了防止赞助人以自己定的数目雇请剑杀手，然后又叫总裁判以剑杀手参赛的要价与赞助人的还价之间的差额，处以罚款。目前，由于剑杀手、长矛手和短标枪手都有了组织，对于赞助人不肯支付他的债务的斗牛场可以实行抵制，并一直坚持到债务还清为止，甚至他们的要求不满足就不允许斗牛场调换赞助人来举办斗牛，因此，也就没有必要保留旨在保护斗牛士的关于处罚的条款，无论罚得多么合理，都不会让他们自己掏腰包的。这是下一次制定管理斗牛的政府新法令时须加以纠正的弊端之一。

N

Nalgas：屁股，臀部；这是由于斗牛士没有把公牛正确定位以避免它的攻击就转身背对公牛，从而造成许多牛角创伤的部位。突出的屁股破坏了斗牛士与公牛表演时所追求的线条，从而使他不能真正成为一名姿态优美的斗牛士，于是，在现代斗牛中，臀部趋于肥大是剑杀手极为担忧的事。

Natural：纳图拉尔，斗牛士左手放低穆莱塔，从正面挑引公牛的一种招式；这时右腿向前朝着公牛，左手握住穆莱塔铁棒的中央，左臂伸直，红布在人面前微微抖动以挑动公牛，但红布的抖动不为观众所觉察；随着公牛的进攻并接近穆莱塔，斗牛士随公牛而转身，一臂伸直，并在公牛面前慢慢移动穆莱塔，让公牛绕着人转四分之一圈，这一招式结束时借用手腕上抬的力量，抖动红布，使公牛就位，准备做下一个动作。这一招式在正文中有详细说明。这是斗牛的最基本招式，也是最简单、能够体现出最完美的线条、做起来最危险的招式。

Navarra：西班牙北方的省份；现已不再使用的红披风招式的名称。完成这一招式时先像 veronica 那样抖动红披风，然后，在公牛要离开红披风时，斗牛士从抖动红披风的地方反方向转身一周，然后在公牛面前放低红披风，在它鼻子下面抖动。

Nervio：公牛的精力。

Niño：孩子或小男孩；最近到处都有把 niño（尼尼奥）作为斗牛艺名的。自从帕尔马的尼尼奥成名之后，就有三百多名斗牛士自称是这个尼尼奥或那个尼尼奥的，有屠宰场的尼尼奥也有内华达山脉①的尼尼奥。早些年，有过两个、三个一起的儿童斗牛士，以自己的家乡起名的，如尼尼奥·塞维利亚、尼尼奥·科尔多瓦，等等。不过从这些少年团体里出来正式踏入社会的斗牛士不再叫自己是尼尼奥了，而改叫加里托、马查基托，等等，为的是取叫得响的名字，也为的是他们已经长大，不再用那些孩子气的叫法，尽管还保留自己艺名的昵称。

Noble：攻击时很显露的公牛，勇猛、单纯并且很容易骗。

No Hay Derecho：你没有权利；对于违反规则或侵犯个人权利，表示抗议的常用语。

Noticiero：新闻；《星期一新闻》是刊登政府消息及星期日斗牛简况的官方出版物，星期一早晨于西班牙各大城市发行，因为几年前西班牙各大报馆的工作人员提出一项“星期日不上班”的规定，所以星期天无晚报，星期一无早报。

Novedad：新奇；以其新奇吸引人的新斗牛士。

Novillada：见习斗牛赛，当今，这种斗牛比赛上用的是没有达到正式斗牛年龄的公牛，或者超年龄的公牛，这就是说，四岁以下和五岁以上的公牛，或者视力或牛角有缺陷的公牛，而参赛的斗牛士也没有正式剑杀手的头衔或者已经放弃了这个头衔。除了公牛的品质与斗牛士没有经验或有公认的失败之外，一场见习斗牛或叫作 corrida de novillos-toros，与正规的斗牛是一样的。过去，一场见习斗牛是正式斗牛之外的任何斗牛活动，但是，当今的见习斗牛的举行，是出于举办低于正式票价的正式斗牛的愿望，因为公牛都是便宜货，而人呢，由于想登场亮相以便成名，或者是没有成为正式的剑杀手，因此比起正式的剑杀手来要价也不很苛刻。马德里的见习斗牛赛季是从三月初到复活节，又从七月到九月中旬。在外省，整个斗牛赛季都进行，那是所有小地方举办的，他们办不起正规的斗牛。这种斗牛

---

① 此处内华达山脉在西班牙南部。

赛门票一般大约是通常正规斗牛赛的半价。斗的牛往往比正规斗牛的要大、要危险，因为那里的斗牛士迫不得已只好接受斗牛明星拒收的公牛。每年死在斗牛场里的斗牛士绝大多数就是在这种斗牛赛上斗死的，因为斗牛经验很差的人斗极其危险的公牛，又是在小地方，那里的斗牛场只有很简陋的手术器械，医生又不是牛角创伤这种非常特殊手术的内行人。

Novillero：斗上述公牛的剑杀手。他可能是一名有志于斗牛的人，也有可能是一名在上述等级斗牛中连日子也混不下去的剑杀手，所以放弃了正式剑杀手的命名，去追求多一点斗牛合同。在马德里，这种斗牛士最多可挣五千比塞塔一场，而如果是首次上场的话，他斗一场可能低到一千比塞塔。如果这一千比塞塔中他还得拿出钱来支付斗牛服的租金，付工钱给两名长矛手、两名短标枪手和他的理剑人，以及送去装有五十或一百比塞塔的红包给报界评论员，那么，斗牛结束之后他还要欠债了。受斗牛场管理部门保护的这种斗牛士也许只须斗小公牛，也许非常成功，而待到他们成了正式剑杀手之后又彻底失败，这是因为尚未成熟的公牛与成熟的公牛之间，在危险性、体力以及速度上是有区别的。根据斗牛士斗不成熟公牛的表现来对他作出评判，这是非常靠不住的，因为不管他的技术有多精，训练有多全面，他可能完全缺乏与真正公牛较量的必不可少的信心。

Novillo：见习斗牛赛中使用的公牛。

Nuevo：新的；Nuevo en esta Phza，写在斗牛节目单斗牛士名字之后，意思即以下是他在那个斗牛场的表演。

Nulidad：微不足道的人；节目单上令人扫兴的而并非引人注目的斗牛士。

O

Ojo：眼睛；一个剑杀手如果想要把“公牛没有看清楚”这一信息，不管是真是假，传达给观众，并以此作为借口，掩盖自己的愚蠢，那么，这个斗牛士就指指自己的眼睛。Buen－ojo：意即好眼光，好的判断力。

Olivo：橄榄树；tomar el olivo：躲到橄榄树后头。这句话用来形容剑杀手心里惊慌时的举动，或因被公牛逼得走投无路时就抱头鼠窜，翻过围栏去。剑杀手决不可背朝公牛逃跑，更不必说跳过围栏逃跑。

Oreja：耳朵；当剑杀手的穆莱塔和剑的技法均属高明，在穆莱塔招式一连串娴熟动作之后迅速而利索地刺死了公牛，或者即使穆莱塔技法不高明，但作为弥补，刺杀动作高超，那么人群中就会挥动起手帕，要求总裁判把公牛的耳朵赐给他，以表示敬意。如果总裁判同意，并认为这要求合乎情理，那么他也就挥挥手帕，于是一名短标枪手就可以割下公牛的耳朵，交给剑杀手。实际上，一些迫不及待地要得到许多牛耳朵借以炫耀自己的剑杀手都有一名短标枪手事先已被告知，一有人挥动手帕就去割牛耳朵。如果观众中有人要牛耳朵，这名帮手就把牛耳朵割下，跑去交给剑杀手，他就拿在手中，举起来朝总裁判笑一笑，而总裁判面对这既成事实，是很可能会同意赐给这只耳朵，并掏出自己的手帕来的。这种赐给公牛耳朵的虚假做法，虽然在以前是一大荣誉，现在却失去所有的价值了，到现在，如果一名斗牛士表现不错，并且刺杀时运气很好，他可能就会把他这头公牛的耳朵割下来。这些专门割耳朵的帮手还养成一个更糟的习惯：即使总裁判实际上也示意割下公牛耳朵而剑杀手并没有要求赐给他公牛耳朵，他们也会以人们的一点儿热情表示为借口，就飞跑出去，把耳朵与尾巴一起割下，交给剑杀手。剑杀手（我尤其想起了两个，一个是矮个子，鹰钩鼻，黑头发，自命不凡的巴伦西亚人，另一个是自高自大，勇敢，单纯，长脖子，电话杆似的阿拉贡人）这时候便绕场一周，一只手拿一只耳朵，另一只手拿着另一只耳朵和那根沾了牛粪的尾巴，得意洋洋的，以为自己已经登上了斗牛术的高峰，而实际上，他们只不过表现认真并且用了一名技术熟练的修剪工，剪下了公牛身上露在外面的器官来捧他罢了。先前，割牛耳朵表明这头公牛就成了剑杀手之所有，他可以把公牛以牛肉出售，收入归自己。这一层含义现在早已过时了。

P

Padaear：饲养。

Padrino：教父或保人；斗牛中即指老一辈剑杀手，他把剑与穆莱塔移交给新一代斗牛士，即正式斗牛士第一次作为公牛杀手与老辈人交替刺杀。

Pala：铁锹、球拍或桨片；斗牛中用来指牛角外侧的扁平部分；斗牛士遭公牛牛角扁平部分的击打叫作 Paletazos 或 varetazos，后果往往很严重，造成严重的内出血，以及其他内伤，而又不像青肿块那样看得见。

Palitroques：树枝；短标枪的又一种叫法。

Palmas：拍手、鼓掌。

Palos：木棒，短标枪的俚语叫法。

Pañuelo：手帕；总裁判出示白手帕表示骑马刺牛、投放短标枪或剑刺开始或结束；出示绿手帕表示把公牛拖出去；出示红手帕表示要投刺爆炸式短标枪。给剑杀手的每一个警告即 aviso，表明刺杀拖延了时间，那是由总裁判出示白手帕来表示的。

Par：一对短标枪。

Parado：放慢了速度或定了位，但没有乏力；这是斗牛中公牛第二阶段的状态，也是斗牛士应该能使公牛作出充分表演的一个阶段。Torear Parado 即与公牛表演但脚步极少移动。与没有将牛角偏向任何一边的弊病的勇猛公牛表演只有这一招才值得拍手称赞。

Parar：原地站定不动，静静地注视公牛走过来；Parar los pies：公牛出击时人两脚站住不动。Parar：两脚不动；templar：徐徐移动红布；以及 mandar：用红布驾驭、控制公牛；这是斗牛的三大要点。

Parear：投刺一对短标枪。

Parón：一个红披风或穆莱塔招式的现代术语。在完成这一招式时，斗牛士双脚并拢，从公牛出击至这一招式完成，斗牛士都不移动双脚。人像塑像一样站立不动的这些招式，是对斗牛士精湛技艺的补充，但如逢出击时不是完全直线进行的公牛则不可用此招，否则人就会被顶飞了。这样做也打破了斗牛的一个要点：他们 parar（双脚站定），他们 templar（红布徐徐移动），但他们没有 mandar（控制公牛），因为人双脚并拢就不可能将红布甩出很远又将公牛控制在红布里，因此，除非公牛的确完美无缺，每次都会自动掉头再次进攻，否则人就不可能把公牛控制在穆莱塔的红布里让它能掉过身，使人可以把一连串动作连贯地完成。但是，要是遇上理想的公牛，这个招式是非常扣人心弦的，非常动人的，哪个斗牛士有这么一头公牛都应该可以完成这一动作的，但是，斗牛士在等待一头在人一动也不动的情况下能自行完成整个回合的公牛时，切不可忽视了控制公牛的真正技艺，即不可移动吸引公牛的红布，使它偏了进攻的路线。比利亚尔塔及其效法者们所做的旋转动作，以脚后跟为中心，随公牛转体半周，也称之为parones。

Pase：红披风或穆莱塔招式；移动作为诱饵的红布，吸引公牛进攻，牛角从身边一擦而过，这红布的徐徐移动即是。

Paseo：斗牛士入场式。

Paso atrás：剑杀手侧身而立准备刺杀时向公牛尾部跨一步，以便拉长自己与公牛之间的距离，一面又让人觉得他是与公牛很贴近的情况下侧身的，同时，他准备刺杀时万一公牛脑袋面对穆莱塔放得不够低，也有充分的时间可以躲避。

Paso de banderillas：准备刺杀，但并非直线进入，而是以四分之一圆绕过公牛牛角，如短标枪手那样。别的办法不能应用的公牛也允许用此法杀死。

Pecho：胸部；pase de pecho是一种过胸招式，在纳图拉尔式结束时，左手拿穆莱塔完成的动作。此时，公牛在纳图拉尔式结束时已经掉过头来，准备再次进攻，人把它引向自己胸前，然后借穆莱塔的向前一挥，把公牛送出去。过胸式应该是一连串纳图拉尔式动作的收尾。在剑杀手用它来使自己从公牛意外的进攻或突然掉头中解脱出来时，这一招式也极其重要。在这种情况下，就叫forzado de pecho即被迫过胸式。如果在完成这一动作之前没有采用纳图拉尔式，而是单独的动作，就叫作preparado，即有所准备的。这同一动作也可用右手来完成，这样就不是一个真正的过胸式，因为真正的纳图拉尔式与真正的过胸式只能用左手完成的。如果这两种招式都是用右手完成的，那么，必须一直握在右手的剑就把红布撑开，使作为诱饵的红布张得更大，使公牛离自己更远，公牛每一次进攻之后也送得更远。用右手握住、并用剑挑开的穆莱塔完成的招式往往非常精彩，非常好看，但是这样就缺少左手拿穆莱塔、右手握剑时的难度、危险性，以及真诚。

Pelea：斗，公牛的拼搏。

Peón：短标枪手；听从剑杀手指挥的徒步斗牛士。

Pequeño：小，不重要。

Perder el sitio：因病、缺乏信心、胆小或紧张而丧失气派甚至不知所措的斗牛士。

Perder terreño：斗牛时节节退却；只得采用脚下功夫而不是用红布控制公牛；也指你在职业生涯上的失利。

Perfilar：开始刺杀之前的侧身而立，此时右手握剑，右前臂横置胸前，左手拿穆莱塔，左肩朝向公牛，眼睛瞄着剑身的直线。

Periódicos：报纸；准确而公正地报道马德里和外省斗牛情况的马德里报纸是日报中的《自由报》和斗牛报中的《斗牛回声报》。巴塞罗那的《盛大节日报》虽然报道有很大片面性，但报上的文章、特写很好。

Periodistas：撰稿人；记者。

Perros：斗牛狗，过去在对付不肯出击的公牛用的爆炸短标枪还没有采用之前，用狗来骚扰公牛，叫它不停地甩头，使它的颈部肌肉疲劳，代替长矛的作用。

Pesado：沉重；迟钝；乏味。

Peso：重量。

Pesuña：牛蹄。斗牛用公牛得了 glosopeda 即口蹄疫就完了，得了这种病公牛脚变软，蹄就会松裂，甚至完全脱落。

Peto：盖在长矛手的马的胸部、右肋及肚皮的垫子。已故的普里·德里维拉独裁政权时期，受英国血统的西班牙前女王的鼓动而推行。

Pica：斗牛用长矛。枪杆为木制，2.55 米至 2.70 米长的梣木，矛为 29 毫米长钢头，呈三角形。钢头下面的长杆头用细绳捆扎，装有一个圆形护铁，使长矛刺入公牛最深不超过 108 毫米。目前的这种长矛对公牛是很难受的，如果公牛真正攻击、受了长矛的刺还不退却，那么，很少有遭了四次矛刺还不丧失大部分力气的。长矛手因肚垫的妨碍，往往把长矛刺向公牛肩部隆肉的后面，而不是刺在应该刺的隆肉上（因为公牛的隆肉能经得起刺），长矛这样直接刺向没有任何保护的脊柱骨，使公牛严重受伤，丧失大部分的力气；鉴于这一情形，公牛受刺而丧失力气就尤为显著了。如果目前使用的长矛在公牛身体一侧刺得太低，矛尖刺到了肋骨上，那么这样的矛刺是容易达到肺部或至少会刺及肋膜的。这种不正确刺法部分是听从剑杀手的命令而有意为之的，因为剑杀手想叫公牛完全丧失力气，但公牛很大一部分力气并未失去，因为长矛手受到保护垫的妨碍，非得把进攻的公牛赶远；而如果距离远长矛就无法对准公牛；所以他没法小心地刺，只能是见好就刺。这样做的理由是，如果剑杀手等到公牛接近了他才规规矩矩地刺，那么，要是遇上一头不小的公牛，它就会顶撞硬邦邦的防护垫，长矛还没有顶到公牛，就连人带马被公牛掀翻在地了。这样公牛牛角也没有目标可以钩、可以顶了，长矛也不能像公牛有目标可顶的时候那样去推它的脑袋和颈部肌肉了。由于这个缘故，当公牛由于被硬垫所挡，用力顶了一下之后就不再进攻时，剑杀手必定是一面把公牛推开，一面掉转马头，让公牛去捅马没有保护的屁股，在顶马屁股时消耗它的力气。鉴于这些伤几乎都不会致命，而且不仔细看是很不明显的，你会发现这一匹马会一次又一次地被带进场来，在斗牛的间歇把马的伤口缝好、洗净。在尚未采用防护垫之前的斗牛中，这时是允许公牛靠近去捅、去顶的，目的是要使公牛颈肌疲劳，不过，马就会被捅死的。现在采用保护垫之后，很少有马在场上被捅死的，但是几乎所有的马像上文所记那样，屁股或后腿被捅伤。过去是坦白地认为要斗牛就得让马死，现在则被假惺惺的保护手段所取代，结果是马受的苦更多，但是，这个法子一旦采用了，就要尽可能地维持久一些，因为这法子节省了马匹承包人的钱，让赞助人节省了钱，也让政府当局觉得他们把斗牛改造得文明了。不说道德方面，而说技术上，须记住的一条是，使公牛的速度放慢，但不使它丧失力气及进攻的愿望（这一过程的实现靠的是它的进攻达到了目标，用它的脖子去顶，四脚同时用力推，顶住刺在颈肌隆肉上的长矛，把人与马掀翻、捅死），就能使公牛以合适的身体状态进入斗牛比赛的后两个阶段，使斗牛有一个圆满的结局，而长矛手光凭着给公牛严厉的打击，要使它受伤，要使它失去力气、要它流血并要它丢弃进攻的愿望，那是达不到这种圆满的结局的。公牛被刺中了肩胛骨，刺中了脊柱的中央，或者刺中了肋骨的时候，它的遭遇即是如此。一旦公牛遭受了目前的长矛所能造成的损伤，那就不是进入后两个阶段去表演斗牛，而是已经没有公牛让你斗了。

Picador：按照剑杀手的要求在马背上用长矛刺牛的人。每场斗牛他可得一百至二百五十比塞塔报酬。他的右腿及右脚全用羚羊皮马裤裤腿套住，与其他斗牛士一样穿短上衣、衬衫、领带，戴宽边低顶帽，边上饰一绒球。很少有长矛手遭公牛角抵的，因为他们从马背上摔到公牛这一边时，剑杀手就必须用红披风对他们加以保护。长矛手常见摔断胳膊、下巴、腿和肋骨，有时还摔破脑壳。与剑杀手相对而言，很少有长矛手死在斗牛场上的，但许多人因脑震荡而一生瘫痪。在老百姓的收入微薄的职业当中，我觉得这项工作是最苦、最经常地有死亡危险的。不过，这种死亡危险幸好总归会有剑杀手用红披风来排除。

Picar arriba：将长矛刺在高高隆起的公牛颈部肌肉上。

Picar atrás：长矛刺在远离隆肉的后颈上。

Picar corta：手握长矛刺公牛时手太靠近钢头。这样的姿势对人更加危险，因为他可能会摔在马与公牛之间，不过这时矛刺更加牢靠。

Picar delante：长矛刺公牛脖子时太靠前。

Piernas：腿——Tiene muchas piernas 无论指公牛还是指人意思都是双腿有力。

Pinchazo：戳，所谓 pinchazo 即只刺进一点儿的剑刺。Pinchar en el duro——刺入一点就碰上骨头。剑杀手进入公牛时站位很好，剑位也刺得正确，但剑碰到骨头，这样的一个 pinchazo 并非斗牛士不光彩，因为剑碰不碰到肋骨，或脊椎骨，那纯然是碰运气的事。如果人直接突刺公牛，剑落点也好，那么，即使剑碰到了骨头，再也进不去了，也应给他鼓掌。相反，胆小的剑杀手，会连续出现几个pinchazo，但为了避免一切接近牛角的可能，从来不会再深入一步，把剑刺到剑柄，希望连续地用剑戳公牛使它出血，然后再用descabello的办法消灭公牛。一记pinchazo，要判断其是好是坏，那要看人的站位以及他的明显的意图。

Pisar：踏；pisar terreno del toro——离公牛很近地完成动作，结果闯入了公牛的活动范围。

Pisotear：踩踏——人摔倒在地上公牛用角挑时踩在人身上。

Pitillo：纸烟。

Pitón：牛角尖头；有时也指整个牛角。Passes de pitón á pitón即穆莱塔从一个角到另一个角的劈打动作，使公牛颈肌疲劳。Pitónes即两个牛角。

Pitos：口哨声；表示喝倒彩。有时候一名剑杀手正在表演，而这名斗牛士大家都知道很胆小，或者正是他斗牛生涯不走运的时候，或者在某城不受欢迎，观众就带了警笛或犬笛到斗牛场去，把哨声吹得响一点。如果你身后紧贴着有一只这样的警笛，会一时把你耳朵也吹聋。这时候你唯一的办法是用手捂住耳朵。这种警笛在巴伦西亚很常见，那个地方把人耳朵吹聋了被认为是一件非常好玩的事。

Plaza：公共场所——Plaza de toros——斗牛场。

Poder á poder：以力对力；投放短标枪的一种方法，详见正文。

Pollo：鸡——也指到处游荡的年轻人。自以为老于世故的年轻斗牛士。

Polvo：尘土；斗牛场上被风吹起，洒了水就能压住。斗牛场上风吹起沙土时观众就大叫："Agua！Agua！"（"水！水！"）要洒水车或皮管子浇水。

Pomo：剑柄头。

Presidencia：斗牛总裁判。

Prueba：测试、考验或证明；Prueba de cabellos是长矛手测试马匹。Prueba也是潘普洛纳每年举行的斗牛中之一种，以前这种斗牛采用四头本地牛种，同时，普通价格的斗牛是为测试本地牛种，现在是六名剑杀手各杀一头公牛的斗牛赛。

Punta de Capote：红披风尖部；手拿红披风一端，让它全部展开，引公牛来追。公牛刚进场应该用这一手法让公牛奔跑。

Puntazo：轻微牛角创伤，而 cornada 则指严重的牛角创伤。

Puntilla：短剑，马与公牛严重受伤时用短剑杀（参看 cachete 条）。

Puntillero：用短剑杀公牛的人（见 cachetero 条）。

Puro：哈瓦那雪茄；斗牛的人如买得起都抽这种雪茄。

Puta：妓女；hijo de puta：这种女人的儿子；对斗牛士的侮辱用语，相当于英语 son of bitch（狗杂种）之意。在西班牙语里骂人时不是直接指被骂的人，而是骂及人家的爹妈，这种侮辱最凶。

Puya：长矛的又一种说法——也指三角钢头。

Puyazo：刺中公牛的长矛。

Q

Quedar：停留在一个地方——Quedar sin toro——由于公牛的力量和锐气因长矛手造成的一个枪伤或一连串的枪伤而遭摧毁，斗牛士已经没有了敌手。

Qué lástima!：真倒霉！听说了一位朋友被公牛严重捅伤，或得了性病，或跟妓女结婚，或老婆、孩子出了事，或一头好公牛碰上了蹩脚斗牛士，或一个好斗牛士碰上了一头蹩脚公牛，就说这句话。

Querencia：斗牛场上公牛爱待的地方；公牛觉得放心的地方。

Querer：想要——no quiere——斗牛赛上指剑杀手不想出什么风头，只想尽可能平平静静捱过一个下午；说公牛时则为公牛不想朝马或红布出击。

Qué se vaya!：意即滚回去，别再回来。朝斗牛士喊的话。

Quiebro：身体的倾斜姿势，尤其是腰部，朝任何一边偏，以避开牛角。在近公牛的位置所做的假动作，避免被牛角钩住。

Quiebro de muleta：将剑插入公牛时，左手手腕放低，斜着向右挥动穆莱塔，引公牛从人身边冲过去。就因为右手将剑推入时是用左手引导公牛并将它摆脱，斗牛士说你是用左手杀牛，而不是用右手杀牛。

Quinto：第五——No hay quinto malo——第五头不会差；迷信说法，第五头牛始终是好的。可能是过去由公牛饲养人来决定他们的公牛的参赛顺序，他们知道各头公牛的优劣，会把好的放在第五位，而不像现在这样由剑杀手抽签决定，所以有这个说法。现在第五头牛也与别的公牛一样可能是头不好的牛。

Quite：由 quitar 派生的词——取走——把公牛从受到它的直接威胁的位置上调走。尤指公牛向长矛手进攻之后手拿红披风的剑杀手们轮番将公牛从人和马身边引走，公牛每进攻一次就由一名剑杀手上前引走公牛。以前的做法是手拿红披风接近公牛，把公牛引出来，使它离开跌倒在地的马和人，定位在下一名长矛手的面前。现在的做法改变了，要求剑杀手每次做调离公牛动作时，把公牛引出来之后须完成一连串的红披风招式；可能剑杀手都竞相表演他们在做过牛动作时能靠得多近、技艺多么高超。把公牛从被他捅的人那里引走，或者把公牛从摔在地上的人身上引走，这种 quite 解救法是所有的斗牛士都参与的，因此，在这个时候你就可以判断斗牛士的无畏精神、对公牛的熟悉程度，克己表现的程度，因为在这种情况之下把公牛引开是极其危险的，难度也是很大的，因为，为了要迫使公牛从它要用牛角挑的目标离开，就必须与公牛靠得非常近，在公牛进攻时用红披风去引开它，退路就有很大威胁。

R

Rabioso：暴怒——剑杀手心理上被激怒而表现出勇的时候，他即是 rabioso，与之相对的是一名真正勇敢的人的冷静、前后一贯的无畏精神；一名具有冷静的无畏精神的斗牛士，只有在受到众人的挖苦或被公牛顶撞或摔倒的时候才会暴怒。

Rabo：公牛尾巴。

Racha：一时的运气；mala racha：倒霉；斗牛士遇上都是不好的公牛；一连串倒霉的斗牛赛。

Ración：一份；如在小餐馆里你叫 un ración（一客）小虾，对虾，茗荷儿，等等。一客贝类食品一般是一百克，四分之一磅不到一些。就因为这个道理，这一次可能送来两只大对虾，下一回可能送上四只小对虾，但价钱仍旧一个样，因为他们是按分量算的。

Rebolera：红披风的装饰性的动作，手抓住红披风的一头一甩，绕身一周。

Rebotado：刺杀公牛之后又脱身，并被牛脑袋顶撞；遭顶撞但没有倒地。

Rebrincar：朝一旁跳；红披风第一次展现在面前时，公牛有时会朝一旁跳。

Recargar：公牛被长矛推开之后又一次进攻。

Receloso：懒于进攻的公牛，并非受打击而疲劳，而是生性不好斗，但是，如果多次挑引，还是会出击的。

Recibir：正面刺杀公牛，手提利剑等候公牛出击，一旦公牛开始进攻，人两腿就不移动。此时放低抓在左手的穆莱塔，右手提剑，右前臂横胸指向公牛。随着公牛进入，挑住穆莱塔，右手就将剑刺入，然后与过胸式相同，左手挥穆莱塔送走公牛，直至利剑刺入，两脚才可移动。这是刺杀公牛招式中难度最大、最危险、最扣人心弦的一种，现代斗牛中已很少见。我看了差不多三百场斗牛，这一招式做得完整的只见过三次。

Recoger：再次捅人；公牛从地上挑起东西来抛向空中；把人抛向空中又用另一只牛角接着。

Recorte：突然从公牛面前抽走或突然转身的红披风招式；斗牛士截住公牛进攻的突然动作；使公牛急剧转身，随之四条腿及脊柱也扭转。

Recursos：办法；有许多 recursos 的斗牛士是有智谋的人，能随机应变，解决困难。

Redondel：斗牛场的同义词。

Redondo：En redondo——是几个连续性的招式，例如纳图拉尔，此时人与公牛最后完成一个完整的圆；任何一个最后构成一个圆的招式。

Regalo：剑杀手把一头公牛的刺杀献给一位观众之后，这位接受奉献的人回敬的礼物或纪念品。指难对付的公牛的挖苦话。

Reglamento：关于在西班牙举办斗牛的政府法令。原先打算将目前的政府规定翻译成英语作为本书的一个附录发表，但是鉴于现行的法令是普里·德里维拉时代的规定，所以决定等新规定公布之后，把译文列入本书以后的版本里，如果会有这样的版本的话。

Regular：在指剑杀手的表现或斗牛成绩时，即一般，普通，马马虎虎等意思。

Rehiletes：飞镖；短标枪的同义词。

Rehilitero：短标枪手。

Rejón：骑在马背上投掷杀公牛用的标枪。

Rejoneador：骑在马背上试图用长矛刺杀公牛的斗牛士。

Relance：al relance——向已经被投了一对短标枪后还在出击的公牛突然再投一对标枪。

Reloj：钟；法律规定斗牛场都要置放，以便让观众掌握剑杀手杀牛的时间。

Rematar：结束；任何一套红披风招式的最后一个动作；表演某个能激动人心或达到艺术性高潮的动作。说到公牛，如果它把人追得越过木板围栏，然后用牛角去顶木板，那公牛就是 rematar en tablas 即以顶木板告终。

Remojar：刮风的天气里往红披风和穆莱塔上喷很多的水。

Remos：公牛或马的前腿与后腿。

Rendido：疲乏；屈从于人的意志。

Renovador：技艺的改造者，革新者，等等。斗牛方面有很多人被宣布为革新者，几乎每年都有一位，但现代斗牛唯一的革新者是胡安·贝尔蒙特。

Renunciar：中止或放弃；如果一名斗牛士放弃了作为正式剑杀手的地位，而作为一名见习斗牛士而签约，那么他即是放弃了 alternativa。

Reparado de vista：一只眼睛虽未盲但视力有缺陷的公牛。视力缺陷是因为吃草时草或蓟往往会把眼睛刺伤。

Res：野兽；斗牛用公牛饲养场上的任何一头勇猛的牛。

Resabio：恶习；toro de resabio：有恶习的公牛。

Retirada：退休；斗牛士因没有人找他签约或者很爱他们的妻子有时候

就退役，但过几年又重回斗牛场，首先是希望他们重新登场的新奇感会让他得到几个合同，其次是回来也就是因为他们需要钱，或者因为家庭内部的紧张关系已经缓和。

Revistas：杂志或评论；revistas de toros 是斗牛期刊。目前这些刊物大多数都是宣传性的小杂志，斗牛士给编辑一些钱，就刊登他们的照片以及大肆渲染他们的表演。作了宣传没有付钱因而欠了账的斗牛士，或者是不肯接受关于进行宣传的提议的斗牛士（通常形式是付钱刊登他们的封面照片，或者便宜一点则是封里照片），都会在这种廉价小杂志上遭到程度不等的辱骂。Le Toril 是法国图鲁兹出版的杂志，是一种公正的斗牛评论刊物，受到读者的支持，它不接受宣传，也不作公开的或隐藏在文字中的广告。由于它的编辑人员每年能观看的是少数几场斗牛，由于他们看不到马德里第一、第二预订赛季的斗牛，所以他们把每一场斗牛看作是单独比赛而不是一名斗牛士赛季或一连串赛事的一部分，因此，他们要写出好的评论文章，在真诚与公正方面就会受到限制。马德里出版的《斗牛回声报》有关于西班牙和墨西哥斗牛的最完整、最准确的报道。巴塞罗那的《盛大节日报》虽然是一种宣传性的周刊，但它有很漂亮的照片，还有一定的新闻和实例。其他的都不能说是严肃的杂志，虽然有一些，像《斗牛士与公牛》，算得上是有意思的报纸。巴伦西亚的《号角》印制精美，照片漂亮，但只是一种宣传性的小报。《斗牛》总是很有意思，是那些敲诈勒索小报中最会辱骂的。过去的《斗牛》、《阳光与阴影》以及出版了一个短时期的《之字形报》都是真正的斗牛评论报，翻阅这些评论报的合订本，你可以了解到那个时代的斗牛历史，虽然似乎没有一种报纸能够免受某些剑杀手以各种不同方法在财政方面施加的影响。

Revistero：斗牛批评家或评论家。

Revoleón：由于牛角钩住了衣服，顶在两条腿中间，或顶在胳肢窝里，因此被公牛挑起来而没有受伤。

Revoltoso：在人用红披风或穆莱塔过了公牛之后又迅速地、极其迅速地再次出击的公牛。

Rodillas：膝盖。

Rodillazos：斗牛士一条腿或两条下跪完成的招式。其价值也是视完成的地点而定，以及要看剑杀手是在牛角过去之前还是在这之后跪下。

Rondeño：Escuela Rondeño：龙达派或龙达式斗牛，严肃、有限的招式、简单、传统及富有悲剧性，它与比较多变、活泼、亲切的塞维利亚风格相对。以贝尔蒙特为例，他虽然是一个革新派，但在本质上他是龙达派的，尽管他在塞维利亚出生、长大。何塞利托是所谓的塞维利亚派的典范。就像谈到文学艺术流派时把人分成各个流派在大多数情况下是批评家的人为和随意区分一样，在斗牛中，比起别的领域来，情况更为明显，风格是由行为的习惯、对待斗牛的态度以及身体的能力所组成的。如果一名斗牛士气质很严肃，在斗牛场上表现得持重而不是活泼，由于缺乏想象，训练不足或身体上的缺陷使他比方说不能投掷短标枪，从而造成本领有限，他们就把他归入龙达派，尽管他本人可能并没有什么忠贞或信念，认为严肃的斗牛高出活泼的斗牛。只不过他性格正好是严肃的罢了。另一方面，有许多斗牛士在斗牛场上远远谈不上活泼、快乐，但是就因为他们都是塞维利亚人，是在那里训练出来的，所以都采用塞尔维亚技艺，表现出轻松的态度和姿势，笑不出也笑，虽然心里只有冷飕飕的恐惧，表面上还要装模作样。斗牛的塞维利亚派与龙达派作为这个问题上的真正的思想流派和对立的观点在职业斗牛的早年，的确是存在过的，当年在这两个城市的著名斗牛士及追随者们中间在斗牛方式上是有着很大的对立的，但是，到如今龙达派在斗牛场上就是严肃、悲剧性，技艺表现有限，而塞维利亚派就是轻松或假装轻松，技艺表现花哨、拖沓。

Rozandole los alamares：公牛牛角从斗牛士上衣的装饰物上擦过。

Rubios：说人时指金黄色头发的男人；说公牛时则指公牛肩胛骨之间将剑插入的那个地方。Rubias 是金发女郎。

S

Sacar：抽出；Sacar el estoque：把剑抽出以便使伤口出血更加顺畅，使公牛倒毙；或者就指因剑刺得不好把剑拔出。通常这一任务是由短标枪手来完成的，他从公牛背后往前跑，并朝剑甩出整块红披风，这样，红披风朝前甩的力会将剑拔出来。如果公牛已经奄奄一息了，剑杀手就自己用手把剑拔出来，或者用一把短标枪拔，并用同一把剑刺入公牛后颈而杀死它。Sacar el toro 在公牛占据靠近木板围栏的位置时，将它引到场子中。

Sacar el corcho：把瓶塞拔出来。一个 sacacorchos 即一个瓶塞钻。用在斗牛中这是红披风技艺的一种反美感的扭转式做法，表演的时候是吸引它过来冲击双手提起的红披风时，把公牛逼得太偏了。

Salida en hombros：胜利时人群中的人把剑杀手抬起来扛在肩上。这种做法意义的大小要看是他的代理人事先作好准备，给人送入场券、布置安排，还是自发的行动。

Salidas：出口；用在斗牛中，da Salida 即一个招式结束时，人用红布将公牛从身边送出去。在公牛过人的情况下，每一个招式的 salida 就是公牛须离开人的活动范围的地点。人与公牛从投掷短标枪和刺杀时的交接处退出的各自的出口即他们的 salidas。

Salir por piés：对公牛所做的任何一个动作一结束随即全速奔跑，以便逃避牛角挑刺。

Salsa torera：字面意思 salsa 即"酱"，但 salsa 是一种不可言传的特性，对于一名斗牛士来说，缺少这种品质，他的招式无论多么高明也是乏味的。

Saltos：在过去，即从公牛身上跳过去，不管是借助撑杆还是不借助撑杆。现在唯一的所谓跳是指斗牛士迫不得已时从木板围栏上跳过去。

Sangre torera：斗牛血统——如出身职业斗牛士世家。

Sano：健康的；公牛在斗牛前须经兽医验证为健康才行。口蹄疫（glosopeda）后遗症造成的牛蹄无力，是不容易发现的，因为这种无力往往是在斗牛的时候才表现出来的。

Santo：圣徒；El santo de espaldas：是说斗牛不顺利的斗牛士；圣徒瞧不起他。斗牛士都有他们各自城、村或区的圣母保护，但是 Virgen de la Soledad（忧伤的圣母）则是所有斗牛士的守护神，所以在马德里的斗牛场，小教堂供的是她的画像与偶像。

Seco：干枯，干燥；torero seco，即是动作生硬、突兀，而不是娴熟流畅。Valor seco：自然、非做作的勇；golpe seco：公牛为了顶掉刺在身上的长矛，有时候会用脑袋猛甩。公牛这样猛甩的时候给人或马造成的伤，是最严重的伤。Vino Seco：不甜的葡萄酒。

Sencillo：坦率出击、朴实、易受骗的公牛。

Sentido：理解；指不注意红布而对准人的公牛，因为公牛在斗牛表演的过程中通过红披风和短标枪表演时的毛病学得比人斗公牛还要迅速。如果一名斗牛士在离公牛的远处跑动和表演招式，而不是由于在离公牛很近的情况下，公牛只能盯住红布，因而可以用巧妙的手段骗过公牛，那么，公牛因为看到与红布分开的人，就会很快学会将两者区分开来。这样，人因惧怕而在远离公牛的地方做动作，而短标枪也没有及时扎入，结果使公牛变得不易对付；相反，因表演时非常接近公牛，它只看见红布，而且还没等它明白过来怎么挑着人，短标枪就已经迅速挂住，结果公牛就变得容易对付，并为人所驾驭。

Señorito：少爷；Señoritos：用于斗牛是指那些斗牛士，他们常摆出花花公子的气派或有时候装出是学斗牛的富家子弟的样子。

Sesgo：偏；al sesgo：如正文中所述的投短标枪的形式。

Sevillano：escuela sevillano：塞维利亚流派或斗牛风格，活泼、多变、花哨，与严肃、有限和古典的龙达派相对。一个 Sevillano 是五个比塞塔的银币，南方铸造，曾经有个时期含银量与这一面值的普通硬币相等，但是在北方做生意时拒收，因为它不是清偿有些债务的法定货币。如果你不把上面有已故国王头像的五个比塞塔硬币当作小玩意儿，你就不会惹出麻烦来。只要你提出来他们会给你别的硬币。

Silla：椅子；有时候短标枪是人坐在椅子上投的；坐在椅子上等候公牛出击；等公牛靠近了才站起身来；佯装朝一边俯身，引公牛出击，紧接着又退回到另一边，然后投放短标枪，待公牛过去，就重新坐回椅子。

Simulacro：模拟；在葡萄牙和法国禁止杀牛的地方表演的斗牛，在这种斗牛表演时，刺杀动作是模拟的，即在真正斗牛时是拿剑进入的那一刻，模拟刺杀时则投出一个玫瑰花形饰品或一支短标枪。

Sobaquillo：胳肢窝，如果人在着手刺杀公牛时，穆莱塔没能将公牛脑袋完全放低，胳肢窝就是老让牛角捅伤的部位。

Sobreros：替补，万一出场的公牛不为观众所认可即可补上的公牛。

Sobresaliente：如果两名剑杀手要杀六头公牛，就有一名见习斗牛士或立志要做剑杀手的人一起进场，作为替补斗牛士，万一两名剑杀手都受伤无法再继续下去，他就担当起杀牛的任务。一名替补斗牛士一般只给二三百比塞塔的报酬，并且在投放短标枪的例行表演时，要他拿红披风上前协助。到了斗牛行将结束之时，剑杀手一般允许他做一两个调离动作。

Sol y sombra：阳光与阴影；斗牛开场时在太阳下晒、斗牛进行下去就会遮阴的座位。这种座位的价钱介乎遮阴的座位与太阳底下的座位之间，在必须精打细算的人看来，这种座位可以节省不少钱。

Sorteo：斗牛之前抽签决定哪一头公牛由哪一个剑杀手来杀。也指西班牙抽奖。

Suertes：斗牛的所有规定动作；如何完成都有规定的斗牛动作。该词单数用法也有“运气”的意思。

Sustos：惊恐、惊慌、惊吓。

T

Tablas：木板；斗牛场地四周的木板围栏。Entablada 是指在紧靠这个木板围栏的地方站定而不肯离开的公牛。

Tabloncillo：斗牛场看台最高一排、遮阴楼座下面的露天座位。

Tacones：鞋跟；tacones de goma 是橡胶鞋跟；这些是那些流动摊贩兜售的，你坐在小餐馆里的时候他们就会走过来，一上来就用随身带的那种一下子就可以把皮革挖下来的老虎钳，把你的鞋跟拉下来，这样就硬要你换上一个橡胶跟。他们装上的胶鞋跟都是低劣品。要是你质问他们为什么把人家鞋后跟拉掉，他们会说因为你想要装一副鞋后跟。这是诈骗。要是你没有先向他要一双鞋跟就让这种骗子把你鞋子上的一个鞋跟挖下来了，你就踢他的肚子或者下巴，再找别人把鞋跟装回去。我认为法律会支持你的，但是如果他们把你关进去，罚款也不会比一双橡胶跟多很多。有这么一个专门硬挖人家鞋后跟的坏家伙，一脸的阴险样子，是个加泰罗尼亚人，右脸有一个伤疤，走到哪个集市上都可以认出来。我就给过他一下子，但现在他狡猾多了，你想骂他一顿怕也没机会。见了这个家伙（尽可骂他 hijo de puta，婊子养的）过来，你最好的法子是把鞋子脱下来塞进衬衣里面去。要是光了脚他还要上来缠着装鞋跟，你就可以把美国领事或英国领事去叫来。

Tal：如此，类似，这样，等等。但是要是你学会了 Què tal？这句话，就什么都可以问了：好吗？怎么样？有什么消息？情况怎么样？你看呢，大叔？你看怎么样？好久不见，好吗？如果在 Que tal 后边加 la familia，就是问候人家家人的客气话了；加 la madre？就是问候人家母亲；su señora，问候人家太太；el negocia，问及生意（通常是 fatal 即不幸的）；los toros，问公牛（通常是 muy malo 即很糟）；el movimiento，即运动，如无政府主义，革命，天主教，王室的（通常是情况不好）；或者 las cosas，即事情，把这些问题还有许多别的都包括进去了。Las cosas 一般都是不很坏，因为出于自尊心之故一般都有这种私下的乐观的一面，不管悲观的一面已经多么具体、多么普遍。

Taleguilla：斗牛士穿的裤子。

Tanteo：估计；lances de tanteo 剑杀手不靠近公牛做的最初几个动作，那是为了在冒险真正贴近公牛完成动作之前要试探公牛攻击的情况。

Tapar：遮；Tapando la cara con la muleta：（用穆莱塔遮住脸）是着手刺杀公牛，用红布盖住公牛的脸，使它什么也看不见，然后从公牛脑袋上俯身刺杀；高个子斗牛士往往采用这一刺杀骗术，因为他们的身高使他们容易用这种骗术（不必放低穆莱塔，迫使公牛也随之低头然后把它从人身边甩开）。

Taparse：遮挡；即公牛抬头时遮住了剑或短标枪应插入的部位；或公牛头一抬挡住了剑杀手要用后颈刺牛法杀牛的颈椎骨间的部位。一头反应灵敏的公牛在防守时，每当它接触到了剑，有时候就会这样抬头，使剑杀手无法把剑推入。

Tapas：即盖帽，这样叫是因为原先这些东西都是搁在杯子顶上的，不像现在都放在小碟子上，这些都是开胃小吃，如熏鲑鱼、金枪鱼和甜红椒、沙丁鱼、鳀鱼、内华达熏火腿、香肠、海味、烘杏仁、鳀鱼牛肉卷，这些在小餐馆、酒吧或 bodegas（酒店）里都是免费的，与西班牙雪利酒或苦艾酒一起上的。

Tarascadas：公牛的突然袭击。

Tarde：下午，也有迟的意思；muy tarde：很晚。

Tardo：慢；toro tardo，出击迟钝的公牛。

Taurino：与斗牛有关之事。

Tauromaquia：徒步和骑马斗牛术。关于老式斗牛规则的许多书，最有名的是何塞·德尔加多（即佩皮·希利奥）——弗朗西斯科·蒙特斯——及较近的拉斐尔·格拉——（格里塔）等人所著的斗牛术书。希利奥那本的书和格里塔的书是别人写的。蒙特斯据说是自己整理的。毫无疑义这本书最明白、最简易。

Tela：布或衣料；Más tela 在斗牛报道里意即公牛又被斗牛士用红披风逗引了一次；tela 始终用于贬义；largando tela：红披风甩得太大；甩开红布使人与公牛尽量远离；拉开遮篷。

Temorose：看到一件东西就晃晃脑袋走开的胆小公牛，有时候猛地一跳就掉头，或者一面摇头一面慢慢退后，就是不攻击。

Templador：南美一些斗牛场中央的小围栏，四面是木板，每个角有一入口，作为保护当地斗牛士的又一躲避所。

Templar：穆莱塔或红披风徐缓、平和、安静地移动，拉长动作的时间及危险性，使人、公牛、红披风或人、公牛、穆莱塔的动作有节奏。

Temple：斗牛士招式缓慢、平和、节奏的性质。

Temporada：斗牛赛季；在西班牙即自复活节至十一月一日。在墨西哥自十一月一日至二月底。

Tendido：斗牛场看台上自围栏至楼座的一排排遮阳座位。这些座位又分成多至十个不同的区，每个区各有其入口，并编上区号如一区、二区等。

Tercio：三分之一；斗牛可分成三个部分，tercio de varas 即刺长矛，tercio de banderillas 即投短标枪和 tercio del muerte 即将公牛杀死。斗牛场的场地为了斗牛赛的进行也分成三个部分，如果将场地直径分成三段，tercios 是场地的第二个三分之一。被称为 tablas 的第三个三分之一场地离围栏最近，中央那三分之一场地叫 medios，而它们二者之间就是 tercios。

Terreno：范围；从广义的技术意义上说，公牛的活动范围即它站的那一点与场子中央之间的那一片地；而斗牛士的活动范围即他站的那个地方与木板围栏之间那一片地。人们都说，在一个招式结束的时候，公牛就会朝场子中央走，因为中央地方最大、最自由。但这并非始终正确，因为一头跑累了的公牛或胆小的公牛一般会朝围栏跑。在这种情况下，活动范围可以倒过来，人的范围在外，公牛的范围在里。这意思是在人与公牛遭遇之后或一连串动作结束时，空出公牛的自然出路。任何一个三分之一场地，不管是场子中央、第二个三分之一还是靠近木板围栏的三分之一，只要是斗牛士选择作为完成任何一个动作或一连串招式的，都被称为活动的范围。斗牛士的活动范围也是指他成功地完成一个招式或一连串招式所需的一片地的大小。如公牛在自己的范围内，人在他的范围内采用普通方法杀牛，公牛的右胁会朝木板围栏，左胁朝场子中央，那么当剑杀手过了牛角之后着手刺杀时，公牛朝向中央，人朝向木板围栏。如果公牛让人看出它的自然出路是朝向木板围栏，而不朝场子中央，那么剑杀手在着手刺杀时会把这自然的位置反过来，以 terrenos cambiado 即颠倒范围接近公牛，调整公牛位置，使它左胁朝木板围栏，右胁朝场子中央。在这一位置上，人在过了牛角之后朝中央走，让公牛的出路就在木板围栏那一边敞开。斗牛士肯定无疑会被公牛挑着的时候是他不弄清活动范围或自然出路的方向，不弄清每一头公牛表现出的各自特别的出路方向，结果在一个规定动作结束时自己进入了公牛的活动范围，而未能按自己的路线送走公牛。公牛的一个 querencia 即公牛最爱待的地方，始终是在一个动作结束时的它的自然出路。

Tiempo：——estocadas á un tiempo：是在人着手刺杀的同一瞬间公牛出击时完成的剑刺。这种剑刺要完成得当，剑杀手须非常冷静。

Tienta：公牛饲养场检验小牛犊的勇猛。

Tijerillas：剪刀；两臂交叉持红披风避开公牛；很少见，尽管目前有重新启用的倾向。

Tirones：穆莱塔招式，下缘在公牛鼻子前抖动，然后抽走，穆莱塔挥到另一边，引公牛跟上来，从斗牛场的一处引向另一处。

Tomar：接受；如果一头公牛有力冲击红布，我们就说这头公牛对穆莱塔接受性好；斗牛士在离公牛很近的位置挑逗公牛进攻，他就是 de corto 地接受公牛；如果是在一定距离之外挑逗公牛进攻，他就是 de largo 地接受公牛。

Tonterias：胡说；跟公牛做那些花哨、无聊的动作，如将帽子挂在牛角上，等等。

Toreador：这是 torero 一词的法语化写法。西班牙语无此词，只有轻蔑地提及一名法国斗牛士时才这么用。

Torear：在一个封闭的地点斗牛，不管是徒步还是骑马。

Toreo：斗牛术。Toreo de salon：在没有公牛作为对象的情况下练习红披风和穆莱塔动作的形式与风格；这是剑杀手训练工作必不可少的部分。

Torearazo：有名的斗牛士。

Torerito：没有名气的斗牛士。

Torero：职业斗牛士。无论是剑杀手、短标枪手，还是长矛手，都是职业斗牛士。Torera 意即与斗牛有关的。

Torete：小公牛。

Toril：斗牛场的牛栏。

Toro：参赛公牛。Todo es toro：反正都是公牛；这是见短标枪手把标枪投在公牛身上好笑部位时说的挖苦话。Los toros dan y los toros quitan：公牛付出了，公牛又都拿走了；它们给了你钞票，它们也可要你的生命。

Toro de paja：草做的公牛；不犯人的公牛；单纯到了没有危险的程度。Toro de lidia：参赛公牛。Toro bravo：勇猛的公牛。Toro de bandera：公牛表现出的超勇。Torazo：特大的公牛；Torito：小体型公牛。Toro de fuego：纸型纸板做的公牛，跟真的一样大，装上轮子，放满烟火，晚上在街上游行，这是西班牙北方庆祝节日用的。在巴斯克也叫作 Zezenzuzko。Toro de Aguardiente：牛角上拴了绳子，由许多人拉着在村路上奔跑，大家取乐。

Traje de luces：斗牛服。

Trampas：把戏、骗术；装作有危险，其实危险并不存在。

Trapio：一头参赛公牛的总条件。Buen trapio：把牛种、身体条件及体型大小方面的所有优点都集中在斗牛用公牛身上。

Trapo：破布；穆莱塔。

Trasera：太靠后的剑刺。

Trastear：用穆莱塔表演技艺。

Trastos：工具，斗牛中的工具即为剑与穆莱塔。

Trinchera：壕堑；de trinchera：穆莱塔招式，是人已经安全脱离公牛时完成的动作；公牛转身时人避到牛角后的脖子边上。

Trucos：花招。

Tuerto：独眼；在见习斗牛赛上有一只眼失明的公牛。人们认为独眼的人运气不好。独眼的公牛不怎么难对付，但要与之表演出什么精彩的招式来那几乎也是不可能。

Tumbos：摔倒、摔下；长矛手从马背上摔下来。

Turno：轮流；如剑杀手上场那样以论资排辈来决定自然顺序；斗牛中一切都是轮流进行的，这样斗牛就可以迅速进行，不会有争吵。

U

Último：最后；último tercio：斗牛的最后的三分之一阶段，这时用剑和穆莱塔杀公牛。

Uretritis：尿道炎；是伊比利亚半岛的常见病。说起这种病，有一句西班牙谚语说：Más cornadas dan las mujeres，伤人的往往是女人而不是公牛。

Urinario：公共厕所（小便池）。

Utrero：三岁公牛。Utrera 是同龄的母牛。现在卖到西班牙斗牛场去斗牛的许多公牛只不过三岁多一点。各种不同牛种之间杂交效果并不好的公牛往往在牛犊时期和三岁时很勇猛，但是到了四岁成熟的时期这种勇猛便每况愈下。在萨拉曼卡省培育的公牛尤其是这样。因此公牛饲养人都尽力将三岁公牛作为斗牛用公牛多卖出一些，他们用粮食来饲养，使公牛吃得壮一点，达到规定的体重。就是这种未成熟就卖出去参赛的公牛，使斗牛赛失去了全部激动人心和严肃认真的气氛，并且，由于斗牛比赛被剥夺了根本性的成分即公牛，这些未成熟的公牛比起别的消极作用来更容易损坏斗牛的声誉。

V

Vaca：母牛。

Vacuna：与牛有关的。

Valiente：勇敢的，胆大的。

Valla：壁或木栅栏或木板围栏。

Valor：勇气，胆量，冷静。是一名斗牛士必须具备的首要品质。

Vaquero：公牛饲养场看管参赛公牛的人；牛仔，牧牛工。

Vaquilla：小母牛。

Vara：长矛；斗牛用长矛（见下图）。

Varetazo：公牛牛角扁平部分的打击；任何不造成伤口的牛角打击。可能是内出血造成的青肿，也仅可能是表面擦伤。

Ver llegar：注视公牛过来；公牛攻击时人只专心注视公牛上前的能力，此时没有别的念头，只静静观察公牛在干什么，然后做你心中已有的招式所必需的动作。静静注视公牛过来是斗

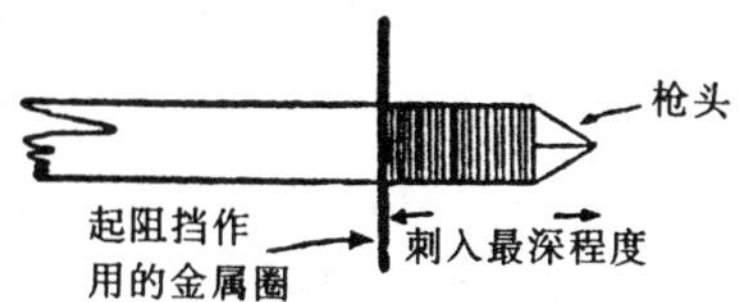

牛中最不可少、从根本上说是难度很大的功夫。

Vergüenza：羞耻、廉耻；a sin vergüenza 即一个不知羞耻或没廉耻的斗牛士——Qué vergüenza! 意即多可耻、多丢脸。

Veronica：红披风招式，之所以这么说是因为原先红披风是用两只手抓起的，就像宗教绘画中那样，圣女维罗妮卡用双手拿面巾给耶稣拭面。这并非像一位写西班牙的作家所说的那样是人给公牛洗脸，那是毫不相干的。做这一个动作时，剑杀手或是面对公牛，或侧身，左脚稍上前，双手抓红披风伸向公牛，双手抓住红披风下摆前两个角，将它们提起来，并将红布束拢，两只手各抓住一大把，四个手指朝下，大拇指朝上。公牛出击的时候，人等候着，直至公牛放低牛角来挑红布，在这一刹那人两臂放低，平和地将红披风往公牛攻击的前方移动，然后红披风就过了公牛的脑袋，而公牛的身体从人的腰部擦过。他用红披风过了公牛，并紧靠公牛旁脱出身来，此时踮起脚，红披风随着脚趾即足尖微微移动，而在这个动作结束时，随着公牛转身，人已站定，准备重复这一动作，此时右腿微微上前，红披风在公牛面前徐徐向前，这样公牛就从另一个方向过去。这一动作可以骗人的眼睛，即在公牛出击时，人横跨一步，这样人又离公牛牛角远了一步，在牛角过了以后，人两脚合并，而且在牛角过了以后，人朝公牛俯身或上前，让人觉得仿佛他是贴近牛角过来的。如果一名剑杀手不用骗人的手法完成这一技巧，他有时候过牛角时靠得很近，以致牛角会把他斗牛服上的玫瑰花形金饰品钩走。剑杀手有时也会挑逗公牛时双脚并拢，用这种方式做出一连串 veronica 动作来，而双脚一动也不动，仿佛这人是用钉子钉在地面上。不过这种做法只能适用于转身自动再次出击的公牛，而且它的攻击完全是直线方向。如果公牛在一个动作结束时要它转身须加以引导才能跟住红披风，那么在挑动公牛一次又一次过人时，人的双腿就得稍稍分开。但是不管怎么样，veronica 这一招式之值得称道并非看他双腿是并拢还是分开，而是看他从公牛出击这一刻至公牛过去是否站立不动，以及人的身体过牛角时是否非常贴近。在表演 veronica 这一技巧动作时，人的双臂能把红披风挥动得越慢、越平和、越低，这一技巧也就完成得越好。

Viaje：旅途；公牛出击时遵循的方向，或者人在着手投放短标枪和刺杀时走的方向。

Viento 或 aire：风，斗牛士的死对头。

Vientre：肚皮；刺杀如果真正高明，就必须在俯身时将肚皮收缩，但是着手刺杀公牛时如果没有做到这一点而被牛角捅着时，肚皮就成了常常受伤的部位。这个部位的牛角创伤，还有胸部创伤，往往是斗牛的致命伤，这不只是因创伤本身，还因为公牛脑袋与牛角冲击力所致的外部震荡。牛角创伤最常见的地方是在大腿，因为公牛出击时放低的牛角尖头到了抬起来捅人的时候首先挑着的就是在大腿这个部位。

Vino：葡萄酒；vino corriente 是 vin ordinaire，即佐餐酒；vino de pais 是本地葡萄酒，什么时候都可以要；vino Rioja 是西班牙北方里奥哈地区产的葡萄酒，有红的也有白的。最好的有毕尔巴鄂酒厂的葡萄酒：穆里艾塔侯爵和里斯卡尔侯爵，里奥哈淡红色葡萄酒即阿尔泰葡萄酒是最淡、最爽口的红葡萄酒。Diamante 是吃鱼时喝的白葡萄酒佳品。巴尔德佩纳斯要比里奥哈浓烈，但是无论是白的还是玫瑰色的都很好。西班牙酿酒师生产的夏布利酒和勃艮第酒我却不敢恭维。巴尔德佩纳斯淡红色葡萄酒是非常好的葡萄酒。巴伦西亚一带的佐餐酒都非常好；塔拉戈纳的酒还要好，但是经不起长途运输。加里西亚有当地的好佐餐酒。在阿斯图里亚斯他们喝苹果酒。纳瓦拉的本地酒非常好。到西班牙来的人，要是心里只想着雪利酒和马拉加酒，那么喝了上好、味淡、无甜味的红葡萄酒无不喜出望外。西班牙的佐餐酒一贯要比法国的好，因为它从不骗人和掺假，而且价格大约也只有法国的三分之一。我认为这是欧洲最最好的酒。至于 Grands Vins 即名酒，他们拿不出可与法国相比的。

Vista：眼力；de muncha vista：对斗牛很有眼光和见解。

Vividores：依靠……生活的人；骗子；斗牛业的寄生虫，什么力也不出，却靠斗牛吃饭。西班牙的骗子可以活得好好的，但是亚美尼亚或希腊骗子连活命都难；有本事的美国骗子也要饿死的地方西班牙骗子却能自己给自己养老。

Volapié：在奔跑中起飞；这是华金·罗德里格斯（科斯蒂拉雷斯）在美国宣告摆脱英国统治而独立的时候所发明的杀牛方法。这种方法针对因精疲力竭而不能指望它主动攻击并被人用 recibiendo 方式（即人站立不动，等候公牛出击然后用剑刺）去刺杀的公牛。而运用 volapié 式时，人让公牛四脚稳稳地站定，自己则在不远处侧身站住，左手放低穆莱塔；剑横在胸前，仿佛前臂的延伸，眼睛顺着剑瞄准前方，左肩在前，朝公牛奔去，右手将剑刺于公牛两肩之间；用左手抓住的穆莱塔给公牛一个出路，收缩肚皮，避开公牛的右角，最后从公牛腹侧脱出身来。当今的剑杀手在将剑插入的那一刻难得有靠近公牛的，几乎也从不把剑横于胸前，而是放在从下巴到鼻子以上的位置去瞄，但是除了这些之外，科斯蒂拉雷斯发明的上述 volapié 方式仍旧是现代斗牛中的杀牛方法。

Volcar：翻倒或跌倒；volcando sobre el morillo：说的是一名剑杀手冲向公牛全身心地刺杀，以致自己差一点儿真的随着剑扑倒在公牛的肩胛上。

Voluntad：意愿或好意；一名剑杀手如果尽了力，即使效果不好，那也是因为公牛有缺陷之故，要不然就是人的能力不够，而并不是因为没有意愿，那么人们就说你表现出了 buena voluntad。

Vuelta al ruedo：剑杀手由于观众执意要求，绕场一周感谢他们的欢呼。由短标枪手陪同，他们拾起扔下的雪茄，放进衣兜，但拾起帽子或其他衣物，扔还观众。

Z

Zapatillas：斗牛士在斗牛场上穿的无鞋跟便鞋。

一些人对整个西班牙斗牛的一些看法

（注明的年龄系第一次观看斗牛时的年龄）

P. H.——四岁；美国人；男。他在父母不知道或未经父母许可的情况下，由保姆带着在法国波尔多看斗牛，他第一次看见公牛朝长矛手攻击，叫道，“Il faut pas faire tomber le horsy! ”①过了一会儿他又叫道，“Assis! Assis! Je ne peux pas voir le taureau! ”②父母问他觉得斗牛怎么样，他说，“J'aime ça! ”③三个月后他被带到巴荣讷看斗牛，他似乎很感兴趣，但整个斗牛过程他没有说话。看完之后他说，“Quand j'étais jeune la course de taureaux n'était pas comme ça.”④

J. H.——九岁；美国人；男；法国公立中学上学；在美国幼儿园待了一年。骑过两年马——作为对他在学校努力学习的奖励，被允许跟父亲一起去看斗牛，因为他弟弟没有父母的允许已经看过斗牛，而且也没有什么不好，所以他觉得不公平，比他小的人倒已经看过表演，而他却要到十二岁才被允许去看。他以极大的兴趣观看表演，没说一句话。人们开始拿坐垫朝怯懦的剑杀手扔的时候，他悄声说：“爸爸，我可以扔吗？”他觉得马右前腿的血是涂上去的，他问是不是把血涂上去公牛就来攻击。公牛给他印象很深，但又觉得剑杀手的表演看上去很容易。很赞赏萨图里奥·托隆的粗俗的勇。他说最喜欢这位托隆。别的一个个都吓坏了。很坚定地认为不管斗牛士表演出什么技艺，没有一个是尽最大努力的。他讨厌比利亚尔塔。他说“比利亚尔塔叫人讨厌！”这是他第一回用这两个字说一个人。问他为什么，他说，“他的样子，他的动作叫人讨厌。”

他说他觉得哪个斗牛士都比不上他的朋友锡尼，还说没有锡尼表演他就不再去看斗牛了。他说他不喜欢看到马受伤，但是当时及事后只觉得马的有趣事故才好笑。发觉剑杀手被捅死了，他下决心说宁可到怀俄明州去当导游，或者去捕野兽。也许夏天当导游，冬天去捕兽。

X. Y.——二十七岁；美国人；男；大学生；小时候在农场上骑过马。第一次看斗牛带了一瓶白兰地——在斗牛场里喝了几口——公牛攻击长矛手、冲撞他的马的时候，他突然倒抽一口气——喝一口白兰地——公牛跟马每冲突一次他就这样重复一遍。似乎在寻找强烈的刺激。怀疑我对斗牛是否有真正的热情。他说那是装出来的。他感到没有什么热情，并说谁也不会有什么热情。什么运动也不喜欢。不喜欢碰运气的运动。他的娱乐和消遣是喝酒、夜生活，还有闲聊。他写作。旅游。

D. S.上尉——二十六岁；军人；英国人；爱尔兰与英格兰血统；上过英国公立中学，后入桑赫斯特陆军军官学校；一九一四年当了步兵军官，到国外，去了蒙斯；一九一四年八月二十七日挂了彩；一九一四——一九一八年作为军官，屡立战功。带着猎犬骑马打猎，在团小分队里带着队员骑马冲锋。娱乐活动包括打猎、滑雪、登山——博览群书，对现代写作与绘画很有鉴赏力。不喜欢赌博或下赌注。第一次看斗牛见到马的遭遇感到难受，那是心里的、刺心的难受——说这是第一次见到这种极可恶的事。斗牛还是一次次地看，他说，为了弄清竟然能容忍这种事情的人的心态。到了看完第六场斗牛，他对这些人已经十分理解，以致因为有一名观众说了些侮辱剑杀手约翰·安利奥（即“国民第二”）的话他听不下去而站出来抱不平，结果卷进了一场争吵。上午他总是到业余斗牛赛

---

① 法语：别从马上摔下来。
② 法语：坐下来！坐下来！我看不见公牛啦！
③ 法语：我喜欢看！
④ 法语：我小时候看的斗牛不是这样的。

上去。写过两篇谈斗牛的文章，其中一篇登在团部报纸上，是替斗牛辩护的。

A. B.太太——二十八岁；美国人；不会骑马；上过精修学校；学过歌剧；不喜欢运动，也不喜欢赌博。不押赌。看过斗牛——很有点怕。不喜欢看。后来就没再去看。

E. R.太太——三十岁；美国人；读了中学又读完大学；骑过马，小时候自己还有过一匹小马；音乐家；最喜爱的作家是亨利·詹姆斯；最喜爱的运动是网球；结婚前从未看过拳击或斗牛。觉得好的职业拳击赛很好看。丈夫不想让她看马在斗牛赛上的遭遇，但觉得斗牛的其余部分她还是爱看的。公牛朝马冲过去时叫她眼睛朝别处看。告诉她什么时候眼睛不要看。不想让她惊着或吓着。发觉她第一次看斗牛就很喜欢，对于斗牛一部分的马的遭遇也很欣赏，并没有被惊着、吓着，后来非常爱好看斗牛，成为斗牛的积极支持者。逐渐具有了一种几乎没有一点儿差错的眼光，只要看过一次某剑杀手的表演，她就能准确地说出他是什么级别、是否诚实以及能否获胜。有一个时期还很为某个剑杀手动情。那斗牛士当然也为她动情。这个剑杀手精神崩溃的时候幸好她不来看斗牛了。

S. T.太太——三十岁；英国人；上过私人学校和女隐修会学校；骑过马；饮酒慕男狂。画过画。太会花钱，要赌也没钱了——偶尔借钱来赌。叫她观看令人振奋的场面还不如喝酒——看见马的遭遇很震惊，但是斗牛士的表演及场上情绪的激烈使她极大振奋起来，变成了一个热情的观众。过后不久一喝醉，就把这一切都忘得一干二净了。

W. G.——二十七岁；美国人；男；文化程度大学；优秀的棒球手；很好的运动员，机敏，很有审美眼光；只在农场上见过马；刚从精神失常造成的狂躁抑郁状态中恢复过来；看到马的遭遇感到震惊、恐惧。别的表演都看不进去了。什么都从道义上来观察。看到遭受的伤痛心里真的觉得受不了。极讨厌长矛手。觉得他们个人都该受责。离开西班牙之后，恐怖心理消失，记着斗牛表演中他喜欢的地方，但他从心底里讨厌斗牛。

R. S.——二十八岁；美国人；男；是个成功的作家，但无私人投资所得的收入；文化程度大学；很喜欢看斗牛；喜欢流行作曲家的音乐，但不是个音乐家；除爱好音乐之外无别的审美情趣；不会骑马；并不为马的遭遇难受；上午去看业余斗牛，爱上人多的地方去；两年前来到潘普洛纳。似乎很爱斗牛，但结婚后就没再观看，虽然常说要去看。可能今后会再去看。似乎是真喜欢斗牛，但是目前没时间去看那些非社会性、非赢利性的斗牛。真心喜欢高尔夫。很少赌博，但也就真实性、舆论、群体忠诚等问题押过赌。

P. M.——二十八岁；美国人；女隐修会学校和大学毕业；不是音乐家；无音乐才能或鉴赏力；对绘画与文学很有见地；骑过马，小时候还有过一匹小马。在马德里第一次看斗牛，有三个人被公牛捅伤。不喜欢看斗牛，中途退场。第二次看到了比较好的斗牛表演，喜欢了。马的遭遇毫无影响。后来懂斗牛门道，比别的表演都喜欢。后来常去看斗牛。不喜爱拳击和足球——喜欢看自行车赛。喜欢射击、钓鱼。不喜欢赌博。

V. R.——二十五岁；美国人；女隐修会学校和大学毕业；会骑马；一开头就很喜欢看斗牛；完全不受马的遭遇的影响；看过第一回斗牛之后只要可能就去观看。很喜欢看拳击——喜欢看赛马——不喜欢看自行车赛——喜欢赌博。

A. U.——三十二岁；美国人；文化程度大学；诗人；很敏感；全能运动员；对音乐、绘画、文学很有鉴赏力；在军队里骑过马；但不是高明骑手。不喜欢赌——第一次看斗牛见公牛攻击马觉得很不好受，但并不影响他观看。很欣赏剑杀手的技艺，见一些观众起哄他就跟他们争吵。那年秋天之后就没去过有斗牛可看的地方。

S. A.——用意第绪语写作的国际上有名的小说家。第一次到马德里就很幸运看到了技艺高超的斗牛——断言除了第一回性交之外，情绪之激奋没有可与观看斗牛相比的。

M. W.太太——四十岁；美国人；曾就读于私立学校；运动不

内行；骑过马；对音乐、绘画、写作很有眼光；慷慨、聪明、忠诚、漂亮；慈爱的母亲。不看马——眼睛不朝马看——喜欢看斗牛的其他表演，但不喜欢多看。很喜欢娱乐，很懂娱乐。

W. A.——二十九岁；美国人；男；有成就的记者；大学教育；不会骑马；饮食、饮酒都很文明讲究；博览群书、经历丰富；第一次看斗牛很扫兴，但马的遭遇对他无丝毫触动；事实上马参与的表演很喜欢，其余的觉得乏味；最后对斗牛相当有兴趣，还携妻子来到西班牙，但她不喜欢，第二年 W.A.就不再观看了。他运气不好，老看很糟糕的斗牛——有一个时期曾常看拳击，不再看斗牛。极少赌——喜欢美食、美酒、美谈。极有才智。

关于以上这几位的看法，我在记录他们对斗牛的最初及最终印象时，是努力做到完全地准确的。我从他们的看法中所得到的唯一结论是，一些人会喜欢看斗牛，一些人不喜欢。有一位英国妇女，因为我过去没有见过，所以我说不出她的人生经历，那是有一天在圣塞瓦斯蒂安见到她，约摸三十五岁，她跟丈夫一起来看斗牛，见到马遭公牛攻击，心里难过得哭出声来，仿佛被公牛捅的是她自己的马，是她自己的孩子。她哭着离开了斗牛场，但硬叫丈夫坐着别走。她并不想让人看出她的情绪，但是那情景太可怕了，她受不了。看她的模样是个挺和蔼可亲的女人，所以我真为她难过。我也没有写一位西班牙姑娘的看法，她在拉科鲁尼亚跟她的年轻丈夫或未婚夫一起看一场斗牛，从头到尾都哭个不停，非常地难受，但就是坐着不动。说句老实话，这两位是我观看三百多场斗牛时唯一看见哭的女人。当然，很明白，在看这些斗牛时我只观察到我的邻座。

美国斗牛士锡尼·弗兰克林简评

大多数西班牙人都不看斗牛，只有一小部分去看，而那些去看斗牛的人当中，合格的斗牛迷人数也有限。但我许多回听人们说，他们问过一个西班牙人（注意，是真实的西班牙人），锡尼·弗兰克林是个什么样的斗牛士，那个西班牙人说他很勇敢，但非常不自然，并不懂斗牛是怎么一回事。如果你问这个西班牙人有没有看过弗兰克林斗牛，他会说没看过；实际上的情况是他出于民族的自尊，说出了西班牙人希望弗兰克林能采用的斗牛方式。但他根本没有采用那样的方式斗牛。

弗兰克林的勇敢具有冷静、沉着、聪敏的勇气，但是他并非拘束、无知，相反他是当今斗牛场上最能娴熟、优美、缓慢地运用红披风的人之一。他的红披风技艺极为丰富多彩，但是他并没有想通过多变的技艺，跳出以双手提红披风作为招式的表演，他的双手提红披风动作是典范的，非常扣人心弦的，而且恰到好处、优美动人。你会发现，凡是看过他表演的西班牙人没有一个会否认他的红披风技巧的艺术及手法的超绝的。

他不投刺短标枪，他从没有好好学习、训练过，这可是一个很大的疏忽，因为以他的体格、对距离的判断以及头脑的冷静，他本来是可以成为一名优秀短标枪手的。

弗兰克林右手穆莱塔操作自如，但是左手用得太少了。他杀得轻松、漂亮。他对刺杀没有给予应有的分量，因为刺杀对他来说很轻松，也因为他没把危险放在心中。如果侧身而立的时候能多体现出一些气度的话，那么他的刺杀就会增添极大的激情。

在当今的西班牙，除了大约六名正式剑杀手之外，与所有别的斗牛士相比，他则更优秀、更娴熟、更聪敏、更完美。斗牛士们都知道这一点，所以大家都极敬重他。

要成为一名优秀短标枪手，于他已为时过晚，但是他也了解自己别的方面的缺点，并且不断地加以纠正。在红披风运用方面他已经没有什么要改进的；在这方面是一名斗牛学教授、斗牛学博士，不仅是一名古典艺术家，而且还是一名发明家、创造家。

锡尼·弗兰克林是墨西哥人鲁道夫·高纳一手培养、教导的，鲁道夫是唯一的一名可与何塞利托、贝尔蒙特平等竞赛的剑杀手。而他自己则是伟大的弗拉斯奎洛的一名短标枪手培养、教导出来的，在斗牛基本功方面对他进行了最全面的训练。而这些基本功又是大多数年轻剑杀手所忽视的，因为年轻斗牛士论勇有余，至于气度和生气、姿态与乐观的希望则不足。弗兰克林使西班牙人感到惊叹、引起他们的兴趣的，正是他在最好的学校里学到的斗牛的艺术与过硬本领。

他不但在加的斯、休达以及其他外省城市取得胜利，而且还在塞维利亚、马德里和圣塞瓦斯蒂安一批精英斗牛迷面前取得了巨大而正当的艺术上的胜利。他的出场使马德里斗牛场座无虚席，接连三场无法买到票子，第一场是因为他是美国人，人们图新鲜，他在塞维利亚取得成功之后大家都想亲眼看看，但是第二、第三场则是因了他作为斗牛士而具有的长处之故。那是一九二九年的事，那一年他本来是可以在五六个城市中的任一处被接纳为正式剑杀手的，我也可以在本书正文中将他与其他斗牛士列在一起加以叙述，但是他作出了明智的决定，要再当一年的见习斗牛士，他参赛场次很多，做一名见习斗牛士他比别的剑杀手收获更大，再当一年见习斗牛士他就有更多时间去提高他的穆莱塔技艺，也可以更进一步熟悉、了解西班牙公牛，因为西班牙公牛与墨西哥公牛非常不同。一九三〇年三月初的第二场斗牛运气不好，当时他将剑刺入转过身去之后，那头公牛捅了他，落下一个很大的伤口，刺穿直肠、括约肌和大肠，于是，正当他可以开始签约的时候，他的伤口还未愈合，整个赛季他是在身体状况很差的情况下出场的。一九三〇年至一九三一年的冬天，他到墨西哥斗牛，在新拉雷多与马西亚尔·拉兰达搭档，他腿肚上被牛角挑伤，伤虽不重，他自己也不觉得怎么样（紧接着的一个星期日又上场），但给他治疗的医生硬要给他打抗破伤风与抗坏疽针。但由于他在马德里受伤之后按常规注射过同一疫苗血清，前后间隔太短，使他左臂长出了疖子样的东西，使手臂肿胀，几乎无法用力，从而使一九三一年在西班牙的赛季无法进行。此外他从墨西哥到西班牙，带了冬季赛事赚的许多钱，很想享受一下生活，并不急于立即参赛。那一年，在人们对他有这样的要求的时候他要马德里斗牛场付给他最高的出场费，结果就在他决定参赛之后不久，斗牛场方面采取了典型的西班牙式报复手段，找了一个个借口敷衍，最后他们把全部日期都签完了。

他有语言天才、冷静的勇气，并有典型的雇佣兵的那种能力。他是一个很好的伴儿，我所遇到的最会讲故事的人之一。他对什么都有极大的兴趣，但是他的知识是通过听、看获得，只翻阅《星期六晚邮报》，这张报纸每周一到手就从头看到尾，一般三天就看完，剩下四天就苦挨，等下一期的出版。对于手下的人来说他是个苛刻的主子，但手下人极忠心。他西班牙语不但说得道地，而且到哪里就说那里的口音。他的全部事务都自己经手，而且对自己的办事眼光非常自豪，这一点是可怕的。他就像一名歌剧演员那样自信，但并不自高自大。

我有意没有写他的生活经历，因为，他在经历了极有风险而且是极古怪的生活之后，关于他的生活的故事不管会带来什么好处，他似乎都有权享有。他从开始至一九三一年秋的整个生活经历，我在不同场合都听到过，故事某些章节发生时我也在场，这部书比你读的任何离奇小说都有意思。任何人的一生如果说得真实都是一部小说，但是斗牛士的生涯有悲剧进展的常规，因此故事说起来就容易落入俗套。锡尼的生活经历脱出了这一常规，他的确是有过三种生活，一种是墨西哥人，一种是西班牙人，一种是美国人，这种生活方式简直难以置信。这种生活故事是属于他自己的，我不会给你们讲他的故事。但是我可以老实告诉你们，撇开一切种族、国籍问题不谈，关于红披风的运用，他是一名伟大、优秀的艺术家，如果没有留给他应有的篇幅，任何斗牛历史的叙述都是不完整的。

西班牙、法国、墨西哥和中南美洲通常斗牛日

兹提醒今后观看斗牛的人注意，对于法国、中南美洲举行的各种斗牛，切不可认真对待，仅秘鲁的利马，可能另当别论。

一月

墨西哥城、秘鲁的利马和委内瑞拉的加拉加斯，每个星期天有斗牛。

在墨西哥的圣路易斯波托西，一月一日总有一场斗牛。在墨西哥的坦皮科、维拉克鲁斯、托雷翁、韦布拉、莱昂、萨卡特卡斯、胡亚雷斯、蒙特雷等州，星期天间或也有斗牛。

在西属摩洛哥的卡萨布兰卡，在一月份星期天有一场或多场斗牛。

在委内瑞拉的巴伦西亚、马拉凯和马拉开波，星期天偶尔也有斗牛。

哥伦比亚的卡塔赫纳一月通常也都有斗牛。

二月

在墨西哥城、利马和加拉加斯每个星期天都有斗牛，在墨西哥城偶尔还会有一场周日义赛。

在墨西哥的圣路易斯波托西、胡亚雷斯、普韦布拉、托雷翁、蒙特雷、阿瓜斯卡连特斯、坦皮科、莱昂、萨卡特卡斯，星期天都有正式斗牛或见习斗牛，在中美洲的波哥大、巴兰基利亚和巴拿马也有斗牛。

如果星期天天公作美，见习斗牛在马德里和巴塞罗那开始，通常还

有巴伦西亚。

三月

在墨西哥城和委内瑞拉的加拉加斯每个星期天都有斗牛。 三月份马拉加、巴塞罗那和巴伦西亚偶尔也有斗牛，在卡斯特利翁，玛格德林节总有斗牛，你可以查看任何一本宗教日历。

如果天气好，在马德里、巴塞罗那、巴伦西亚、萨拉戈萨一般每个星期天都有见习斗牛，在毕尔巴鄂一两个星期天有斗牛。

四月

在马德里、巴塞罗那、塞维利亚、萨拉戈萨、马拉加、穆尔西亚和格拉纳达，复活节星期日都有斗牛。

复活节后的第一个星期一，第一场预订斗牛赛在马德里开始。

塞维利亚的集市在复活节后一周内开始，有连续三天的斗牛。

二十五日，洛尔卡集市。

二十九日，赫雷斯。

在马德里、巴塞罗那、巴伦西亚，复活节后每个星期天都有斗牛，在萨拉戈萨、毕尔巴鄂，每个星期天都有见习斗牛，在马德里的“美景”和得土安等小斗牛场一般也有。要是你到上面两个斗牛场去观看，可得当心扒手。

五月

如果复活节来得早，圣体节在五月，那么，在那一天，马德里、塞维利亚、格拉纳达、马拉加、托莱多、毕尔巴鄂，可能还有萨拉戈萨，都有斗牛。

固定斗牛日

五月二日——毕尔巴鄂、卢塞纳

五月三日——毕尔巴鄂、费盖腊斯、特内里费岛的圣克鲁斯

五月四日——普韦托里亚诺、赫雷斯·德·洛斯·卡瓦列罗

五月八日至五月十日——艾西哈和卡拉瓦卡

五月十三日至五月十五日——奥苏纳和巴达霍斯

五月十五日——马德里

五月十六日——马德里和塔拉韦腊

五月十七日——马德里。这三场斗牛是马德里守护神圣伊德罗集市举行的。现在已经不再有多少集市的样子，但是斗牛还保留着。

五月十八日、十九日、二十日——龙达、奥里汶萨、巴萨

五月二十一日、二十二日——萨拉戈萨

五月二十五日、二十六日——科尔多瓦

五月三十日——阿兰胡埃斯和卡萨雷斯（马德里有正式斗牛）

五月三十一日——卡萨雷斯、特鲁埃尔和安特克拉

五月最后一个星期天，在法国贝济埃的罗马竞技场一般都有一场斗牛。

在墨西哥，夏季见习斗牛赛季在五月开始。

六月

马德里每周星期四和星期天、巴塞罗那每周星期天有斗牛。

六月二日至四日——特鲁希利奥

六月九日——普拉散西亚

六月九日至十一日——阿耳黑西拉斯大集市——一般三场。

六月十三日至十七日——格拉纳达集市——一般三场。

六月二十二日——阿维拉

六月二十四日——托洛萨、梅迪纳·德里奥塞科、卡卜腊、巴塞罗那、萨夫腊、巴达霍斯——巴达霍斯集市有两场斗牛。

六月二十五日——托洛萨、巴达霍斯

六月二十七日至二十九日——塞戈维亚——一般两场。

六月二十九日——阿利坎特

六月二十九日至三十日——布尔戈斯集市——一般两场。

七月

七月第一个星期天——马略卡岛的帕尔马有斗牛。

七月六日至十二日潘普洛纳的圣费尔明集市，七月七日起连续几天有五场斗牛。每天早晨七点钟有业余斗牛。所有斗牛日的每天早晨，公牛都从大街上跑过。最好是早上六点就到斗牛场买包厢的座位。其他座位都免费，全都坐满。票子一般可以在前一天晚上六七点钟广场的亭子里买到。

七月十四日——波尔多和巴荣讷有斗牛。

七月十五日至十八日直布罗陀近旁的拉利内阿有斗牛。

七月二十三日——阿耳希拉。一般都有一场精彩的斗牛。

七月二十五日——圣塞瓦斯蒂安和桑坦德有大型斗牛赛。第一场集市斗牛在巴伦西亚，那里将举行七场至九场斗牛，连续几天，一直到八月二日。

七月第一个星期天在法国尼姆有一场斗牛。

七月全月每周的星期四或星期天都有见习斗牛，在那两天马德里或巴塞罗那都没有正式斗牛。

八月

八月二日维多利亚有一个集市，连续几天有三场斗牛，另一处是拉科鲁尼阿，也有三场。从法国边境的恩达，汽车三小时就可到达维多利亚。如果正好碰上一个星期天，这些斗牛就要推迟到八月四日或五日。

八月二日至八月五日，桑坦德、圣塞瓦斯蒂安、卡塔黑纳和托梅利奥索都有斗牛。

八月八日至八月十日在加里西亚的蓬特韦德腊有一集市，一般只有一场斗牛。

八月十日——曼萨纳雷斯

八月十五日、十六日、十七日是圣塞瓦斯蒂安的“壮丽的星期”（the Grande Semaine），那几天有连续三场斗牛。如果星期天早到或晚到，那么这几场斗牛就可能在十四日、十五日和十六日，而斗牛赛赞助人总是想办法把集市的这一系列斗牛中的一场安排在某个星期天来举行。

八月十五日和十六日在希洪、巴达霍斯和阿耳门德腊累霍，也有集市，每处都有两场斗牛；在这些天，也有单场斗牛，桑塔马利亚港（十五日），帕尔马（十五日），哈恩、塔发里阿和哈蒂瓦（十五日）。从法国的比亚里兹驾车四个半小时即可抵达塔发里阿。

八月十六日——奥利乌埃拉、布尔戈德、奥斯马和胡米利阿。

八月十七日至二十日——雷亚耳城、桑鲁卡尔、托雷多、马拉加、安特克腊，有时还有瓜达拉哈腊。

八月二十一日——毕尔巴鄂夏季集市一般以连续五场斗牛开始。在这一个星期里，在下面这些地方星期天有斗牛，圣塞瓦斯蒂安、奥维多、阿耳马格洛，两场，阿斯托尔加，两场（二十四日、二十五日），阿耳梅利亚，两场，一般在二十六日和二十七日，塔腊索纳（二十四日），阿耳卡拉（二十五日）。

八月二十八日——塔腊索纳和托洛。如果是星期天，还有圣塞瓦斯蒂安。

八月二十八日至八月三十日——马拉加、桑塔马利亚港、利纳雷斯、旧科尔梅纳尔（有时两场）。

八月二十九日——马拉加（集市的第二场）。

八月三十日——利纳雷斯（集市的第二场）。

八月三十一日——卡拉奥腊、佩肯纳、康斯坦蒂纳。

马德里、巴塞罗那，通常还有萨拉戈萨和巴伦西亚整个八月的每个星期天，通常还有每个星期四，都有见习斗牛。八月里，从斗牛角度来说大集市是毕尔巴鄂和圣塞瓦斯蒂安的集市。如果你想去看看乡村，那就到旧科尔梅纳尔、阿斯托尔加或托罗去。

九月

盛大集市日。

二日与三日——帕伦西亚——一般都有好看的斗牛——观众也都懂行。是卡斯蒂利亚地区的漂亮城市，有上等的啤酒和有趣的鹌鹑狩猎。

三日与四日——梅里达、比拉洛卜雷多和普列戈。在梅里达一般有两场，其他两地各有一场。

在九月的第一个星期天，圣塞瓦斯蒂安有一场，如果星期天在四日以后，阿兰胡埃斯有一场。

五日与六日——昆卡集市，一般有两场，还有一场见习斗牛。昆卡是个好地方，但道路很糟。同一日期，卡斯特拉集市，有两场。四日至六日，在塞戈维亚、乌埃耳瓦、赫雷斯·德·洛斯·卡瓦列罗有斗牛或见习斗牛。

木尔西亚集市在七日或八日开始。一般是两场斗牛。

七日或八日——乌特雷拉、帕尔马、卡卜拉、贝尔梅斯、托尔托萨、阿亚蒙特、卡塞雷斯、巴尔巴斯特洛、桑托尼亚、贝纳本特，间或还有巴尔德佩尼亚斯和洛尔卡。

九月九日——有两场赛事的集市在卡拉塔胡德开始，九月十日集市在阿尔瓦塞特开始，接连三场斗牛，但有时候多至五场。都很好看。

此外，九日还有圣马丁·德·巴尔德伊赫雷西亚斯，从马德里出发，一路通往西埃拉·德·赫雷多斯、比利亚奴恩瓦·德尔·阿尔索比斯波、巴卡洛塔和安图哈尔。

十日或十一日——萨摩拉一般有两场赛的集市开始，十一日在阿洛、乌提埃尔和塞欣一般都有斗牛。

九月十二日——萨拉曼卡集市开始，接连三场斗牛。

九月的第二个星期天在圣塞瓦斯蒂安也有斗牛，一般都是低档的，但有时也有好的，此外还有乌提埃尔、梅利拉和巴塞罗那。

到了九月的第三个星期天，秋季预订赛季一般在马德里开始，每个星期天都有斗牛，持续到十月中旬。

九月十四日或十五日——赫雷斯德拉弗朗特拉、阿兰达德杜埃罗、卡斯图埃拉和阿拉塞那一般都有斗牛或斗小牛。

九月十五日或十六日在圣克雷门特、莫拉、特鲁希利奥和托梅略索，一般都有斗牛。

十八日、十九日或二十日，根据这一天是否是这个月的星期天，瓦利阿多里德集市开始三天连续的斗牛。到那里火车、汽车都可到达。这些常是很好看的斗牛，观众也都懂行，三天中一般有一天是为奥维埃多、奥利本萨和萨拉梅阿·拉·里亚尔集市举行的。

九月二十一日，隆格洛尼奥开始接连三天斗牛的集市。九月集市中，从法国边境出发，经恩达叶和伊隆最近的地方。斗牛赛一般都是高水准的。

九月二十一日、二十二日或二十三日，塔腊韦拉、弗雷根纳尔、索里亚和雷昆纳一般都有一场斗牛。

九月的第三个星期天，如果北方天气晴好，旅游的人又多，有时候圣塞瓦斯蒂安会有一场斗牛。而塔洛戈纳、萨拉戈萨、巴塞罗那、马拉加、毕尔巴鄂以及科尔多瓦几乎总是有斗牛赛。这些斗牛以前一般都在圣母马利亚节举行。

九月二十五日至二十八日，在昆塔纳耳、托里霍斯、埃林和贝哈尔一般都有一场斗牛。

九月二十八日在塞维利亚，有两场斗牛的圣弥格尔集市的第一场斗牛开始。这两场斗牛一般比春季集市斗牛好得多。

九月的最后三天，在卡拉巴卡、乌贝达、哈恩、阿耳门德拉雷霍和贝尔蒙特会有斗牛。

九月份最重要的集市是萨拉曼卡、卡拉塔乌德、阿尔巴塞特、巴利阿多里德、洛格洛尼奥和塞维利亚的集市。都值得一去。

十月

十月份的第一、第二、一般还有第三个星期天，马德里和巴塞罗那，通常还有巴伦西亚，都有斗牛。

十月一日和二日——乌贝塔，集市。

十月三日——索里亚，集市。

十月二日至四日——萨夫拉，集市。

十月份的第一周，阿兰胡埃斯一般有一场斗牛。

十月十二日或十三日，萨拉戈萨的皮拉尔集市开始，有四至五场斗牛。那是这个季节的最重要的集市。

十月十五日至二十日，瓜达拉哈拉有一个集市，有一场斗牛，十月十八日和十九日哈恩还有一个集市，两场斗牛。十八日或十九日，有时在冈底亚和哈蒂巴有斗牛。

十月份最后一个星期天，如果天公作美，在巴塞罗那和巴伦西亚有斗牛，十月最后一天在赫罗纳偶尔也有斗牛。

本月最大的集市是萨拉戈萨的皮拉尔集市。

到了十月中旬，墨西哥城和墨西哥全国的正式斗牛赛季开始。

十一月

如逢好天气，十一月份的第一个星期，巴塞罗那或巴伦西亚会有斗牛。在墨西哥城和全国其他城市每个星期天都有斗牛，在墨西哥签约的斗牛士，在萨拉戈萨皮拉尔集市之后，一般立即纷纷离开。

西班牙的最后一场斗牛一般是在阿里坎特省的翁达腊，时间在十一月十六日至二十日之间。

十二月

墨西哥赛季的第二个大月份，墨西哥城每个星期天都有斗牛，其他墨西哥城市也有频繁赛事。

在利马（秘鲁）、加拉加斯（委内瑞拉）和波哥大（哥伦比亚），斗牛赛季在十二月中旬前后开始，除了当地颇有名气的斗牛士之外，一般都有西班牙剑杀手参加。在委内瑞拉的巴伦西亚和马拉开波偶尔都有斗牛，此外，在巴拿马和危地马拉间或也多少有严肃的斗牛。在十一月份或十二月份看斗牛，墨西哥城是个合适的去处。

关于参考书的说明

对于用西班牙语写的 2077 本论著或涉及斗牛学的专著和小册子的作者，本书作者特此表示深深的谢意，并为插足这一领域而致歉。愿意研究西班牙斗牛史的读者，可查阅一些专著和小册子，以及斗牛文献目录，这些著作和文献是格拉西亚诺·迪亚斯·阿克尔参阅了堂何塞·路易斯·德·伊瓦拉和洛佩斯·德·卡列两人的有关斗牛的藏书而写成，于马德里出版，现藏于佩德罗·宾戴尔图书馆。

《死在午后》的写作旨意既不是按年代为序，也不是穷尽性的。本书的写作旨意是要将它作为现代西班牙斗牛的入门，并试图既诉诸情感又从实际出发阐述那个场面。鉴于过去没有一本用西班牙语或英语这样写的书，笔者动笔写了本书。关于笔者对斗牛所作的技术性阐述，特请内行的斗牛迷鉴谅。如果把有关一个规定动作该如何完成这一问题的争论记录下来可以成为一本书，那么，在这种情况下，一家之言当然许多人不会赞同。

海明威

...ween, ~~the steel dark~~ from under which ... and branches
yond a tent, you step out to sea too many
rs. The moon gone down, the breeze had risen
urinate up looking at the uncross-like bl
Southern Cross
ofundity of initial, and thus each morning in the
urination reflect upon the ~~...~~
plicity of constellations, and not ~~awake~~ you
sten to the night move highly past you.
n walk to where Pop sits before the fire,
pe comforted, his creatures perched, loving the
me before daylight and the windless burning of
ad branches he says, "How are you, governor"
"No worse than you."

The sky is very high there and branches

me between, ~~the steel dark~~ from under which
yond a tent, you step out to sea too many
rs. The moon gone down, the breeze had risen
urinate up looking at the uncross-like
Southern Cross
ofundity of initial, and thus